AF397374

C. S. Harris, auch bekannt als Candice Proctor und C. S. Graham, ist die USA-TODAY-Bestsellerautorin von mehr als zwei Dutzend Romanen, darunter die historische Krimi-Bestsellerserie rund um Sebastian St. Cyr. Als ehemalige Akademikerin mit einem Doktortitel in europäischer Geschichte hat Candice einen Großteil ihres Lebens im Ausland verbracht und in Spanien, Griechenland, England, Frankreich, Jordanien und Australien gelebt. Heute wohnt sie zusammen mit ihrem Ehemann, dem pensionierten Armee-offizier Steven Harris, in New Orleans, Louisiana.

DIE VERBRECHEN VON MORTON HOUSE

Ein Sebastian St. Cyr Krimi

C.S. HARRIS

Deutsche Erstausgabe April 2025

Die Verbrechen von Morton House

ISBN 978-3-98998-810-1
E-Book-ISBN 978-3-98998-613-8

Covergestaltung: Buchgewand
Umschlaggestaltung: ARTC.ore Design
Unter Verwendung von Abbildungen von
stock.adobe.com: © rodjulian
depositphotos.com: © emjaysmith
shutterstock.com: © Chrislofotos
Lektorat: Dorothee Scheuch
Satz: dp DIGITAL PUBLISHERS GmbH
Druck und Bindung: Books on Demand GmbH, Norderstedt

*Für Huckleberry,
der mir beim Schreiben von neunzehn Büchern
Gesellschaft geleistet und mir die Inspiration zu
Sebastians und Heros Mr Darcy gegeben hat.
Lebwohl, mein Freund.
Liegst du einst tot, wird niemand deiner gedenken.
Kein Musenkuss wird dir zuteil.
Verdammt wirst du ziellos durch die Hallen des Hades
wandeln.
Ein unbetrauerter, blasser Widerschein, verloren zwi-
schen den Schatten der Toten.*

Sappho, »Wenn du tot bist«,
übersetzt von Angelika Lauriel

Kapitel 1

Montag, 13. September 1813, vor Tagesanbruch

Diesen Teil verabscheute der Knabe. Er verabscheute es, wie die blassen, wächsernen Gesichter der Toten in der Dunkelheit beim schwächsten Schimmer von Mondlicht glänzten. Er verabscheute es, mit einem starrer werdenden Leichnam allein gelassen zu werden, während er ihm ein Grab schaufelte.

Er stieß die Schippe tief in den Boden und spürte sein Herz schmerzhaft in der Brust schlagen, weil das Kratzen des Erdreichs am Metall in der Stille der Nacht gefährlich laut klang. Er sog schnell den Atem ein, und der moderige Geruch der feuchten Erde schwoll in seinen Nasenlöchern gleichsam an, während er den glatten Holzgriff mit den Fingern fester umfasste, um kurz einzuhalten und einen furchtsamen Blick über die Schulter zu werfen.

Von der Fleet waberte ein Nebel herauf, legte sich um den Fuß des Schrotturms in der Nähe und kroch die halb eingestürzten Backsteinwände der verlassenen Lagerhallen dahinter entlang. Irgendwo in der Ferne hörte er einen Hund bellen und dann, näher, ein leises, dumpfes Geräusch.

Was war das?

Der Knabe wartete, der Mund wurde ihm trocken; sein ganzer Körper zitterte vor Anspannung. Das Geräusch wiederholte sich nicht. Er rieb sich mit einem zerrissenen Ärmel über das schwitzige Gesicht, schluckte hart und widmete sich wieder seiner Arbeit. Ihm war die Anwesenheit des Gentlemans in seinem Umhang die ganze Zeit unangenehm bewusst. Der beobachtete ihn von seinem Sitz auf dem Wagen aus, der am Rand des Feldes wartete. Der Gentleman hatte geholfen, Benjis Leiche zu dem hoch aufragenden Turm hinüberzuzerren. Aber beim Schaufeln half er nie. Gentlemen hoben keine Gräber aus, obwohl sie mit einer teuflischen Lust töten konnten und es auch taten. Mit einer Lust, die den Jungen erschaudern ließ, als er noch eine Schaufel Erde auf den anwachsenden Haufen warf.

Das Loch nahm langsam Form an. Vielleicht noch zwanzig Zentimeter, und ...

»*Heh!*«

Der Knabe riss den Kopf herum und erstarrte.

Eine abgerissene, klapperdürre Gestalt torkelte aus einem der gähnenden Tore einer halbverfallenen Lagerhalle. »Was tust du da?«

Die Schaufel fiel klappernd zu Boden, als der Junge einen Satz machte. Er fiel in das frisch ausgehobene Grab, stolperte in der lockeren Erde und ging zu Boden. Mit strampelnden Füßen stützte er sich auf die gespreizten Hände, bekam Halt am Boden und drückte sich hoch.

»Ey!«, rief das Schreckgespenst.

Der Junge preschte keuchend über das unebene Feld, seine trommelnden Schritte lärmten. Er sah, wie der

Gentleman auf dem Wagen zusammenzuckte, dann nach den Zügeln griff und sie fest auf den Rumpf des Pferdes klatschen ließ.

»Warten Sie auf mich!«, schrie der Junge, als der Wagen voranruckte und die eisenbeschlagenen Räder über die zerfurchte Straße rumpelten. »Halt!«

Der Gentleman trieb das Pferd zu wildem Galopp an. Er schaute nicht zurück.

Der Junge sprang über einen niedrigen, zerborstenen Abschnitt der Steinmauer, die das Feld umsäumte. *»Kommen Sie zurück!«*

Der Karren fuhr um die Ecke und verschwand aus seiner Sicht, aber der Junge rannte trotzdem weiter hinterher. Der Gentleman würde doch sicherlich für ihn anhalten? Er würde ihn doch sicherlich nicht einfach zurücklassen, oder?

Oder?

Inzwischen schluchzte der Junge, seine Nase lief, und die ganze Brust tat ihm weh, als er mühsam nach Luft schnappte. Erst, als er selbst an der Ecke ankam, um die die Karre verschwunden war, wagte er einen gehetzten Blick zurück und bemerkte, dass die klapperdürre Gestalt ihm nicht folgte.

Der Mann – denn jetzt erkannte der Knabe, dass es ein Mann war, keine Geistererscheinung – war neben dem frischen, nicht vollständig ausgehobenen Grab stehen geblieben. Und er blickte auf das hinunter, was von Benji Thatcher noch übrig war.

Kapitel 2

Dienstag, 14. September

Sebastian St Cyr Viscount Devlin stützte sich mit den Händen auf der Fensterbank des Schlafzimmers ab und hielt den Blick auf die nebelhafte Szenerie gerichtet. Im schwachen Licht der Morgendämmerung lag die Brook Street leer unter ihm, abgesehen von einem Küchenmädchen, das die Eingangsstufen des Nachbarhauses schrubbte.

Er wusste nicht, was ihn aus dem Bett getrieben hatte. Seine Träume wurden oft von Visionen aus der Vergangenheit heimgesucht, als wäre er dazu verdammt, bestimmte Augenblicke immer und immer wieder zu durchleben, in einer nie enden wollenden Spirale aus Reue und Sühne. Aber es war schon der zweite aufeinanderfolgende Morgen, an dem er abrupt aufgewacht war, ohne dass ihn die Erinnerungen quälten, sondern er verspürte nur ein unbestimmtes Unbehagen, das ebenso unerklärlich wie beunruhigend war.

Er hörte, dass die Bettdecken bewegt wurden, und drehte sich um, da trat Hero schon neben ihn. »Habe ich dich geweckt?«, fragte er, schob einen Arm um ihren warmen Körper und zog sie näher zu sich.

»Ich musste ohnehin aufstehen.« Sie legte den Kopf an seine Schulter, sodass ihr feines braunes Haar weich über seine nackte Haut fiel. Sie war fast so groß wie er, mit ausgeprägten Zügen und Augen von solch stechender Intelligenz, dass sie vielen ihrer Zeitgenossen gehörige Angst einflößte. »Ich habe meiner Mutter versprochen, zu ihr und einer Base zu fahren, die bei ihr zu Besuch ist, aber zuerst will ich meinen Artikel noch einmal durchlesen, bevor ich ihn bei meinem Verleger abgebe.«

»Aha. Was wird denn dein nächstes Projekt sein?«

»Das habe ich noch nicht entschieden.«

Sie schrieb eine Serie von Artikeln über die Armen von London, ein Unternehmen, das ihren mächtigen Vater, Charles Lord Jarvis, über die Maßen ärgerte. Aber Hero war nicht die Art Frau, die sich durch die Meinung irgendeines anderen Menschen von dem abbringen lassen würde, was sie für die richtige Handlungsweise hielt.

Sebastian strich mit der Hand an ihrem Rücken auf und ab und liebkoste mit dem Mund ihren Nacken. »Wer ist die Kusine?«

»Eine Mrs Victoria Hart-Davis. Ich glaube, sie ist die Enkelin eines Großonkels meiner Mutter, aber da könnte ich mich auch irren. Sie ist in Indien aufgewachsen; ich bin ihr also noch nie begegnet.«

»Und sie ist bei deiner Mutter zu Besuch?«

»Mhm. Mehrere Wochen.«

»Jarvis muss begeistert sein.«

Hero gluckste. Jarvis' schlechte Meinung über die meisten Frauen war berühmt-berüchtigt. »Glücklicherweise ist er damit beschäftigt, nach Napoleons Niederlage Europa neu zu planen, weshalb ich bezweifle, dass er oft genug da sein wird, um sich von ihrer Anwesenheit belästigt zu fühlen.«

»Er ist ein bisschen voreilig, oder nicht?« Napoleon hatte sich zurückgezogen, war aber bei Weitem noch nicht besiegt.

»Du kennst doch Jarvis; er war immer vom Sieg überzeugt. Schließlich: Mit Gott und dem unverwüstlichen Lauf der Geschichte zu unseren Gunsten, wie sollte England da darnieder gehen? Solch ein dreister Emporkömmling muss um jeden Preis vom Angesicht der Erde getilgt werden.« Ihr Lächeln wich, als sie Sebastian forschend anblickte, und er fragte sich, was sie in seinem Antlitz sah. »Und was hat dich geweckt? Schlecht geträumt?«

Er schüttelte den Kopf; er wollte seine Gedanken nicht in Worte fassen. Doch das Gefühl einer unheilvollen Ahnung blieb. Und als schnelle Schritte die Stille der leeren Straße durchbrachen und ein Junge aus dem Nebel auftauchte, wusste er intuitiv, dass der Knabe abbiegen und ihre Eingangsstufen herauflaufen würde.

Hero warf einen Blick auf die Kaminuhr in ihrem Schlafzimmer. »Ein Bote, der um diese frühe Morgenstunde eintrifft, kann keine guten Nachrichten bringen.«

»Nein«, stimmte Sebastian ihr zu und drehte sich vom Fenster weg.

Kapitel 3

Paul Gibson ließ das nasse Tuch, das er gerade benutzt hatte, in die Wasserschüssel fallen und richtete sich auf, schlang die Arme um die Brust und nahm das bleiche Gesicht des halb gewaschenen Leichnams in Augenschein, der vor ihm auf der Granitplatte lag. Der Knabe war erst fünfzehn Jahre alt gewesen, extrem unterernährt und klein für sein Alter. Seine Züge waren feingezeichnet, und sein flachsfarbenes Haar lockte sich sacht, als es um sein Gesicht herum trocknete. Was dem ausgezehrten Körper des Knaben angetan worden war, verdrehte tief in Gibsons Innerem etwas, das der Chirurg längst für abgestorben gehalten hatte.

Er war ein Mann Mitte dreißig, ein Ire, in dessen schwarzes Haar sich schon reichlich Silber mischte. Die Falten in seinem Gesicht waren dank der verheerenden Folgen erlebten Schmerzes sowie einer Opiumsucht, von der er wusste, dass sie ihn schließlich umbringen würde, tief eingegraben. Vor gar nicht so langer Zeit war er Regimentsarzt gewesen. Er hatte mitangesehen, wie Soldaten vom Kanonenfeuer in nicht mehr identifizierbare Fetzen gerissen, wie sie hinterrücks mit dem Schwert verstümmelt oder erschossen worden waren. Er hatte beim Bestatten so vieler abgeschlachteter, verstümmelter Frauen und Kinder geholfen, dass er die Erinnerung daran nicht ertrug. Aber mit etwas, das er jetzt sah, war er noch nie konfrontiert worden.

Nicht hier in London.

Er streckte die Hand aus und versuchte, die weit aufgerissenen blauen Augen des Jungen zu schließen, aber die Totenstarre hielt sie noch fest. Er drehte sich um, und sein Holzbein klackerte auf dem gefliesten Boden, als er hinüberhumpelte und auf der Schwelle der offenen Tür stehen blieb, um tief die saubere, feuchte Morgenluft einzuatmen. Er benutzte dieses kleine Nebengebäude mit den hoch sitzenden Fenstern hinter seiner Praxis am Tower Hill sowohl für öffentliche Autopsien als auch für inoffizielle Untersuchungen. Die nahm er an Leichen vor, die von den voll belegten Londoner Friedhöfen gestohlen wurden. Von hier aus konnte er über den Garten zu dem alten Steinhaus schauen, das er mit Alexi teilte, der geheimnisvollen Französin, die einige Monate zuvor in sein Leben getreten und aus Gründen, die er nie ganz verstanden hatte, geblieben war. Die Sonne hatte den letzten Nebel weggebrannt, aber die Morgenluft war immer noch angenehm kühl; darin lag der Rauch, der aus seinem Küchenkamin aufstieg.

Noch während er hinüberschaute, wurde das klapprige Gatter geöffnet, das zu dem schmalen Pfad führte, der am Haus entlang verlief, und der Mann, auf den Gibson wartete, betrat den Garten. Devlin, groß, schlank und dunkelhaarig, war nur ein paar Jahre jünger als Gibson. Die beiden Männer hatten gemeinsam in den Kriegen Georges des III von Italien über die iberische Halbinsel bis hin zu den Westindischen Inseln gekämpft. Die gemeinsamen Erfahrungen hatten ein ungewöhnliches, aber mächtiges Band zwischen dem irischen Wundarzt und dem Sohn und Erben eines der größten Adligen im Lande geschmiedet. Heutzutage arbeiteten sie manchmal gemeinsam an Mordfällen, die die Behörden nicht lösen konnten – oder wollten.

»Ich habe deine Nachricht erhalten«, sagte Devlin und blieb kurz vor dem Eingang des Gebäudes stehen. Sein feingezeichnetes Gesicht war angespannt; er lächelte nicht und kniff die seltsamen, bernsteinfarbenen Augen bereits zusammen, als wappne er sich für das, was er gleich sehen würde. »Wie schlimm ist es?«

»Schlimm.« Gibson drehte sich um und ging ihm voraus in den Raum zurück.

Devlin zögerte kurz, dann trat er in das düstere, kalte Gebäude. Beim Anblick des zerschlagenen Jungen, der auf Gibsons Granitplatte ausgebreitet lag, sog er zischend die Luft ein. »*Grundgütiger!*«

Gibson hatte es bisher nur geschafft, den Dreck und das Blut von der Vorderseite des Knabenleichnams zu waschen. Aber von der blassen, wächsernen Haut an den Armen, Beinen und dem Torso hoben sich die Schnitte und Risse, die sie bedeckten, scharf und violett ab.

»Was ist ihm um Himmels willen zugestoßen?«, fragte Devlin nach einem Augenblick.

»Jemand hat die Peitsche gegen ihn verwendet, und das mehrfach. Und ihn geschnitten. Mit einem kleinen, sehr scharfen Messer.«

»Wurde er so gefunden? Nackt?«

»Ja.«

Auf Devlins angespannter Wange trat ein Muskel hervor, als er sich auf den breiten, violett eingegrabenen Streifen um den Hals des Jungen konzentrierte. »Ich nehme an, daran ist er gestorben?«

Gibson nickte. »Wahrscheinlich wurde er mit einem Ledergürtel oder einem Riemen stranguliert.«

»Hast du irgendeine Vorstellung, wer er war?«

»Ja, die habe ich tatsächlich. Sein Name war Benji Thatcher. Laut dem Wachtmeister, der ihn hierhergebracht hat, wurde seine Mutter vor ungefähr drei Jahren nach Botany Bay deportiert. Seitdem hat er auf den Straßen von Clerkenwell gelebt – zusammen mit seiner kleinen Schwester.«

Devlin ließ den Blick erneut über den dünnen, misshandelten Leichnam des Knaben wandern. »Und das wurde ihm alles vor seinem Tod angetan?«

»Das meiste, ja.«

»Hölle noch mal.«

Devlin trat in die offene Tür, wie Gibson zuvor, und stützte die Hände in die Hüfte. Seine Nasenflügel weiteten sich, als er tief durchatmete. »Welcher Magistrat befasst sich damit?«

»Es müsste Sir Arthur Ellsworth sein, vom Hatton Garden Public Office. Allerdings hat er die Ermittlung bereits eingestellt. Anscheinend hat Sir Arthur mit seiner behördlichen Zeit Besseres zu tun, als sich um den Tod eines jungen Taschendiebs zu kümmern. Gestern Nachmittag wurde eine notdürftige öffentliche Anhörung abgehalten, und man hat den Leichnam der Pfarrgemeinde überstellt, um ihn im örtlichen Armenloch zu bestatten. Er ist nur hier, weil das einem der Konstabler – einem Mann namens Mott Gowan – nicht richtig erschien. Also hat er den Leichnam des Burschen zu mir gebracht.«

Von Clerkenwell und Hatton Garden zum Tower Hill war es ein weiter Weg, und Gibson hörte die Verblüffung in Devlins Stimme, als dieser fragte: »Wieso hierher?«

Gibson zögerte, dann sagte er: »Ich kenne Gowan über Alexi. Er ist mit einer Französin verheiratet.«

Devlins Kiefer spannte sich an, aber er sagte nur: »Aha.« Die gegenseitige Abneigung zwischen Alexi und Devlin war ebenso intensiv wie alt. »Du sagtest, der Junge war ein Dieb?«

»Manchmal, ja.«

Devlin wandte sich wieder dem kleinen, geschundenen Leichnam zu. Und etwas an dem Ausdruck, der über sein Antlitz flackerte, weckte in Gibson den Verdacht, dass sein Freund an seinen eigenen, kleinen Sohn dachte, der wohlbehalten zu Hause war. Er sagte: »Über wie viele Tage hinweg wurde ihm das angetan?«

»Zwei, vielleicht auch drei. Einige der Schrunden hatten schon angefangen zu verheilen, aber die meisten der Schnitte und oberflächlichen Stichwunden wurden ihm wahrscheinlich kurz vor oder während seines Todes zugefügt.«

Devlins Blick blieb an den rohen Wunden hängen, die um die Handgelenke des Knaben verliefen. Offensichtlich hatte er sich heftig gegen die Fesseln gewehrt. »Glaubst du, das waren Seile?«

»Ich habe Hanffasern gefunden, die in die Haut eingedrungen waren, aber es gibt auch Anzeichen, dass er mit Ketten gefesselt war. Er wurde auch geknebelt; in den Mundwinkeln kann man die wundgeriebenen Stellen erkennen.«

»Also hat ihn niemand schreien gehört«, sagte Devlin leise und ließ den Blick erneut über den bemitleidenswerten, zerschundenen Leib des Knaben wandern. »Wo wurde er gefunden?«

»Auf dem Grundstück der alten Rutherford Shot Factory, neben der Brook Lane, gleich hinter Clerkenwell. Ein ehemaliger Soldat, der in einem der verlassenen Warenhäuser geschlafen hat, wachte auf und hörte Geräusche, wie wenn jemand schaufelt. Er hörte zuerst eine Weile hin, dann ist er aufgestanden, um nachzuschauen.«

»Und die Geräusche kamen von jemandem, der ein Grab ausgehoben hat?«

»Ja. Der Grabende lief davon, als der Soldat ihn angerufen hat.«

»War dieser Soldat in der Lage, deinem Constable Gowan eine Beschreibung des Mörders zu liefern?«

»Keine großartige, fürchte ich. Er behauptet, es seien eigentlich zwei Männer da gewesen – einer hat das Grab geschaufelt, und ein anderer hat beim Pferd und dem Wagen gewartet.«

Devlin sah Gibson in die Augen. Die Vorstellung von nur einem Menschen, der fähig war, eine solche Abscheulichkeit zu begehen, war bereits schlimm genug; dass es *zwei* von ihnen geben sollte, schien außerhalb jeder Vorstellungskraft.

Devlin sagte: »Du sagtest, Benji hat eine kleine Schwester?«

Gibson nickte. »Sybil. Constable Gowan sagte, er hat versucht, sie zu finden, um ihr über ihren Bruder Bescheid zu geben. Aber niemand hat sie gesehen.«

Etwas glomm in Devlins Augen auf. »Seit wann? Seit wann wird sie vermisst?«

Gibson spürte, wie sich Eiseskälte in seinen Eingeweiden ausbreitete, als ihm klarwurde, was das, was er nun sagte, zu bedeuten hatte. »Seit drei Tagen.«

Kapitel 4

Sebastian verließ Gibsons Praxis und ging zu der alten, steinernen Tränke, an der sein junger Bursche, oder *Tiger*, bei seinem Zweispänner und den Pferden auf ihn wartete.

Tom, ein schmächtiger Halbwüchsiger mit weit auseinanderstehenden Zähnen, war schon seit drei Jahren Sebastians *Tiger* – seit jenem kalten und düsteren Februar, als Sebastian des Mordes bezichtigt und deshalb auf der Flucht gewesen war. In jenen Tagen war Tom ein hungriger Taschendieb gewesen, der zurückgelassen worden war und für sich selbst sorgen musste, nachdem seine Mutter nach Botany Bay deportiert worden war – genau wie bei Benji Thatcher. Unwillkürlich dachte Sebastian über den Unterschied im Schicksal der beiden Jungen nach, als er Tom beobachtete, der die Braunen herbeiführte und anhielt, und in dessen scharf geschnittenem Gesicht die Neugier glühte.

»Ist es Mord?«, fragte Tom. »Lösen wir den Fall?«

»Wir?«

Tom grinste. »Also ist es Mord.«

»Definitiv«, sagte Sebastian, sprang auf den Kutschbock und griff nach den Zügeln. »Und ja, ich werde versuchen, den Mörder zu finden. Wenn ich es nicht tue, tut es niemand.«

Tom kletterte auf seinen Bock auf der Rückseite der Kutsche. »Wer ist denn der Tote?«

»Ein fünfzehnjähriger Dieb aus Clerkenwell namens Benji Thatcher.« Sebastian sah keinen Grund, Tom mit den Gräueltaten zu belasten, die dem Jungen vor seinem Tod angetan worden waren. »Hast du schon mal von ihm gehört?«

Tom schüttelte den Kopf. »Schätze, er hat bei dem Falschen in die Tasche gegriffen?«

»Ich denke, das ist eine Möglichkeit«, sagte Sebastian und lenkte seine Pferde in Richtung Minories.

Der Distrikt namens Clerkenwell lag am nördlichen Rand von London, unmittelbar außerhalb der Linie der alten Stadtmauern. In mittelalterlichen Zeiten waren hier drei große Klöster gewesen: das London Charterhouse, das Nonnenkloster St Mary's und das englische Stammhaus des Johanniterordens. Nach der Auflösung und Zerschlagung der Klöster und religiösen Institutionen hatten ehrgeizige Höflinge und privilegierte Adlige den Stadtteil übernommen, und die vielen natürlichen Quellen in dem Gebiet hatten zu so angesehen Einrichtungen wie *New Turnbridge Wells*, *Spa Fields* und *Sadler's Wells* geführt. Im frühen siebzehnten Jahrhundert hatten sich deshalb auf den sanften Hügeln, die sich über der Stadt erhoben, Lustgärten, Tearooms, Bowlingfelder und Kegelbahnen getummelt.

Doch diese Tage gehörten der Vergangenheit an. Schon lange waren Geschäftsleute und Handwerker in die ehemals großartigen Häuser gezogen, die zurückgelassen worden waren, als »Menschen von höherem Stand« in das West End abgewandert waren. Die Errichtung eines Pocken-Krankenhauses und drei unterschiedlicher Gefängnisse trieb den Niedergang des

Viertels noch weiter voran. Müllhalden, Schottergruben und Weiden mit Nutzvieh sprenkelten jetzt die einst idyllischen Hügel.

Die verlassenen Gebäude der Rutherford Shot Factory lagen auf den offenen Feldern zwischen Clerkenwell Green und den Ufern des träge dahinfließenden Flusses Fleet, der hier kaum mehr als ein schlammiges Rinnsal war. Während der Amerikanischen Revolution hatte Rutherford eine bedeutende Menge der Bleimunition produziert, die von der britischen Armee und Marine abgefeuert worden war. Doch um die Jahrhundertwende herum war die Fabrik geschlossen worden, und nach mehr als einem Jahrzehnt des Brachliegens war sie zur Ruine verfallen, die Fenster der Lagerhäuser zerbrochen und mit Spinnweben überzogen. Die flechtenbewachsenen Schieferdächer brachen langsam ein, und wilder Wein überwucherte die alten Backsteingebäude.

»Boah«, sagte Tom, als Sebastian neben den Überbleibseln einer alten Steinmauer hielt, die das Anwesen einst eingeschlossen hatte. »Das is ja'n baufälliger Ort.«

Sebastian reichte Tom die Zügel. »Das ist es.«

Er sprang leichtfüßig auf den Boden und legte den Kopf in den Nacken, um an dem alten Schrotturm hinaufzublicken. Er erhob sich fünfundvierzig Meter in die Höhe und sah einem großen Backsteinschornstein ähnlich, nur viel größer. Früher wurde geschmolzenes Blei durch genau bemessene Siebe am oberen Ende des Turms gegossen, und die Bleitröpfchen wurden rund, als sie abkühlten und in ein tiefes Wasserbassin stürzten, das unten stand. Dann wurden die Kugeln auf Karren geladen und zum Backsteinlagerhaus hinter dem

Turm geschafft. Dort wurde der Schrot getrocknet, sortiert, poliert und zum Transport in Beutel und Fässchen gepackt. Aber diese Tage gehörten der Vergangenheit an. Die überwucherten Felder um die Fabrik herum waren heutzutage von alten Schleifrädern, rostenden Flaschenzügen und zerbrochenen Wagenrädern übersät.

Sebastian fand in der alten Mauer einen niedrigen, geborstenen Abschnitt und bahnte sich über den unebenen Grund seinen Weg. Er stieß einige Meter vor dem Schrotturm auf das unvollständig ausgehobene Grab.

Der Bereich um das flache Loch war hoffnungslos zertrampelt von den schweren Füßen der verschiedenen Beamten von Gemeinde und Behörde, die gerufen worden waren, um sich um die neu entdeckte Leiche zu kümmern. Aber auf dem Haufen lockerer Erde lag noch immer eine Schaufel, die jemand zurückgelassen hatte.

Sebastian ging neben dem Grab in die Hocke, berührte den Griff der Schaufel und spürte das glatte Holz unter den Fingerspitzen. Die Schaufel war nicht funkelnagelneu, aber auch nicht verwittert oder rostig, und er war ehrlich erstaunt, dass sie noch da lag. Andererseits war die offizielle Anhörung zu Benji Thatchers Tod ja auch nachlässig und übereilt verlaufen.

Er ballte die Hand zur Faust und richtete den Blick auf einen zerdrückten Hut, der mit der Krempe nach oben auf dem Grund der Grube lag. Benji Thatcher war nackt gefunden worden, also lag es nahe, dass der Hut aller Wahrscheinlichkeit nach nicht dem Jungen gehörte, sondern seinem Mörder.

»Sehn nich wie irgendso 'n Wachtmeister oder Magistrat aus, wo ich je gesehen hab«, erklang eine kratzige Stimme.

Als Sebastian aufblickte, sah er, dass ein zerlumpter, schmerzlich dürr aussehender Mann mit einer Krücke ihn betrachtete. Er stand im offenen Eingang eines der Lagerhäuser. Er sah aus wie eine Vogelscheuche mit langem, strähnigem rotblonden Haar und eingefallenen Wangen, die von einem seit mehreren Wochen wuchernden Bart bedeckt waren.

»Waren Sie am späten Sonntagabend beziehungsweise in den frühen Morgenstunden des Montags hier?«, fragte Sebastian.

»Ja.« Der Mann humpelte vor und bewegte seine Krücke. Sebastian sah, dass sein rechtes Bein in der Mitte des Oberschenkels endete. »Ich heiße Inchbald. Rory Inchbald.«

Sebastian erhob sich. »Was können Sie mir über den Mann sagen, der diese Grube geschaufelt hat?«

Inchbald blieb am anderen Ende des Erdhaufens stehen. Er war jünger, als er zuerst gewirkt hatte, bemerkte Sebastian, vermutlich noch in den Dreißigern. Aber er sah unheimlich unterernährt und ungesund aus, seine Haut war von einem klebrigen und schmutzigen Grau.

»War kein Mann. Eher 'n Bürschchen. Sechzehn, vielleicht siebzehn.«

»Ein Junge also?«

»Aye. Der Mann hat in einem Wagen auf ihn gewartet, der gleich dort drüben stand.« Die Vogelscheuche hob eine Klauenhand und zeigte dorthin, wo Tom mit Sebastians Pferden den Weg auf und ab ging.

»Können Sie ihn beschreiben? Den Mann mit dem Wagen, meine ich.«

Inchbald zog die dünnen Schultern zu einem angedeuteten Achselzucken hoch. »Was is da zu beschreiben? Schätze, er war 'n ganz normaler Gentleman.«

Die Sonne des Vormittags fühlte sich auf Sebastians Rücken unangenehm warm an. »Wieso denken Sie, er war ein Gentleman?«

»Ach, daran gibt's nix zu rütteln.«

»Haben Sie ihn sprechen hören?«

»Nein.«

»Aber er war gut gekleidet?«

Inchbald schürzte die Lippen. »Nicht schneidig, aber mehr als respektierlich.«

»Er könnte also auch ein Kaufmann oder Geschäftsmann gewesen sein.«

Ein garstiger Husten schüttelte den ganzen Leib des ehemaligen Soldaten. Am Ende drehte er den Kopf zur Seite und spuckte aus. »Nee. Er war schon 'n Gentleman. Ich hab in Indien unter genug von diesen Dreckskerlen gedient, um zu wissen, wann ich eines dieser Arschlöcher vor mir hab. Da irr ich mich nich.« Er verzog den Mund zu einem Grinsen, das schwarzen Zahnlücken zeigte. »Genau wie ich weiß, dass Ihr in der Armee wart. Offizier, richtig?«

Sebastian erwiderte den flackernden, feindseligen Blick des ehemaligen Soldaten. »Würden Sie das Gleiche über den Mann sagen, den Sie gesehen haben? Dass er ein ehemaliger Offizier war?«

»Nee. Der doch nich.«

Eine Krähe schoss heran und landete auf der Backsteinfensterbank eines der tiefen, mit einem Bogen versehenen Fenster, die in die dicken Wände des hohen Schrotturms schnitten. Sebastian blickte hoch und sah, wie der Vogel den Schnabel öffnete und sein lautes *Krah, Krah* ausstieß, das über dem leeren, vom Wind gepeitschten Feld widerhallte. »Dann sagen Sie mir mehr über ihn. War er dünn? Dick? Klein? Groß?«

»Woher soll ich das wissen; der hat doch 'n Umhang angehabt und auf dem Karren gesessen.«

»Können Sie mir sagen, ob er dunkles oder helles Haar hatte?«

»Nee. Der hatte 'nen Hut auf. Aber ich denk, der war eher jung. Zumindst hat er grade gesessen und sich auch wie 'n Junger bewegt.«

Sebastian dachte sich, das war immer noch besser als gar nichts. »Sie haben gesehen, dass er einen Wagen gefahren hat?«

»Aye. Einen zweirädrigen Wagen mit einem Pferd. Und jetzt fracht mich nich, was für 'ne Farbe das Pferd hatte, das könnt ich nämlich nich sagen. Es war dunkel.«

»Das Pferd?«

»Ich meine die Nacht. Aber ja, ich schätze, das Pferd war auch dunkel.«

Sebastian sagte: »Gentlemen fahren normalerweise keine Karren oder Wagen.«

Inchbald schnaubte. »Gentlemen karren normalerweise auch nicht tote Menschen rum, oder? Was würdet Ihr denn erwarten, was er fährt? Die Familienkutsche? Mit 'nem Wappen an der Tür, zwei Lakaien hinten auf 'm Bock und 'ner Leiche unter der Vorderbank?«

Sebastian musterte das ausgezehrte, feindselige Gesicht des ehemaligen Soldaten. »Haben Sie gesehen, wie der Gentleman und der Junge die Leiche aus dem Wagen geholt haben?«

»Nee. Hab nix gesehen, bis ich den Kerl entdeckt habe, der das Grab gebuddelt hat.«

»Um wie viel Uhr war das ungefähr?«

»Halb zwei.«

»So sicher?«

»Mhm. Die Kirchenglocken haben gerade geläutet, als ich nach der Uhr gesucht hab.« Inchbald kniff die wässrigen grauen Augen zusammen. »Warum seid Ihr hier und fragt all diese Fragen? Wo Ihr doch ein Offizier und Gentleman und alles seid.«

»Ich versuche herauszufinden, wer Benji Thatcher getötet hat.«

»Weshalb?«

Anstelle einer Antwort sagte Sebastian: »Kannten Sie ihn? Benji, meine ich.«

Inchbald zuckte die Achseln. »Hier auf den Straßen gibt's 'nen Haufen Kinder. Sehen für mich alle gleich aus.«

»Und der Junge, der das Grab geschaufelt hat? Sie waren viel näher an ihm dran als an dem Mann auf dem Wagen. Haben Sie ihn erkannt?«

»Nee. Aber ich sag doch schon die ganze Zeit, es war richtig dunkel. Und der Nebel ist reingezogen.«

Sebastian streckte die Hand aus, um den zerfledderten Hut zu holen. »Ist das seiner? Von dem Gräber, meine ich.«

»Möglich. Ist ins Loch gefallen, als ich ihn angebrüllt hab. Hat ihn wohl dabei verloren. Aber ich kann nich sagen, dass ich mich genau erinnern tät.«

»Das ist jedenfalls kein Hut eines Gentlemans.«

»Hab ja auch nich gesagt, der Knabe wär 'n Gentleman, was?«

»Sie sagen also, er war keiner?«

Inchbalds Augen verengten sich. »Wie würdet Ihr Euch denn anziehn, wenn Ihr 'n Grab buddeln wollt?«

Sebastian drehte den Hut in den Händen und blickte an dem ehemaligen Soldaten vorbei auf die Reihe verfallender Backstein-Lagerhäuser. »Gibt es noch andere, die hier übernachten?«

»Nicht so viele.«

»Nein? Warum nicht?«

»Die meisten Leute denken, hier spukt's.«

»Und Sie nicht?«

Inchbalds blutunterlaufene Augen verzogen sich amüsiert. »Ich schlaf schon seit der Sommersonnenwende hier und hab bis letzte Nacht nix gesehn. Und das waren ganz sicher keine Geister.«

Sebastian gab dem versehrten Soldaten zwei Schillinge und seine Karte. Der Mann konnte vermutlich nicht lesen, aber er konnte immer jemanden finden, der sie ihm vorlas. »Mein Name ist Devlin. Wenn Ihnen noch etwas einfällt, das von Bedeutung sein könnte, können Sie mich in der Brook Street einundvierzig kontaktieren. Es soll Ihr Schaden nicht sein.«

Die Münzen verschwanden in den Lumpen des Soldaten. Aber die Karte hielt er noch ungeschickt zwischen Zeige- und Mittelfinger und blickte darauf. »Ach. Nicht nur ein Offizier und Gentleman, sondern auch noch ein

Adliger. *Viscount* Devlin.« Er hustete und spuckte einen Batzen Speichel aus, der dieses Mal bedrohlich dicht an Sebastians glänzenden Stiefeln landete. »Hab gehört, der tote Junge war ’n Taschendieb. Also sagt mir, was interessiert’s Euch, was ’nem wertlosen jungen Dieb passiert ist?«

»Es interessiert mich eben«, sagte Sebastian und beobachtete, wie das Grinsen auf dem Gesicht seines Gegenübers weniger selbstbewusst, dafür verwirrter wurde.

***

Die nächsten fünfzehn oder zwanzig Minuten verbrachte Sebastian damit, über das mit Geröll vollliegende Gelände der Fabrik zu gehen und sich in den leeren Lagerhallen umzusehen. Er erwartete nicht, auf etwas von Interesse zu stoßen, und das tat er auch nicht.

Als er zurück zu seiner Kutsche kam, blinzelte Tom zu drei Krähen hoch, die in einer Reihe auf der Brüstung oben auf dem Schrotturm saßen; sein Gesicht war ganz verkniffen und angestrengt. »Meint Ihr, der Junge ist hier umgebracht worden?«, fragte der *Tiger* Sebastian, als dieser auf den Kutschbock sprang.

»Wahrscheinlich nicht. Wahrscheinlich war das nur ein passender Platz, von allem schön abseits gelegen, um den Leichnam loszuwerden.« Die nächste Ansammlung von Wohnhäusern lag gut einen halben Kilometer weiter, an der Kreuzung. Am anderen Ende der Straße standen Ziegelbrennereien, aber bei Nacht waren sie menschenleer, und das offene Land hinter der Steinmauer der Firma wurde von der New River Company kontrolliert und war leer bis auf ein ganzes Netz aus Holzrohren, die Wasser zur Stadt beförderten.

»Und wo ist er dann gekillt worn?«, fragte Tom.

»Ich habe keine Ahnung.« Sebastian hielt inne, die Zügel in der Hand, und ließ den Blick zum Hügel hinunterwandern, hinter den ausgedehnten, von hohen Mauern umgebenen Komplex des Middlesex House of Correction bis zur Londoner Innenstadt selbst. Das Gelände hier lag so hoch, dass er sehen konnte, wo die gewundenen Straßen von Clerkenwell fließend in die riesigen und belebten Londoner Straßen übergingen. Er konnte bis zur Kuppel der St Paul's Cathedral sehen, die sich massiv und glänzend in der Morgensonne erhob, und sogar noch darüber hinaus.

Er konnte nicht wissen, wie viel er auf Rory Inchbalds Worte geben konnte. Aber er nahm an, dass das, was der ehemalige Soldat ihm erzählt hatte, im Wesentlichen stimmte. Und das bedeutete, dass dort draußen in Londons Straßen nicht nur ein, sondern zwei bösartige Mörder herumliefen; ein Mann und ein Jugendlicher, die sich Benji Thatcher geschnappt und ihn mehrere Tage brutal gefoltert hatten, bevor sie ihn wie nebenbei mit einem Riemen abmurksten, den sie fest um den dünnen Hals des obdachlosen Jungen gezogen hatten.

Und was war mit Benjis kleiner Schwester?, fragte sich Sebastian. Hatten die Mörder auch Sybil Thatcher geschnappt? Hatten sie sie immer noch in ihren Klauen? Waren sie womöglich gerade dabei, ihr das Gleiche anzutun wie ihrem Bruder? Oder war sie schon tot?

Er umklammerte die Zügel unwillkürlich fester, als in ihm das Gefühl von Dringlichkeit aufwallte. Wer waren diese Leute? *Wo* waren sie? Und wie zur Hölle sollte er sie finden, wenn er keinerlei Anhaltspunkte hatte, wo er anfangen konnte?

Nichts als eine Schaufel, einen schäbigen Hut und die unzuverlässige Zeugenaussage eines sterbenden Veteranen mit einem mächtigen, brennenden Hass auf Offiziere und Gentlemen.

Kapitel 5

Hero Devlin saß im Kleinen Salon im riesigen Stadthaus ihrer Eltern am Berkeley Square neben ihrer Mutter. Vor ihnen auf dem Tisch stand ein Teetablett, aber die Frau, derentwegen Hero hergekommen war, war kurz vor ihrem Eintreffen auf einen Spaziergang ausgegangen und noch nicht wieder zurück.

»Und, genießt du den Besuch von Base Victoria?«, fragte Hero, als Annabelle Lady Jarvis nach der Teekanne griff. »Sei ehrlich.«

Lady Jarvis lächelte und schenkte die erste Tasse ein. »Ja. Wirklich.« Im Gegensatz zu ihrer Tochter war Lady Annabelle zierlich und schmal gebaut, mit hübschen blauen Augen und blassblondem Haar, das jetzt langsam weiß wurde. »Victoria ist eine liebenswerte Frau.« Sie reichte Hero die Tasse und fuhr fort: »Ich hatte gehofft, ihr heute Morgen meinen Enkel vorstellen zu können.«

»Ich dachte darüber nach, ihn mitzubringen, aber er zahnt gerade und brüllt sein Unwohlsein und seine Wut in die Welt hinaus. Ich dachte mir, dass Base Victoria einen solchen Besuch nicht schätzen würde.«

»Simon hat wirklich eine kräftige Lunge«, stimmte seine ihm ergebene Großmutter zu.

»Allerdings.« Hero trank einen Schluck Tee. »Ich nehme an, Base Victoria hat keine Kinder?«

Lady Jarvis schüttelte den Kopf und schenkte eine zweite Tasse ein. »Leider nicht, obwohl sie zweimal verheiratet war und verwitwet ist.«

»Zweimal?«

»Ja, das arme Ding. Ihr erster Gatte war ein Adjutant von Wellesley, aber er starb am Fieber, kurz bevor das Regiment Indien verlassen sollte.«

»Wie tragisch. Hat sie immer in Indien gelebt?«

»Von Kindesbeinen an, ja. Ihr Vater hat der East India Company angehört.«

»Und ihr zweiter Ehemann war auch in der Armee?«

»Mhm. John Hart-Davis, der älteste Sohn von Lord Hart-Davis. Er wurde bei der Besetzung von San Sebastián letzten Monat getötet. Sie ist gerade erst in England angekommen.«

»War sie mit ihrem Gatten in Spanien?«

»Ja, und in Irland und Südamerika ebenfalls.«

»Was für ein tragisches und doch außergewöhnlich abenteuerliches Leben sie hat«, sagte Hero, die sich immer danach gesehnt hatte, die Welt zu bereisen.

Um Lady Jarvis' Augen erschienen Fältchen, als sie verstehend lächelte. Mutter und Tochter mochten in vielerlei Hinsicht gegensätzlich sein, aber Annabelle kannte ihre Tochter gut. »Ich glaube, du wirst sie leiden mögen. Sie ist brillant. Sie spricht Hindi, Urdu, Spanisch, Französisch und Portugiesisch ...« Sie unterbrach sich beim Geräusch leiser, rascher Schritte auf der Treppe. »Ah, da kommt sie ja.«

Hero hätte nicht genau sagen können, was sie erwartet hatte. Vielleicht eine untersetzte, pragmatische Frau in Bombasin mit sonnengebräunter Haut und Haar, das sie wie ein Blaustrumpf in einem festen Knoten trug? Sicherlich nicht mit der ätherischen und außerordentlich attraktiven Frau mit einem Heiligenschein aus goldenen Locken, die in den Raum hereinrauschte und ein exquisites Kleid aus französischer schwarzer Seide trug.

»Base Hero!«, rief sie aus und kam mit ausgestreckten Händen auf sie zu. »Gott sei Dank, dass ich dich nicht verpasst habe! Der Park im Square ist so zauberhaft – ich fürchte, ich habe mich viel länger dort verweilt, als ich hätte sollen. Es tut mir so leid.«

Hero stand auf, um sie zu begrüßen. »Bitte entschuldige dich nicht. Ich bin selbst gerade erst gekommen.«

»Großer Gott, du bist so groß wie dein Vater«, sagte Victoria und stellte sich auf die Zehenspitzen, um ihr die Wange zu küssen.

»Fast.« Neben dieser feingliedrigen und kleinen Base fühlte sich Hero plötzlich ungewöhnlich unbeholfen und viel zu groß.

Kusine Victoria lachte und enthüllte hübsche weiße Zähne. Auf einer ihrer wie Damast wirkenden Wangen erschien ein Grübchen. »Ich habe von deiner Mutter schon so viel über dich gehört, dass ich das Gefühl habe, dich bereits zu kennen.«

»Mein herzliches Beileid zum Tod deines Mannes.«

»Oh, danke sehr.« Base Victoria lächelte Heros Mutter traurig zu. »Ich war auf dem Weg nach Norden, um einige Zeit bei der Familie meines John in Norfolk zu verbringen, als Annabelle mich so freundlich eingeladen hat, meine Reise zu unterbrechen und ein paar Wochen bei ihr zu verweilen.«

Lady Jarvis nahm die Hand ihrer jungen Verwandten und drückte sie. »Es ist mir ein Vergnügen, meine Liebe, glaub mir.«

»Meine Mutter sagte, du bist gerade aus Spanien gekommen«, sagte Hero und nahm wieder Platz. »Stimmt es, was sie sagen – dass unsere Armeen bald die Pyrenäen überquert haben werden?«

Base Victoria ließ sich auf einem Stuhl neben dem Kamin nieder. »Zweifellos. Oh, es gibt vielleicht noch ein paar französische Festen auf der Halbinsel. Aber ich glaube, Wellington hat vor, sie einfach zu umgehen und nach Frankreich einzumarschieren, bis nach Paris.«

»Das sind gute Neuigkeiten«, sagte Lady Jarvis und schenkte ihrer jungen Verwandten eine Tasse Tee ein.

»Ja. Aber unsere Sache ist ja auch richtig, und das bedeutet, der Sieg war immer unausweichlich.«

»Du klingst wie mein Vater«, sagte Hero lächelnd.

Base Victoria nickte und griff nach ihrer Tasse. »Lord Jarvis hat mir just gestern Abend einiges von seinen Plänen, Europa umzustrukturieren, berichtet.«

Einen langen, unbehaglichen Augenblick konnte Hero die Frau ihr gegenüber nur anschauen. Jarvis? Jarvis hatte sich nicht nur dazu herabgelassen, den weiblichen Gast seiner Frau zu unterhalten, sondern tatsächlich sogar seine Pläne für ein postnapoleonisches Europa mit ihr besprochen?

Jarvis?

»Ich war erleichtert zu hören, dass der Prinz fest entschlossen ist, dafür zu sorgen, Europas Monarchen wieder auf die Throne zu setzen, die Gott ihnen verliehen hat«, sagte Base Victoria und nippte an ihrem Tee.

Hero räusperte sich. »Das ist er. Obgleich es sich nicht leugnen lässt, dass Gott das, was er gegeben hat, auch wieder nehmen kann – wie wir gesehen haben.«

»Richtig«, stimmte die Witwe zu. »Aber nun führt er unsere Kräfte zum Sieg, nicht wahr?«

»Gott und Wellington«, sagte Hero.

Base Victoria neigte den Kopf zur Seite und lachte erneut fröhlich. Sie war vielleicht zwei oder drei Jahre älter als Hero, Ende zwanzig, mit feingezeichneten Gesichtszügen und einem milchig weißen Teint, der von ihrem Leben in heißerem Klima unbehelligt geblieben war. Und Hero kam in den Sinn, dass Jarvis' Schwäche für die junge Witwe sie nicht so sehr hätte überraschen sollen. Jarvis hatte schöne Frauen immer schon genossen, und Victoria Hart-Davis besaß genau die Züge, die Jarvis an Frauen am meisten bewunderte: Sie war zierlich und hell, und sie hatte die gleichen blauen Augen, die ihn einst zu Heros Mutter hingezogen hatten.

Der Gedanke beunruhigte Hero mehr, als sie hätte sagen können.

Kapitel 6

Ein paar Befragungen in den Straßen von Clerkenwell führten Sebastian zu einem Platz, der als Coldbath Square bekannt war. Dort fand er Constable Mott Gowan, der gerade eine Aalpastete von einem Imbisswagen aß, der an einer Seite des Platzes geparkt war.

Das berühmte Cold Bath war im späten siebzehnten Jahrhundert als eindrucksvolles medizinisches Bad mit viel Marmor errichtet worden. Es war fast ganz hinter einer hohen Backsteinmauer versteckt, oberhalb deren nur das steile Giebeldach und die Baumspitzen zu sehen waren, die der Herbst golden und rot gefärbt hatte. Drei Seiten des Platzes waren von Spekulanten bebaut worden, die darauf gehofft hatten, dass Clerkenwell sich zu einem beliebten Erholungsort entwickeln würde. Der Bau des riesigen Zuchthauses Middlesex House of Correction an der vierten Seite hatte dann allerdings das Prestige der Wohngegend massiv unterwandert.

»Aye, ich habe Benjis Leiche zu Gibson bringen lassen«, antwortete Mott Gowan auf Sebastians Frage. Der Konstabler war ein großer, schlaksiger Mann Ende dreißig oder Anfang vierzig. Er hatte glattes sandfarbenes Haar, ein knochiges Gesicht und ein vorstehendes, kantiges Kinn. »Der Untersuchungsrichter von Hatton Garden, Sir Arthur, war dafür, die sterblichen Überreste des Jungen in das Armenloch von St James's zu werfen und zu vergessen. Ich sagte, ich wolle dafür sorgen, dass er ein richtiges Begräbnis bekommt, und das tue ich auch.« Er verengte die Augen. »Ich habe allerdings nix davon gesagt, dass ich vorher noch versuchen will, herauszufinden, was ihm zugestoßen ist.«

»Erkennen Sie den wieder?«, fragte Sebastian und hielt den zerbeulten Hut hoch, den er von der Schießpulverfabrik mitgebracht hatte.

»Glaube nicht. Warum?«

»Den habe ich am Grund von Benjis Grab gefunden. War es seiner?«

Gowan schüttelte den Kopf. »Das weiß ich nicht genau.«

»Könnte es sein, dass der Wachmann oder einer der Wachtmeister ihn hat fallen lassen?«

Gowan runzelte die Stirn. »Der Hut sieht eher erbärmlich aus.«

»Erinnern Sie sich, ob Sie ihn gestern Abend dort gesehen haben?«

»Nein. Aber es war auch furchtbar dunkel und neblig. Ich habe mich nicht so genau umgeschaut. Und dann haben die Wachtmeister der Behörde von Hatton Garden übernommen.« Gowans Stirnrunzeln vertiefte sich. Offenbar bestand eine beträchtliche Animosität zwischen den Wachtmeistern der Pfarrgemeinde und denen der öffentlichen Behörde.

»Wie gut haben Sie Benji gekannt?«, fragte Sebastian.

»Ich kannte ihn und seine Schwester Sybil seit Jahren. Ihr Da war ein Uhrmacher drüben am St John's Place, bevor er 1808 rum gestorben ist. Annie – das ist ihre Momma – konnte die beiden eine Weile versorgen; sie hat für andere Wäsche gemacht und sowas. Aber dann wurde sie krank – richtig krank. Benji hat dann anscheinend jede Woche irgendwas zu den Gebrauchtwarenständen gebracht, um Essen und die Miete zu bezahlen. Aber am Schluss war nichts mehr zum Verkaufen übrig, und ihr Vermieter warf sie raus.«

»Sie lebten also schon auf der Straße, als ihre Mutter verhaftet wurde?«

Der Konstabler nickte betrübt. »Selbst wenn es Annie wieder besser gegangen wäre, hätte sie nicht mehr als Wäscherin arbeiten könnten. Wie hätte sie das ohne ihre Kessel denn tun sollen?« Sein ausgeprägter Kiefer bewegte sich, als er an einem großen Bissen seiner Pastete kaute und dann schluckte. »Ich sag nicht, dass es richtig war, was Annie getan hat – dass sie die Spitze aus Miss Tillys Laden geklaut hat. Aber was sollte sie sonst tun? Außer sich als Hure zu verdingen, und sie sagte, dass sie sich dazu nicht überwinden konnte.«

Sebastian sah auf, als ein kühler Windzug die Blätter der Bäume am anderen Ende der Mauer bewegte. Eine Frau, die sich der Prostitution zuwandte, ging das Risiko ein, in eine Besserungsanstalt gesteckt zu werden. Aber wenn sie dabei erwischt wurde, dass sie etwas stahl, das von einem bestimmten Wert war, konnte sie erhängt werden. »Wurde sie nach Botany Bay verschickt?«

Gowan nahm erneut einen großen Bissen seiner Pastete. »Aye. Zuerst sollte sie erhängt werden. Aber dann wurde das Urteil am Ende der Verhandlung zu sieben Jahren Deportation geändert. Sie hat darum gebettelt, dass sie sie ihre Kinder mitnehmen lassen – sie hatte hier in der Gegend keine Familie, zu der sie sie geben konnte. Aber die Magistrate habe sich nicht darauf eingelassen. Die sagten, Benji und Sybil wären alt genug, um für sich selbst zu sorgen.« Der Konstabler schüttelte den Kopf. »Sybil war damals fünf. Wie hätte sie denn für sich selbst sorgen können?«

Sebastian blickte über die Baynes Row hinweg zu den düsteren grauen Wänden des Gefängnisses, wo eine Gruppe lachender halbwüchsiger Jungen sich im Spiel gegenseitig schubsten und stießen. Er hatte schon von gerade mal zweijährigen Kindern gehört, die man schreiend auf den Docks zurückgelassen hatte, während ihre entsetzten Mütter gefesselt auf die Sträflingsschiffe gezerrt wurden.

»Benji war ja selbst kaum mehr als ein Knirps«, sagte Gowan. »Aber er ist aufgestanden und hat sich um seine Schwester gekümmert. Das hat er.«

»Haben Sie Sybil seit dem Mord an Benji gesehen?«

»Nein.« Gowan schluckte den letzten Bissen seiner Aalpastete hinunter und wischte sich die fettigen Finger am Hosenboden ab. »Keiner hat die beiden in den letzten drei oder vier Tagen gesehen. Ich habe herumgefragt, aber es sieht so aus, als ob derjenige, der Benji umgebracht hat, Sybil auch hat. Und wenn sie dem Mädchen das Gleiche antun wie diesem armen Bub –« Ihm brach die Stimme weg, und er schüttelte nur den Kopf.

»Wann wurden sie zum letzten Mal gesehen?«

»Nun ... Ich hab Benji selbst mit einem Freund am Freitagabend unten in Hockley-in-the-Fields gesehen. Ich glaube nicht, dass Sybil bei ihnen war, aber es kann schon sein.«

»Wie alt ist sie jetzt?«

Gowan runzelte nachdenklich die Stirn. »Sie muss sieben oder acht sein, schätze ich. Aber sie ist ein mickriges kleines Ding. Sieht nicht annähernd so groß aus.«

»Hellblonde Haare, wie Benji?«

Der Konstabler stieß einen langen, besorgten Atemzug aus. »Aye. Sie hat auch die blauen Augen ihrer Momma.«

»Wo haben Benji und seine Schwester geschlafen?«

»Wo auch immer sie gerade konnten. Wenn Benji einen oder zwei Pennys übrig hatte, hat Benji manchmal einen Schlafplatz in einem Bett irgendeiner Absteige gemietet. Ist aber nicht oft vorgekommen.«

»Ich hörte, Benji war ein Dieb. Stimmt das?«

Gowan rieb sich über den Nacken. »Ich schätze, ja. Oh, er hat auch Erledigungen gemacht und im *Red Lion* geholfen, die Ställe auszumisten, wenn er konnte. Aber er war nicht sehr stark. Wer heuert schon einen kleinen Buben wie ihn an, um schwere Arbeit zu erledigen – wenn er für den gleichen Lohn einen großen, tatkräftigen Kerl kriegen kann?«

Die Glocke der Kirche St James in der Nähe begann zu läuten; ihr stetiger Klang wurde von der mittelalterlichen Kapelle der Johanniter aufgenommen, die dahinter, in St John's Close stand. Sebastian sagte: »Wissen Sie, um welche Uhrzeit Rory Inchbald die Leiche des Jungen gefunden hat?«

»Hm, mal sehen … Der Wächter hat mich kurz vor zwei geholt, also schätze ich, dass es vielleicht eins oder halb zwei war.«

Das passte zu dem, was ihm der ehemalige Soldat gesagt hatte. Sebastian sagte: »Haben Sie sehen können, was Benji angetan worden ist, bevor man ihn umbrachte?«

Sebastian sah regelrecht, wie sich die Haut um die verstehenden Knochen im Gesicht des Konstablers anspannte, und er senkte die Stimme zu einem Flüstern, als er nickte. »Deshalb habe ich den Leichnam des Knaben zu Paul Gibson bringen lassen. Das ist nicht normal, was ihm angetan worden ist.«

»Gibson sagt, Benji wurde über drei oder vier Tage hinweg gefoltert. Kennen Sie irgendjemanden, der so etwas tun könnte?«

»Großer Gott. Ich hoffe nicht. Man wüsste es, oder nicht? Wenn jemand, den man kennt, so verdreht wäre? So krank im Kopf?«

Sebastian war sich da nicht so sicher, aber er sagte nur: »Hatte Benji mit den Gentlemen hier in der Gegend zu tun gehabt?«

»Gentlemen? Nicht dass ich wüsste. Warum?«

»Rory Inchbald behauptet, er hat in der Nacht noch einen weiteren Mann außer dem Jungen gesehen, der das Grab geschaufelt hat. Einen Gentleman.«

Der Konstabler schnaubte. »Hm. Ich weiß, dass er sagte, einen zweiten Kerl auf einem Wagen gesehen zu haben. Aber zu mir hat er nix davon gesagt, dass das ein Gentleman gewesen wär. Ich würd nich zu viel auf das geben, was Inchbald sagt.« Gowan beugte sich vor und tippte sich mit einem Zeigefinger an die Seite des Kopfes. »Ist hier nicht ganz richtig, fürchte ich.«

»Sie meinen, diesen Teil hat er sich ausgedacht?«

»Sagen wir einfach, Inchbald hasst Gentlemen. Als er bei der Armee war, hat ihn der Sohn eines Lords fast zu Tode peitschen lassen für etwas, von dem Inchbald sagt, dass er es nicht getan hat.« Gowan zögerte, dann fuhr er fort: »Ich würd ihm an Eurer Stelle nich den Rücken zudrehen. Ihr wisst, was ich meine?«

Sebastian sah einen Mann, der einen mit dreckigen Kohlesäcken bepackten Esel führte, um die Ecke kommen, an der die abgerissenen Jungen spielten. Der Kohlemann war alt und krumm, seine Kleidung und sein Gesicht schwarz vom Kohlestaub. »Was, wenn die Mörder Sybil nicht haben?«, fragte Sebastian. »Was, wenn sie Angst hat und sich versteckt hält? Wohin würde sie Ihrer Meinung nach gehen?«

Gowan schüttelte den Kopf, den Blick wie Sebastian auf die Jungen gerichtet, die sich jetzt über die Coppice Row verteilten. »Kann mir keinen Platz mehr vorstellen, an dem ich noch nicht gesucht habe. Aber Ihr könntet versuchen, Benjis Freunde zu fragen. Ich weiß, dass sie auch nach ihr gesucht haben – sie haben nach beiden gesucht, bis wir gestern Morgen das gefunden haben, was von Benji noch übrig ist.«

»Wissen Sie, wie die Freunde heißen?«

»Mal sehen ... Da ist einmal Toby Dancing. Er ist derjenige, den ich am Freitag mit Benji gesehen habe, wie ich Euch schon sagte.« Gowan nickte der Gruppe abgerissener, schmutziger Jungen zu, die nun einen Kreis um den alten Kohlemann und seinen Esel bildeten. »Und Jem Jones – der große Junge mit dem roten Taschentuch um den Hals, den Ihr dort seht – er ist auch einer von Benjis Freunden.« Der Konstabler hob die Stimme. »Hey, Jem! Aye, mit dir red ich, Bursche«, sagte er, als Jem herumwirbelte, die Augen aufriss und seinen schlaksigen Körper anspannte.

Kurz dachte Sebastian, der Junge wolle weglaufen. Dann sagte Gowan: »Nein, hau nicht ab. Du hast nichts gemacht – zumindst weiß ich von nix. Aber hier ist ein Lord, der will dir ein paar Fragen über Benji stellen.«

Jem Jones zögerte, dann kam er mit schleppenden Schritten näher.

»Seid Ihr wirklich 'n Lord?«, fragte er Sebastian, und auf seinem Gesicht wechselte sich Bewunderung mit Zweifel und Misstrauen ab, als er in einem Abstand von vielleicht drei Metern stehenblieb. Der unterernährte Junge mit den langen Beinen konnte ebenso gut ein großgeratener Vierzehnjähriger sein wie ein kleingeratener Achtzehnjähriger. Er hatte ein schmales, unscheinbares Gesicht, schmutzig-hellbraune Haare und Augen von verwaschenem Grau.

»Natürlich ist er ein echter Lord«, versetzte Gowan. »Für dich Viscount Devlin, Junge. Kümmer dich also um deinen Kram, hörst du? Und ihr«, rief er und fuchtelte mit den Armen in Richtung der Jungen, als sie immer näher zu dem Kohlemann heranrückten. »Hört auf!« Er stieß sich von der Mauer ab. »Entschuldigt mich, Mylord«, sagte er hastig und trabte über die Straße just, als der Esel einen verängstigten Schrei ausstieß.

Jem Jones blieb stehen, wo er war und betrachtete Sebastian aus zusammengekniffenen Augen. »Warum wolle Ihr was über Benji wissen?«

»Ich versuche herauszufinden, wer ihn umgebracht hat.«

»Ihr? Aber ... wieso?«

»Weil sich anscheinend sonst niemand die Mühe macht.«

Jem schniefte. »Mick Swallow ist letztes Jahr verschwunden, und keiner hat je versucht, herauszufinden, wer ihn umgebracht hat.«

»Wurde seine Leiche gefunden?«

»Nein.«

»Weshalb glaubst du dann, dass er getötet wurde?«

»Weil er den einen Tag noch da war, den nächsten nicht mehr. Er hätte's mir gesagt, wenn er irgendwohin gewollt hätte. Er is mein Kusing.«

Sebastian kam in den Sinn, dass Benji, hätte der Ex-Soldat nicht das Schaufeln seines Grabes gestört, einfach verschwunden wäre, genauso wie seine Schwester Sybil. Und er spürte das Flüstern einer Schreckgestalt, das Gefühl, auf der Schwelle zu etwas Ominösen zu stehen. »Verschwinden hier oft Straßenkinder?«

»Oft genug.«

»Wie oft?«

Jem zuckte. »Weiß nich. Alle paar Monate oder so. Manchmal kommen sie zurück. Aber meistens bleiben sie einfach verschwunden.«

Sebastian sah weiter in das dünne, schmutzige Gesicht des Jungen. »Was denkst du, ist Sybil, Benji und deinem Cousin zugestoßen?«

Jem spielte mit der zerfasernden Manschette seines abgeschnittenen Männerhemdes.

»Sag es mir«, sagte Sebastian.

Das Kinn des Jungen ruckte nach oben, seine Brust hob sich, als er schnell und tief einatmete. »Ich schätze, es hat sie sich einer geschnappt, das is passiert. Hat sie sich alle geschnappt.«

»Hast du eine Vorstellung, wer das sein könnte?«

Jem spannte den Kiefer an und erwiderte Sebastians Blick, sein ganzer Leib war vor Feindseligkeit und Misstrauen ganz angespannt.

»Du weißt es, nicht?«

»Nein.« Der Junge schüttelte rasch den Kopf. »Keiner weiß es.«

»Aber du hast ein paar Vermutungen.«

Jem schüttelte immer noch den Kopf. »Nein. Es ist bloß ...« Er unterbrach sich und warf einen raschen, aufmerksamen Blick um sich. Constable Gowan, der Kohlemann mit dem Esel und Jem Jones' Freunde waren allesamt verschwunden.

»Bloß ...?«, hakte Sebastian nach.

»Hm, es gibt Gerede darüber, *was* er ist.«

»Oh? Was sagen die Leute denn?«

Jem spannte sich wieder an, und einen Augenblick dachte Sebastian, dieses Mal würde er wirklich eher weglaufen als zu antworten. Dann schluckte der Junge und sagte flüsternd und rasch: »Die Leute sagen, es is'n Gentleman.«

Sebastian wurde klar, dass er auf irgendeiner Ebene Rory Inchbalds Geschichte, in der Nacht »einen Gentleman« gesehen zu haben, nicht wirklich geglaubt hatte. Jetzt kam es ihm schon sehr viel wahrscheinlicher vor, dass der ehemalige Soldat die Wahrheit gesagt hatte. Sebastian sah dem Jungen weiter ins Gesicht. »Warum denken die Leute das?«

»Weiß nich. Sie sagen es halt.«

»Wer sagt es?«

Jems Blick flackerte über Sebastians sauber geschneiderten Mantel und die rehledernen Kniehosen. »Na ... Leute halt.«

Sebastian begriff so langsam, dass es ein Fehler gewesen war, sofort nach Clerkenwell zu fahren, nachdem er Gibsons Praxis verlassen hatte. Er hätte zurück zur Brook Street fahren und sich den altmodischen Gehrock, die speckigen Hosen und die kaputten Stiefel anziehen sollen, die in der Rosemary Lane in den Gebrauchtwarenläden verkauft wurden. Für die ärmsten, rohesten Elemente an Orten wie Clerkenwell war ein Gentleman mehr als ein Außenseiter; er war ein Feind.

Sebastian sagte: »Ich hörte, Benji hat noch einen Freund, einen Knaben namens Toby Dancing. Weißt du, wo ich ihn finden könnte?«

»Nee. Der war immer mehr Benjis Freund als meiner.«

»Constable Gowan sagte mir, dass du nach Benjis Schwester Sybil gesucht hast.«

Die Frage schien Jem zu überraschen. Er zögerte kurz, als ob er einen Trick befürchtete. »Aye.«

»Und du hast keine Spur von ihr gefunden?«

»Nein.«

»Wenn Benjis Mörder sie nicht haben, kannst du dir vorstellen, wo sie sein könnte?«

Der Junge verzog die Lippen zu einem ironischen Grinsen. »Wenn ich's wüsste, würd ich doch dort nachsehen, oder nich?«

»Würdest du. Und wo hast du nachgesehen?«

In den schmutzigen Zügen des Jungen flackerte etwas auf, die Spur einer Emotion, die sofort wieder verschwand. »In der Gegend rum.«

»Wenn du irgendeine Spur von ihr entdeckst oder irgendetwas hörst, das uns helfen könnte, zu verstehen, was mit Benji passiert ist, erzählst du es Constable Gowan?«

Jem nickte mit schmalen, ernsten Augen, und Sebastian wusste, dass er log.

Sebastian gab auf und wandte sich um, in die Richtung, in der er Tom mit den Pferden hatte stehen lassen. Er hatte den Zweispänner schon fast erreicht, da hörte er Schritte, die ihm hinterherliefen, und drehte sich um.

Jem blieb abrupt stehen. Seine Brust hob und senkte sich.

»Ist dir doch noch etwas eingefallen?«, fragte Sebastian.

Jem schüttelte den Kopf. »Es ist nur ... Ja, ich glaube, der Pfarrer von St James könnt Euch ein paar Fragen beantworten.«

»Aha?«

Wieder war das Gesicht des Jungen eine ausdruckslose, vorsichtige Maske. »Reverend Filby ist sein Name.«

»Warum?«

Jem sah verwirrt aus. »Was meint Ihr mit warum?«

»Warum denkst du, der Reverend könne einige meiner Fragen beantworten?«

Der Junge zuckte die Achseln. »Ist halt vielleicht so.«

Sebastian durchforstete das verzogene Gesicht des Jungen nach einem Hinweis auf List und Tücke. Er konnte sich keinen Grund vorstellen, aus dem ein Junge, der so offen feindselig und unkooperativ war, plötzlich freiwillig seiner Meinung nach hilfreiche Informationen weitergeben sollte. Aber das Gesicht des Jungen blieb ärgerlich und verschlossen.

Und ängstlich, wurde Sebastian klar. Jem Jones war ängstlich.

Kapitel 7

»Blickt Uns nicht so finster an, Jarvis«, sagte Seine Hoheit, George Augustus Frederick, Prince of Wales und Regent des Vereinigten Königreiches von Großbritannien und Irland. All seine Aufmerksamkeit war der Aufgabe gewidmet, von dem goldgeränderten Teller mit Belgischer Schokolade, den er in der plumpen Hand hielt, die nächste Köstlichkeit zu wählen.

Halb lag, halb saß der Prinz auf einem der Sofas, die zu einem Set gehörten. Sie waren rosa gepolstert und wie vergoldete Schwäne geformt; er hatte sie kürzlich erst für seinen bevorzugten Rückzugsraum in Carlton House herstellen lassen. In seiner Jugend war er sowohl attraktiv als auch beliebt bei seinem Volk gewesen. Aber seine Schlankheit und sein gutes Aussehen waren längst der Völlerei und dem ausschweifenden Lebensstil zum Opfer gefallen, denen er frönte. Das Wohlwollen seines Volkes hatte er durch seine selbstsüchtigen, rücksichtslosen Extravaganzen, die er sich ein Vermögen kosten ließ, sowie durch seine gefühllose Grausamkeit seiner Gattin und Tochter gegenüber zerstört. Jetzt, mit Anfang fünfzig, war er fettleibig, verwöhnt und unberechenbar. Aber er war immer noch der Prinzregent.

Als Charles Lord Jarvis – der Mann, dem sein Kommentar gegolten hatte – schwieg, schürzte der Prinz die Lippen zu einer Schnute. »Ich möchte nur noch etwas darüber nachdenken, das ist alles«, sagte George und warf sich das ausgewählte Stück Schokolade in den Mund. »Entscheidungen solcher Tragweite erfordern reifliche Überlegung. Stimmt Ihr mir da nicht zu?«

Jarvis stand steif direkt hinter der Zimmertür, die Hände auf dem Rücken verschränkt. Der große, korpulente Mann, der gut über einen Meter achtzig maß, war Vetter zweiten Grades des Königs, des geistig lädierten Vaters des Regenten also, und stand als die eigentliche Macht hinter dem wackeligen Thron der Hannoveraner. Diese Position verdankte er nicht seiner Verwandtschaft mit dem König, sondern der Brillanz seines Geistes, seiner Loyalität der Dynastie gegenüber sowie der absoluten Skrupellosigkeit seiner Methoden, wenn es ihm um das ging, was er als das Beste für König und Vaterland hielt.

Einen verräterischen Augenblick lang traf Jarvis' Blick denjenigen der dritten anwesenden Person, des Außenministers des Prinzen, Robert Stewart Lord Castlereagh.

»Gewiss, Eure Hoheit«, sagte Jarvis. Doch er versuchte nicht, seinen strengen Gesichtsausdruck zu mildern, und sein Tonfall glich dem, den man vielleicht verwendete, um ein schmollendes Kind zu beschwichtigen. »Wie Ihr wünscht.« Er nickte dem Außenminister zu, und die beiden Männer verbeugten sich tief. »Wir werden Euch ... nachdenken lassen.«

Jarvis wartete, bis er und Castlereagh aus dem Zimmer hinaus und die Tür hinter ihnen geschlossen war, bevor er in ruhigem, unheimlich strengem Ton sagte: »Wo zur Hölle kommt das denn jetzt her? Seit über zwanzig Jahren prahlt er damit, die Bourbonen wieder auf den Thron Frankreichs zu setzen. Und jetzt, wo unsere Truppen praktisch an der französischen Grenze stehen, entscheidet sich Prinny plötzlich, dass er noch ›darüber nachdenken‹ muss?«

Castlereagh erblasste. Er war über zehn Jahren jünger als Jarvis und sowohl schlanker als auch kleiner von Statur. Und obgleich er Außenminister war und Jarvis kein offizielles Regierungsamt innehatte, bestand keine Frage, wer von den beiden Männern der Mächtigere war. Außenminister kamen und gingen; Jarvis blieb.

»Nun?«, insistierte Jarvis, als Castlereagh weiter schwieg.

»Es ist wegen Sinclair Pugh«, sagte der Außenminister rasch und schob sich mit zitternder Hand das dünner werdende rötliche Haar aus der Stirn. »Ich fürchte, Prinny hat ihm sein Ohr geliehen.«

»Sinclair Pugh?« Jarvis runzelte die Stirn. Pugh, seit Langem Mitglied des Parlamentes, hatte ein umfassendes Vermögen und einen übertriebenen Ruf als Amateurphilosoph und ernsthafter Denker. »Wann ist das denn geschehen?«

»Bei der gestrigen Soiree. Lady Leeds hat ihn zu Seiner Hoheit geführt. Innerhalb von einer Stunde ist es ihm irgendwie gelungen, Prinny davon zu überzeugen, dass das französische Volk niemals die Wiedereinsetzung der Bourbonen akzeptieren werde. Wenn wir darauf bestünden, die Bourbonen mit Gewalt wieder einzusetzen, liefe vielmehr alles darauf hinaus, dass eine noch schlimmere französische Revolution als die erste stattfinden werde. Die sei dann so verheerend, dass sie sowohl die Hannoveraner wie auch die Bourbonen davonschwemmen werde.«

Jarvis stieß ein zorniges Schnauben aus. »Pugh ist ein Narr. Die Wiedereinsetzung der Erbmonarchien in Europa auf ihre rechtmäßigen Throne ist das Einzige, das den Frieden sowie die Stabilität der Welt sichern kann und wird, und zwar heute wie auch für die kommenden Generationen. Die Zivilisation, wie wir sie kennen, hängt davon ab.«

»Ja. Leider empfindet Seine Hoheit verdammenswerterweise jedoch Pughs Argumente als überzeugend. Er hat den Mann gebeten, nächsten Montag wiederzukommen und ihm seine Theorien in aller Breite zu erläutern.«

Jarvis blieb neben dem Eingang zu seinen eigenen Räumen stehen. »Montag? Warum wurde ich erst jetzt darüber in Kenntnis gesetzt?«

Castlereaghs Augen traten hervor, und auch die letzte Farbe wich aus seinem Gesicht.

»Einerlei. Ich werde mich darum kümmern.«

»Großer Gott.« Castlereaghs Stimme steigerte sich zu einem würdelosen Quieken. »Ihr werdet ihn ermorden.«

Jarvis lächelte knapp. »Nur wenn ich muss. Glücklicherweise gibt es andere Wege, diejenigen zu eliminieren, die närrisch genug sind, sich in Dinge einzumischen, die sie nichts angehen.«

Jarvis sah, wie der Außenminister den Mund aufklappte, um zu fragen: *Wie?*

Dann änderte Castlereagh klugerweise seine Meinung, schloss den Mund wieder und sagte nichts mehr.

Später, als er sich allein in den eleganten Räumen aufhielt, die seinem exklusiven Gebrauch in Carlton House vorbehalten waren, stand Jarvis eine Weile am Fenster und blickte auf den Vorhof hinunter. Dann ließ er nach Major Burnside schicken.

Edward Burnside, ein großer, dunkelhaariger ehemaliger Husarenmajor, war einer von vielen in einem ausgedehnten Netz von Spionen, Informanten und Auftragsmördern, das Jarvis über ganz England unterhielt. Nur wenige Dinge von irgendeiner Bedeutung geschahen im Königreich, ohne dass Jarvis davon erfuhr – was die derzeitige Lage umso ärgerlicher machte.

»Ich möchte alles über ein Parlamentsmitglied namens Sinclair Pugh erfahren, was es zu wissen gibt«, schnappte Jarvis, als Burnside erschien. »Seine Verbündeten, seine Liegenschaften, seine Interessen und Geschmäcker, seine Schwächen. Vor allem seine Schwächen. Erstatten Sie mir in ...«, Jarvis hielt inne und warf einen Blick auf die Uhr auf dem Kaminsims, »in zwölf Stunden Bericht. Am Berkeley Square.«

»Jawohl, Mylord«, sagte der Major, dienerte und verließ den Raum.

Kapitel 8

Paul Gibson zog die Tür des steinernen Nebengebäudes am hinteren Teil des Hofes fest hinter sich zu. Seine Hände zitterten leicht. Als er sich umdrehte, um den Hof zu seinem Haus zu überqueren, flammte der Phantomschmerz seines verlorenen Beines heiß und in pulsierend ansteigender Pein in ihm auf, und eigenartigerweise hieß er ihn willkommen. Er gab Gibson etwas, worauf er sich konzentrieren konnte, etwas, worüber er nachdenken konnte – außer dem Gräuel darüber, was dem Jungen angetan worden war, der kalt und reglos auf seiner Granitplatte lag.

Er war kein Philosoph oder Theologe. Er hielt selten inne, um darüber zu sinnieren, was Männer zur Grausamkeit trieb oder warum manche Menschen Güte und Mitgefühl als Tugenden einschätzten, während andere die gleichen Empfindungen als Schwäche verachteten. Jahre des Krieges hatten Gibson viel darüber gelehrt, welche Dunkelheit in der menschlichen Seele lauern konnte. Aber der Krieg kam mit seinen eigenen Erklärungen und Rechtfertigungen daher, an die er sich gehalten hatte, um sich gegen die unangenehme Wirklichkeit zu wappnen. Das erkannte er jetzt. Eine unangenehme Wirklichkeit und eine Wahrheit, die er nicht hatte anerkennen wollen. Oder eingestehen.

Er kannte die Erklärungen, die seine Kirche anbot. Doch die Art, wie die Kirche das Böse, das im Menschen lag, auslagerte und in Gestalt des Teufels personifizierte, hatte er immer als Drückebergerei vor der Verantwortung betrachtet. Es erinnerte ihn an die Entschuldigung eines Kindes, mit der es der Strafe und dem Tadel entgehen wollte: *Er hat gesagt, ich soll es tun. Es ist nicht meine Schuld. Satan hat mich versucht.*

Nicht *Satan ist ein Teil von mir.*

Ich bin Satan.

Kapitel 9

Die Pfarrkirche St James lag gleich im Norden des alten Dorfangers von Clerkenwell, in der weitläufigen Kurve einer alten Straße, der Clerkenwell Close. Die Kirche war einst die Kapelle des längst verschwundenen Nonnenkonvents St Mary gewesen und vor vielleicht fünfundzwanzig Jahren aus Backstein in einfachem Stil wieder aufgebaut worden, der an ein Begegnungshaus der New World erinnerte.

»Ich wusste, dass die Kinder verschwunden waren«, sagte Reverend Leigh Filby, als Sebastian sich ihm vorstellte und den Grund seines Besuches nannte. »Aber es war ein großer Schock, als ich gestern hörte, dass Benji ermordet aufgefunden worden ist. Wie fürchterlich entsetzlich das alles ist!«

Der Reverend war ein fülliger Mann mittlerer Größe mit dünnem flachsfarbenem Haar, das ein rosarotes, altersloses Gesicht einrahmte. Er trug den langen schwarzen Habit, den viele seiner Berufung bevorzugten, und war gerade dabei gewesen, die Anbringung neuer Eisengeländer auf der Backsteinmauer um den Kirchhof herum zu überwachen, als Sebastian zu ihm gekommen war. Die beiden Männer drehten sich nun um und gingen den eingesunkenen Pfad entlang, der quer über den alten Friedhof zum Anger führte. Der Pfarrer hatte die Hände hinter dem Rücken verschränkt, und das Kinn ruhte auf seiner Brust.

»Woher wussten Sie, dass sie vermisst wurden?«, fragte Sebastian und blickte über den dichten Wald verwitterter grauer Grabsteine hinweg.

»Einer von Benjis Freunden ist vor einigen Tagen vorbeigekommen, um nach ihm zu suchen.«

»Ach so? Wieso ist er denn hierher gekommen?«

Reverend Filby schwieg kurz, und seine Lippen bewegten sich über seinen langen, leicht vorstehenden Zähnen vor und zurück, als müsse er seine Worte sorgfältig wählen. »Wenn es furchtbar kalt oder nass ist und sie sonst keinen Ort haben, wohin sie können, kommen manche der Kinder hierher. Ich lasse sie in der Kirche schlafen.«

»Sie sagen das so, als würden Sie sich beinahe dafür schämen.«

Die Lachfältchen neben den weichen grauen Augen des Pfarrers gruben sich tiefer ein. »Schämen? Nein. Aber zögern vielleicht schon. Ich fürchte, einige meiner bessergestellten Schäfchen schätzen meine Großzügigkeit den Kindern gegenüber nicht sehr. Einige gehen sogar so weit, dass sie mir die Schuld an ihrer wachsenden Zahl geben. Unglücklicherweise ist die Nähe von drei Gefängnissen daran schuld – und die immer schwieriger werdende wirtschaftliche Lage in diesen Zeiten.« Er hielt inne und stieß den Atem in einem tiefen, schmerzlichen Seufzer aus. »Ist es nicht eigenartig, wie manche Eltern jede nur vorstellbare Anstrengung und auch Gefahr erleiden, um ihre Kinder satt zu bekommen, während andere ... einfach wegspazieren und ihren Nachwuchs zurücklassen, auf dass er selbst für sich sorgt?«

»Werden in dieser Gegend viele Kinder sich selbst überlassen?«

»So einige, fürchte ich. Aber Benji und Sybil nicht. Ihre Mutter wurde deportiert. Allerdings bezweifle ich angesichts dessen, wie krank sie war, dass sie in Botany Bay angekommen ist.«

»Die Kinder haben nie wieder von ihr gehört?«

»Nein. Ich sagte ihr, dass sie an die Kinderfürsorge von St James schreiben kann. Aber das hat sie nie getan.«

»Konnte sie denn schreiben?«

»O ja.«

Sie gingen eine Weile schweigend, und ihre Schritte knirschten auf dem Kiespfad. Von dieser Ecke des Kirchhofs aus konnte Sebastian Clerkenwell Green sehen, das weniger wie ein Dorfanger aussah, sondern eher wie ein lauter, geschäftiger Marktplatz. Wenn es darauf jemals Gras gegeben hatte, so war es längst verschwunden.

»Wie war er?«, fragte Sebastian. »Benji meine ich.«

»Empfindsam. Traurig. Aber fest entschlossen, seiner Schwester das Armenhaus zu ersparen.« Der Reverend warf Sebastian einen raschen, besorgten Blick zu. »Ihr sagt, niemand hat Sybil gesehen? Noch immer nicht?«

»Ich fürchte nein.«

»Ach je. Da ist nicht gut, oder?«

»Nein, ist es nicht«, sagte Sebastian. »Ein Junge namens Jem Jones hat mir erzählt, dass in der Vergangenheit auch andere Kinder hier verschwunden sind. Ist das wahr?«

Der Pfarrer runzelte die Stirn. »Das ist tatsächlich schwer zu sagen. Manchmal scheint ein Junge zu verschwinden, nur um ein paar Monate später wieder aufzutauchen. Sie ziehen in unterschiedliche Teile der Stadt, auf der Suche nach Arbeit oder anderen ...«, er zögerte, als suche er nach dem passenden Wort, dann entschied er sich für »Möglichkeiten. Die meisten kommen am Ende wieder zurück. Aber manche nicht.«

»Ich hörte, Benji hatte einen Freund namens Toby Dancing. Wissen Sie, wo ich ihn finden könnte?«

Der Pfarrer schüttelte mit einem leichten Lächeln den Kopf. »Das ist ein Junge, der immer kommt und geht. Er ist wie Quecksilber. Das ist einer der Gründe, weshalb sie ihn auch den Tänzer nennen – allerdings nehme ich an, dass mehr dahintersteckt.«

Sebastian nickte. *Second-story dancer*, »Zweiter-Stock-Tänzer«, war eine umgangssprachliche Bezeichnung für eine bestimmte Art Einbrecher. Aber er sah keinen Grund, das dem Pfarrer zu erklären.

»Aber er wird nicht auch vermisst, oder doch?«

Die Augen des Pfarrers weiteten sich. »Meines Wissens nicht. Ich glaube, er verbringt mehr Zeit, als er sollte, unten in Hockley-in-the-Hole. Dort habe ich ihn schon öfter gesehen.«

Constable Gowan hatte Hockley-in-the-Hole auch erwähnt; das war ein berüchtigtes, ungesundes Viertel von Clerkenwell, das Hahnenkämpfen, Bärenhetze und der Prostitution anheim gegeben worden war. Sebastian fragte sich unwillkürlich, was der gute Geistliche in einem solchen Stadtteil getan hatte. Doch diesen Gedanken behielt er für sich.

»Benji ist nicht nur umgebracht worden«, sagte Sebastian. »Derjenige, der ihn getötet hat, hat ihn vorher über Tage gefangen gehalten und gefoltert. Haben Sie je davon gehört, dass etwas Ähnliches hier in der Gegend passiert ist?«

Reverend Filby legte die Fingerspitzen aneinander und hob sie an die Nase und den Mund. »Gütiger Himmel, nein. Das ist zu schrecklich, auch nur daran zu denken.«

»Aber es ist passiert.«

Der Reverend schwieg, den Blick auf die Arbeiter gerichtet, die einen Abschnitt eiserner Widerhaken justierten. Die Zacken sollten die Wiederausgräber abhalten, die sich einen guten Lebensunterhalt verdienten, indem sie kürzlich bestattete Leichen ausgruben und sie an medizinische Schulen und Anatomen wie Paul Gibson verkauften.

Sebastian sagte: »Ist Ihnen je jemand aufgefallen, der den Straßenkindern ungewöhnlich große Aufmerksamkeit geschenkt hat? Vielleicht jemand der ›besser-gestellten‹ Gentlemen der Pfarrei, die Sie erwähnten?«

Filby schüttelte den Kopf und machte noch länger damit weiter, als es gar nicht mehr nötig war. »Nein. O nein.«

»Fällt Ihnen jemand ein, mit dem ich noch sprechen könnte, und der vielleicht mehr weiß?«

»Nein, es tut mir leid«, sagte Filby seltsam eilig und ließ die Hände wieder fallen, um sie im Stoff seines Habits zu vergraben. »Und nun müsst Ihr mich entschuldigen, Mylord. Ich habe Pflichten zu erfüllen.«

Und damit drehte er sich um und eilte über den alten, überfüllten Kirchhof davon, den Blick entschlossen auf die abgewetzten Spitzen seiner Schuhe geheftet, so als würde jeder Blick nach links oder rechts noch mehr Fragen hervorrufen, die er offensichtlich nicht beantworten wollte.

***

Sebastian dachte darüber nach, nach Hockley-in-the-Hole zu fahren, um dort – höchstwahrscheinlich umsonst – nach Toby Dancing zu suchen. Dann überlegte er es sich anders und lenkte seine Pferde stattdessen nach Covent Garden zur Bow-Street-Behörde.

Zweieinhalb Jahre zuvor, als Sebastian des Mordes beschuldigt worden und auf der Flucht gewesen war, war ein sauertöpfischer, ernster kleiner Untersuchungsrichter namens Sir Henry Lovejoy damit betraut gewesen, ihn der Justiz zuzuführen. Seither hatten er und Sebastian gelernt, einander mit Respekt zu betrachten, und es gab niemanden, dessen Integrität und Liebe zur Gerechtigkeit Sebastian mehr vertraut hätte.

Lovejoy diente bei der Bow Street inzwischen als besoldeter Magistrat auf Lebenszeit. Als erste und mächtigste Behörde der Metropole hatte die Bow Street die Oberaufsicht über ganz London und darüber hinaus. Es war nicht Aufgabe der Bow Street, den Tod eines Fünfzehnjährigen in Clerkenwell zu untersuchen, aber wenn irgendjemand bereits von Fällen gehört hatte, die dem von Benji ähnelten, wäre das Lovejoy.

»Gefoltert?«, sagte der Magistrat, während er mit Sebastian die Bow Street entlang zum Covent Garden Market ging. »Ist Paul Gibson sich sicher?«

»Ich fürchte, ja.«

»Oje, oje.« Lovejoy seufzte tief und schüttelte den Kopf. Er war ein ungewöhnlich kleiner Mann, kaum eins fünfzig groß, kahlköpfig, und mit einer Brille im verkniffenen, niemals lächelnden Gesicht. Einst war Lovejoy ein leidlich erfolgreicher Kaufmann gewesen. Doch der Tod seiner Frau und seiner Tochter vor etwa zwölf Jahren hatte zu einer Glaubenskrise bei ihm geführt. Darauf hatte er sich nicht nur der Kirche der Reformisten zugewandt, sondern war auch inspiriert worden, sein restliches Leben dem öffentlichen Dienst zu widmen. »Aber die Behörde von Hatton Garden hat beschlossen, nichts zu tun?«

»Ich nehme an, in ihren Augen sind Kinder wie Benji und Sybil Thatcher nur eine unwichtige Sache, die Ärger verursacht. Es ist einem der Wachtmeister der Pfarrei zu verdanken, dass die Leiche des Jungen zur Autopsie an Paul Gibson überstellt wurde, anstatt nach einer, wie ich verstanden habe, rasch abgewickelten Anhörung in eines der Armenlöcher geworfen zu werden.«

Lovejoy runzelte die Stirn, als sie gemeinsam in die schmale Straße bogen, die zum Marktplatz unter den Arkaden führte. Die geschäftigste Zeit in Covent Garden war in den frühen Morgenstunden. Inzwischen lichteten sich die Mengen, und einige der kleineren Händler zogen schon wieder die Gatter hoch. Mit der zunehmenden Tageshitze stieg ein immer stärkerer klebriger Dunst von den Schichten loser Kohlblätter, zertretener Früchte und dem Dung auf dem Boden auf.

Sebastian sagte: »Haben Sie nicht von vergleichbaren Todesfällen in Londoner Stadtteilen gehört?«

»Großer Gott, nein.«

»Allerdings hat man Ihnen auch nichts von Benji und seiner vermissten Schwester gesagt.«

»Das stimmt«, gab Lovejoy mit besorgter Miene zu. »Aber dies ist doch sicherlich ein Einzelfall?«

»Könnte sein.« Sebastian beobachtete ein abgerissenes Mädchen von vielleicht neun Jahren, das sich von einem Stand in der Nähe einen Apfel schnappte und dann quer über den Platz davon lief. Ihre bloßen Füße glitten im Matsch aus, und die Rufe des Händlers verklangen im Lärm des Markes. »Was mir Sorge macht, ist, dass Benji nur durch Zufall gefunden wurde, und es gibt Gerüchte von anderen Kindern, die in Clerkenwell ebenfalls von der Straße verschwunden sein sollen. Wenn das, was ich gehört habe, stimmt – wenn Benjis Mörder Gentlemen sind –, dann ist es möglich, dass sie auch in anderen Teilen der Stadt Straßenkinder geholt haben. Warum sollten sie sich auf Clerkenwell beschränken?«

Auf den Straßen Londons lebten Zehntausende abgerissener Kinder. Manche hatten wenigstens noch ein Elternteil, aber die meisten waren mutterseelenallein. Sie führten ein elendes Dasein, fegten Kreuzungen, erledigten Aufträge und verkauften Wasserkresse, die sie an den Gräben außerhalb der Stadt gesammelt hatten. Und wenn sie das nicht schafften, wandten sie sich oft dem Betteln zu, dem Stehlen oder der Prostitution. Sie schliefen auf Türschwellen, unter Brücken oder zwischen den Ständen von Märkten wie Covent Garten und bildeten das verletzlichste Segment in der buntgemischten Gruppe der Armen der Stadt. Jemand könnte sich in Clerkenwell ein Kind schnappen, ein anderes in

Tower Hamlets und wieder eines in St Giles, und keiner würde es je bemerken. Oder sich daran stören.

Lovejoy griff nach seinem Schnäuztuch und presste sich den sauberen weißen, gefalteten Stoff an die Lippen. »Was Ihr da andeutet, ist unglaublich monströs.«

»Ja, doch leider nicht ohne Präzedenzfall. Haben Sie je von Gilles de Rais gehört?«

Der Magistrat schüttelte den Kopf.

»Er war ein Lord of Brittany and Anjou, berühmt als Zeitgenosse von Jeanne d'Arc im Hundertjährigen Krieg. Er stieg sogar zum Marschall Frankreichs auf. Aber in seiner freien Zeit tötete er kleine Jungen und Mädchen – möglicherweise sogar mehrere Hundert.«

»Sicherlich haben wir es hier doch nicht mit einer Sache dieser Natur zu tun. In *London*?«

Ein Mann in einem der Stände in ihrer Nähe ließ ein Gatter heruntersausen und scheuchte mit dem Lärm die Tauben auf, die auf dem nach toskanischem Vorbild gestalteten Giebeldreieck der alten Kirche gesessen hatten. Sebastian sah ihnen zu, als sie in einem schnellen, grauweißen Wirbel aus Flügelschlägen in die klare Septemberluft aufstiegen. »Ich hoffe nicht. Aber ... woher sollten wir es wissen?«

Lovejoy steckte sein Taschentuch weg und presste die Lippen zu einem Strich zusammen. »Ich schicke Beamte in die verschiedenen Behörden, um danach zu fragen – ob es vergleichbare Todesfälle oder unerklärliche Fälle verschwundener Straßenkinder gibt.«

»Das würde helfen. Danke.«

Lovejoy nickte, aber sein Ausdruck blieb besorgt. »Meine Sorge ist: Was, wenn es geschehen ist, aber niemand es bemerkt hat?«

Kapitel 10

Als Sebastian wieder zum Tower Hill kam, verfärbte sich das Licht bereits golden, und die Schatten wurden länger, da der Abend herannahte. Er hoffte, dass Gibson mit dem Obduzieren von Benji Thatchers leiblichen Überresten fertig würde, wenn er zu ihm kam. Doch das steinerne Nebengebäude am hinteren Ende des Hofes war bereits für die Nacht verschlossen worden, wodurch Sebastian gezwungen war, am Haus anzuklopfen.

Die Tür wurde von einer zierlichen jungen Frau mit feuerrotem Haar und dunkelbraunen Augen geöffnet, die feindselig glitzerten. Alexi Sauvage war nicht Gibsons Ehefrau, obgleich sie nun seit Monaten bei ihm wohnte, als wäre sie es. Aber Sebastian hatte die rätselhafte französische Ärztin bereits vor Jahren kennengelernt, in den Bergen Portugals, als er ihren Liebhaber getötet und sie daraufhin geschworen hatte, ihn zu rächen.

Sebastian war sich nicht ganz sicher, ob sie diese Absicht inzwischen aufgegeben hatte.

Jetzt blickte sie ihn an, die Nasenflügel von ihrem empörten Einatmen geweitet. Erst dann trat sie zögerlich einen Schritt zurück und öffnete die Tür. »Mylord.«

»Ist Gibson hier?«

Sie schloss die Tür hinter ihm. »In gewisser Weise.«

»Und das bedeutet?«

Sie wandte sich um. »Schaut es Euch selbst an.«

Er folgte ihr einen gefliesten Flur entlang zu dem Zimmer, das Gibson als Salon benutzte. Früher war es ein unaufgeräumter Raum mit zerrissenen Vorhängen, einer mottenzerfressenen Decke und verstaubten Stapeln von Büchern und Zeitschriften gewesen, die von dem rissigen Ledersofa und den Sesseln gerutscht waren. Gibsons Behältnisse mit eigenartigen, in Alkohol konservierten anatomischen Proben standen nach wie vor auf der Kaminumrandung, aber in den letzten sechs oder sieben Monaten hatte Alexi das Zimmer mit größter Entschlossenheit und Unmengen von Wasser und Seife verändert.

Ihr Vorhaben, Gibson aus seiner selbstzerstörerischen Abwärtsspirale zu befreien, war weniger erfolgreich gewesen. Der Ire saß breitbeinig in einem Sessel neben dem Kamin, die Krawatte gelockert, die Augen unfokussiert und das Gesicht schlaff. Das Opium, das er offensichtlich konsumiert hatte, hatte seine Pupillen auf Stecknadelkopfgröße verkleinert.

»Wie lang ist er schon so?«, fragte Sebastian.

»Eine Stunde oder so.«

»Zur Hölle.« Er wirbelte herum und blieb am Eingang zur Küche stehen, die Hände gegen den Türrahmen gestemmt. »Sie sagten, Sie könnten ihm helfen, damit aufzuhören.«

Alexi Sauvage sah ihn an, die Arme vor der Brust verschränkt. »Es ist unvernünftig, von ihm zu erwarten, dass er das Opium aufgibt, solange ihm sein amputiertes Bein noch solche Schmerzen bereitet.«

»Sie sagten, dass Sie ihm auch damit helfen könnten.«

»Nur, wenn er mich lässt.«

»Das verstehe ich nicht. Warum zum Geier sollte er das nicht?«

»Wahrscheinlich, weil er weiß, dass er, wenn der Schmerz erst einmal verschwunden ist, keine Entschuldigung mehr haben wird, Opium zu nehmen.«

»Aber das bringt ihn um!«

»Glaubt Ihr, ich weiß das nicht?«, sagte sie und schob den Kiefer vor.

Diese Frau war in Italien zur Ärztin ausgebildet worden. Aber da Frauen in England keine Ärztinnen werden konnten, wurde ihr hier nur erlaubt, als Hebamme zu praktizieren. Gibson hielt sie für brillant, und Sebastian hatte den Verdacht, dass er damit richtig lag.

Er drückte sich vom Türrahmen ab, ging zum Fenster und blickte auf den Hof hinaus. Alexis Handschrift war auch hier zu erkennen – am einst überwucherten Gartenpfad, der jetzt sauber mit Steinen eingefasst war. Und der alte, rosafarbene Rosenbusch war in Form geschnitten. »Hat er die Autopsie an Benji Thatcher beendet?«

»Ja, das hat er. Ich nehme an, das hat dazu beigetragen, dass er wieder zum Opium gegriffen hat. Normalerweise geht er eine Autopsie wie ein Rätsel an – die faszinierende Erforschung eines Körpers im Tod. Aber das hier – das setzt ihm mehr zu, als er je eingestehen würde.«

Sebastian sah zu ihr hinüber. »Hat er noch etwas herausgefunden?«

Sie nickte. Die Sehnen traten an ihrem Hals hervor, als sie schluckte, und ihr Gesicht spannte sich an, als sie den Blick zu dem Bau wandern ließ, in dem Benji Thatcher lag.

»Der Junge wurde vergewaltigt, oder?«, sagte Sebastian mit heiserer, kratziger Stimme.

»Ja. Wiederholt und brutal.«

Sebastians Atem entwich in einem langen, schmerzlichen Seufzer. »Mein Gott.«

Alexi sagte: »Wusstet Ihr, dass er stranguliert wurde?«

»Ja.«

»Gibson meint, dass er erst kurz bevor der Leichnam gefunden wurde gestorben ist.«

»Und nichts hat darauf hingewiesen, wo er getötet worden ist?«

»Er hatte einen Strohhalm im Haar und im getrockneten Blut der Wunden auf seinem Rücken.«

»Das könnte von dem Karren stammen, mit dem er hingebracht wurde.«

»Daran hatte ich nicht gedacht, aber ja, das ergibt Sinn.« Sie zögerte. »Habt Ihr etwas entdeckt? Irgendetwas?«

»Nur, dass er vielleicht nicht das erste Kind ist, das von Clerkenwells Straßen verschwunden ist. Es ist so, dass ich kaum weiß, wo ich anfangen soll. In der Chalon Lane gab es mal ein Bordell, das wirklich hässliche Gepflogenheiten ermöglichte. Aber es wurde vor etwa einem Jahr von einem Mob eingerissen, der den Mann und die Frau, die es führten, totschlugen.«

Sie neigte den Kopf seitwärts. »Habt Ihr je von *Number Three* am Pickering Place gehört?«

Er schüttelte den Kopf.

Sie sagte: »Ich habe einige der Mädchen, die dort arbeiten, entbunden. Die meisten sind kaum mehr als Kinder. Und obgleich *Number Three* nicht so schlimm ist wie das Haus in der Chalon Lane, sind sie doch Anlaufstelle für diejenigen Kunden, die Interesse an *le vice anglais* haben.«

Le vice anglais, das englische Laster. Es war eine freundliche, beschönigende Umschreibung dafür, sexuelles Vergnügen im Auspeitschen anderer zu finden – oder darin, sich selbst auspeitschen zu lassen. Sebastian hatte sich immer gefragt, ob es tatsächlich unter den Engländern weiter verbreitet war, oder ob die Franzosen es ihnen einfach lieber zugeschrieben hatten.

»Ich werde das mal überprüfen«, sagte er. »Danke.« Er drehte sich um, um wieder in den Flur zu gehen, blieb aber am Eingang zum Salon erneut stehen und blickte seinen Freund an. »Was sollen wir tun?«

»Ich weiß es nicht.«

Ihr Blick begegnete seinem, und einen unerwarteten Augenblick sah er, dass ihre Selbstbeherrschung wankte, und er gewann einen Eindruck von all der Frustration, Wut, Angst und intensiven, glühenden Liebe zu dem Iren, die sie normalerweise so gut verbarg. Und da wurde ihm klar, dass er und sie, mochten sie auch alte Feinde sein, in dieser Sache vereint waren. Im verzweifelten Kampf um das Leben und die Gesundheit des Mannes, der ihnen beiden so lieb war.

***

Einige Zeit später, als Sebastian sein Haus in der Brook Street betrat, sah er auf einem Stuhl in der Eingangshalle einen vertrauten Gehstock mit silbernem Knauf und einen hohen Kastorhut.

»Der Earl of Hendon macht Euch seine Aufwartung, Mylord«, sagte Sebastians Majordomus, Morey, mit unbeweglichem Gesicht. »Seine Lordschaft wartet im Kleinen Salon.«

Sebastian zog sich die Handschuhe aus. »Ist Lady Devlin zu Hause?«

»Nein, Mylord.«

Sebastian reichte Morey seine Handschuhe, den Hut und den Ausgehmantel. Dann zögerte er kurz, bevor er die Treppe hinaufging, zu dem Mann, den er einst Vater genannt hatte.

Kapitel 11

Sebastian war der dritte Sohn und das vierte Kind, das in der Ehe von Alistair St Cyr, fünfter Earl of Hendon, und seiner schönen, vor Leben sprühenden Countess Sophia geboren worden war. Die ersten beiden Söhne des Earls, Richard und Cecil, waren ihm in ihrem Aussehen, dem Temperament, den Interessen und den Talenten sehr ähnlich gewesen. Der dritte Sohn, Sebastian, war als Einziger immer anders gewesen – ein eigenartiges Kind mit einer Leidenschaft für Poesie und Musik und mit der Neigung, sich in den Werken radikaler französischer und deutscher Philosophen zu verlieren. Ein Kind mit unerklärlich gelblich schimmernden Augen anstelle der berühmten blauen St Cyr-Augen.

Irgendwie hatte sich Sebastian trotz alledem, trotz des kalten, distanzierten Verhaltens, das ihm sogar sein Vater entgegenbrachte, niemals vorgestellt, dass er nicht Hendons Sohn sei, sondern das Ergebnis einer der vielen skandalösen Affairen der Countess. Nicht gewillt, sich öffentlich selbst zum Hahnrei abzustempeln, und mit zwei Söhnen auf der sicheren Seite, hatte Hendon Sebastian als seinen eigenen Sohn anerkannt. Dann war Richard in einer heftigen Strömung vor der Küste Cornwalls ertrunken, und Cecil vier Jahre später am Fieber verstorben, womit Sebastian Erbe von Hendons Vermögen und Titel geworden war. Und Hendon war dabei geblieben, dass Sebastian sein Sohn sei. Die Wahrheit hatte Sebastian erst vor etwa vierzehn Monaten durch Zufall herausgefunden.

Es fiel ihm nicht leicht, aber so langsam gelang es ihm zu akzeptieren, dass er nicht der war, für den er sich selbst immer gehalten hatte. Er war sich jedoch nicht sicher, ob er je in der Lage wäre, Hendon zu verzeihen, dass er die Lüge seiner Geburt benutzt hatte, um Sebastian von einer Frau wegzutreiben, die dieser liebte und hatte heiraten wollen.

Hendon stand vor dem Bogenfenster, das zur Straße hinauswies, als Sebastian in den Raum eintrat. Der Earl, ein breitschultriger Mann mit schweren Zügen, fassförmiger Brust und weißem Haar, war früher über eins achtzig und damit sogar größer als Sebastian gewesen. Er näherte sich jetzt langsam der Siebzig und hatte in den letzten paar Jahren angefangen zu schrumpfen. Seine Schultern rundeten sich auf eine Weise, die Sebastian Sorgen machte. Aber nichts an Hendon wirkte schwächlich oder bemitleidenswert. Als Schatzkanzler war er einer der mächtigsten Männer der Regierung – und als Einziger dazu bereit, sich mit Charles Lord Jarvis zu messen.

»Ah, da bist du ja«, sagte Hendon und wandte sich vom Fenster ab. Seine Stimme klang verärgert. Er hatte es noch nie verzeihen können, wenn man ihn warten ließ – erst recht nicht Sebastian.

»Du hättest eine Nachricht hinterlassen können«, sagte Sebastian und schloss die Tür hinter sich.

»Und wenn ich das getan hätte, hättest du dann meinen Besuch erwidert?«

Anstelle einer Antwort ging Sebastian hinüber, schenkte zwei Gläser Brandy ein und reichte eines dem Earl. Die beiden Männer hatten seit jenem schicksalhaften Tag kaum miteinander gesprochen, an dem Sebastian die Wahrheit über seine Eltern herausgefunden und verstanden hatte, wie zerstörerisch und selbstsüchtig Hendons Lügen gewesen waren. Deshalb wusste er, dass das, was Hendon an diesem Tage hierhergeführt hatte, wichtig sein musste.

Hendon nahm das Getränk und blickte darauf hinunter, den Kiefer fest angespannt. Dann nahm er die Hälfte des Drinks in einem Zug. »Stephanie ist verlobt. Die Anzeige wird in den Morgenzeitungen stehen.«

Überraschung durchfloss Sebastian. Miss Stephanie Wilcox war eines von Hendons beiden Enkelkindern von seiner einzigen leiblichen Tochter, Amanda, der verwitweten Lady Wilcox. Das Mädchen war schön, lebhaft und mit einer guten Aussteuer ausgestattet. Aber kürzlich hatte sie ihre zweite Londoner Saison beendet, ohne einen der Dutzenden Anträge anzunehmen, die sie erhalten hatte. Sebastian hatte lange Zeit den Verdacht gehegt, dass seine geistreiche Nichte ihre Zeit einfach zu sehr genoss, um sich festzulegen, denn Stephanie Wilcox glich sowohl im Aussehen wie auch im Temperament viel zu sehr ihrer berüchtigten Großmutter.

Sebastian sagte: »Dann muss Amanda ja erleichtert sein.«

Hendon kippte den restlichen Brandy. »Amanda ist mehr als erleichtert; geradezu ekstatisch. Der fragliche Mann ist der einzige Sohn und Erbe des Marquis of Lindley.«

Sebastian erstarrte, das Glas auf halbem Weg zum Mund haltend. »*Ashworth?*«

»Ja.«

»Zur Hölle noch mal.« Sebastian ging zum kalten Kamin des Zimmers hinüber. Anthony Ledger Viscount Ashworth war zweiunddreißig Jahre alt, gut aussehend, von guter Abstammung und außergewöhnlich wohlhabend. Er war aber auch ein derartig verkommener Taugenichts, dass die Hüterinnen des *Almack's* – normalerweise mehr als willig, über die Fehler aller heiratsfähigen jungen Männer von Wohlstand und guter Abstammung hinwegzusehen – ihn von den diesjährigen Augustgesellschaften ausgeschlossen hatten. Der Gedanke, Stephanie werde einen Mann von Ashworths Schrot und Korn heiraten, rief in Sebastians Mund einen sauren Geschmack hervor. Denn so angespannt sein Verhältnis zu seiner Schwester Amanda auch sein mochte, hatte Sebastian für seine lebhafte und kluge junge Nichte immer eine Vorliebe gehabt.

»Amanda hat zugestimmt?«, fragte er nach einer Weile.

Hendon schnaubte. »Na gewiss hat sie zugestimmt. Glaubst du etwa, sie würde die Gelegenheit verstreichen lassen, ihre Tochter als Marchioness zu sehen?«

Sebastian nahm bedächtig einen Schluck Brandy und spürte, wie er ihm brennend die Kehle hinunterrann. »Vorausgesetzt natürlich, dass Ashworth lang genug lebt, um seinen Vater zu beerben.«

Hendon sagte: »Wenn nur die Hälfte der Geschichten, die über den Mann erzählt werden, stimmen ...«

»Tun sie. Ich war mit ihm in Eton, weißt du noch? Er hat einen armen, empfindsamen Jungen namens

Nathan Broadway so rücksichtslos behandelt, dass der arme Kerl Suizid beging. Ashworth hat ihn sogar gezwungen, ein Pint seiner Pisse zu trinken.«

Hendon blickte stirnrunzelnd in sein Glas.

»Noch einen Brandy?«, bot Sebastian an.

Hendon schüttelte den Kopf.

»Weiß Amanda, wie Ashworth ist?«, fragte Sebastian.

»O ja, sie weiß Bescheid. Ich habe versucht, mit ihr zu diskutieren, aber sie hat mir nur ins Gesicht gelacht und mich altmodisch genannt.«

»Vielleicht geht am Ende auch alles gut aus. Wann ist die Hochzeit?«

»Am Donnerstag in einer Woche.«

»Weshalb so schnell?«

»Wahrscheinlich will sie nicht riskieren, sich den zukünftigen Marquis durch die Finger gleiten zu lassen.«

Sebastian nahm noch einen Schluck Brandy. »Ich muss gestehen, dass ich Ashworth nie als einen Typen zum Heiraten betrachtet habe.«

Hendon schürzte die Lippen, und sein Kinn bewegte sich auf seine typische Art vor und zurück.

»Was ist?«, fragte Sebastian, der ihn beobachtete.

Hendon stieß harsch die Luft aus. »Ich hörte, der alte Marquis stecke dahinter. Dass Lindley Ashworth die Alimente gestrichen hat, bis er heiratet und einen Erben zeugt. Ashworth hat eine Weile durchgehalten, aber jetzt ist er eingeknickt.«

»Das kann ich mir vorstellen. Und Stephanie? Wie fühlt sie sich bei alledem?«

»Amanda schwört, die Kleine ist Hals über Kopf verliebt. Es lässt sich nicht leugnen, dass Ashworth ein attraktiver Teufel ist. Und wenn er will, kann er verdammt charmant sein.«

»Ja. Aber wie lang wird er das sein wollen – vor allem, wenn er nur wegen der Versorgung heiratet?«

Hendon rieb sich mit der dicken Hand über das Gesicht. »Du kennst Ashworth besser als ich. Ich dachte, wenn du mit Amanda sprechen und ihr sagen könntest ...«

Er unterbrach sich, als Sebastian den Kopf in den Nacken legte und lachte. »Das kann nicht dein Ernst sein. Du kennst schon die Meinung meiner Schwester über mich, oder nicht? Es ist noch nicht drei Jahre her, als sie ihr Bestes gab, mich an den Galgen zu bringen.«

»Das heißt nicht, dass sie dir nicht zuhören wird.«

Doch, genau das heißt es, dachte Sebastian, sprach es aber nicht aus. Amanda hasste ihn seit dem Tag seiner Geburt und wahrscheinlich schon davor. Als sie Kinder gewesen waren, hatte sie ihn als ständige Erinnerung an die Untreue ihrer Mutter gehasst. Und jetzt hasste sie ihn noch mehr, da er alle Titel und Positionen erben würde, die ihre gewesen wären, wäre sie nur als Mann geboren.

»Was ist mit Bayard?«, schlug Sebastian vor. »Hast du mit ihm gesprochen?« Bayard Wilcox war Amandas einziger überlebender Sohn und der jetzige Lord Wilcox.

»Bayard?« Hendon schnaubte abfällig. »Der Knabe war nie richtig im Kopf. Abgesehen davon lehnt Amanda ihn ab.«

»Nicht so sehr wie mich.«

Hendon stellte sein Brandyglas heftig auf einen Tisch neben sich. »*Verdammt noch eins.* Willst du es nicht wenigstens versuchen?«

Sebastian erwiderte den glühenden Blick seines Vaters. *Nein*, rief er sich in Erinnerung, nicht den seines Vaters. Trotzdem konnte er die unwillkommene Mischung beunruhigender Emotionen nicht leugnen, die ihn durchlief. Er wusste, was es Hendon gekostet haben musste, herzukommen und ihn um diesen Gefallen zu bitten, trotz der Entfremdung und allem, was zwischen ihnen stand. Und es stimmte auch, dass der Gedanke daran, dass die hübsche, lachende junge Stephanie einen Mann wie Ashworth heiraten sollte, abscheulich war.

Sebastian stellte seinen eigenen Brandy zur Seite. »Ich werde es versuchen.«

Hendon nickte und zupfte am Saum seiner Weste, als beschäme ihn sein heftiger, emotionaler Ausbruch. »Amanda ist heute Abend mit Countess Lieven zum Dinner verabredet, und danach haben sie vor, an Lady Holbrooks Soiree teilzunehmen. Aber ich glaube, morgen Nachmittag ist sie zu Hause.«

»Also werde ich es dann versuchen.«

Erneut nickte Hendon und wandte sich der Tür zu, hielt inne, blickte zurück und sagte: »Vielleicht täuschen wir uns auch in dem Mann. Ich meine, er kann sicherlich nicht so schlimm sein, wie es heißt?«

»Im Gegenteil«, sagte Sebastian und blickte den Earl an. »Er ist schlimmer.«

***

Sebastian stand am Bogenfenster des Kleinen Salons und beobachtete, wie Hendons vertraute Gestalt die Eingangsstufen hinunterging, da fuhr Heros gelbe Stadtkutsche um die Ecke und hielt vor dem Haus an.

Hendon blieb auf dem Bürgersteig stehen, und die strengen Falten seines Gesichts wurden weicher, als Hero aus der Kutsche stieg, nach seinen Händen griff und ihn auf die Wange küsste.

Seit Kurzem hatte sich Hero angewöhnt, ihren kleinen Sohn Simon mindestens ein- oder zweimal pro Woche mit zu Hendon zu Besuch zu nehmen. Das sieben Monate alte Kind war tatsächlich nur ein entfernter Vetter des Earls. Aber Hendon erkannte das Kind offiziell als seinen Enkel an, und so würde Simon eines Tages seinerseits Viscount Devlin und dann Earl of Hendon werden.

Sebastian wandte sich vom Fenster ab.

***

Wenige Augenblicke darauf kam Hero herein, einen bezaubernden Strohhut an den dunkelrosafarbenen Samtbändern schlenkernd. Sie trug ein üppig mit Rüschen besetztes Musselinkleid mit einem dunkelrosafarbenen Spenzer, der vorne mit einer Reihe Perlmuttknöpfe geschlossen wurde. Sie lächelte nicht.

Sebastian sagte: »Hendon hat dir wohl von Stephanie erzählt?«

Hero warf den Hut auf einen Stuhl. »Sie darf diesen Mann nicht heiraten. Er ist entsetzlich üble Gesellschaft.«

»Er ist der Erbe eines Marquis. Eines sehr wohlhabenden Marquis.«

»Er ist übelste Gesellschaft«, sagte sie erneut.

»Schlimmer sogar.« Sebastian griff nach seinem Brandy und nahm einen ausgiebigen Zug. »Hendon gibt sich der Illusion hin, Amanda würde auf mich hören. Aber das wird sie nicht.« Er leerte das Glas und schenkte sich ein neues ein. »Na, sag: Hast du Base Victoria getroffen?«

»Ja.« Hero beschäftigte sich mit der Knopfleiste ihres Spenzers. »Ich muss sagen, sie ist ganz anders, als ich erwartet habe. Sie ist nur wenige Jahre älter als ich und sehr hübsch. Sie ist so zierlich, dass ich mich neben ihr wie ein Riese fühle, obgleich ...« Sie unterbrach sich.

»Obgleich?«, hakte er nach.

»Obgleich ich nicht überzeugt bin, dass sie so süß und unschuldig ist, wie sie gern wirkt.«

Sebastian sah zu ihr hinüber. »Du mochtest sie nicht?«

»Ehrlich?« Hero schüttelte den Kopf. »Auch wenn ich nicht genau sagen kann, weshalb. Ich habe den niederschmetternden Verdacht, dass ich einfach neidisch auf ihre vielen Reisen bin.«

Er musste lächeln. »Das finde ich schwer zu glauben.«

»Tja, vielen Dank. Das schmeichelt mir, auch wenn ich nicht ganz überzeugt bin.« Sie schüttelte ihren Spenzer aus. »Berichte mir vom Mord.«

Ein anderer Mann hätte vielleicht eine so hässliche Wahrheit vor seiner adligen Frau verborgen, aber Sebastian kannte Hero gut genug, um anzunehmen, dass sie sowohl wütend als auch beleidigt wäre, wenn er so blasiert wäre. Er sagte: »Das Opfer ist ein fünfzehnjähriger Gossenjunge namens Benji Thatcher. Jemand hat ihn über mehrere Tage vergewaltigt und gefoltert, bevor er ihn dann stranguliert hat, und er wurde nur gefunden, weil ein Ex-Soldat die Mörder per Zufall überrascht hat, bevor sie ihn an einer ehemaligen Munitionsfabrik außerhalb von Clerkenwell begraben konnten.«

»Mörder? Also mehr als einer?«

»Offensichtlich. Ein Gentleman hat den Karren gefahren und ein Jugendlicher hat das Grab ausgehoben. Und als wäre das noch nicht schlimm genug, wird die kleine Schwester des Jungen, Sybil, auch vermisst.«

»Großer Gott. Hast du irgendwelche Spuren?«

»Nein, nicht wirklich. Laut Alexi Sauvage gibt es am Pickering Place ein Haus, das Männern offensteht, die ihre Huren gern jung wollen und eine Vorliebe für Peitschen haben. Ich schätze, das ist ein guter Ansatzpunkt.«

»Meinst du *Number Three*?«

Er starrte sie an. »Grundgütiger. Woher weißt du das?«

»Ich habe davon gehört, als ich die Korrelation zwischen der derzeitigen Wirtschaftslage und der ansteigenden Anzahl von Frauen, die in die Prostitution getrieben werden, untersucht habe.«

»Wie viel hast du darüber gehört?«

»Leider nicht besonders viel. Das Etablissement wird von Zwillingsschwestern namens Grace und Hope Bligh geleitet. Ich hörte, sie seien Kleinwüchsige, weiß allerdings nicht, ob das stimmt.«

»Kleinwüchsige?«

»Mhm. Soweit ich es verstanden habe, sind sie von garstigem Charakter. Ausgesprochen garstig. Die meisten ihrer Mädchen sind kaum mehr als Kinder. Hast du vor hinzugehen?«

Er nickte. »Heute Abend. Allerdings bezweifle ich, dass sie allzu erpicht sein werden, die Namen ihrer Kunden preiszugeben.«

»Du wirst auf dich achtgeben«, sagte Hero. Wie gewöhnlich war es weniger eine Bitte als ein Befehl. In mancherlei Hinsicht war sie sehr die Tochter ihres Vaters.

Er legte ihr die Hand an die Wange, blickte ihr tief in die schönen, intelligenten und besorgten Augen und lächelte. »Das werde ich.«

Sie sah nicht überzeugt aus.

Kapitel 12

Später am selben Abend fuhr Sebastian in seiner Stadtkutsche aus der Brook Street hinaus. Zwei Burschen standen auf dem hinteren Kutschbock. Wie gewöhnlich trug er ein Messer in einer Scheide im linken Stiefel, und heute Abend hatte er außerdem eine kleine, doppelläufige Steinschlosspistole in seine Tasche gesteckt.

St James's Street war das Revier der Männer der besseren Gesellschaft. Dort fanden sich exklusive Herrenklubs wie das *White's* und das *Brook's* und angesagte Läden, die vom Hutmacher *Lock & Co.* bis zu dem altehrwürdigen Etablissement *Berry Bros. & Rudd* reichten, wo Beau Brummell und der Prinzregent manchmal dabei gesehen werden konnten, wie sie ihr Gewicht auf den riesigen Kaffeewaagen überprüften. Unverheiratete, wohlsituierte junge Männer – sowie die Hochstapler, die nach ihnen jagten – unterhielten sowohl in der Straße als auch im umgebenden Viertel Räumlichkeiten. Pickering Place lag gleich nordöstlich davon, praktisch im Schatten des alten Backsteinpalastes, den Henry VIII hatte erbauen lassen.

Sebastian ließ die Kutsche vor *Berry Bros. & Rudd* stehen und ging durch eine enge, von Bögen überspannte Passage, die eichengetäfelt war und neben dem Laden entlangführte. Es war ein langer, tunnelartiger Durchgang, der sich zu dem kleinen, komplett von Gebäuden umstandenen Pickering Place öffnete. Die jahrhundertealten, großen Backsteingebäude, die den Platz umgaben, beheimateten eine berüchtigte Mischung aus Spielhallen, Bordellen und, in einer der dunkelsten Ecken, das diskrete Etablissement, das einfach als *Number Three* bekannt war.

Er blieb stehen, hielt sich eine Zeitlang in den Schatten auf und betrachtete die schlichte Hausfassade. Sie wurde von einer einzigen flackernden Öllampe beleuchtet, die weit oben an der Hauswand angebracht war. Zwei flache, gefliese Stufen führten zu einer glänzend schwarzen Tür mit einem blankpolierten Messingklopfer und einer frisch gestrichenen weißen Umrandung. Auf dem übrigen Platz hörte man Männer lachen, Frauen spitze Rufe ausstoßen, und das Geklimper eines Pianoforte, das mit viel Energie und wenig Können gespielt wurde. Nur *Number Three* war seltsam still, und die Vorhänge an den vorderen Fenstern waren fest zugezogen.

Sebastian stieg die Stufen hinauf, um den Klopfer zu bedienen, und hörte zu, wie das Geräusch in Stille verklang.

Er spürte, dass ihn jemand durch das Guckloch in der geschlossenen Tür betrachtete und einzuschätzen versuchte. Er klopfte erneut und legte den Kopf in den Nacken, um die Fenster im ersten Stock zu betrachten ...

Und hörte die vorsichtigen Schritte eines schweren Mannes, der sich durch die Passage hinter ihm heranschlich.

»Interessante Art, an die Tür zu gehen«, sagte Sebastian, eine Hand in der Tasche, als er zur Seite trat. Er hatte nicht die Absicht, dieser Tür den Rücken zuzukehren.

Ein massiger Mann mit einem großen Kopf blieb einige Meter entfernt abrupt stehen. Eine relativ frische violette Narbe spaltete seine linke Augenbraue, und er hatte die geschwollenen Knöchel, die gebrochene Nase und die charakteristischen Blumenkohlohren eines Mannes, der jahrelang im Ring gestanden hatte. Er gab sich keine Mühe, die fast meterlange Eisenstange zu verbergen, die er in einer fleischigen Faust hielt.

»Was wolle Ihr hier?«, stieß er aus und schob den Kiefer vor, der Sebastian an einen Kohlekahn erinnerte.

»Wahrscheinlich das, was jeder andere Mann will, der an dieser Tür klopft.«

Der große, dunkelhaarige Mann schüttelte den Kopf. »Miss Grace meint das nich.« Er umfasste die Stange fester. »Warum verpisse Ihr Euch nich einfach? Hä? Wir können kein' Ärger brauche.«

»Warum glauben Sie, dass ich Ärger mache?«

»Miss Grace weiß, wer Ihr sin.«

»Ach?«

Ein zweiter Mann kam durch den Gang und postierte sich neben dem zweiten. Dieser war größer und hässlicher und trug ein Messer anstelle einer Eisenstange.

Sebastian sagte: »Wenn Miss Grace weiß, wer ich bin, dann sollte ihr auch klar sein, dass ich klug genug bin, nicht hierher zu kommen, ohne andere über mein Ziel informiert zu haben. Versuchen Sie, gegen mich handgreiflich zu werden, und dieses Etablissement wird exakt die Art Aufmerksamkeit auf sich ziehen, die sie lieber vermeiden will.«

Die Tür neben ihm öffnete sich, und Licht ergoss sich über die Stufen. Er roch Bienenwachs, Räucherwerk und Blumen, und die Düfte vermischten sich auf eine Art, die ihn ironischerweise an eine Kirche erinnerte. Auf den ersten Blick hielt Sebastian die Gestalt, die auf der Türschwelle stand, für ein Kind – ein hübsches kleines Mädchen von sieben oder acht Jahren mit hellem Haar und eigenartigen, hellen Augen. Dann bemerkte er die Ansätze weißer Brüste oberhalb des enggeschnürten Korsetts ihres blauen Seidenkleids, den feinen Schwung ihrer Wangen und Nase, und begriff, dass dies kein Kind war, sondern eine kleine Frau irgendwo Ende zwanzig, Anfang dreißig.

Als Sebastian ein Junge gewesen war, hatte er in Cornwall einen unglaublich flinken, gutmütigen Kleinwüchsigen namens Matt Downey gekannt. Matts Arme und Beine waren kurz, sein Kopf groß gewesen, und sein dicker Torso hatte die Größe eines normal großen Mannes besessen. Im Gegensatz zu Matt war diese Frau vielmehr eine perfekt proportionierte Miniaturausgabe einer Erwachsenen. Sie war schlank und zart gebaut und dennoch nicht größer als eins zwanzig.

Sie betrachtete ihn nachdenklich eine Zeitlang mit ausdruckloser Miene. Dann öffnete sie die Tür weiter. »Kommt herein.«

Aus Gründen, die er nicht hätte benennen können, zögerte Sebastian, und ein unangenehmes kaltes Kribbeln lief ihm den Nacken hinunter.

Etwas von seiner Reaktion musste in seinem Gesicht erkennbar gewesen sein, denn auf ihren bogenförmig geschwungenen Lippen deutete sich ein Lächeln an. »Machen wir Euch Angst?«

»Sollte ich Angst haben?«

»Mit einer Kutsche und zwei Lakaien, die in der St James's auf Euch warten? Ich denke nicht. Aber Joshua und Thomas können hier draußen bleiben, wenn Ihr das bevorzugt.«

Er folgte ihr durch einen opulenten, plakativ sinnlichen Empfangssaal mit roten Samtvorhängen und einer Anzahl freizügiger Gemälde in ein kleineres, aber viel geschmackvolleres Zimmer. Die Wände waren mit chinesischen Tapeten bedeckt, und das Mobiliar bestand aus eleganten Stühlen und exquisit geschnitzten Kommoden im Stile Louis' XV. Eine zweite Frau mit goldenem Haar, die wie die erste aussah und das gleiche blaue Seidenkleid trug, saß wie ein Kind auf einem Armsessel beim Kamin, die Hände im Schoß zusammengelegt. Keine der Frauen bewegte sich oder sagte etwas, sondern sie betrachteten Sebastian einfach mit diesen seltsamen hellgrauen Augen.

Er wurde nicht zum Sitzen aufgefordert.

»Möchtet Ihr etwas Wein?«, fragte die Frau, die die Tür geöffnet hatte.

»Nein, danke.«

Sie wandte sich einem Tisch mit Marmorplatte zu, auf dem eine Auswahl Dekanter und Gläser standen. »Auch nicht, wenn ich verspreche, dass er nicht vergiftet ist?«

»Nein, danke«, sagte er erneut und ließ den Blick über Ölgemälde in schweren, vergoldeten Rahmen gleiten, die die Wände schmückten. Er erkannte einen Watteau, einen Boucher und mehrere Fragonards. Sehr kleine Mädchen an die verkommensten Exemplare von Londons wohlhabenden Männern zu vermitteln, schien höchst einträglich zu sein. Er spürte, wie sich sein Magen hob und sein Blutkreislauf sich in einer rohen Wut beschleunigte, die er herunterkämpfen musste.

Sie sagte: »Ich gehe davon aus, dass es Euch nicht stört, wenn Hope und ich ein Glas nehmen?«

Er wandte den Blick wieder auf ihr Gesicht. Sie war also Grace. »Wenn es nach mir ginge, wären Sie jetzt in Newgate.«

Sie schenkte Wein in zwei geschliffene Kristallgläser. »So? Aber Ihr scheint fest entschlossen, mit uns zu sprechen.«

»Gestern wurde in Clerkenwell die Leiche eines fünfzehnjährigen Jungen gefunden«, sagte Sebastian unumwunden. »Er wurde vergewaltigt und mit einer Peitsche und einem Messer gefoltert, bevor er stranguliert wurde. Seine kleine Schwester ist ebenfalls vermisst. Es wurde angedeutet, Sie könnten etwas darüber wissen.«

Sie stellte die Weinkaraffe zur Seite. »Ich hoffe, Ihr wollt damit nicht andeuten, diese Zwischenfälle hätten irgendetwas mit uns zu tun.«

»Es ist mir als eine Möglichkeit in den Kopf gekommen, doch.«

Etwas schimmerte in der Tiefe der seltsam blassen Augen dieser kleinen Frau auf, etwas, das ihn an eingerollte Schlangen und zugefrorene Seen im tiefsten Winter erinnerte. Ihre Stimme bekam einen gefährlichen, seidigen Klang. »Wir verlieren unsere Arbeiter und Arbeiterinnen im allgemeinen nicht.«

»Nicht im allgemeinen? Und gelegentlich?«

»Wir sind hier nicht in der Chalon Lane. Wir sind in der Auswahl unserer Klientel ausgesprochen sorgfältig.« Sie drehte sich um und gab ihrer Schwester, die noch immer nichts sagte, ein Weinglas. »Wer sich weigert, die Hausregeln zu befolgen, ist nicht länger zugelassen.«

»Dass sie die Regeln hier befolgen, heißt nicht, dass sie sich anderswo auch so verhalten.«

»Das entzieht sich unserer Kontrolle.« Sie griff nach ihrem eigenen Glas, hob es aber noch nicht an die Lippen. »Was wollt Ihr von uns?«

»Namen.«

Sie lachte laut auf. »Unsere Kunden erwarten Diskretion. Wenn wir Euch gäben, was Ihr sucht, wären wir aus dem Geschäft heraus.«

Erneut ließ er betont den Blick durch den Raum wandern. »Sie und Ihre Schwester haben anscheinend sehr gut für sich gesorgt.«

»Danke. Oder war das eher als Drohung gedacht, weniger als Kompliment? Denkt Ihr daran, uns zu melden?« Erneut umspielte der Hauch eines Lächelns ihre perfekt geschwungenen Lippen. »Nehmt Ihr ernstlich an, die Autoritäten wüssten nicht, dass wir hier sind?«

»Vielleicht. Trotzdem gibt es Möglichkeiten, Etablissements wie diesem ...« Er hielt inne, als suche er nach den passenden Worten, »... das Leben schwer zu machen. Und sie unprofitabel zu machen.«

Erneut sah er das Glitzern von Bosheit. Unwillkürlich fragte er sich nach ihrem Hintergrund und wie sie und ihre Schwester hier gelandet waren. Ihre Stimme und ihr Verhalten wirkten gebildet, auch wenn er wusste, dass das gespielt sein konnte.

Und warum zur Hölle gab ihre Zwillingsschwester nichts von sich?

Sie sagte: »Worum Ihr bittet, ist unmöglich.«

»Dann geben Sie mir die Namen der Kunden, die so gewalttätig geworden sind, dass sie hier nicht mehr willkommen sind.«

Die Zwillinge wechselten Blicke. Es hatte den Anschein, als seien sie so miteinander verbunden, dass Worte zwischen ihnen unnötig waren.

Grace Bligh stellte ihren Wein unangetastet zur Seite. »Nun gut. Wir geben Euch zwei Namen. Der erste ist Schauspieler: Hector Kneebone.«

Sebastian war überrascht. Kneebone war einer der vielversprechendsten jungen Schauspieler auf der Bühne. Er gewann rasch an Beliebtheit, vor allem unter den einflussreicheren Mitgliedern der Adeligen, kurz *Ton* genannt. »Was hat Kneebone getan, womit er Ihre Regeln verletzt hat?«

»Er war nicht mehr ... kontrollierbar.«

»Und das bedeutet?«

»Warum fragt Ihr ihn nicht selbst?«

»Und der zweite Mann?«

Grace Bligh zögerte, und ihr Blick huschte erneut zu ihrer Schwester. Er sah, wie Hope Bligh die Armlehnen ihres Sessels fest umkrallte. Zu seiner Überraschung lächelte Grace Bligh jedoch.

»Der zweite Mann wurde unseres Lokals verwiesen, nachdem er eines unserer Mädchen fast zu Tode gepeitscht hat.«

»Das ist gegen die Regeln? Ich dachte, das sei Teil dessen, was Sie hier anbieten.«

»Es darf nicht so sehr ins Extreme gezogen werden.«

Erneut spürte Sebastian den Drang, dieser winzigen, bösartigen Frau mit Gewalt zu Leibe zu rücken. Mit Mühe unterdrückte er ihn. »Und sein Name?«

Sie hob das Kinn, und in ihren eigenartigen, frostigen Augen glomm ein roher, tödlicher Hass auf, den sie nicht zu verbergen suchte. »Ich schätze, Ihr kennt ihn, da er ungefähr in Eurem Alter ist und ebenfalls Viscount. Sein Name ist Ashworth. Lord Ashworth.«

Kapitel 13

Grace Bligh könnte gelogen haben.

Sebastian zog die Möglichkeit in Betracht, während er die Herrenklubs und angesagten Kaffeehäuser von St James's aufsuchte, um Viscount Ashworth zu finden. Wenn die Verlobung zwischen dem attraktiven, verdorbenen Sohn des Marquis of Lindley und Miss Stephanie Wilcox bereits angekündigt worden war, wäre Sebastian bereit gewesen, die Worte der hässlichen kleinen Puffmutter als reine Bosheit zu betrachtet. Aber die Verlobung war noch nicht verkündet, was die Information von Grace Bligh umso spannender machte. Ganz und gar nicht verlässlich, aber sie war es wert, überprüft zu werden.

Nachdem er in dem Viertel, das einst als St James's Fields bekannt gewesen war, nichts ausrichten konnte, verlagerte Sebastian die Suche östlicher, nach Covent Garden. Dort, in der Nähe des Drury Lane Theaters, traf er auf den Verlobten seiner Nichte.

Anthony Ledger Viscount Ashworth war ein großer Mann, fast so groß wie Sebastian, mit den breiten Schultern und der trainierten, muskulösen Gestalt eines *Corinthians*. Die *Corinthians* waren Sportsmänner: Gentlemen von Rang und Vermögen, bekannt für ihre Jagd- und Pferdeleidenschaft, die einen erklecklichen Teil ihrer Zeit im *Gentleman Jackson's* beim Boxkampf oder im *Angelo's* beim Fechten verbrachten. Das honigfarbene Haar des Viscounts war höchst vorteilhaft verwuschelt; sein dunkelblauer Mantel sowie die sündhaft teuren, rehledernen Kniehosen und hohen Stiefel saßen perfekt. Er wollte gerade mit einer Gruppe Freunde eine Gaststätte betreten, als Sebastian von seiner Kutsche sprang und jovial sagte: »Ach, da seid Ihr ja, Ashworth. Auf ein Wort?«

Der Viscount blieb stehen und verzog die Lippen zu einem höflichen, wenn auch etwas überraschten Lächeln.

»Es wird nicht lang dauern«, sagte Sebastian. »Geht Ihr ein Stück mit mir?«

»Gewiss«, sagte Ashworth und entschuldigte sich mit einer Verbeugung bei seinen Begleitern.

Er und Sebastian drehten sich um und gingen die Catherine Street entlang. Sowohl die Drury Lane als auch die Theater in Covent Garden sollten in wenigen Tagen zur Saison öffnen, was bedeutete, dass derzeit die Anprobe von Garderoben stattfand. Gruppen lachender, gutgelaunter junger Männer drängten sich auf den Bürgersteigen und ergossen sich auf die Straße. In der Luft hing schwer der Geruch nach Aal und Tabakrauch, der sich hier und dort mit einem flüchtigen Hauch von Haschisch vermischte.

Ashworth sagte: »Ich nehme an, Ihr habt von der Anzeige gehört, die morgen in den Zeitungen erscheinen wird?«

Sebastian machte einen großen Schritt, um an einem torkelnden, rotgesichtigen jungen Kerl vorbeizugelangen, der eine Brandyflasche schwenkte und Verse von

Virgil in die Nacht hinausrief. »Ja. Aber deshalb bin ich nicht hier.«

»Ach?«

»Ich hörte, Ihr habt in *Number Three* am Pickering Place Lokalverbot, weil Ihr eines der Mädchen halb totgeschlagen habt.«

Ashworth blinzelte in den Himmel hinauf, als mache er sich Gedanken darüber, ob die sich zusammenballenden Wolken Regen bringen könnten. »Ich weiß wirklich nicht, wovon Ihr da redet.«

»Doch, das wisst Ihr.«

Ashworth blieb stehen und drehte sich zu ihm um; sein freundliches Lächeln blieb unverändert. »Glaubt Ihr, dieses Wissen über meine etwas unorthodoxeren sexuellen Vorlieben könnte meine Verlobung mit Miss Wilcox gefährden oder gar beenden? Falls ja, fürchte ich, Ihr kennt Eure Nichte nicht sehr gut. Oder Eure Schwester. Und überhaupt – was bedeutet schon das Gefasel irgendeines unbedeutenden Flittchens gegen die Verlockung eines Adelskrönchens?«

Sebastian gab sich nicht die Mühe, seine Reaktion zu überspielen. »Die Schwestern Bligh spielen ihren Kunden keine Frauen zu. Sie bieten sehr junge Mädchen an – manche von ihnen sind noch Kinder. Und Knaben, wenn man diskret ist und bereit, genug zu zahlen.«

»Ich interessiere mich nicht für Kinder, wenn Ihr das andeuten wollt. Aber ich will nicht leugnen, dass ich meine Dirnen jung mag, da sie dann sowohl sauberer als auch weniger abgenutzt sind.«

»Wie jung?«

»Meint Ihr ernsthaft, danach frage ich?« Ashworth warf einen beredten Blick in Richtung seiner wartenden Begleiter, und ein ärgerlicher Ton mischte sich in seine Stimme. »Warum führen wir dieses Gespräch?«

»Weil ein Straßenjunge namens Benji Thatcher kürzlich vergewaltigt, gefoltert und dann zu Tode stranguliert aufgefunden wurde. Und seine kleine Schwester Sybil wird vermisst.«

»Straßenkinder?« Ashworth lachte laut auf. »Und Ihr verdächtigt mich?« Das Lächeln verschwand, als wäre es nie dagewesen. »Zuerst einmal: Ich mag Mädchen, keine Jungen. Zweitens *töte* ich sie nicht.«

»Aber Ihr spielt gern mit Peitschen. Und Ihr seid dafür bekannt, Euch hinreißen zu lassen.«

»Macht Euch nicht lächerlich. Das Mädchen aus *Number Three* war nicht ernstlich verletzt. Ich gebe den Schwestern Bligh die Schuld an dem, was passierte. Die Kleine war nicht richtig vorbereitet.«

»Vorbereitet«, sagte Sebastian. Er hatte erwartet, Ashworth würde Grace Blighs Vorwürfe leugnen. Stattdessen bestätigte er alles, ohne zu zögern und ohne sichtbare Reue.

Ashworth spannte den Kiefer an. »Ja, vorbereitet. Und nun müsst Ihr mich wirklich entschuldigen.«

»Wo wart Ihr Montagnacht um halb zwei?«, fragte Sebastian, als der Adlige sich umdrehen wollte.

Ashworth wirbelte zu ihm herum. »Warum fragt Ihr?«

»Weil zu dieser Zeit die Mörder von Benji unterbrochen wurden. Sie wollten gerade die Leiche an der ehemaligen Rutherford Munitionsfabrik begraben.«

Ashworth lächelte breit; im Licht der Laterne glänzten seine ebenmäßigen Zähne weiß. »Wie der Zufall es will, habe ich am Sonntagabend mit Eurer lieben Schwester Lady Wilcox, und meiner schönen zukünftigen Braut diniert. Dann nahmen wir an Mrs Hannons Soiree teil, bevor wir uns auf dem Ball von Lady Littlefields haben sehen lassen. Ich habe die Damen kurz nach zwei Uhr nach Hause eskortiert.« Er tippte sich an den Hut, als müsse er nachdenken. »Wisst Ihr, man könnte beinahe den Eindruck gewinnen, dass Ihr diese Partie nicht gutheißt.«

»Natürlich heiße ich sie nicht gut. Ich habe Nathan Broadway nicht vergessen.«

»Wen?«

»Den Jungen in Eton, den Ihr in den Tod getrieben habt.«

»Ach. Das ist lange her.«

»Ich hörte nichts, was mich annehmen lässt, dass Ihr Euch geändert habt.«

Immer noch auf seine unangenehme Art lächelnd, vollführte Ashworth ironisch einen Diener und schlenderte davon.

Sebastian rief ihm hinterher: »Ihr kennt nicht zufällig den Schauspieler Hector Kneebone?«

Ein schwaches, aber erkennbares Zögern war im Gang des Viscounts zu sehen, aber er ging weiter und blickte nicht zurück.

***

Sebastian durchkämmte die vollen, lauten Straßen von Covent Garden. Er fühlte sich seltsam fremd in der lärmenden Fröhlichkeit, die ihn umgab.

Die Entdeckung, dass Stephanie einen Mann heiraten wollte, der dafür zahlte, Mädchen zu missbrauchen – und der diesen Missbrauch bis zu einem Grad ausgeweitet hatte, dass selbst die abgestumpften Zuhälterinnen vom Pickering Place alarmiert gewesen waren –, erfüllte ihn mit großer Sorge. Er hatte den fast überwältigenden Drang, zu Lady Holbrooks Soiree zu stürmen, Amanda an den Schultern zu packen und zu fragen, was sie sich zur Hölle noch mal dabei dachte, einer solchen Partie zuzustimmen. Aber er zwang sich zum Weitergehen. Wenn er darauf hoffen wollte, seine Schwester zu überzeugen, müsste er sich ihr ruhig und besonnen nähern.

Deshalb wandte er seine Gedanken lieber dem zweiten Mann zu, den Grace Bligh genannt hatte: dem Schauspieler Hector Kneebone. Die Tatsache, dass Grace die Wahrheit über Ashworth gesagt hatte, bedeutete nicht zwangsläufig, dass sie in Bezug auf Kneebone genauso ehrlich gewesen war, aber es erhöhte die Wahrscheinlichkeit. Rory Inchbald hatte darauf beharrt, dass der Mann, den er in der Nacht von Benjis Mord den Karren hatte fahren sehen, ein Gentleman gewesen war. Und auch wenn es zweifelhaft war, dass Kneebone als Gentleman geboren worden war, spielte er doch auf der Bühne sehr erfolgreich einen.

***

Das Covent Garden Theater lag an der Bow Street, nicht weit von der berühmten Bow-Street-Behörde. Diesen Ort hatte Sebastian einst sehr gut gekannt, denn vor langer Zeit, als er kaum einundzwanzig Jahre alt und frisch aus Oxford zurück war, hatte er sich blind und leidenschaftlich in eine junge, kaum bekannte Schauspielerin namens Kat Boleyn verliebt. In den darauffolgenden Jahren war Kat zur am meisten von der Kritik umjubelten Schauspielerin der Londoner Bühnen aufgestiegen. Und wenngleich das Schicksal – in Gestalt des Earl of Hendon – Sebastian und Kat nicht nur ein-, sondern zweimal auseinandergetrieben hatte, so würde sie doch immer ein wichtiger Teil von Sebastians Leben bleiben.

Sie hatte das vergangene Jahr abseits der Bühne verbracht, um sich von einer persönlichen Tragödie zu erholen. Aber für die kommende Saison war sie wieder nach London zurückgekehrt und würde in nur zwei Tagen als Viola in der Premiere von *Twelfth Night* spielen, und zwar im Covent Garden Theater.

Er traf sie in ihrer Garderobe an, wo sie allerletzte Änderungen an ihrem Kostüm vornahm. Als er eintrat, blickte sie über die Schulter, und das Licht der Kerzen an ihrem Ankleidetisch schimmerte golden und warm auf ihren berühmten hohen Wangenknochen, der kleine Himmelfahrtsnase und dem üppigen Mund.

»Devlin!«, rief sie mit einem Lachen in der Stimme und stand auf, um mit ausgestreckten Händen und einem erfreuten Leuchten in den Augen zu ihm zu gehen. In diesen lebhaften blauen St Cyr-Augen, die sie von ihrem leiblichen Vater, dem Earl of Hendon geerbt hatte.

Er umfing ihre Hände mit seinen und hielt sie fest, und mit forschendem Blick nahm er ihre schönen, vertrauten Züge auf. Seit den dunklen Tagen, die dem Tod ihres Ehemanns Russel Yates gefolgt waren, hatte er sie nicht mehr gesehen – also seit zwölf Monaten. Ihre Ehe mit dem farbenfrohen ehemaligen Freibeuter war sie aus Vernunftgründen eingegangen, aber Sebastian wusste, dass sich zwischen ihnen echte Zuneigung entwickelt hatte, und der Mord an Yates – vor allem die Umstände, unter denen er geschehen war – hatte sie tief getroffen. »Wie geht es dir, Kat? Ehrlich?«

»Viel besser. Wirklich. Ich habe sehr viel Zeit damit verbracht, an nebligen Küsten spazieren zu gehen, und mich gezwungen, mich mit allen möglichen Dingen auseinanderzusetzen, denen ich mich vor langer Zeit hätte stellen müssen.« Sie neigte den Kopf zur Seite. »Und dir? Ich habe gehört, du hast einen wunderbaren kleinen Sohn.«

Er lächelte. »Simon. Sieben Monate alt, hübsch, brillant und ganz grässlich am Zahnen.«

Sie lachte erneut. »Ich sehe, dass du glücklich bist.«

»Das bin ich.«

»Weißt du, dass ich mir das immer gewünscht habe?«

Er drückte ihre Hände und ließ sie los. »Ja, ich weiß.«

Vor noch nicht allzu langer Zeit hatte Sebastian geglaubt, er könne niemals eine andere Frau als sie lieben, und als er dachte, dass sie nie die Seine sein konnte, war er in einen Abwärtsstrudel geraten, der ihn beinahe getötet hätte. Aber dann war Hero in sein Leben getreten, und Simon. Gemeinsam hatten sie ihm geholfen, eine neue, mächtige Liebe zu entdecken, die ihm Frieden und eine tiefe Zufriedenheit brachte, wie er sie nie für möglich gehalten hätte.

Kat liebte er noch immer, und das würde sich nie ändern. Sie jetzt wiederzusehen unterstrich für ihn jedoch die Art und Weise, wie sich seine Zuneigung zu ihr verändert hatte. Und nicht ganz ohne Belustigung wurde ihm klar, dass er irgendwann im Laufe des vergangenen Jahres gelernt hatte, sie im Grunde so zu lieben, als wäre sie tatsächlich seine Halbschwester, für die er sie einst zu seinem Entsetzen gehalten hatte.

Sie bückte sich, um ihre Kniehosen in die Stiefel zu stecken. »Heute Nachmittag habe ich Paul Gibson gesehen.« Sie hielt inne, und Sebastian wartete auf das, was nun kommen würde, wie er wusste. Denn auch, wenn Hendon sein Bestes gegeben hatte, sie und Sebastian auseinanderzutreiben, waren sie und Gibson doch gute Freunde geblieben. »Er sagte mir, dass er dich bei einem neuen Mord um Hilfe gebeten hat.« Sie versuchte gar nicht, die Sorge in ihrer Stimme zu verbergen. Sebastians Rolle bei verschiedenen Mordermittlungen hatte Kat immer beunruhigt, denn sie wusste, wie viel jede ihm abverlangte.

»Das ist einer der Gründe, warum ich hier bin«, sagte er. »Was kannst du mir zu Hector Kneebone sagen?«

Langsam richtete sie sich auf. »Du glaubst, dass Kneebone da hinein verwickelt ist?«

»Möglicherweise. Wie gut kennst du ihn?«

Sie drehte sich zu ihrem Spiegel um und begann, ihr dichtes, kastanienfarbenes Haar unter eine flotte Kappe mit Federn zu schieben. »Nicht allzu gut. Er ist erst vor ein paar Jahren von Bath hierhergekommen und tritt hauptsächlich in der Drury Lane auf. Er ist beim Publikum sehr beliebt.«

Sebastian lehnte sich mit den Schultern an die Wand. »Und sein Umgang mit den Schauspielkollegen?«

Sie zuckte die Achseln. »Er ist arrogant und kann grob sein. Aber damit steht er nicht alleine da.«

»Was weißt du über seinen Frauengeschmack?«

»Nun ... er ist sehr attraktiv, und die Gentlemen der Stadt waren nie die Einzigen, die ihre Liebschaften gern auf der Bühne suchen.« Seine Reaktion musste sich in seinem Spiegelbild gezeigt haben, denn sie hielt inne und blickte ihn über die Schulter an. »Schockiert dich das?«

Er lachte leise. »Das sollte es wohl nicht, aber ich muss zugeben, dass es so ist. Wer sind also seine Liebschaften?«

»Ich habe gehört, zu seinen Eroberungen zählen mindestens eine Duchess, drei Countesses und eine erkleckliche Anzahl Damen von niedrigerem Adel. Aber ob es auch stimmt? Das weiß ich nicht.« Sie hörte auf, mit ihrer Mütze herumzuhantieren, und drehte sich vom Spiegel weg. »Warum verdächtigst du ihn?«

»Sein Name ist einer von zweien, den mir eine ausgesprochen widerliche Zuhälterin am Pickering Place genannt hat.« Er zögerte, dann sagte er: »Der andere war Lord Ashworth.«

»Großer Gott«, flüsterte sie. »Hast du schon gehört ...«

»Dass Ashworth sich mit Stephanie verlobt hat?« Sebastian nickte. »Hendon hat mich gebeten, meinen nicht existierenden Einfluss bei Amanda geltend zu machen und zu versuchen, das Ganze zu beenden. Als könnte ich sie irgendwie überzeugen, dass sie ihre Tochter wirklich nicht als Marchioness sehen will.«

Er beobachtete eine Mischung aus Emotionen, die über Kats Antlitz glitten. Normalerweise war sie nicht so klar zu durchschauen. Sie sagte: »Ich wünschte, du könntest einen Weg finden, Hendon zu vergeben, was er getan hat.«

»Das kann ich nicht.«

»Er hatte nur dein Bestes im Sinn.«

»So? Meiner Erfahrung nach gilt Hendons Sinn ausschließlich dem Namen St Cyr und der Blutlinie der St Cyrs und dem Vermächtnis der St Cyrs. Wäre eine Großmutter meiner Mutter nicht selbst eine St Cyr gewesen, denkst du, dass er mich dann immer noch als Erben anerkennen würde?«

»Du tust ihm unrecht. Das tust du wirklich.«

Als Sebastian nichts erwiderte, verzog sie den Mund zu einem schiefen Lächeln.

»Was?«, fragte er.

»Hendon mag dich nicht gezeugt haben, aber du bist ihm viel ähnlicher als du zugeben magst.«

»Was zum Teufel soll das denn heißen?«

In der Ferne läuteten die Glocken, und sie drehte sich zur Tür. »Denk darüber nach.«

»Hm.« Er stieß sich von der Wand ab. »Wo logiert Kneebone? Weißt du das?«

»Ich glaube, er hat Zimmer in der Bedford Street.« Sie zögerte, dann legte sie ihm die Hand auf den Arm. »Gibson hat mir einiges von dem erzählt, was diesem armen Jungen angetan wurde. Wer auch immer das ist, nach dem du suchst – er ist jenseits von Gut und Böse, Devlin; er ist bösartig. Bitte gib auf dich acht.«

»Ist Kneebone zu so einer Tat fähig, was meinst du?«

Sie dachte kurz darüber nach. »Das würde ich nicht sagen, nein. Andererseits muss der, der das getan hat, sehr gut darin sein, seine wahre Natur zu verstecken, meinst du nicht? Und wer kann besser eine Rolle spielen als ein Schauspieler?«

Kapitel 14

Hector Kneebone hatte Zimmer in einem ehemals großartigen Haus aus dem siebzehnten Jahrhundert, das in ganz passable Wohnungen unterteilt worden war.

Sebastian verbrachte einige Zeit mit einem Krug Ale vor sich in einer Taverne namens *Blue Boar* in der Nähe, darauf ließ er in einem Kaffeehaus im Viertel ein Glas Wein folgen. Seine scheinbar harmlosen Fragen führten ihn schließlich zur genauen Adresse des attraktiven jungen Schauspielers, begleitet von reichlichen saftigen Details bezüglich des Stroms gut gekleideter, verschleierter Damen, die bei Tag und Nacht in Mietdroschken an seiner Tür erschienen.

Wenn sich Kneebone noch weiteren Tätigkeiten hingab, so schien zumindest niemand darüber Bescheid zu wissen.

Etwa eine halbe Stunde, bevor die Proben in der Drury Lane vermutlich enden sollten, eilte Sebastian die Treppe hinauf und verschaffte sich mit einem schlichten Dietrich Zugang zur Wohnung des Schauspielers. Er zog die Tür leise hinter sich zu, dann hielt er einen Augenblick inne, damit seine Augen sich an die Dunkelheit gewöhnen konnten.

Der Salon, der in ein Esszimmer überging, war klein, aber teuer mit großen Spiegeln in Goldrahmen, einem Kirschholztisch mit Intarsien und eleganten Sesseln mit bordeaux- und marineblaugestreiften Seidenpolstern ausgestattet. Durch einen Bogengang konnte er ein großes Himmelbett und Wände sehen, die mit bordeauxfarbener Seide verkleidet waren, außerdem noch mehr Spiegel.

Hector Kneebone sah sich offensichtlich selbst gern an.

Sebastian durchsuchte die Räumlichkeiten rasch und leise; währenddessen lauschte er auf das Geräusch von Schritten auf der Treppe. Er fand eine erstaunliche Anzahl teurer Schnupftabakdosen und anderer Kinkerlitzchen, einigen hafteten die mit Parfum besprühten Liebesbriefe der Bewunderinnen des Schauspielers noch an. Aber nichts davon stellte irgendeine Verbindung zu dem her, was Benji Thatcher angetan worden oder mit seiner vermissten Schwester geschehen war.

Dann blieb Sebastians Blick an einer geschnitzten Holztruhe hängen, die auf einem niedrigen Buchschrank auf der einen Seite des Bettes stand.

Die Kiste, die mit Szenen von Adam und Eva im Garten Eden geschmückt war, war etwa einen halben Meter breit und fünfunddreißig Zentimeter hoch. Er öffnete sie und entdeckte purpurrote Seidenschnüre unterschiedlicher Länge und Dicke und einen genähten Streifen schwarzer Seide, wie man ihn für eine Augenbinde benutzen konnte, außerdem eine Lederpeitsche.

Sebastian schloss die Truhe wieder und betrachtete die Bücher in dem Regal darunter. Einige davon waren pikante Klassiker von Epikur, Petronius und ähnlichen. Aber die meisten waren von französischen Schriftstellern der letzten zweihundert Jahre, darunter Charles de Saint-Evremond, Claude Prosper Jolyot de

Crébillon, Choderlos de Laclos, Rétif de la Bretonne und Marquis de Sade. Sebastian brauchte keines davon zu öffnen, um zu erfahren, welche Bedeutung Kneebones Sammlung hatte.

Sie waren auch als »licentious books« oder »bawdy stuff«, also unzüchtiger Lesestoff, bekannt. Wie in den derzeit beliebten gotischen Romanen handelten sie oft von düsteren Themen. Hier gab es allerdings keine supernatürlichen Elemente, sondern nur einen aggressiven Antiklerikalismus und radikale Philosophien, die sich in eine ostentativ ungezügelte Ausübung von Sexualität kleideten, die sich von spielerisch böse bis grausam und verkommen erstreckte.

Eines der Bücher, das in einen Schmuckeinband aus edlem schwarzem, feinstem Ziegenleder gebunden war, fiel besonders auf. Angeblich sollte es von Marquis de Sade sein, trug den Titel eines Manuskriptes, das vor langer Zeit in den Unruhen der französischen Revolution verloren gegangen war. Sebastian zog das Buch aus dem Regal, öffnete es und sah eine eingravierte nackte Frau, deren Hände über ihrem Kopf zusammengebunden waren, die vor einer Peitsche wegzuckte.

Er blätterte durch die Seiten und wurde immer verwirrter, da hörte er, wie die Haustür geöffnet und geschlossen wurde und die Schritte eines Mannes durch die Halle zur Treppe gingen. Sebastian schob das Buch an seinen Platz zurück. Er ließ sich genug Zeit, ein schwarzes Seidenseil aus der geschnitzten Truhe auszuwählen, dann stellte er sich dicht an die Wand neben der Tür zum Flur.

Er hielt in jeder Hand ein Ende des Seils, hörte, dass die Schritte auf dem Treppenabsatz ankamen und dann zum ersten Stock weitergingen. Der Mann pfiff nun leise ein unheimliches Klavierkonzert vor sich hin. Die Musik brach ab, als er vor der Tür stehenblieb, nach seinem Schlüssel suchte und aufzuschließen versuchte. Er schnaubte, als er merkte, dass die Tür unverschlossen war. Aber offensichtlich machte er sich keine Sorgen, denn das Pfeifen setzte wieder ein, als er die Tür aufdrückte.

Die Lampe vom Treppenhaus warf Hector Kneebones Schatten auf den Boden, als er hereintrat und sich halb umwandte, um die Tür zu schließen. Sebastian trat von der Wand weg, warf dem Schauspieler das Seidenseil über den Kopf und trat die Tür hinter ihnen zu.

»Wa...« Kneebone wedelte sinnlos mit den Armen in der Luft und stieß ein erschrockenes Quieken aus, als Sebastian das Seil unter dem Kinn des Schauspielers nach oben zog.

»Entspannen Sie sich«, sagte Sebastian leise, den Mund dicht am Ohr des Mannes. »Ich bin weder hier, um Sie zu töten, noch um Sie auszurauben. Wir werden nur eine nette kleine Unterhaltung führen. Verstanden?«

Als traute er seiner Stimme nicht, nickte Kneebone, und das Weiß in seinen Augen leuchtete in einem geisterhaften Blauton, als er verzweifelt versuchte zu sehen, wer hinter ihm stand. Er war ein gutgebauter Mann mit dem lockigen schwarzen Haar und den hellbraunen Augen, die man so oft in Cornwall und Wales sah. Außerdem war er mindestens zwölf Zentimeter kleiner als Sebastian.

»Gut«, sagte Sebastian und hielt beide Enden des Seils mit der rechten Hand fest. Wenn er die Hand nach innen drehte, konnte er die Weite der Schlaufe leicht verkleinern und sorgfältig den Druck kontrollieren, den er ausübte. »Jetzt erzählen Sie mir von Benji und Sybil Thatcher.«

Kneebone fand seine Stimme plötzlich wieder. »Von wem? Was? Wovon reden Sie? Wer sind Sie?«

»Es kann Ihnen egal sein, wer ich bin. Ich möchte hören, was Sie über ein vermisstes kleines Mädchen und seinen fünfzehnjährigen Bruder wissen, der vergewaltigt, ausgepeitscht und ermordet wurde.«

»Ermordet? Ich weiß nichts über einen Mord! Welcher Junge?«

»Benji Thatcher.«

»Nie von ihm gehört.«

»Er hatte eine kleine Schwester namens Sybil, die vermisst ist. Haben Sie von ihr gehört?«

»Großer Gott, nein.«

Sebastian drehte seine Faust ganz langsam. »Ich habe mir Ihr Buchregal angesehen. Sie haben den Marquis de Sade gelesen. Sie mögen so etwas, nicht?«

»Es ist faszinierend. Finden Sie nicht?«

»Ehrlich gesagt, nein.«

Kneebone schluckte mühsam, sein Adamsapfel wanderte hoch und runter und rieb dabei am Seil entlang. »Dass ich so etwas lese, heißt nicht, dass ich es auch selbst tue.«

»Nicht? Wofür sind dann die Fesseln aus Seide und die Peitsche in der Truhe?«

Als Kneebone nichts sagte, festigte Sebastian den Griff am Seil, zog den Schauspieler nach hinten und brachte ihn aus dem Gleichgewicht. »Ich weiß über Pickering Place Bescheid. Und darüber, dass Sie dort nicht mehr willkommen sind. Seit einem bestimmten Zwischenfall, den sie nicht weiter ausgeführt haben.«

»Das ... das war ein Fehler. Wir haben Haschisch geraucht, wissen Sie – das Mädchen und ich. Wir waren so auf den Augenblick konzentriert, dass ich mich habe hinreißen lassen.«

»Vielleicht haben Sie sich auch mit Benji und Sybil Thatcher ›hinreißen lassen‹.«

»Großer Gott. Fragen Sie, wenn Sie wollen; alle werden Ihnen sagen, dass ich gern mit Frauen spiele, aber nicht mit Jungen.«

»Und Mädchen«, erinnerte Sebastian ihn. »*Number Three* ist bekannt für das junge Alter der ›Ware‹.«

»Na gut, ja. Ich mag Mädchen sehr. Das gebe ich zu. Aber nicht zu kleine.«

»Dann ist es ja gut, oder wie?«

»Viele Mädchen werden mit vierzehn oder fünfzehn Jahren verheiratet.« Kneebone versuchte erneut vergeblich, sich umzudrehen, um Sebastians Gesicht zu sehen. »Sie wissen nicht, wie das ist, mit all den großen Damen umzugehen, die hierher kommen; gezwungen zu sein, immer zu lächeln und irgendwie vorzuspielen, dass es mir gefällt, wenn sie mich begrapschen. Manche von ihnen sind *alt*.«

»Das sagen Sie so, als erwarteten Sie mein Mitgefühl. Sie könnten sie jederzeit abweisen.«

»Denken Sie das wirklich? Haben Sie eine Vorstellung, was es meiner Karriere antun würde, wenn ich sie abweise? Wie lang werde ich mich wohl halten, wenn die Duchess of X und Mylady Y hier übelgelaunt rausstolzieren und ihren Freundinnen erzählen ...« Kneebones Stimme schraubte sich in der Nachahmung einer Matrone von Mayfair nach oben, als er die Vokale kristallklar aussprach: »Oh, ich fand den jungen Mann der Drury Lane gar nicht so göttlich?«

Sebastian hielt das Seil weiter straff. »Wo waren Sie am frühen Montagmorgen? Sagen wir, um halb zwei?«

»Ich war hier im Bett. Ich habe geschlafen.«

»Allein?«

»Ja, ausnahmsweise. Warum?«

»Weil um diese Zeit die Mörder von Benji Thatcher bei dem Versuch unterbrochen wurden, die Leiche des Jungen in einem Feld außerhalb von Clerkenwell zu begraben.«

Kneebone versuchte erfolglos, die Finger unter die seidene Fessel um seinen Hals zu bekommen. »Ich sage doch, ich weiß nichts über einen Jungen oder ein Mädchen mit dem Namen Thatcher, und ich töte keine Kinder. Ich habe nie irgendjemanden getötet!«

»Wer also?«

»Was?«

»Sie haben mich verstanden. Wen kennen Sie, der so etwas tun könnte?«

»Ich weiß es nicht!«

»Nein? Sie müssen noch andere kennen, die Ihre Vorlieben teilen.«

»Aber niemand würde töten.«

»Nicht?«

»Nein!«

Sebastian lockerte den Griff am seidenen Seil und trat einen Schritt zurück.

Kneebone wirbelte zu ihm herum. »Was, Sie ...« Der Schauspieler unterbrach sich, und seine Augen wurden groß, als er die doppelläufige Pistole in Sebastians Hand sah. »Großer Gott. Ihr seid Devlin.«

»Ja. Und ich hätte Sie wahrscheinlich warnen sollen, dass ich sehr unleidlich werde, wenn ich herausfinde, dass die Leute mich angelogen haben. Besonders, wenn es um Mord geht.«

»Ich habe über nichts gelogen!«

»Wollen wir es hoffen. Denn wenn ich herausfinde, dass Sie doch gelogen haben, komme ich wieder.«

***

Ein ruheloser Wind schob die Wolken am Himmel vor sich her, als Sebastian Kneebones Wohnung verließ und sich dorthin wandte, wo er in der Bridge Street, in der Nähe der Drury Lane, seine Kutsche hatte stehen lassen.

Die Menschentrauben im Viertel waren nun weniger dicht, aber es waren immer noch so viele Leute auf den Straßen, dass er vielleicht nicht auf den Mann in dem flaschengrünen Mantel und dem runden Hut geachtet hätte, wenn er ihn nicht zuvor schon bemerkt hätte.

Es war ein ganz gewöhnlicher Mann in den Zwanzigern, klein und schmächtig, mit hellbraunem Haar und einem schmalen Gesicht. Aber er sah so sehr wie ein längst toter Corporal aus, den Sebastian einst gekannt hatte, dass ihm die frappierende Ähnlichkeit aufgefallen war, als er früher an dem Mann vorbeigegangen war, der am Covent Garden Theater ein Theaterplakat gelesen hatte.

Sebastian ging nun langsamer, verließ die Bedford Street auf die Straße, an der die Bank von Miss Jane Austens Bruder Henry stand.

Der Mann im grünen Mantel folgte ihm.

Kapitel 15

Sebastian ging weiter die Straße entlang, seine Schritte hallten in der engen Gasse wider. Er spürte den Wind kalt im Gesicht. Die Kutsche eines Gentlemans raste vorbei, und ihre schwankenden Laternen warfen Lichtbögen auf die düsteren Fassaden der umstehenden Gebäude.

Sebastian wusste, dass der Mann im grünen Mantel ein paar Schritte hinter ihm war. Eine junge Frau, die in einem Türdurchgang in der Nähe gestanden hatte, schloss zu ihm auf und zupfte an Sebastians Ärmel. Sie hatte flachsfarbenes Haar, ein gewinnendes Lächeln und sah aus, als sei sie erst kürzlich vom Land nach London gekommen. In ihren Augen lauerte ein Schatten der Verzweiflung, der schmerzhaft anzusehen war.

»Auf der Suche nach 'n bisschen Spaß, Meister?«, sagte sie in jammerndem Tonfall. »Ich bin willig. Alles, was Sie wolln. Alles.«

Sebastian schüttelte den Kopf und ging weiter. Er bemerkte, dass sie einen Schritt auf den Mann zu machte, der ihm folgte, und sich dann zurückzog.

Die Straße lief auf die südwestliche Ecke des großen, offenen Platzes zu, der den Covent Garden beheimatete. Um diese Zeit waren die Marktstände verrammelt und leer, bis auf die obdachlosen Kinder, die hier nachts unterschlüpften. Ihre Gesichter waren im spärlichen Licht der Laternen blass, und mit großen Augen unter mattem Haar beobachteten sie Sebastian, als er vorbeischritt. Er ging schneller.

Sein Schatten tat das Gleiche.

Sebastian schob eine Hand in seine Tasche und fand den glatten Holzgriff der Steinschlosspistole. Er hatte schon fast den Eingang zum Travistock Court erreicht, da schwang er abrupt herum. »Wer zur Hölle sind Sie, und warum verfolgen Sie mich?«, fragte er.

Erschrocken blieb der Mann im grünen Mantel so ruckartig stehen, dass er auf dem Unrat ausrutschte, der vom morgendlichen Markt übrig geblieben war. Kurz begegneten seine hellbraunen Augen Sebastians Blick. Dann drehte er sich um und rannte los.

Sebastian hechtete ihm hinterher.

Sie liefen die Travistock Row hinunter und jagten um die Ecke in die Southampton Street. Der Mann war flink und wendig, sprang über einen Stapel Backsteine und umrundete einen Eselswagen, als er über die Straße flitzte. Ein Mädchen von höchstens zwölf Jahren glitt aus einem dunklen Hauseingang und schnarrte: »Meister ...«

Grüner Mantel griff nach ihren Schultern, wirbelte sie herum und stieß sie in Sebastians Richtung.

»Eh, was mache ihr mit mir?«, heulte sie und stieß einen verängstigten Schrei aus, als sie gegen Sebastian stieß. Er verlor wertvolle Sekunden, als er sie zuerst wieder aufrichtete und dann seine Börse aus ihren flinken, diebischen Fingern zog. Er befreite sich gerade rechtzeitig von ihr, um Grüner Mantel in die Maiden Lane verschwinden zu sehen.

Hölle noch mal.

Sebastian rannte ihm hinterher um die Ecke und blieb dann stehen, als er die leer vor sich liegende Straße sah. In der Nähe bemerkte er einen Hund, der in einem Haufen Unrat schnupperte, und ein Schwein, das weiter unten im Block das Gleiche tat. Der stärker werdende Wind ließ einen Laden über seinem Kopf klappern und die fadenscheinige Wäsche flattern, die an einer Leine hing, die von einem Fenster zum nächsten gespannt war. Sebastian regte sich nicht, lauschte nach den Schritten laufender Füße und ließ den Blick über die Reihen baufälliger alter Häuser wandern, die sich von den Fußgängerwegen auf beiden Seiten erhoben.

Nichts.

Vor langer Zeit war die Maiden Lane ein schlichter Pfad gewesen, der die südliche Seite des alten Klostergartens entlangführte, der einst hier gestanden hatte. Zu ihrer Blütezeit waren die Häuser, die nach der Klosterzerschlagung hier gebaut worden waren, achtbar gewesen. Aber jetzt fielen sie in sich zusammen, ihre einst hübschen Gärten hatten einem Gewirr aus Bruchbuden Platz gemacht, die vor einem Jahrhundert oder länger dort gebaut worden waren.

Mit der Pistole in der Hand ließ Sebastian den Blick auf die schwarze Öffnung eines lärmerfüllten, vor Dreck starrenden Durchgangs wandern, der sich zu seiner Linken auftat. Dahinter erstreckte sich ein Labyrinth von schäbigen Höfen und schlechten Straßen, die sich bis zur Strand wanden. Dieser vor Ratten wimmelnde Zufluchtsort für Huren, Bettler, Taschendiebe und Halsabschneider war dafür bekannt, Wachtmeister einfach zu verschlingen, die so dumm waren, flüchtigen Verdächtigen hierher zu folgen.

Noch vor einem Jahr wäre Sebastian ohne zu zögern hineingestürmt. Er machte sogar einen Schritt, dann zwei in den wartenden Schatten, bevor er stehenblieb.

Dann sog er bebend tief die Luft ein, drehte sich um und ging nach Hause zu seiner Frau und seinem kleinen Sohn.

***

»Wer würde dir jemanden hinterherschicken?«, fragte Hero.

Sebastian hatte sie, als er zur Brook Street zurückgekommen war, im Kinderzimmer gefunden, wo sie mit einem hektischen, jammernden und elenden Simon auf dem Arm auf und ab ging. Das Kindermädchen, eine Französin namens Claire, holte sich eine Mütze voll Schlaf, um für die wahrscheinlich lange Nacht gewappnet zu sein.

Sebastian stand mit den Schultern an die Wand gelehnt da, den Blick auf das gerötete, tränenüberströmte Gesicht seines Sohnes gerichtet. »Wenn ich raten müsste, würde ich auf die bezaubernden Schwestern Bligh aus *Number Three* tippen.«

Hero blickte zu ihm hinüber. »Warum sollten sie dir folgen? Um dich zu töten?«

»Das scheint eine etwas radikale Antwort zu sein, ist aber sicherlich eine Möglichkeit.« Er sah, wie Simon das Gesicht verzog und losheulte. »Bist du sicher, dass er nichts anderes hat? Sicher sind kleine Kinder nicht immer so unleidlich, wenn sie ihre ersten Zähne bekommen?«

»Meine Mutter sagte, ihre beiden Kinder haben das getan. Und Claire sagt das auch.« Hero fing den Gummibeißring auf, der aus Simons Griff fiel, und versuchte, ihn erneut dafür zu interessieren. »Meinst du, Benji wurde zu *Number Three* gelockt und dort ermordet?«

»Ehrlich gesagt, würde ich dem Pack alles zutrauen. Andererseits könnte der ›Gentleman‹ in dem Wagen sehr wohl Kneebone gewesen sein. Er behauptet, er sei in der Nacht allein zu Hause in seinem Bett gewesen, aber nach allem, was man hört, ist das für ihn eher ungewöhnlich.«

»Und Ashworth?«

»Ashworth sagt, er war bis um zwei Uhr morgens bei Amanda und Stephanie, was so ungefähr das stichfesteste Alibi ist, das er haben kann.«

»Wenn es stimmt.«

»Wenn es stimmt. Das kann ich morgen ganz leicht herausfinden, wenn ich Amanda sehe.« Er ging zum Fenster des Kinderzimmers und blickte über die dunklen Dächer und Schornsteine der Stadt hinweg. Kurz darauf sagte er: »Ich fühle mich, als torkelte ich nur herum, als stocherte ich blind um mich. Normalerweise suche ich nach Hinweisen in den Geschehnissen im Leben des Opfers und in den Leben der Menschen, die das Opfer kannte. Aber was, wenn Benji per Zufall von der Straße geschnappt wurde? Die Mörder könnten irgendwer dort draußen sein – egal, wer. Und wenn ich daran denke, was höchst wahrscheinlich genau jetzt Benjis kleiner Schwester angetan wird, möchte ich mit der Faust durch dieses Fenster schlagen. Ich fühle mich, als müsste ich dort draußen sein und irgendetwas tun, um sie zu finden – um sie zu *retten*. Aber ich weiß nicht einmal, wo ich anfangen soll.«

Hero trat neben ihn, Simon fest in den Armen. »Meinst du, diese Mörder könnten früher schon andere Kinder geschnappt haben?«

»Jem Jones scheint das jedenfalls zu denken.« Er streckte die Hände aus, nahm ihr Simon ab und drückte das ärgerliche Kind an sich. »Aber wie sollen wir das je erfahren?«

»Was für ein beunruhigender Gedanke.« Sie richtete das Sabberlätzchen um Simons Hals, dann richtete sie den Blick wie Sebastian zuvor auf die winddurchtosten Straßen unten. »Ich denke darüber nach, meinen nächsten Artikel über Kinder zu schreiben, die zurückgelassen werden und für sich selbst sorgen müssen, wenn ihre Mütter nach Botany Bay verschifft werden. Ich frage mich, ob dieser Reverend Filby, den du erwähnt hast, bereit wäre, mit mir zu sprechen.«

»Ich denke schon. Du könntest auch mit Tom sprechen. In Anbetracht der Art dieses Mordfalls bin ich geneigt, die nächsten paar Tage Giles anstatt des Jungen einzusetzen.«

»Tom würde das nicht gefallen.«

»Nein, würde es nicht.«

Simon fing erneut zu schreien an, und Sebastian schwang das Kindlein in den Armen auf und ab. »Armer kleiner Mann«, sagte er sanft. Dann sagte er, ohne aufzuschauen: »Ich bin heute Abend zu Kat gegangen, um sie nach Kneebone zu befragen.«

»Du sagst das, als ob du befürchtest, das könnte mich aufregen.«

Er sah sie an, und sie lächelte. »Tatsächlich regt es mich nicht auf, weißt du. Sie ist Hendons leibliche Tochter. Selbst wenn er sie nicht anerkennen kann, wird sie immer Teil unserer Familie und Teil unseres Lebens sein. Und ich habe keinen Zweifel an der Tiefe deiner Liebe für mich.«

Er verlagerte Simons Gewicht, sodass er eine Hand ausstrecken und ihr an den Nacken legen konnte. »Ich kann mir mein Leben ohne dich und Simon nicht vorstellen.«

»Ich weiß«, sagte sie.

In dem Augenblick spie Simon die Vorderseite von Sebastians weißer Seidenweste entlang, und sie lachten beide.

***

Einige Stunden später kam Hero und blieb im Eingang zur verdunkelten Bibliothek stehen. Im Schimmer des schwach rot glühenden, ersterbenden Feuers sah sie den Kater, der sich auf dem Sofa eingerollt hatte und schlief, und den Mann, der daneben stand und nachdenklich auf etwas hinunterblickte, das er in Händen hielt.

Sie sagte: »Gibt es einen Grund, warum du hier im Dunkeln lauerst? Mit einem Hut?«

Devlin ließ den Hut auf seinem Finger kreisen. »Sag mir: Was siehst du?«

Hero kräuselte die Nase. »Eine sehr schmutzige und zweifellos völlig verlauste Kopfbedeckung.«

»Nichts, was ein Gentleman tragen würde, oder?«

»Nicht, wenn er nicht die Gewohnheit hat, in den Second-Hand-Läden der Rosemary Lane Verkleidungen zu kaufen.«

»Hm. Das ist eine Möglichkeit, die ich noch gar nicht in Betracht gezogen habe. Aber da der Mann, den Rory Inchbald den Wagen hat fahren sehen, keine vergleichbaren Versuche gemacht hat, sich zu tarnen, würde ich darauf wetten, dass der Jugendliche, der Benjis Grab geschaufelt hat, einfach seine eigene Kleidung trug.«

»Mit anderen Worten, er war kein Gentleman.« Sie setzte sich neben den schwarzen Kater, der sie aus fast geschlossenen grünen Augen ansah und dann so tat, als ob er weiterschlafe. »Natürlich bedeutet die Tatsache, dass Rory den Mann auf dem Wagen für eine Gentleman gehalten hat, nicht, dass er wirklich einer ist.«

»Richtig. Allerdings sind, laut Jem Jones, Benji und Sybil nicht die ersten Kinder, die in Clerkenwell verschwunden sind, und auf den Straßen heißt es, ein ›Gentleman‹ sei verantwortlich.«

»Was auf den Straßen erzählt wird, ist oft falsch.«

»Ja. Aber da es Rorys Behauptung unterstützt, neige ich dazu, es für wahr zu halten.«

Der Kater begann leise zu schnurren, und sie streckte die Hand aus, um ihn zu streicheln. »Was genau sagst du also?«

Devlin warf den Hut zur Seite. »Schon den ganzen Morgen arbeite ich anhand der beunruhigenden Annahme, dass ich zwei Mörder suche: den Mann, der den Karren gefahren hat, und seinen jüngeren Kumpan. Aber ich glaube, das ist falsch. Ich glaube, es gibt nur einen Mörder – den ›Gentleman‹, den Rory auf dem

Wagen hat warten sehen. Ich denke, der Junge, der das Grab ausgehoben hat, ist einfach sein Diener.«

»Ein Diener? Aber ... wer vertraut einem Diener genug, um ihn in einen Mord hineinzuziehen? Und fährt dann los und lässt ihn im Stich? Wenn der Junge geschnappt worden wäre ...«

»Wenn der Junge geschnappt worden wäre und dann jemanden wie Hector Kneebone oder Lord Ashworth genannt hätte, wer hätte ihm deiner Meinung nach geglaubt?«

»Niemand«, gestand sie zu. Der Kater hob den Kopf, und folgsam ging sie dazu über, sein Kinn zu kraulen. »Es ist sicher nicht so beunruhigend zu denken, dass du nicht nach zwei, sondern einem Mörder suchst. Aber trotzdem – was für ein Diener ist denn einverstanden, die Mordopfer seines Herren zu beerdigen?«

»Entweder einer, der genauso verdorben ist wie sein Arbeitgeber, oder ...«

Sie sah auf. »Oder?«

»Einer, der große Angst hat.«

Kapitel 16

»Offensichtlich hast du zu viel Lärm gemacht«, sagte der Gentleman mit zusammengekniffenen, dunklen Augen unter der Krempe seines modernen Zylinders. »Das ist nur deine Schuld. Das begreifst du doch, oder?«

Der Junge verspürte eine solche Furcht, dass er sich fast in die Hosen machte. »Ich wusste nicht, dass der Einbeinige dort war!«

»Hättest du aber wissen müssen!«

Als der Junge schwieg, fragte der Gentleman: »Bist du sicher, dass nichts Belastendes zurückgeblieben ist?«

»Belas... was?«

Der Gentleman stieß entnervt den Atem aus. »Irgendetwas, das den Behörden verraten könnte, wer du bist.«

»Oh; nein, Sir. Nichts!«, sagte der Junge rasch. Zu rasch. Tatsächlich hatte er sowohl die Schaufel als auch seinen Hut fallen lassen. Aber er hatte nicht die Absicht, dem Gentleman das zu verraten. Außerdem war es nur eine ganz normale Schaufel. Und ein alter Hut.

Der Gentleman sagte: »Sicher?«

»Ja, Sir.«

»Bist du wieder zurückgegangen, um nachzusehen?«

Der Junge ließ den Kopf hängen.

»Meine Güte. Ich hab's mit einem Narren zu tun.«

»Ich kann morgen wieder hingehen.«

»Morgen? Wozu sollte das denn gut sein? Wenn du wirklich Beweismittel hinterlassen hast, sind sie inzwischen längst gefunden worden.«

Inzwischen weinte der Junge und schniefte wie ein kleines Kind. Mit der Faust rieb er sich über die feuchten Wangen. »Ich hab nichts zurückgelassen!«

Angewidert verzog der Gentleman die adligen Züge und wandte sich ab. »Wollen wir es hoffen.«

Kapitel 17

Kurz vor Mitternacht, als es im Haus in der Berkeley Street ganz still war, empfing Lord Jarvis Major Edward Burnsides Bericht über Sinclair Pugh.

Nachdem der Major gegangen war, blieb Jarvis in der Bibliothek an seinem Schreibtisch sitzen, tippte mit den Fingern einer Hand auf den aufwendig verzierten Emailledeckel seiner Schnupftabakdose und ließ sich alles, was er gehört hatte, durch den Kopf gehen.

Er lächelte noch leicht, als sich die Tür öffnete und die junge Base seiner Frau, Mrs Victoria Hart-Davis, hereintrat. Sie hatte ein kleines, in blaues Leder gebundenes Buch in der Hand und blieb bei seinem Anblick überrascht stehen.

»Oh, Mylord, bitte entschuldigt. Ich wollte Euch nicht stören. Ich bin nur gekommen, um mein Buch gegen ein anderes einzutauschen.«

Sie hätte sich abgewandt, aber er stand auf, trat hinter seinem Schreibtisch hervor und sagte: »Bitte, gehen Sie nicht. Es freut mich, dass Sie meine Bibliothek nutzen. Was haben Sie denn gelesen?«

»Das erste von Euripides' Stücken. Ich dachte, ich fange mit dem zweiten an.«

Jarvis spürte Interesse aufflackern. Die Ausgabe, die sie ausgesucht hatte, war keine Übersetzung. Er fragte: »Sie lesen Altgriechisch?«

Ihre Art, mit den Augen zu lächeln, ließ einen Mann an leuchtend blauen Himmel und blaue Glockenblumen neben einem Bergbach denken. »Nicht so gut, wie ich gern würde, aber ich stolpere so hindurch. Mein Vater hat es mir beigebracht.« Sie zögerte, dann sagte sie: »Habt Ihr neue Berichte aus Spanien erhalten?«

»Was? Oh, nein. Nur einen Bericht über einen sehr verrückten Mann, der sich einbildet, er könne sich dem Lauf der Geschichte in den Weg stellen.«

»Das klingt nach jemandem, der beseitigt werden sollte.«

»Ich arbeite daran«, sagte Jarvis und er war entzückt, als er eine Mischung aus Belustigung und Verstehen in den Tiefen dieser verführerischen blauen Augen sah.

Kapitel 18

Am nächsten Morgen schickte Sebastian die Order an die Ställe, dass Giles seinen Zweispänner vorfahren solle. Als er einige Minuten darauf aus dem Haus ging, stand aber Tom auf dem Bürgersteig bei der Kutsche und dem Pferdegespann.

»Ich stand unter dem Eindruck, dass ich heute Giles damit beauftragt habe, meine Kutsche vorzufahren«, sagte Sebastian und sprang auf den vorderen Kutschbock.

»Habt Ihr das? Schätze, das ham wir nich gewusst.« Tom schluckte hart und blickte stur geradeaus. »Is Euer Lordschaft wegen irgendwas sauer mit mir?«

»Nein. Es ist nur ...« Sebastian unterbrach sich und dachte darüber nach, wie er dem Jungen seine Gründe erklären könnte. »Schon gut.«

Er griff gerade nach den Zügeln, da rauschte eine Damenkutsche mit einem Gespann aus Vollblütern um die Ecke und hielt ihnen gegenüber an.

»Das sieht nach Lady Wilcox' Rigg aus«, sagte Tom und beäugte das Wappen, das die Kutsche schmückte.

»Und so ist es auch.« Sebastian gab Tom die Zügel in die Hand und sprang wieder hinunter. »Ich denke, das dauert nicht lang.«

Der livrierte Bursche Ihrer Ladyschaft war noch damit beschäftigt, die Stufen herunterzulassen, als Sebastian zur Kutsche ging. »Liebe Amanda«, sagte er, als seine große, goldblonde Schwester in der Tür erschien.

Amanda Lady Wilcox war das erstgeborene Kind von Hendon, zwölf Jahre älter als Sebastian und inzwischen seit zweieinhalb Jahren verwitwet. Sie hatte die schlanke Gestalt und anmutige Haltung ihrer lebenslustigen Mutter geerbt, dazu die etwas groben Gesichtszüge ihres Vaters. Ihre garstige Lebenseinstellung hatte sie sich allerdings ganz allein erworben.

»Welchem Umstand verdanken wir das Vergnügen?«, fragte Sebastian und hielt ihr die Hand hin, um ihr beim Aussteigen zu helfen.

Sie akzeptierte weder seine Hand noch erwiderte sie seinen Gruß, sondern rauschte einfach an ihm vorbei, die paar Stufen hinauf zur Haustür, die Morey bereits mit einer Verbeugung öffnete.

Sie schaffte es, ihre Wut im Zaum zu halten, während Sebastian ihr in die Bibliothek folgte, explodierte dann jedoch bereits, als Sebastian die Türen zuzog. »Tust du das aus reiner Gehässigkeit? Oder bist du letztendlich doch völlig und rasend verrückt geworden?«

Der große, langhaarige schwarze Kater, der auf der Kaminumrandung geschlafen hatte, setzte sich mit einem erschrockenen Miauen auf.

»Du hast Mr Darcy erschreckt«, sagte Sebastian.

»Wen?«

»Den Kater.«

Amanda blickte stirnrunzelnd zum Kamin. »Ich hasse Katzen.«

»Aber sicher tust du das.« Er zog die Tür zu und drehte sich zu ihr um. »Was deine Frage angeht: Ich bin kürzlich zu dem Schluss gekommen, dass wir alle etwas verrückt sind, jeder auf seine Weise. Aber weshalb fragst du?«

»Spiel hier nicht den Narren. Als wäre es nicht schon peinlich genug, wie du fast drei Jahre lang in London herumschleichst und wie ein ordinärer, dreckiger Bow Street Runner Morde aufklärst. Aber dieses Mal? Dieses Mal bist du zu weit gegangen!«

Er musterte ihr verkniffenes, wütendes Gesicht. »Darf ich dir Tee anbieten? Oder würdest du etwas Stärkeres bevorzugen? Für Brandy ist es noch ein bisschen früh, aber vielleicht ein Glas ...«

»Ich bin nicht hier, um Tee zu trinken.« Sie zerrte zuerst den einen, dann den zweiten Handschuh herunter. »Was denkst du dir denn bloß? Um Gottes willen! Ausgerechnet Viscount Ashworth – *den Sohn und Erben des Marquis of Lindley* – des Mordes zu beschuldigen? Mord!«

»Vergiss nicht, dass ich ihm auch Sodomie und Folter vorgeworfen habe. Oder hat er den Teil verschwiegen?«

Zwei hässliche weiße Falten erschienen zu beiden Seiten ihrer Lippen. »Nein, hat er nicht.«

Sebastian ging zu seinem Schreibtisch, lehnte sich mit der Hüfte dagegen und verschränkte die Arme vor der Brust. »Wie kannst du dir so sicher sein, dass Ashworth nicht schuldig ist?«

»Mach dich nicht lächerlich. Er war am Sonntagabend mit Stephanie und mir zusammen, bis nach zwei Uhr – so wie er dir sagte.«

»Das hat er.« Sebastian ließ die Hände wieder herunterfallen. »Ashworth ist in dieser Sache vielleicht unschuldig, Amanda, aber er wird Stephanie kein guter Ehemann sein. Ich habe gesehen, wie er eines Abends am Spieltisch zehntausend Pfund verloren hat und wie er einen Mann, der ihn falsch angeschaut hat, mit seinem Spazierstock halb tot geschlagen hat. Was mich allerdings am allermeisten beunruhigt, ist die Entdeckung, dass er Stammgast eines garstigen kleinen Etablissements am Pickering Place ist, wo wohlhabende, aber verkommene Männer dafür zahlen können, Mädchen und Jungen zu peitschen und anderweitig zu misshandeln – manche von ihnen sind nicht mehr als Kinder.«

Amanda stand mit den Handschuhen in einer Faust da, den Rücken gerade durchgestreckt und den Kopf in den Nacken geworfen. »Ich glaube dir nicht.«

Er stieß sich vom Schreibtisch ab. »Glaub es, Amanda. Du darfst nicht zulassen, dass Stephanie ihn heiratet.«

»Warum tust du das? Treibt dich der Neid? Ist es das? Schwärt deine Seele und gerinnt dir das Blut, wenn du denkst, dass mein Enkel dich im Rang eines Tages übertrumpfen wird?«

Er konnte nicht ganz verhindern, laut aufzulachen. »O Amanda, nicht jeder ist wie du.«

Ihr Gesicht wurde fleckig, kalte weiße Stellen wechselten sich mit Wutrot ab. »Ich könnte dich zerstören«, sagte sie mit so fest angespanntem Kiefer, dass sie die Worte quasi ausspuckte. »Ich kann vielleicht nicht verhindern, dass du der Earl of Hendon wirst, könnte aber durchaus dafür sorgen, dass die ganze Welt erfährt: Diese hohe Stellung steht dir rechtmäßig gar nicht zu.«

Sebastian hatte jede Lust zu lachen verloren. »Sei vorsichtig, Schwester, denn die Wahrheit ist eine gefährliche Waffe, die nicht nur eine Person schwingen kann. Oder hast du vergessen, weshalb Bayards und Stefanies Vater gestorben ist?«

Zischend sog sie den Atem ein. »Das würdest du tun?«

»Nein. Aber Hendon durchaus. Und das wissen wir beide.«

Einen eisigen Augenblick lang starrten sich Halbbruder und Halbschwester an.

Dann sagte Sebastian: »Wo wir schon von Bayard reden ... Wo war mein nichtsnutziger Neffe Montagnacht gegen, sagen wir, halb zwei? Weißt du das?«

Sie schritt an ihm vorbei zur Bibliothekstür. »Ich werde nicht bleiben und diesem Unfug länger zuhören.«

»Wo war er, Amanda?«

Sie riss die Tür auf, hielt inne, um zu ihm zurückzuschauen, und ihre Brust hob und senkte sich in ihren erregten Atemzügen. »Zufällig ist Bayard mit Freunden in die Highlands verreist – und zwar schon seit mehr als zwei Wochen. Du kannst Hendon fragen, wenn du mir nicht glaubst.«

»Das muss eine Erleichterung für dich sein. Nun musst du dir nur noch um deinen zukünftigen Schwiegersohn Gedanken machen.«

»Ich hoffe, dass du bis in alle Ewigkeit in der Hölle schmorst.«

Damit rauschte sie aus dem Raum und schlug die Tür hinter sich zu.

Sebastian blickte zum schwarzen Kater hinüber, der inzwischen aufrecht dasaß und ihn mit grünen Augen musterte, ohne zu blinzeln. »Irgendwie habe ich den Verdacht, das ist nicht ganz das, was Hendon im Sinn hatte, als er mich bat, mit Amanda zu sprechen«, sagte er zum Kater. »Vielleicht hätte ich mich anders herantasten sollen. Was meinst du?«

Aber der Kater gähnte nur, machte einen Katzenbuckel, um sich zu dehnen, und legte sich wieder hin.

***

»Was machen wir denn hier?«, fragte Tom, als Sebastian an der zerbrochenen Mauer stehen blieb, die die Munitionsfabrik umgab.

Sebastian reichte dem Jungen die Zügel. »Ich möchte mich noch einmal umsehen – und vielleicht mit dem einbeinigen Soldaten sprechen, wenn ich schon dabei bin.«

Tom schniefte. »Ach so.«

Sebastian verkniff sich ein Lachen und sprang leichtfüßig auf den Boden.

Das Lächeln verging ihm, als er den Blick über die zerstörten, efeuüberwucherten Gebäude und das von Nesseln bewachsene Ödland schweifen ließ, das beinahe Benji Thatchers letzte Ruhestätte geworden wäre. Unwillkürlich dachte er: Warum hier? Warum hatte Benjis Mörder von allen schattigen Ecken und verlassenen Feldern rund um London ausgerechnet diesen Ort ausgewählt, um Benji zu begraben?

Sebastian nahm drei Krähen wahr, die ihn vom Schrotturm herunter beäugten, als er sich seinen Weg über den unebenen Grund suchte. Der Himmel wurde

immer bewölkter, und ein beißender Wind aus nord-
östlicher Richtung strich über die hohen Gräser hinweg
und ließ irgendwo in der Ferne einen lockeren Laden
klappern.

Er fand die Stelle, an der der junge Diener von Benjis
Mörder das Grab ausgehoben hatte, aber in den letzten
vierundzwanzig Stunden hatte jemand es wieder auf-
gefüllt und die Schaufel mitgenommen. Es war nur ein
verräterisches Viereck frischer Erde übrig, das bald ein-
geebnet und unter einem Gewirr aus Knöterich und
Disteln verschwunden sein würde.

Sebastian ging weiter zu dem halbverfallenen Back-
steinwarenhaus, an dem er Rory Inchbald zum ersten
Mal getroffen hatte. Er hatte fast das offenstehende Tor
erreicht, da erschien in der Öffnung ein abgerissener
Junge von vielleicht dreizehn oder vierzehn Jahren.

Bei Sebastians Anblick zögerte der Junge kurz, das Gesicht vor Überraschung ganz verzogen. Dann rannte er
los.

Kapitel 19

Sebastian schnappte nach dem Ellbogen des Jungen, als er vorbeilief, zerrte ihn herum und umfing ihn mit beiden Armen.

»Lasst mich los!« Der Junge wand sich hin und her, wehrte sich gegen Sebastians Griff und trat mit Füßen in schlechtem Schuhwerk um sich.

»Autsch. Hölle noch eins«, sagte Sebastian, als ein Tritt sein Schienbein traf. »Hör auf. Ich habe nicht vor, dich loszulassen, selbst wenn ich mich dafür auf dich setzen muss. Aber ich muss dich warnen, Calhoun wird nicht froh sein, wenn du mich zwingst, mir Grasflecken auf den Hosen zuzuziehen.«

Das verblüffte den Jungen genug, dass er aufhörte, sich zu wehren, und eine Haarlocke fiel ihm in die Augen, als er Sebastian groß ansah. »Calhoun? Wer ist Calhoun?«

»Mein Kammerdiener.«

Der Junge schüttelte den Kopf in Unverständnis. »Wer seid Ihr? Und was wollt Ihr von mir?«

»Mein Name ist Devlin, und ich will dir nur ein paar Fragen stellen. Warum bist du vor mir davongerannt?«

»Woher weiß ich, dass Ihr nur reden wollt? Vielleicht wollt Ihr mir das antun, was Ihr Benji angetan habt.«

»Du kannst dir sicher sein, dass ich das nicht werde. Wie heißt du?«

»Toby.« Der Junge sog rasch die Luft ein. »Toby Dancing.«

»Der, den die Leute den *Dancer* nennen?«

Toby der Tänzer nickte, die Augen in Begreifen weit geöffnet.

Bei genauerem Hinsehen sah der Junge älter aus, wahrscheinlich eher fünfzehn oder sechzehn. Er war ein gut aussehender Bursche mit dichtem lohfarbenem Haar, gut gezeichneten Zügen und großen, leuchtend grünen Augen, in denen eine gerissene Schlauheit strahlte. Sebastian sagte: »Wenn ich dich loslasse, versprichst du mir dann, dass du nicht wegläufst?«

Der Junge nickte erneut. Sebastian ließ ihn los, war aber bereit, den Jungen sofort zu schnappen, wenn er loszurennen versuchte. Das tat er nicht.

»Was tust du hier?«, fragte Sebastian.

Toby rieb sich mit dem Ärmel über seine verschwitzte Stirn. »Ich hab gehört, dass sie hier Benji gefunden haben. Also schau ich mich um, weil ich dachte, dass ich vielleicht auf irgendwas stoße, das mir verrät, was mit Sybil passiert ist.«

»Und hast du etwas gefunden?«

Der Junge schüttelte den Kopf.

Sebastian sagte: »Ich hörte, du warst letzten Freitagabend mit Benji in Hockley-in-the-Hole.«

»W-Wer hat Euch das verraten?«

»Ich weiß es nicht mehr genau«, log Sebastian. »Ist das wichtig?«

Toby wollte schon den Kopf schütteln, änderte dann seine Meinung und nickte einmal kurz und ängstlich.

Sebastian sagte: »Um wie viel Uhr war das?«

Der Junge zerrte an dem Taschentuch, das um seinen Hals gebunden war, als ob es sich plötzlich zu eng anfühlte. »Muss vielleicht so gegen fünf gewesen sein? Wir wollten zu Sadler's Wells, uns reinschleichen und die Schau ansehen. Habt Ihr sie je gesehen?«

»Leider nicht.«

»Solltet Ihr. Die ist so großartig, mit Booten und Pferden und was noch alles. Aber es ist so: Benji sagt zu mir, dass er zuerst noch diesen Job machen muss, also verzieht er sich, sagt, er trifft mich später dort. Bloß is er nie aufgekreuzt.«

»Um wie viel Uhr sollte er dich treffen?«, fragte Sebastian mit so scharfer Stimme, dass der Junge alarmiert einen Schritt zurück tat.

»Bei Dämmerung.«

»Was hat er dir über diesen ›Job‹ verraten, den er tun sollte?«

»Hat mir nix verraten.«

Sebastian betrachtete die ebenmäßigen Züge des Knaben. »Als du Benji in Hockley-in-the-Hole gesehen hast, war da seine Schwester bei ihm?«

»Sybil? Nein, Sir. Warum?«

»Sie ist immer noch verschwunden, oder?«

»Warum sollte ich sonst nach ihr suchen?«

»Könnte sie mit Benji zu diesem Job gegangen sein?«

»Vielleicht. Weiß nicht.«

»Und über was für eine Art ›Job‹ reden wir hier?«

»Das kann so ziemlich alles gewesen sein, schätze ich.«

»Hat er dir etwas über die Person gesagt, die ihn angeheuert hat?«

»Nein, Sir.« In den Augen des Jungen glomm erneut Furcht auf. »Ihr werdet doch keinem irgendwas von dem verraten, was ich Euch gesagt habe?«

»Warum? Wovor hast du Angst?«

»Was, wenn der, wo Benji ermordet hat, weiß, wer ich bin, und mir folgt?«

»Weißt du, wer es ist?«

»Nein!«

Sebastian war nicht überzeugt, dass der Junge völlig ehrlich war, aber er beließ es dabei. »Wer, glaubst du, hat Benji ermordet?«

Der Junge begann, seitlich wegzutänzeln. „Ich weiß es nicht! Woher soll ich das wissen?«

Sebastian legte ihm die Hand auf den Arm und hielt ihn auf. »Kennst du irgendwelche anderen Straßenkinder, die in der Vergangenheit hier verschwunden sind?«

Toby starrte ihn an. »Kinder kommen und gehen hier die ganze Zeit. Aber ich hab noch nie von sowas gehört, was Benji passiert ist.«

»Und ein Junge namens Mick Swallow? Ich hörte, er ist letztes Jahr verschwunden.«

»Ich hab Mick nicht besonders gut gekannt.«

Sebastian blickte zu dem ruhig daliegenden Warenhaus hinter ihnen. »Hier schläft normalerweise ein einbeiniger Soldat. Hast du ihn gesehen?«

»Heute? Nein, Sir. Wahrscheinlich ist er zum Betteln.«

»Weißt du, ob Benji einen Gentleman kannte?«

Der Themenwechsel schien den Jungen zu überraschen. »Einen Gentleman?«

»Ja.«

»Na ja ... er hat viel bei Reverend Filby rumgehangen, und der ist ein Gentleman, oder?«

»Ja, das ist er. Noch jemand?«

Der *Dancer* verzog nachdenklich das Gesicht. »Ich schätze, der Professor war früher ein Gentleman. Ist er aber nicht mehr.«

»Der Professor?«

»Sein eigentlicher Deckname ist Icarus Cantrell, aber alle nennen ihn den Professor, wegen dem Laden, den er am St John's Gate betreibt.«

»Von was für einem Laden sprechen wir hier?«

»Heißt Dachboden des Professors. Er verkauft dort alle möglichen Sachen. Ihr wisst schon – Taschenuhren, Schnäuztücher und so Zeug.«

»Mit anderen Worten, er war Benjis Hehler.«

Toby sog erneut schnell und erschrocken den Atem ein. »Das hab ich nicht gesagt.«

»Nein, hast du nicht. Was ist mit Mick Swallow? War Icarus Cantrell auch sein Hehler?«

Anstelle einer Antwort entriss ihm der Dancer seinen Arm und rannte davon über das von Abfall übersäte Feld.

Dieses Mal ließ Sebastian ihn.

***

Der Gebrauchtwarenladen, der als der Dachboden des Professors bekannt war, lag im unteren Stockwerk eines alten, zweistöckigen Sandsteinhauses, das an ein antikes steinernes Tor angebaut war. Einst hatte das Tor zur Gemeinschaft der Johanniter gehört, aber der größte Teil des riesigen, ausgedehnten Klosters war schon vor langer Zeit verschwunden.

Ein alter Mann mit krummen Beinen hockte auf einem Stuhl gleich hinter der offenen Ladentür und strickte im hereinfallenden Sonnenlicht an etwas, das wie ein Wollschal aussah. Er trug einen Anzug aus dunkelbraunem Samt, der, als er hergestellt worden war, der allerletzte Schrei gewesen sein musste – irgendwann im vorigen Jahrhundert. Ein Kaskade Brüsseler Spitze aus demselben Zeitalter fiel in Rüschen an seinem Hemd herab, auch die Manschetten waren mit Spitzenrüschen besetzt, und auf seinem Kopf saß wie eine Schlafmütze eine gepuderte Perücke.

Er blickte auf, als Sebastian in den vollen, niedrigen Laden eintrat, doch seine Stricknadeln klapperten ohne Pause weiter. »Habt Euch wohl verlaufen?«

Sebastian ließ den Blick über das eigenartige Sammelsurium an Waren wandern, das der Laden zu bieten hatte: von massiven dunklen Möbelstücken aus der Tudorzeit bis zu feinsten Tellern aus Sèvres-Porzellan und einem Bündel verstaubter alter Pfauenfedern. »Das glaube ich nicht. Sind Sie Icarus Cantrell?«

Der alte Mann beäugte ihn über den Rand goldgeränderter Augengläser hinweg, deren Steg auf seiner Nasenspitze saß. »Und was mag Euresgleichen wohl von meinesgleichen wollen?« Altersmäßig mochte er irgendwo zwischen fünfundfünfzig und fünfundsiebzig liegen. Sein Gesicht war dunkel und wettergegerbt; offensichtlich war er lange der heißen Sonne ausgesetzt gewesen, aber seine Aussprache war so klar und präzise wie die eines Oxford-Dozenten.

Sebastian sagte: »Ich hörte, Sie sind Benji Thatchers Hehler.«

»Sein Hehler?« Der alte Mann seufzte schmerzlich. »Ich fürchte, das ist einer der Nachteile, wenn man einen solchen Laden führt: Die Leute denken immer, man komme illegal an seine Ware. Wie der Zufall es will, ist das bei mir nicht der Fall.«

Sebastian zog eine Karte aus seiner Tasche und legte sie auf die schön geschnitzte Renaissance-Truhe neben den Ellbogen des Mannes. »Um eines klarzustellen: Es geht mir nicht um die legale Herkunft Ihrer Ware. Ich bin hier, weil ich die Absicht habe, denjenigen, der Benji Thatcher und vermutlich auch seine Schwester ermordet hat, zu finden. Ich gebe Ihnen mein Wort als Gentleman, dass das, was Sie mir sagen, diesen Ort nicht verlassen wird.«

Cantrell warf einen Blick auf die Karte und strickte weiter. »Hm. Ich dachte auch nicht, dass Ihr wie ein Bow Street Runner ausseht.«

»Danke.«

Der Mann verzog die Lippen zu einem Lächeln, das rasch wieder verschwand. »Leider weiß ich nicht, was Benji zugestoßen ist, also fürchte ich, dass Ihr mit mir Eure Zeit verschwendet.«

Sebastian spazierte durch den überfüllten Laden, betrachtete die Haufen rostiger Feuerböcke, den Glasbehälter, der mit Schnupftabakdosen vollgestopft war, außerdem Uhren, dünnen Armbändern und altmodischen Broschen. Durch eine niedrige Tür auf der Rückseite konnte er einen anderen Raum sehen, der wie eine kleine Küche aussah, und eine enge, steile Treppe, die in das Stockwerk darüber führte. »Aber Sie kannten ihn.«

»Es wäre dumm von mir zu behaupten, dass ich ihn nicht kannte, da man ihn zweifellos bei mehr als einer Gelegenheit hat ein- und ausgehen sehen.«

»Um Dinge zu verkaufen, die er gestohlen hatte?«

»Um Dinge zu verkaufen, die er *gefunden* hatte.«

»Oder das hat er zumindest behauptet.«

Der alte Mann zuckte die Achseln und strickte weiter. »Ich frage immer nach. Und ich führe sorgfältig Buch und zahle einen angemessenen Preis für alles, was ich kaufe. Mehr verlangt das Gesetz auch nicht.«

Sebastian sagte: »Wann haben Sie Benji zuletzt gesehen?«

Der Professor blickte nachdenklich drein. »Das kann ich nicht genau sagen. Es muss letzte Woche irgendwann gewesen sein ... vielleicht Mittwoch oder Donnerstag? Er brachte mir ein zauberhaftes Seidentaschentuch, dass er zufällig auf dem Friedhof von St James's auf dem Boden gefunden hat.«

Sebastian blieb vor einer Ausstellung von säuberlich gewaschenen Seidentaschentüchern in allen möglichen Größen und Farben stehen. Von allen waren die Monogramme, die zur Identifizierung hätten helfen können, sorgfältig entfernt worden. »Sie haben eine schöne Auswahl zum Verkauf.«

»Ja; es ist ein sehr lebhafter Handel. Wie es scheint, verlieren Menschen immerzu ihre Taschentücher.«

Sebastian führte seine Besichtigung des Ladens fort. »Wer hat Ihrer Meinung nach Benji ermordet?«

»Ich habe nicht den blassesten Schimmer.«

»Nicht? Wussten Sie, dass derjenige, der den Jungen getötet hat, ihn mehr als zwei Tage gefangen gehalten hat, bevor er ihn strangulierte? Und dass Benji in diesem Zeitraum sowohl mit einer Peitsche und einem kleinen Messer gefoltert als auch mehrfach vergewaltigt wurde?« Sebastian drehte sich wieder zu dem alten Mann um. »Wer würde Ihrer Meinung nach so etwas tun?«

Die Hände des Professors hatten aufgehört, sich zu bewegen. »Ihr möchtet nicht wissen, wen ich im Verdacht habe.«

»Warum sollte ich das nicht wissen wollen?«

Er faltete seine Strickarbeit mit Händen zusammen, die nun nicht mehr ruhig waren, und legte sie zur Seite. »Was, wenn ich Euch sage, dass der Mann, den Ihr sucht, ein Vetter des Königs ist? Würdet Ihr immer noch seinen Namen erfahren wollen?«

Sebastian erwiderte den dunklen, intensiven Blick des alten Mannes. »Ja.«

»Glaubt Ihr wirklich? Und wenn ich Euch verriete, dass er auch ein Vetter von Lord Jarvis ist – und zweiten Grades auch von Eurer Gattin? Immer noch interessiert?«

Sebastian sah dem alten Mann weiterhin ins Gesicht. »Von wem reden wir hier?«

»Sir Francis Rowe.«

Sebastian hörte plötzlich alle Stand- und Kaminuhren im Laden überlaut ticken. Es gab eine Reihe unehelicher Familienzweige des Königlichen Hauses Hannover. Die meisten davon waren nicht anerkannt, einige aber durchaus. Sir Francis Rowe war einer der wenigen Privilegierten, der nicht nur anerkannt war, sondern –

zum nicht geringen Teil wegen seines außerordentlichen Vermögens – auch aktives Mitglied des Hofes war.

Sir Francis' Vermögen kam von seinem Vater, einem ehemaligen Baronet von niederem Rang der Highlands. Dieser war dem Hause Hannover treu ergeben gewesen und hatte deshalb einen erklecklichen Wohlstand aus den Konfiszierungen und umfassenden Raubzügen infolge der Niederlage der Jakobiner bei Culloden davongetragen. Außerdem hatte er von seiner Ehe mit Maria Cumberland profitiert, der illegitimen Tochter des Schlächters von Culloden selbst – Prinz William Augustus, Duke of Cumberland und dritter Sohn von König George II. Sebastian rechnete im Kopf schnell nach und kam zum Ergebnis, dass Sir Francis' Mutter und der jetzige König Vetter und Base ersten Grades waren. Was den genauen Verwandtschaftsgrad zwischen Rowe und Jarvis oder Hero anging, war er nachlässiger, aber ohne Zweifel existierte er.

»Ihr kennt ihn, wie ich sehe?«, sagte Cantrell und beobachtete Sebastian, ohne zu blinzeln.

»Nicht gut.«

»Dann habt Ihr Glück.« Der Professor glitt von seinem Stuhl. »Hörtet Ihr von dem Jungen, der letzten Monat auf der Strand versucht hat, Rowe sein Taschentuch zu stehlen? Er hat dem Kind das Genick gebrochen, so wie Ihr oder ich vielleicht einen Holzspan durchbrechen würden. Der Knabe war kaum sechs Jahre alt. Und falls Ihr das für einen Unfall haltet, lasst mich Euch rasch versichern, dass das mitnichten der Fall ist. Rowe hat ihn absichtlich getötet und dann den Leichnam des Jungen einfach zur Seite geworfen, wie Abfall.«

Sebastian sagte: »Es liegen Welten dazwischen, einen jungen Dieb in einem Wutanfall zu töten – so verwerflich das auch ist – und dem, was Benji Thatcher angetan wurde.«

»Das eine ging zweifellos schneller. Andererseits ging es da nur um ein Taschentuch.«

Sebastian betrachtete die verhangenen Augen des Mannes. »Was enthalten Sie mir vor?«

»Jemand hat Sir Francis Rowe kürzlich um seine Lieblingsschnupfdose erleichtert – ein hübsches kleines Goldgefäß mit einer Miniatur von Fragonard unter einem kleinen, gewölbten Kristalldeckel. Man sagt, er habe geschworen, den jungen Dieb zu fassen und ihn den Tag seiner Geburt bereuen zu lassen.«

»Deuten Sie damit an, dass Benji dieser Dieb war?«

Der Professor blinzelte. »Woher soll ich das wissen?«

Sebastian vermutete, dass der alte Mann genau wusste, wer dem königlichen Vetter seine Schnupftabakdose gestohlen hatte. Er sagte: »Ich hörte nie, dass man Rowe ein besonderes Interesse an Knaben vorgeworfen hätte.«

»Haltet Ihr das vielleicht für bedeutsam?« Die Sorgenfalten im Gesicht des Professors verzogen sich auf eine Weise, die ihn deutlich eher wie siebzig als fünfzig aussehen ließen. »Ihr und ich, wir wissen beide, dass für eine bestimmte Sorte Mann Vergewaltigung nur eine weitere Möglichkeit ist, diejenigen, die sie hassen, zu bestrafen und zu beherrschen. Und Männer wie Sir Francis Rowe hassen die ganze Welt.«

Kapitel 20

Bevor Sebastian Clerkenwell verließ, suchte er Mott Gowan nochmals auf und bat den Wachtmeister, sich in Hockley-in-the-Hole umzuhören auf die vage Möglichkeit hin, dass noch jemand den Jungen am Freitagabend dort gesehen hatte.

»Nach allem, was wir wissen, könnte er, kurz nachdem Sie ihn gesehen haben, geschnappt worden sein«, sagte Sebastian. »Und ich vermute, dass Sie bei den Ortsansässigen auf mehr Kooperationsbereitschaft stoßen werden als ich.«

Der Constable nickte. »Ich kümmere mich sofort darum, Mylord.«

»Sie könnten auch fragen, ob sie zur gleichen Zeit eine unbekannte Person gesehen haben, die sich dort aufgehalten hat. Wahrscheinlich jemand, der wie ein Gentleman gekleidet war.«

»Aye, Mylord.« Gowan wischte sich mit der Hand über die untere Gesichtshälfte. Seine Augen waren blutunterlaufen. »Noch keine Anzeichen, was mit Sybil geschehen ist, Mylord?«

»Nichts, tut mir leid.«

Der Constable schüttelte seinen großen, grobknochigen Kopf. »Das arme kleine Mädel. Es ist beunruhigend, wirklich, sich vorzustellen, was sie vielleicht gerade durchmacht.«

»Vielleicht haben wir Glück, und jemand erinnert sich daran, etwas gesehen zu haben«, sagte Sebastian, auch wenn er es bezweifelte.

Dann kehrte er nach Clerkenwell Green zurück, wo er Tom beim Zweispänner zurückgelassen hatte. »Bring die Braunen schon mal nach Hause«, sagte Sebastian. »Ich muss noch etwas gehen.«

Der *Tiger* verzog entsetzt das Gesicht. »*Gehen?*«

»Gehen«, sagte Sebastian und klatschte dem neben ihm stehenden Wallach auf die Flanke. »Los mit euch.«

Er wanderte durch die Straßen der Stadt und schlug nach und nach eine westliche Richtung ein. Seine besorgten Gedanken galten der Vergangenheit. Jeder Mann, der im Krieg war, versteht nur zu gut, zu welch schlimmen Dingen seine Mitmenschen fähig sind. Vergewaltigung, Sodomie, Mord, Folter, Verstümmelung, sinnlose Zerstörung – Sebastian hatte alles gesehen. Er hatte Männer – Kameraden, die er zu kennen glaubte und die er respektierte – gesehen, die lachend ihren toten Feinden die Ohren abschnitten, um sich blutige Ketten daraus zu machen. Er war durch Städte geritten, in denen durchziehende Soldaten – er lernte rasch, dass es keinen Unterschied machte, ob sie Engländer, Franzosen oder Spanier waren – jede lebendige Kreatur abgeschlachtet hatten, vom Schaf und den Rindern auf den Feldern bis zu alten Großmüttern mit den kleinsten Kindern in den Armen. Schließlich war ihm in den Sinn gekommen, dass solche Dinge keine Abweichungen waren; und schon gar nicht waren sie, wie die meisten glauben würden, »unmenschlich«. Er war zum Schluss gekommen, dass die Fähigkeit zur Barbarei vielmehr eine unausweichliche Basis dessen ausmacht, was es bedeutet, Mensch zu sein, so sehr wir es auch leugnen wollen – und so sehr wir diese Instinkte auch in uns selbst leugnen wollen. Er gab sich auch nicht der Illusion hin, selbst davon ausgenommen zu sein. Hatte er nicht einst irgendwo in den portugiesischen Bergen einen französischen Major mit seinen bloßen Händen erschlagen? In einer blutigen, rachsüchtigen Raserei?

Und doch wusste Sebastian auch, dass der Krieg in manchen Menschen zwar das Schlimmste hervorbringt, aber in anderen auch das Beste. Normalerweise sorgten die meisten Menschen in ihrem Alltagsleben dafür, solche wilden Impulse so tief in sich zu vergraben, dass sie unerkannt und unbemerkt blieben. Was hatte also das Monster angetrieben, das Benji Thatcher so brutal behandelt hatte? Die Wut über den Verlust einer Lieblingstabakdose? Reichte das womöglich wirklich schon aus?

***

Er traf Sir Francis Rowe im *White's* an, wo er im Lesesaal die Tageszeitungen durchging.

»Guten Tag«, sagte Sebastian und blieb neben ihm stehen. »Darf ich mich zu Euch gesellen?«

Sir Francis blickte auf, und seine Brauen verzogen sich in einer winzigen Andeutung von Überraschung, die er ansonsten aufgrund seiner Wohlerzogenheit verbarg. »Aber gewiss.«

Er war vielleicht vier- oder fünfundvierzig Jahre alt, sah aber dank des glatten, hellbraunen Haares, das sich von der Stirn ausgehend bereits stark lichtete, älter aus. Er war dafür bekannt, gut gekleidet zu sein, ohne seine

Neigung jedoch zu sehr auszuschöpfen und als Dandy zu gelten. Seine Verwandtschaft mit dem Prinzregenten war leicht in der langen Nase, den vorstehenden Lippen und der dicklichen Statur der Hannoveraner zu erkennen, die er von seinem berüchtigten königlichen Großvater geerbt hatte. Außerdem hatte er mit seinem prinzlichen Vetter das leicht überhebliche und ironische Lächeln gemeinsam.

»Ich hörte kürzlich eine interessante Geschichte über Euch«, sagte Sebastian und ließ sich auf einem Sessel in seiner Nähe nieder.

»Ach?« Rowe senkte seine Zeitung, legte sie aber nicht zusammen oder zur Seite.

»Darüber wie Ihr letzten Monat kurzerhand einen Dieb getötet habt, der versuchte, Eure Taschenuhr zu stehlen. ›Brach ihm das Genick durch wie einen Holzspan‹, so wurde es mir beschrieben.«

Eine der Augenbrauen des Barons beschrieb einen noch höheren Bogen. »Ihr sagt das, als fändet Ihr meine Handlungsweise beunruhigend.«

»Man sagte mir, das Kind war sechs Jahre alt.«

»So ungefähr.«

»Es ist im Allgemeinen Sitte, in solchen Fällen die Wachtmeister zu rufen.«

»Damit habe ich der Krone die Kosten für eine Hinrichtung erspart.« Rowe zuckte verächtlich die Schultern. »Sowohl der Coroner als auch die Geschworenen in der ausgesprochen schläfrigen Anhörung, zu der ich vorgeladen war, haben meine Handlungsweise gelobt. Vielleicht wären wir weniger von Diebstählen geplagt, wenn mehr Gentlemen auf diese Weise reagieren würden. Auf jeden Fall aber mit weniger Dieben, hm?«

»Ich habe auch gehört, dass Ihr kürzlich einer bevorzugten Schnupftabakdose verlustig gegangen seid.«

Das angedeutete Lächeln des Baronets wurde angespannt. »Nicht so ganz. ›Verlustig gegangen‹ würde eine gewisse Nachlässigkeit meinerseits beinhalten. Tatsächlich ist die Tabakdose gestohlen worden.«

»In Clerkenwell?«

»Mhm. Ich war aus Gründen am Sitzungshaus, wodurch ich auf dem Anger war. Glaubt mir, ich bedaure es aufrichtig, nicht einfach meinen Sekretär geschickt zu haben. Warum fragt Ihr?«

»Ein junger Taschendieb ist vor Kurzem in Clerkenwell ermordet aufgefunden worden.«

»Und Ihr deutet was genau an? Ich habe es mir nicht zur persönlichen Mission gemacht, die Straßen von Dieben zu befreien, falls Ihr das impliziert. Die meisten von uns haben bessere Dinge mit ihrer Zeit zu tun, als uns um Aktivitäten zu kümmern, die man am besten den Behörden überlässt. Welche wir eigens dafür bezahlen, sich mit solcherlei unangenehmen Dingen abzugeben.« Er zögerte einen Augenblick, dann fuhr er fort: »Sagt nicht, Ihr seid inzwischen so tief gesunken, irgendwelche Morde im Abschaum der Stadt aufzuklären? Dann habt Ihr viel zu tun. Ich fürchte, die Totenhäuser laufen von diesen lästigen Kreaturen über.«

Sebastian sagte: »Wo wart Ihr vergangenen Freitagabend zwischen fünf und sieben Uhr?«

Sir Francis stieß halbherzig ein amüsiertes Schnauben aus. »Das kann nicht Euer Ernst sein.«

»Doch, ist es. Sehr ernst.«

»Großer Gott. Beschuldigt Ihr mich, dieses fürchterliche Gossenkind getötet zu haben, von dem Ihr so besessen seid?« Rowe warf den Kopf in den Nacken und lachte laut.

Sebastian wartete, bis die Heiterkeit des Baronets nachgelassen hatte. Dann sagte er: »Wo wart Ihr also?«

Auf Rowes Wange arbeitete ein Muskel. Er war offenkundig nicht mehr amüsiert. »Ich sehe keinen Grund, diese lächerliche Unterhaltung noch fortzusetzen.« Der Baronet schüttelte beredt seine Zeitung und hob sie hoch, sodass sie sein Gesicht verbarg. »Wenn Ihr mich jetzt entschuldigen wollt.«

»Und am frühen Montagmorgen um halb zwei? Wo wart Ihr da?«

Die Finger des Baronets am Rand der Zeitung zuckten ein Mal. Aber er senkte sie nicht und antwortete nicht.

Eine ganze Weile blieb Sebastian stehen, wo er war, den Blick auf den selbstgefälligen, arroganten Mann vor sich gerichtet.

Nach dem letzten Aufstand der Schotten hatten die stolzen Londoner Bürger auf dem Cavendish Square eine großartige Reiterstatue des berüchtigten Großvaters dieses Mannes errichtet. In heiterer Unbekümmertheit über die Methoden, die Cumberland angewandt hatte, um ihre rebellischen Nachbarn im Norden zu unterdrücken, hatten sie ihm sogar den Spitznamen »Sweet William« gegeben. Die Schotten hatten ihm den Namen »Schlächter von Culloden« verpasst. Nach Culloden hatte Cumberland seinen Soldaten befohlen, den Highlandern, die verletzt auf dem Schlachtfeld lagen oder sich ergeben wollten, keine Unterkunft zu gewähren. Vielmehr würde das, was den Menschen

der Region angetan wurde, für immer ein dunkler
Fleck auf Englands Seele bleiben. Unzählige Frauen
und Kinder waren in Kirchen und Bauernhöfen zusam-
mengetrieben worden, wo sie bei lebendigem Leib ver-
brannt wurden. Die Überlebenden wurden zu Zehntausenden als Sklaven in die Kolonien geschickt. Cumber-
lands Schändung der Region war so gründlich, dass er
sich hinterher damit rühmte, dass ein Mann jetzt tagelang durch die Highlands reiten konnte, ohne ein Dorf
zu sehen, das nicht niedergebrannt war, oder eine einzige lebendige Seele.

Sebastian erhob sich. Es ließ sich nicht leugnen, dass
der Krieg in manchen Männern das Schlimmste her-
vorbrachte, und Sebastian hatte nie daran geglaubt, die
Sünde der Väter auf die Söhne zu übertragen. Aber es
war auch wahr, dass ein zum Zorn neigendes Temperament und die Fähigkeit zur Gewalttätigkeit und Grausamkeit so leicht wie blaue Augen oder eine Neigung
zur Dickleibigkeit weitervererbt werden konnten.

Und das war eine beunruhigende Vorstellung für einen Mann, für den die Identität des eigenen Vaters ein
dunkles und beunruhigendes Geheimnis blieb.

Kapitel 21

Kurz nach Mittag ließ Hero ihre Kutsche vorfahren und brach zur Kirche St James's in Clerkenwell auf.

Früher am Morgen hatte sie eine Nachricht an Reverend Filby schicken lassen, in der sie um seine Unterstützung bei der Verabredung einiger Befragungen mit den Straßenkindern der Gegend bat. Seine Antwort war gleichermaßen zuvorkommend wie ermutigend gewesen, und als er sie an der Kirchenpforte erwartete, vibrierte er regelrecht vor Begeisterung.

»Meine liebe Lady Devlin«, sagte er und verbeugte sich tief. »Ich kann Euch gar nicht sagen, wie geehrt ich mich fühle. Eine sehr große Ehre ist das! Ich habe Eure Artikelserie über die Armen der Stadt mit brennendem Interesse verfolgt. Es ist eine feine Sache, die Ihr da vorschlagt – Aufmerksamkeit auf die Notlage der Kinder zu lenken, die zurückgelassen werden, wenn ihre Mütter deportiert werden. Eine ganz feine Sache.«

»Danke sehr«, sagte Hero. »Sind die beiden Kinder, die zugestimmt haben, heute Nachmittag mit mir zu sprechen, hier?«

»Ja, ja; sie warten auf dem Kirchhof. Und falls Eure Ladyschaft es wünscht, kann ich weitere für morgen oder später in der Woche einladen.«

»Das wäre exzellent, vielen Dank.« Sie drehten sich um und gingen zum Kirchhof. »Gibt es hier in der Gegend viele solcher Kinder?«

Reverend Filby nickte betrübt. »Dutzende, fürchte ich. Neben unseren eigenen drei Gefängnissen liegen wir ja auch sehr nahe an Newgate. Es ist den Müttern im Allgemeinen erlaubt, ihre Kinder im Gefängnis bei sich zu haben, wisst Ihr. Aber wenn die Frauen auf die Schiffe geschickt werden, werden die Kleinen einfach auf die Straße gesetzt. Wie die Gefängnisleiter damit leben können, weiß ich nicht.«

»Es könnte interessant sein, ihnen diese Frage zu stellen.«

Der Pfarrer lachte nervös und blickte zur Seite, ans Ende des Kirchhofs, wo die beiden Kinder warteten. Der eine, ein unglaublich verlotterter Junge, jagte zwischen den verwitterten Grabsteine hindurch einem Schmetterling hinterher. Aber das Mädchen saß einfach mit den zusammengelegten Händen im Schoß da und blickte in der Ferne etwas an, das nur sie wahrnahm.

***

Der Knabe wurde Hero als Israel Barnes vorgestellt, stellte dann aber, nachdem der Reverend gegangen war, klar, dass alle ihn Izzy nannten. Er war ein kleiner, aber kräftiger Bursche mit einem einfachen, stupsnasigen Gesicht und so schmutzig-mattem Haar, dass es aussah wie das Fell eines Hundes, der bereits ein Jahr tot war. Aber er lachte überraschend bereitwillig.

Laut seiner Aussage musste er so dreizehn Jahre alt sein und lebte schon auf der Straße, seit – mit seinen Worten – »dem Jahr, in dem der olle König so helle wie 'n Margretchen geworden« war und »dem sein Sohn übernommen hatte.«

Hero war beeindruckt, dass der Knabe überhaupt von diesem Geschehnis wusste.

Izzy lachte. »Weil meine Mum mich mit zu dem großen Festessen genommen hat, das er veranstaltet hat.«

»Du meinst das Fest in Carlton House, um die Übernahme der Regentschaft durch den Prinzen zu feiern?« Die einfachen Leute hatten sich danach noch tagelang in die Schlange gestellt, um durch den Palast zu bummeln und die Überreste der Festlichkeiten der Bessergestellten zu bewundern.

»Aye; das war's. Meine Mum fand's richtig komisch, dass ein Sohn so eine Riesensause veranstaltet, um zu feiern, dass sein Da nich mehr ganz richtig im Kopf is. Ich weiß es noch richtig gut, wisst Ihr, weil es war grad am nächsten Tag, dass sie mein' Da gekillt hat.«

Hero fiel beinahe der Stift aus der Hand, mit dem sie Notizen machte. »Wurde deine Mutter deportiert, weil sie deinen Vater ermordet hat?«

»Aye.«

Hero stellte sich gerade eine arme, missbrauchte Frau vor, die sich gegen einen besoffenen, brutalen Ehemann wehrte, als Izzy sagte: »Hat ihm den Kopf mit 'ner Bratpfanne eingeschlagen. Kam halbbesoffen von den Grogläden, und da lag er im Bett, wie immer, seit er sich das Bein gebrochen hatte und nich mehr arbeiten konnte. Sie sagte, sie wär's satt, dass er das ganze Essen wegfuttert, das sie mitbringt, also hat sie ihm ordentlich eine verpasst. Sie hat behauptet, dass sie ihn nich so fest schlagen wollte, dass sie ihn umbringt, aber ich hab's nie geglaubt. Wenn sie einen gehoben hatte, war sie immer störrisch wie nur was. Schätze, die Richter ham ihr auch nich geglaubt, die ham se nämlich nach Botany Bay geschickt.«

Hero betrachtete den abgerissenen Jungen vor sich. Seine Schuhe waren so alt, dass die meisten seiner schmutzigen Zehen durch das aufgebrochene Leder schauten; seine Hosen waren fettig und zerrissen; sein Hemd hing in Fetzen. So wie er aussah, hatte er seit Jahren nicht gebadet, wenn überhaupt. Sie räusperte sich und warf einen Blick auf die Fragenliste, die sie sich aufgeschrieben hatte. »Bevor dein Vater den Unfall hatte, was hat er da gemacht?«

»War Maurer, Ma'am, bis er von 'nem Gerüst gefallen is. Das war's, was ihn fertig gemacht hat.« Izzy beobachtete interessiert, wie Hero seine Antwort niederschrieb, dann berichtete er von sich aus: »Meine Mum, die war Putzfrau.«

»Und was machst du?«

»Hm, als Mum und Da noch lebten, bin ich hauptsächlich betteln gegangen. Da war ich ja noch ganz schön klein, wisst Ihr, und ich hab immer an der Ecke am St John's Gate gesessen und hab so gemacht ...« Der Junge hielt die Hände als Schale hoch und klagte mit heller Stimme: »*Freundlicher Herr, habt Mitleid mit einem armen Waisenkind.*« Er lachte und sprach in seiner normalen Stimme weiter. »Hab aber meine Stammecke verloren, wie wir in Newgate warn, und richtig viel hab ich auch nie eingenommen. Und jetzt bin ich also wirklich auf mich gestellt. Ich mach so dies und das.«

»Dies und das?«

»Aye. Wisst schon: Halte Pferde für die reichen Pinkel fest und mach alle Sorten Jobs. Jetzt bin ich auch langsam groß genug, dass ich Truhen und sowas tragen kann, wenn sie nich zu schwer sind.«

»Bist du je zur Schule gegangen?«

»Nö. Nie.«

»Würdest du gern gehen?«

»Für was denn?«

»Um lesen und schreiben zu lernen.«

Der Junge lachte. »Wozu wär das gut?«

Hero lächelte. Der Junge mochte dreckig, ungebildet und als wildes Kind ohne Fürsorge und moralische Anleitung aufgewachsen sein, aber mit seinem Kopf stimmte alles. »Was stellst du dir denn vor, das du in zehn Jahren tun wirst?«

»Wie meint Ihr?«

»Was für eine Arbeit würdest du gern machen, wenn du ein erwachsener Mann bist?«

Der Junge rollte die Schultern in einem Zucken. »Weiß nich. Wenn ich noch 'n bisschen größer werde, schätz ich, könnt ich als Seemann gehen. Oder vielleicht als Maurer, wie mein Da.«

»Würdest du das gern?«

Wieder rollte er mit den Schultern. »Ist regelmäßiger als die Gelegenheitsjobs. Es wird immer so viel gebaut, also wär ich dann wohl fest unter – solang ich nich stürze und mich verletze, wie mein Da.«

Oder eine Frau heiratest, die eine Vorliebe für Gin hat, dachte Hero.

Gin und Bratpfannen.

***

Als Nächstes befragte Hero das kleine Mädchen, dessen Name Thisbe Cartwright war. Das feenhafte, zerbrechlich wirkende Ding von der Größe einer Sechsjährigen sagte, sie sei zehn. Sie war ein schmerzhaft ernstes Kind mit braunen Haaren und einem blassen, überraschend sauberen Gesicht. Ihr Kleid war zerrissen, aber ebenfalls so sauber, dass sich Hero fragte, wie sie das hinbekam. Sie sagte, ihre Mutter sei vor anderthalb Jahren deportiert worden, weil sie Wammerl gestohlen habe.

»Was ist denn Wammerl?«, fragte Hero.

Das kleine Mädchen sah überrascht drein. »Wisst Ihr das nich, Mylady? Das is doch Speck.«

»Ach so. Und was ist deinem Vater zugestoßen?«

»Ich weiß nich, ob ich je einen hatte«, sagte das kleine Mädchen in pragmatischem Tonfall.

Das völlige Fehlen von Emotionen bei dem Kind ließ Heros Hals eng werden, und sie musste kurz innehalten, bevor sie weitermachen konnte. »Bevor deine Mutter deportiert wurde, womit hat sie da ihren Lebensunterhalt verdient?«

»Sie hat Orangen und so verkauft, M'lady. War aber nie gut darin. Deshalb hat sie das Wammerl geklaut – um es der Mot of the Ken zu geben.«

Hero erkannte die Bezeichnung aus ihren früheren Recherchen wieder. Die »Mot of the Ken« war die Hausmeisterin in einem Unterkunftshaus. Viele waren außerdem Gelegenheitshehlerinnen, üblicherweise gegen gestohlenes Essen.

Hero betrachtete das schmale, ernsthafte Gesicht des kleinen Mädchens. Ihre Ausdrucksweise war beträchtlich besser als die von Izzy Barnes. »Bist du je zur Schule gegangen?«

»Nein, M'lady. Meine Mama hatte keine Möglichkeit, dafür zu zahlen. Aber sie hat mir Lesen und Schreiben beigebracht, und ich kann es immer noch. Ich über immer auf Quittungen und Zeitungen, die ich auf der Straße finde.« Sie unterbrach sich, dann fügte sie in einem schüchternen Anflug von Selbstbewusstsein an: »Ich habe sogar mal eine Puppe gehabt.«

»Ach wirklich?«, sagte Hero und zwang sich zu einem Lächeln, obgleich ihr der Stolz des kleinen Mädchens das Herz brach. »Was ist denn damit geschehen?«

»Jemand hat sie mir gestohlen, als wir in Newgate waren.«

Es war hart, sich vorzustellen, wie dieses freundliche Kind mit seiner Mutter in den Schrecken von Newgate eingesperrt worden war, aber bevor Hero tiefer in das Thema einsteigen konnte, sagte Thisbe: »Die alte Frau, für die ich immer gearbeitet habe, hat sie mir geschenkt.«

»Warst du in Diensten?«

»Ach nein, M'lady, nich so. Ich bin jeden Freitagabend zu ihr nach Hause gegangen und bin bis Samstagabend geblieben.« Das kleine Mädchen lächelte wehmütig. »Ich durfte bei ihr essen, so viel ich konnte, und sie hat mir zwei Pence gezahlt. Ich brauchte nur die Kerzen auszupusten, das Feuer zu schüren und sowas. Sie hat die ganze Zeit nichts getan – nicht mal die normalsten Sachen. Also hab ich sie für sie gemacht. Sie sagte dazu ›den Sa-batt halten‹.«

Jetzt dämmerte es Hero. Sie sagte: »Sie war Jüdin?«

»Ja, M'lady.«

»Aber jetzt gehst du nicht mehr zu ihr?«

»Nein, M'lady. Sie ist gestorben. Jetzt verkauf ich nur noch Blumen.«

»Ach? Wo verkaufst du die?«

»Für gewöhnlich in Clerkenwell Green.«

»Verdienst du gut damit?«

»Manche Tage sind besser als andere. Am besten verdiene ich an Weihnachten. Wenn ich Weihnachtssachen verkaufe. Ihr wisst schon, Mistelzweige und so. Und wenn die ersten Primelchen reinkommen, ist es auch gut, weil es die Leute froh macht, wenn sie sie sehen. Dann sagen Sie: ›Ah, Primeln! Der Frühling muss endlich kommen.‹ Und dann kaufen sie einen Bund.«

»Wer hat dir beigebracht, Blumen zu verkaufen?«

Da war der wehmütige Blick des Mädchens wieder. »Ich habe es von Mary gelernt. Sie war im Verkaufen immer besser als Mama. Mary sagte, das ist, weil Mama nicht mit dem Verkaufen groß geworden ist.«

Hero bekam langsam die Vermutung, dass Thisbes Mutter als Adlige geboren worden war, bevor sie in eine zerstörerische Abwärtsspirale geraten war. »Wer ist Mary?«

»Meine große Schwester.« Die Unterlippe des Mädchens zitterte. »Ich hoffe immer noch, dass sie eines Tages zurückkommt. Der Pfarrer sagt, ich solle zum lieben Gott darum beten, also mache ich das. Aber ich weiß genau, dass er nicht glaubt, sie kommt irgendwann zurück.«

»Wo ist sie denn hingegangen?«

»Ich weiß es nicht. Im Frühling ist sie eines Tages weggegangen. Sie sagte, sie will versuchen, ihre Blumen in Islington zu verkaufen. Und dann ist sie einfach … verschwunden.«

»Wie alt ist Mary?«

»Fünfzehn, M'lady.«

Hero vermutete, dass Mary aller Wahrscheinlichkeit nach einen Mann getroffen hatte und mit ihm durchgebrannt war, oder vielleicht hatte sie verstanden, dass sie einen höheren Broterwerb bekommen konnte, indem sie ihren Körper verkaufte, als mit dem Verkauf von Primeln. Diese Gedanken behielt Hero jedoch für sich.

Sie merkte, dass Thisbe sie die ganze Zeit aus traurigen, wissenden Augen betrachtete. »Ich weiß, was Ihr denkt – dass Mary weggegangen ist und mich zurückgelassen hat. Aber das hätte sie nicht gemacht. Mary nicht. Hätte sie nicht.«

Die Sicherheit in der Stimme des kleinen Mädchens war seltsam überzeugend. Hero sagte: »Was glaubst du, das deiner Schwester zugestoßen ist?«

»Ich schätze, jemand hat sie sich geschnappt. Das kommt vor, wisst Ihr. Sie reden nicht gern darüber, aber das passiert. Es passiert Mädchen und Jungen. Sie gehen irgendeinen Tag los wie immer, aber keiner sieht sie je wieder. Es ist wie …« Thisbe zögerte.

»Wie … was?«, hakte Hero nach.

Thisbes Brust hob sich in einem raschen Atemzug. »Wie wenn sich die Erde öffnet und sie einfach verschluckt.« Dann blickte sie wieder über den Kirchhof hinweg, ein einsames kleines Mädchen, umgeben von

den vielen Gedenksteinen an die bekannten Toten Clerkenwells.

Kapitel 22

»Ist Calhoun da?«, fragte Sebastian, als er einige Minuten später sein Haus in der Brook Street betrat.

»Jawohl, Mylord«, sagte Morey und nahm Sebastians Hut und Handschuhe entgegen. »Soll ich ihn Euch schicken?«

Sebastian ging zur Bibliothek. »Ja, bitte.«

Er las gerade den Eintrag über Heros unangenehmen Vetter in *Debrett's Peerage*, als sein Kammerdiener auf der Türschwelle erschien und sich verbeugte. »Ihr wünschtet mich zu sehen, Mylord?«

Sebastian legte den schweren Band zur Seite und trat hinter seinem Schreibtisch hervor. »Haben Sie je von einem Hehler in Clerkenwell namens Icarus Cantrell gehört?«

Die meisten Gentlemen's Gentlemen würden sich von einer solchen Frage beleidigt fühlen. Nicht so Jules Calhoun. Die Mörderjagd konnte für die Garderobe eines Gentlemans schädlich sein – und für die Nerven seines Kammerdieners. Aber wenn Calhoun gelegentlich auch über den Verlust eines Lieblingshutes oder -mantels lamentierte, so schaffte er es doch immer, mit Substanzen wie Blut, Matsch und auch Brandlöchern durch Schießpulver spielend fertig zu werden. Der schlanke, geschmeidige Mann in den Dreißigern mit einem knabenhaften Schopf glatten, blondes Haares war ebenso unerschütterlich gutgelaunt wie unerschütterlich. Er kannte außerdem jeden Einbrecher, Fluchtfahrer und Betrüger in der Stadt, weil er in einem von Londons berüchtigtsten Freudenhäuser geboren und aufgewachsen war.

»Ihr meint den, den sie den Professor nennen?«, sagte er.

»Dann kennen Sie ihn also.«

»Mehr dem Ruf nach als persönlich, Mylord.«

»Erzählen Sie mir von ihm.«

»Nun … es heißt, er ist ein jüngerer Sohn eines Squires von Northumbria, und er hat sogar eine Zeitlang in Cambridge studiert. Ob das aber stimmt oder nicht, könnte ich nicht mit Sicherheit behaupten.«

»Er hört sich tatsächlich so an. Wie kam es dazu, dass er einen Gebrauchtwarenladen in Clerkenwell führt?«

»Auf der Straße heißt es, er wurde sieben Jahre in die Kolonien deportiert. Ich nehme an, er hat den Laden erworben, als sein Urteil abgelaufen war.«

»War er in Botany Bay?«

Calhoun schüttelte den Kopf. »Georgia, glaube ich, Mylord. Es war vor der amerikanischen Revolution.«

»Was hatte er verbrochen?«

»Ich hörte, es sei Mord gewesen, Mylord.«

»Großer Gott. Wen hat er ermordet?«

»Das kann ich nicht sagen, Mylord.«

»Denken Sie, Sie können es herausfinden?«

Calhoun lächelte und vollführte erneut einen seiner unnachahmlichen anmutigen Diener. »Gewiss, Mylord.«

Er wandte sich bereits ab, da sagte Sebastian: »Wenn ein Mann gern anrüchige Bücher kaufen würde, wohin müsste er sich da wenden?« Die Büchersammlung in Hector Kneebones Regal hatte Sebastian einen Gedanken eingegeben. Vielleicht war es weit hergeholt, aber schließlich hatte er nicht vieles, worauf er sich derzeit stützen konnte.

Calhoun zögerte. »Es gibt eine Reihe Buchstände und Läden in der Nähe der Strand, die dafür bekannt sind, an Männer mit derlei Interessen zu verkaufen, Mylord.«

»Und wenn der besagte Gentleman darauf bestünde, nur die anspruchsvollsten Werke zu kaufen, gäbe es dann einen speziellen Buchhändler, bei dem er am wahrscheinlichsten einkaufen würde?«

»Das wäre die Buchhandlung von Clarence Rutledge in der Holywell Street.« Calhoun zögerte, dann sagte er: »Ist das Gerede darüber, wie der Junge in Clerkenwell gestorben ist, wahr?«

»Ich fürchte ja«, sagte Sebastian. Er machte sich nicht die Mühe nachzufragen, wie sein Valet die Einzelheiten über Benjis Tod erfahren hatte, denn eines der Bordelle seiner Mutter stand in Clerkenwell. »Wenn Sie irgendetwas aufschnappen, das hilfreich sein könnte, würde ich es gern hören.«

»Ich könnte meiner Mutter einen Besuch abstatten. Sie und der Professor kennen sich schon eine ganze Weile.«

»Wenn man bedenkt, was ich in seinem Laden gesehen habe, habe ich keinen Zweifel daran«, sagte Sebastian.

Calhoun lachte. Aber er widersprach nicht.

***

Holywell war nach einer längst verschwundenen heiligen Quelle sauberen, süßen Wassers benannt. Es war eine schmale, alte Straße, die von der Strand abbog und dann parallel weiterverlief. Den überwiegenden Teil des Tages lag die Straße in tiefem Schatten, weil die oberen Stockwerke der baufälligen alten Holzhäuser, die die Straße immer noch säumten, überkragten. Früher war dieses Viertel von Seidenhändlern, jüdischen Schneidern und Läden beherrscht gewesen, die Kostüme und üppige Accessoires für Theater- und Maskeradenbesucher lieferten. Ihre Läden dominierten den südlichen Teil der Straße auch heute noch. Aber in den letzten Jahren war Holywell immer mehr in die Hände von Buchhändlern und radikalen Herausgebern übergegangen, die, von der französischen Revolution inspiriert, in verborgenen Kellern heimlich Druckpressen bedienten. Und da politische Traktate sich nicht besonders gut verkauften, finanzierten sie ihre seriöseren Werke mit der Produktion und dem Verkauf von schmutzigen Büchern und Druckerzeugnissen.

Neben den Buchständen, die dicht gedrängt die Bürgersteige säumten, gab es auch eine Anzahl Läden. Sebastian fand denjenigen, den er suchte, in einem alten Giebelhaus neben einer niedrigen Taverne namens *Dead Dog*. Die originalen elisabethanischen Fenster im Erdgeschoss waren irgendwann verbreitert worden, und die staubigen Schaufenster stellten nun eine Kollektion anrüchiger Druckerzeugnisse aus – vor allem fette, nackte Männer, die verdächtig dem Regenten und seinen Brüdern ähnelten, und ehemündige junge Frauen jagten.

»Sucht Ihr nach etwas Bestimmtem?«, fragte der kräftig gebaute Besitzer mittleren Alters, als Sebastian das staubige, düstere Innere des Ladens betrat. Mit seinem schlecht geschnittenen, ergrauenden braunen Haar, einem flächigen Gesicht und seiner einfachen Kleidung sah der Mann wie ein einfacher Kaufmann aus. Doch seine Finger waren voller Tintenflecke, und in seinen intelligenten braunen Augen brannte das Feuer des Bilderstürmers und Revoluzzers.

»Ja, das tue ich tatsächlich«, sagte Sebastian. Er ließ den Blick über Tische und Regale wandern, die vollgestopft waren mit einer wilden Mischung seltener alter Bände und wertloser Bücher, die mit Eselsohren versehen waren. Ein großer Teil des Geschäfts von Clarence Rutledge schien riesigen Sammlungen von Predigten gewidmet zu sein, die nach Themen katalogisiert waren und entweder zum Kauf oder zur Ausleihe standen, sodass sich Sebastian fragte, ob Calhoun ihn zum falschen Laden geschickt hatte. »Ich interessiere mich für ein bestimmtes Buch in einem Einband aus aufwendig verarbeitetem schwarzem marokkanischen Leder und mit blutrotem Titel. Ungefähr so groß ...« Sebastian spreizte die Hände annähernd zur Größe des Buches, das er auf Hector Kneebones Regal mit erotischer Literatur gefunden hatte. »Angeblich soll es ein verlorengegangenes Werk des Marquis de Sade sein.«

»Ich bin nicht sicher, ob ich weiß, was Ihr sucht.«

Sebastian erwiderte den Blick des Mannes ohne zu zwinkern. »Ich denke, das wisst Ihr sehr wohl.«

Der Buchhändler blinzelte. »Es ist sehr selten.«

»Aber Sie haben es.«

Clarence Rutledge schlüpfte hinter den Schalter aus Holz, der an der Rückseite seines Ladens entlang verlief. »Es wurden nur fünfzig hergestellt, und davon sind nur drei an unsere Küste gelangt.«

»Wie viele haben Sie verkauft?«

»Zwei.«

»Lassen Sie es mich sehen.«

Wortlos drehte sich der Buchhändler zur Wand hinter sich um, die solide wirkte. Er drückte auf einen Griffel, womit er einen versteckten Haken freilegte, und ein Teil der Vertäfelung glitt zurück, um einen Geheimschrank zu enthüllen, der mit verbotenen Büchern gefüllt war. Er wählte eines aus, dann ließ er die Vertäfelung vorsichtig wieder zurückgleiten.

Im Gegensatz zu Napoleons Frankreich gab es in England keine klar umrissenen Gesetze für die Zensur von Druckwerken. Englische Theaterstücke durften erst aufgeführt werden, nachdem sie von einem öffentlich ernannten Examiner of the Stage eine Lizenz bekommen hatten und zugelassen worden waren. Aber man konnte praktisch veröffentlichen, was auch immer man wollte. Die Falle daran war lediglich, dass Autoren, Verleger und Buchhändler der »obszönen Nachrede« bezichtigt wurden und damit angeblich den Frieden des Königs störten, wenn sie als beleidigend betrachtet wurden. Blasphemie, unsaubere Sprache und explizit beschriebene sexuelle Handlungen konnten zur Inhaftierung und zur Konfiszierung von entsprechenden Lagern führen.

»Woher wissen Sie, dass ich nicht der Gesellschaft zur Unterdrückung des Lasters angehöre?«, fragte Sebastian, als der Buchhändler das Buch zwischen ihnen auf den Schalter legte. Eines der Hauptziele der eifrigen Mitglieder dieser Gesellschaft war es, den Handel mit »schlüpfrigem Material« zu verbieten.

»Ich weiß, wer Ihr seid, Mylord«, sagte der Verkäufer und drehte das Buch herum, sodass Sebastian es betrachten konnte.

Wie das Buch, das er auf Kneebones Regal gesehen hatte, war auch dieses exquisit verarbeitet, mit einem Einband aus feinem Leder und Goldschnitt. Sebastian schlug die Titelseite auf und blickte auf den gedruckten Text.

Les 120 journées de Sodome, ou l'école du libertinage
Marquis de Sade

»Habt Ihr davon gehört, Mylord?«

Sebastian nickte schweigend. Ja, er hatte davon gehört, natürlich. *The 120 Days of Sodom* war 1785 geschrieben worden, als de Sade offiziell in der Bastille saß. Marquis de Sade hatte es als sein Meisterwerk betrachtet. Da ihm kein Papier erlaubt gewesen war, hatte er das Werk auf kleinen Fetzen verfasst, die in das Gefängnis geschmuggelt und dann zu einer fortlaufenden, zwölf Meter langen Rolle zusammengeklebt wurden, die er in der Wand seiner Zelle versteckt hielt. Als das Manuskript bei der Zerstörung der Bastille 1789 vernichtet wurde, hatte der Marquis behauptet, Tränen aus Blut über den Verlust vergossen zu haben.

Sebastian sah auf und bemerkte, dass ihn der Buchhändler intensiv musterte. »Ich nehme an, es ist eine Fälschung? Der fantasievolle Versuch von jemandem, das verlorene Werk des Marquis' wieder zu erschaffen?«

»O nein, ich versichere Euch, es ist ziemlich genial. Man glaubte, das ursprüngliche Manuskript des Marquis' sei verloren, aber tatsächlich ist es zur Zeit der Zerstörung der Bastille gefunden und gerettet worden. Es ist erst vor Kurzem nach Amsterdam geschmuggelt und gedruckt worden.«

»Haben Sie es gelesen?«

»Ja. Allerdings muss ich Euch warnen, es ist nichts für zarte Gemüter.«

Sebastian blätterte langsam die Seiten um.

»Nur der erste Teil des Manuskriptes war vollständig«, sagte Rutledge. »Der Rest hat eher die Gestalt eines Entwurfs.«

»Dann erzählen Sie mir darüber.«

Der Buchhändler räusperte sich. »Nun ... Im Grunde ist es die Geschichte vier wohlhabender Männer, die sich auf der Suche nach der ultimativen sexuellen Erfüllung zusammentun. Dazu entführen sie eine Anzahl junger Knaben und Mädchen und sperren sich für vier Monate in einem isolierten Bergschloss mit ihnen ein.«

»Und?«

Clarence Rutledge spreizte die Finger beider Hände. »Es ist de Sade auf seine fantasievollste und verdorbenste Art – eine verstörende Erforschung der dunkelsten Auslöser des menschlichen Potentials für das Böse. Inzest, Vergewaltigung, Gotteslästerung, Flagellation, Folter ...«

»Und Mord?«

»Gewiss.«

Sebastian schloss das Buch. »Wie viel?«

»Sechs Guineen.«

Es war ein unerhörter Preis. Eine schöngebundene Romantrilogie wurde normalerweise für eine Guinee verkauft, während schlüpfrige Bücher für das Dreifache über den Tisch gingen. Sebastian ließ die Münzen kommentarlos auf den Tresen fallen und wartete, während der Buchhändler seinen Erwerb in schlichtes braunes Paper packte.

Dann fragte er: »Wer hat die beiden anderen Bücher gekauft?«

Clarence Rutledge erstarrte. »Das kann ich Euch nicht sagen.«

Sebastian zog in aller Ruhe den Dolch aus seinem Stiefelschaft, ging um den Schalter herum und trieb den Buchhändler gegen die getäfelte Wand. »Ich denke, das können Sie sehr wohl.«

Der Mann schluckte hart, und er verdrehte die Augen nach innen zur Nase, als er die Klinge betrachtete, die nur Zentimeter vor sein Gesicht gehalten wurde.

»Lassen Sie mich etwas erklären«, sagte Sebastian. »Anfang dieser Woche wurde der Leichnam eines Jungen in Clerkenwell gefunden. Er ist ausgepeitscht, gefoltert, vergewaltigt und dann stranguliert worden; seine kleine Schwester wird vermisst und hat wahrscheinlich dasselbe Schicksal erlitten. Ich bin nicht in der Stimmung, irgendjemandem wohlgesonnen zu sein, der das Monster beschützt, das das getan hat. Sagen Sie mir, wer die beiden anderen Bücher gekauft hat.«

Der Buchhändler leckte sich über die trockenen Lippen. »Das – das erste wurde von einer verschleierten Dame erworben. Ich habe keinen Schimmer, wer sie war. Sie sagte, es sei ein Geschenk für einen Freund.«

Sebastian hatte den Verdacht, dass Clarence Rutledge die Identität der Dame sehr wohl wusste. Aber da sie aller Wahrscheinlichkeit nach die Quelle des Buches in Hector Kneebones Regal war, ließ er die Sache für den Moment auf sich beruhen. »Und das andere?«

Der Blick des Buchhändlers glitt kurz zur Straße, dann fokussierte er sich wieder auf Sebastians Gesicht. »Das zweite Buch wurde von einem französischen Emigré gekauft. De Brienne.«

Sebastian machte einen Schritt zurück und ließ die Hand mit dem Messer sinken.

Amadeus Colbert, der Comte de Brienne, war in den Kreisen der feinen Gesellschaft wohlbekannt. Schlank, temperamentvoll und unverheiratet, war er sowohl ein unterhaltsamer Dinnergast als auch ein eleganter Tänzer, jederzeit bereit, seinen Gastgeberinnen zu Gefallen zu sein, indem er als Tanzpartner für schüchterne junge Mädchen zur Verfügung stand, die von ihrer ersten Saison überwältigt waren.

»Ist er ein regelmäßiger Kunde?«, fragte Sebastian.

Clarence Rutledge richtete sorgsam sein bescheidenes Halstuch. »Relativ.«

»Dann frage ich mich, warum Sie seinen Namen so bereitwillig preisgegeben haben.«

Ein Muskel zuckte vor Zorn an der Wange des Buchhändlers. »Ich schätze keine Messer.«

»Vielleicht. Aber das ist nicht der einzige Grund, nicht wahr?«

»Sagen wir, ich hatte schon von dem Jungen gehört, der in Clerkenwell gefunden wurde.«

»Verstehe ich es richtig, dass der Comte de Sade besonders hoch schätzt?«

»Ja.«

»Aber Sie müssen noch andere Kunden mit ähnlichen Neigungen haben.«

Der Buchhändler zögerte eine Spur zu lang. »Nicht wie de Brienne.«

Sebastian schob den Dolch wieder in die Scheide und steckte sich das mit braunem Papier umwickelte Buch unter den Arm. »Wenn ich herausfinde, dass Sie nicht ehrlich waren, komme ich zurück.«

Clarence Rutledges Nasenflügel blähten sich, als er einatmete. Aber er sagte nichts. Und in dem Schweigen, das darauf folgte, hörte Sebastian mit seinem übersteigerten Gehörsinn das rhythmische Hämmern einer Druckerpresse, die irgendwo tief unter ihnen versteckt war.

Kapitel 23

Sebastian traf den Comte de Brienne hinter seinem Haus in der Half Moon Street an, wo er gerade in einen Fechtkampf verwickelt war.

Nur in Hemd, Weste und Kniehosen, die *Epée* locker und sicher in der Hand haltend, parierte und attackierte der Franzose mit einer Fertigkeit, die der seines Lehrers praktisch ebenbürtig war. Sebastian blieb kurz stehen und sah zu, wie die Männer mit blitzenden Degen über den Steinfußboden wirbelten, mit ihren bestrumpften Füßen vor- und zurücktänzelnd. Die meisten Gentlemen ihres Kreises praktizierten die Fechtkunst in *Angelo's* Salon in der Bond Street. Aber de Briennes Fechtmeister kam offensichtlich zu ihm nach Hause.

»Beeindruckend«, sagte Sebastian, als der Fechtmeister die Übung beendet und sich mit einer Verbeugung verabschiedet hatte.

De Brienne nahm das Handtuch an, das ihm ein wartender Leibdiener reichte, und wischte sich das schwitzende Gesicht ab. Er war ein knabenhaft schmaler Mann Ende dreißig, mittelgroß, mit feinen, aristokratischen Zügen und dichtem dunklem Haar, das er eine Spur zu lang trug. Seine makellos gebundene Krawatte, die taillierte Weste und der hohe Hemdkragen deuteten eine Neigung zum Dandy an, ohne jedoch ins Lächerliche abzugleiten. »Ich hörte, Ihr seid selbst kein schlechter Fechter. Wir müssen uns gelegentlich einmal messen.«

»Vielleicht«, sagte Sebastian.

Der Franzose schlang sich das Handtuch um den Hals und entließ seinen Leibdiener mit einem knappen Nicken. »Ich nehme an, Ihr seid wegen dieses Jungen hier, der in Clerkenwell gefunden wurde? Ihr habt gehört, dass ich gern mit der Peitsche spiele, und natürlich habt Ihr den Schluss gezogen, ich könnte etwas mit seinem Tod zu tun haben.«

»Und habt Ihr das?«, fragte Sebastian. Er hatte erwartet, dass der Franzose jegliche Neigungen dieser Art leugnen würde. Aber dazu war de Brienne offensichtlich zu intelligent.

»Nein.« Der Franzose setzte sich auf eine weiße Eisenbank und griff nach seinen Stiefeln.

»Aber mit der Peitsche spielt Ihr schon gern?«

Er schob den Fuß in den ersten Stiefel und stampfte fest auf. »Ich spiele mit Erwachsenen, die die gleichen Neigungen haben, nicht mit Kindern. Und ich habe nicht die Gewohnheit, London mit weggeworfenen Leichen zu beschmutzen.«

»Kennt Ihr jemanden, der das tut?«

De Brienne lachte erschrocken auf. »Ernstlich? Kennt Ihr denn jemanden?«

»Nein. Andererseits spiele ich auch nicht gern mit der Peitsche.«

De Briennes Lippen verzogen sich zu einem schmalen, ironischen Lächeln. »Woher wisst Ihr das? Habt Ihr es je ausprobiert?«

»Nein.«

»Das solltet Ihr. Womöglich würdet Ihr es genießen.«

Sebastian musterte das schmale, knochige Antlitz des Franzosen. Sein Englisch war fast akzentfrei, da er vor über zwanzig Jahren aus Frankreich geflohen war. Damals war er ein verarmter Jugendlicher von hoher Abstammung gewesen, und ein Onkel und zwei Vettern hatten zwischen ihm und dem Familientitel gestanden. Sie alle waren inzwischen tot.

Sebastian sagte: »Woher wusstet Ihr, dass ich im Mordfall Benji Thatcher ermittle?

Immer noch leicht lächelnd griff de Brienne nach dem zweiten Stiefel. »Ihr seid nicht direkt diskret damit umgegangen, nicht wahr?«

»Benjis kleine Schwester Sybil ist immer noch vermisst«, sagte Sebastian, als de Brienne den zweiten Stiefel anzog und dann aufstand, um nach seinem Mantel zu greifen. »Wisst Ihr irgendetwas darüber?«

Der Franzose widmete seine ganze Aufmerksamkeit der Aufgabe, sich den Mantel anzuziehen und die Manschetten zu richten. »Ich habe doch erwähnt, dass ich gern mit Erwachsenen spiele, oder nicht?«

»Das habt Ihr.«

De Brienne blickte auf. »Wer hat Euch überhaupt von meinen Vorlieben berichtet?«

»Warum? Glaubt Ihr, jemand schätzt Euch so wenig, dass er Euch bezichtigt, möglicherweise des Mordes schuldig zu sein?«

Der Franzose zuckte die Achseln. »Ich habe viele Feinde. Das ist das unvermeidliche Ergebnis von Revolution und Krieg, nicht wahr? Die Gemüter sind erregt, man entwickelt einen Groll und baut Ablehnung auf. So sammelt man Feinde.«

Es war eine unerwartet offene Äußerung. Sebastian sagte: »Wo wart Ihr am frühen Montagmorgen um halb zwei?«

De Brienne tupfte sich mit dem Handtuch erneut das feuchte Gesicht ab. »Ich spielte mit einer Freundin. Und nein, ihren Namen nenne ich Euch nicht.«

»Und am Freitagabend zwischen, sagen wir, fünf und sieben Uhr?«

De Brienne sah einen Augenblick lang nachdenklich aus, als könne er sich nicht sofort erinnern. Dann schüttelte er den Kopf. »Ich fürchte, es ist die gleiche Antwort. Ich mache sehr gern meine ... Spielchen.« Betont warf er einen Blick auf die lange Reihe französischer Türen, die zurück ins Haus führten. »Und nun müsst Ihr mich wirklich entschuldigen. Ich bin heute Abend zum Dinner bei Lady Aldrich eingeladen, bevor ihre Gesellschaft eintrifft. Bei ihr wohnt eine junge Kusine aus Yorkshire, und das arme Mädchen braucht dringend gesellschaftliche Erfahrung. Ich habe angeboten, neben der jungen Frau zu sitzen und sie etwas aus der Reserve zu locken.«

»Ihr seid sehr zuvorkommend.«

»Ich gebe mir Mühe.«

Es war nicht ungewöhnlich, dass Gentlemen in den Dreißigern oder Vierzigern mit siebzehn- oder achtzehnjährigen Mädchen zusammengesetzt wurden. Doch in Anbetracht dessen, was Sebastian inzwischen über die sexuellen Vorlieben des Franzosen wusste, empfand er den Gedanken von de Brienne mit einem Mädchen, das gerade erst von der Schulbank kam, jetzt mehr als geschmacklos. Er sagte: »Ich dachte, Ihr spielt nicht gern mit Kindern.«

In den Augen des Franzosen glomm etwas Dunkles und Gefährliches auf. Doch anstelle einer Antwort vollführte er einen eleganten Diener und verzog die Lippen zu einem routinierten Lächeln, als er sich zum Haus umwandte. »Ich schicke James, Euch hinauszuführen. Guten Tag, *Monsieur le Vicomte*.«

***

»Wir haben Rückmeldungen von drei oder vier der Behörden in der Gegend bekommen«, sagte Sir Henry Lovejoy, als Sebastian sich später mit ihm in einem Kaffeehaus in der Nähe der Bow Street traf. »Bis jetzt waren alle Antworten negativ. Ich würde gern annehmen, dass das ermutigend ist, aber nach meinem Gespräch mit der Polizei von Hatton Garden bin ich nicht überzeugt, dass es tatsächlich etwas zu bedeuten hat.«

Sebastian blickte von seinem Weinglas auf. »Haben Sie sich mit ihnen getroffen?«

Lovejoy trank einen großen Schluck Kaffee und verzog das Gesicht. »Sir Arthur Ellsworth. Er beharrt darauf, dass die Verletzungen von Benji Thatcher sehr wahrscheinlich von dem unglücklichen Sturz herrühren, durch den er gestorben ist.«

Sebastian lehnte sich mit den Schultern gegen die hohe, altmodische Lehne der Sitzbank. »Und die Ligaturen um seinen Hals?«

»An die scheint sich Sir Arthur nicht zu erinnern.«

»Die sind aber da.«

Lovejoy räusperte sich. »Ich weiß. Ich bin zum Tower Hill gegangen, um sie mir selbst anzusehen.« Er

175

schwieg kurz, als verlöre er sich in der Erinnerung dessen, was er im steinernen Nebengebäude hinten in Gibsons Hof gesehen hatte. »Habt Ihr irgendwelche Fortschritte gemacht?«

Sebastian schüttelte den Kopf. »Ich habe ein paar Verdächtige. Aber ihre Verbindungen zu dem Jungen reichen von spärlich bis gar nicht.«

»Und Ihr meint immer noch, es könnte mehr solcher Opfer geben?«

Sebastian stieß hart die Luft aus. »Ich wünschte, das wüsste ich.«

Lovejoy nickte. »Ich habe zwei meiner Wachtmeister beauftragt, sich rund um Clerkenwell umzuhören. Sie haben nichts Brauchbares hervorgebracht, aber ich sagte ihnen, sie sollten dranbleiben.« Er zögerte und legte beide Hände um seine Kaffeetasse. »Ich habe auch über diesen Franzosen nachgelesen, von dem Ihr gesprochen habt – Gilles de Rais. Es ist schwer zu glauben, dass derartig Böses existiert.«

»Und doch ist es so.«

Lovejoy hob den Blick und sah Sebastian an. Seine Augen wirkten trostlos und gequält. »Lasst uns zu Gott beten, dass es nicht hier existiert.«

***

Hero stand am Eingang zum Kinderzimmer, und die Abendsonne schien durch die hohen Fenster herein, als Sebastian zu ihr kam. Sie trug noch ihr Kutschkleid aus französischem blauem Kammgarn. Es war hochgeschlossen, mit einem eingesetzten Vorderteil, und die langen, weiten Ärmel waren mit hellgelben Bändern zusammengebunden. Sie lehnte am Türrahmen und beobachtete still Simon, der, die Ärmchen ausgestreckt und auf wackligen Beinchen, seine Runden um einen Schemel drehte.

Sebastian trat hinter sie, legte ihr die Arme um den Bauch und zog sie an sich. »Was ist mit seinen tränenreichen Ausbrüchen passiert?«

»Der Zahn ist heute morgen durchgekommen.«

»Gott sei Dank.«

Gemeinsam beobachteten sie, wie Simon von dem Hochstuhl zu einem Armsessel torkelte, die Hände ausgestreckt, und seine dicken O-Beinchen wackelten furchteinflößend. Hero sagte: »Dein Sohn ist bereit zu laufen.«

»Er ist noch zu klein zum Laufen.«

Sie lehnte den Kopf an seinen. »Das findet er nicht.«

Sebastian betrachtete ihr müdes, angespanntes Profil. »Es stimmt etwas nicht. Was ist es?«

Sie lachte amüsiert. »Woher weißt du, dass etwas nicht stimmt?«

»Ich bin ein sehr aufmerksamer Mensch.«

Da lachte sie laut auf, hob die Hände und legte sie auf seine. »Ich dachte nur darüber nach, was für ein Glück ich habe. Wie angenehm und sicher mein Leben ist. Dass ich mir nie darum Sorgen machen muss, Simon könne irgendwann unter einer Brücke oder einem Marktstand enden, wo ihm so kalt ist und er solchen Hunger hat, dass er nicht schlafen kann. Ich halte nicht oft inne, um mir das bewusst zu machen, und das beschämt mich.«

Sebastian schwieg einen Augenblick, den Blick auf ihr stolzes Profil mit der gebogenen Nase gerichtet. »Du hast heute die Befragungen mit den Straßenkindern von Clerkenwell begonnen, nicht wahr?«

Sie nickte. »Mit einem Mädchen und einem Jungen. Der Junge wächst so wild, ungezügelt und unwissend auf wie ein Hundewelpe – wobei ich ehrlich sagen muss, dass ich den Eindruck habe, sein Leben ist nicht so viel anders, als es gewesen wäre, wenn seine Mutter nicht nach Botany Bay deportiert worden wäre. Weil sie seinen Vater mit einer Eisenpfanne erschlagen hat.«

»Klingt nach einem charmanten Burschen. Und das Mädchen?«

»Ihre Geschichte ist viel belastender, und ich schätze, ich kenne nicht einmal die Hälfte davon. Sie hat mir erzählt, sie hat eine ältere Schwester namens Mary, die kürzlich verschwunden ist.«

»Wie kürzlich?«

»Im Frühling. Es ist wahrscheinlich auch möglich, dass das ältere Mädchen beschlossen hat, ohne kleine Schwester ein leichteres Leben zu haben, und einfach weitergezogen ist, vielleicht zum Haymarket. Aber Thisbe ist überzeugt, dass ihr etwas Furchtbares zugestoßen ist, und ich kann nicht anders, als dabei an Benji Thatcher und seine Schwester zu denken. Hast du noch immer keine Spur von dem kleinen Mädchen, Sybil, gefunden?«

»Nein. Ich habe ein paar neue Verdächtige zusammengetragen, darunter einen ausgesprochen widerwärtigen französischen Grafen und einen Hehler von Clerkenwell, der wegen Mordes deportiert war. Aber bisher sind das alles nur Spekulationen und Vermutungen.« Er zögerte, dann sagte er: »Wie gut kennst du Sir Francis Rowe? Er ist dein Vetter, nicht?«

»Ja. Obgleich der Verwandtschaftsgrad entfernt genug ist, dass ich ihn üblicherweise meiden kann.«

»Du magst ihn nicht leiden?«

»Ich fürchte, für meinen Geschmack ist er zu sehr wie sein Großvater.« Sie drehte sich um, sodass sie ihm ins Gesicht blicken konnte. »Warum fragst du?«

»Sein Name ist gefallen«, sagte Sebastian und beließ es dabei.

***

An diesem Abend erschien Charles Lord Jarvis bei einer gesellschaftlich hochrangigen Veranstaltung, die Sir Basil und Lady Aldrich ausrichteten. Er nahm an solchen Anlässen oft teil, denn es war wichtig, dass ein Mann in seiner Position sich sehen ließ. An diesem Abend hatte er noch einen zweiten Grund, der die Andeutung eines Lächelns auf seine Lippen brachte, als er Lady Aldrichs blumengeschmückten Ballsaal betrat, in dem es von Menschen wimmelte.

Sein Opfer fand er am Rand der Tanzfläche. Das runde, stupsnasige Gesicht des Mannes war voller väterlicher Hoffnung, während er seine recht gewöhnlich aussehende Tochter beobachtete, die sich am Arm eines heiratsfähigen jungen Verehrers durch den Saal bewegte.

Sinclair Pugh, das redselige und entschieden unbesonnene Parlamentsmitglied für Gough, war ein kleiner Mann mittleren Alters, der allmählich rundlicher wurde, obgleich er sich sehr entschieden mühte, die heranschleichenden Pfunde mit regelmäßigen Trainingseinheiten in den Salons *Angelo's* und *Gentleman*

Jackson's abzuwenden. Seine hohe Meinung von sich selbst sowie seine Arroganz waren legendär, auch wenn sein Stammbaum mehr dem Landadel als der Aristokratie entsprang, und sein Wohlstand weniger von den Erträgen seiner eher bescheidenen Liegenschaften herrührte als von einer Reihe kluger Investitionen. Er war dank der Kriege von King George III sehr, sehr reich geworden.

Mit überaus freundlichem Gesichtsausdruck ging Jarvis zu ihm und blieb neben ihm stehen, den Blick wie Pugh auf die Tanzfläche gerichtet. »Ihre Tochter, nehme ich an?«, sagte Jarvis und nickte zur plumpen Miss Pugh mit dem rundlichen, einfältigen Gesicht.

Pugh versteifte sich. »Was wollt Ihr von mir?«

»Was für eine unzivilisierte Reaktion«, sagte Jarvis mit unverändert herzlicher Stimme. »Vor allem, da meine Absicht lediglich ist, Ihnen ein oder zwei gute Ratschläge zu geben.« Er sah zu, wie sich die Tänzer und Tänzerinnen in zwei Reihen einander gegenüber aufstellten. »Ihre Ansichten über die Pläne Seiner Hoheit bezüglich der Reorganisation Europas nach dem Sieg über Napoleon behalten Sie am besten für sich. Ich gehe davon aus, dass ich mich verständlich ausdrücke?«

»Sehr«, versetzte Pugh. »Wenn Eure Absicht allerdings ist, mich durch Einschüchterung zum Schweigen zu bewegen, dann fürchte ich, habt Ihr versagt.«

»Ich vermutete schon, das könne der Fall sein«, antwortete Jarvis, noch immer in gleichmütigem, freundlichem Tonfall. »Trotz alledem hatte ich das Gefühl, Sie verdienten eine Vorwarnung. Die Verantwortung für alles, was Ihnen von nun an passiert, haben Sie sich also selbst zuzuschreiben.«

»Ist das eine Drohung?«

Jarvis besaß ein unerwartet gewinnendes Lächeln, das er einsetzen konnte, um Menschen zu beschwatzen, um zu gefallen, zu betrügen oder zu verwirren. Nun setzte er es mit ausgesprochen einschüchternder Wirkung ein. »Ich schätze, so könnten Sie es auffassen.«

»Ich habe keine Angst vor Euch«, sagte Pugh mit ostentativem Wagemut.

»Nicht? Sollten Sie aber.«

Damit ging Jarvis davon, immer noch leicht lächelnd, und Pugh starrte ihm hinterher.

Kapitel 24

Der Gentleman schritt auf dem schlecht beleuchteten Hof auf und ab, sein seidener Abendmantel schwang um seine muskulösen Oberschenkel, die Absätze seiner Anzugsschuhe klackerten auf den Pflastersteinen.

Der Junge, der sich der Stille der Nacht, die sie umgab, schmerzlich bewusst war, sowie auch des sauren Geruchs seiner Angst, beobachtete ihn.

»Ich hörte, du hast mit Devlin gesprochen«, sagte der Mann. »Was wollte er von dir?«

Der Junge sog rasch und ängstlich die Luft ein. »Woher wisst Ihr das?«

Der Gentleman blickte so streng, dass seine Nasenflügel eingezogen wirkten. »Beantworte meine Frage.«

»Er … er wollte wissen, wann ich Benji zum letzten Mal gesehen habe.«

»Was hast du zu ihm gesagt?«

»Ich hab gelogen.«

Der Gentleman nickte. »Was noch?«

Der Junge ging nervös das furchteinflößende Gespräch wieder durch. »Er hat nach Sybil gefragt.«

»Sybil? Wer ist Sybil?«

Der Junge fühlte sich, als sei ihm das Herz in die Hose gerutscht. »Benjis Schwester.«

»Warum sollte sich Devlin für Benjis Schwester interessieren?«

»Weil keiner sie gesehn hat. Es ist, als wär sie einfach … verschwunden.«

Der Gentleman schwieg kurz. Nachdenklich. Dann sagte er: »Es ist möglich, dass sie etwas weiß.«

»Sybil? Woher denn?«

»Was ist denn sonst mit ihr passiert?«

»Das weiß ich nicht!«

»Versteckt sie sich?«

»Warum sollte sie sich verstecken?«

»Weil sie etwas gesehen haben könnte, du Narr. Besser, du findest sie. Und zwar schnell.«

Der Junge atmete auf eine Art ein, die wie ein Schluchzen klang. Er wusste nur zu gut, was der Gentleman Sybil antun würde, wenn er sie fände. »Aber das hab ich schon versucht!«

Das Gesicht des Gentleman hatte jetzt den kalten, eisigen Ausdruck angenommen, der dem Knaben immer den Hals eng werden ließ und dazu führte, dass er sich fast in die Hosen machte. »Gib dir mehr Mühe.«

Der Junge nickte; der Hals war ihm jetzt so eng, dass er kaum die Worte hervorbringen konnte. »J-ja, Sir.«

Kapitel 25

Donnerstag, 16. September

Der nächste Morgen zog kalt und stürmisch herauf; graue Wolken ballten sich zusammen und verhießen Regen.

Kurz vor acht Uhr brachte Sebastian unter einer Reihe der Platanen der Allee, die sich entlang der Südgrenze des Hyde Parks erstreckte, sein Pferd zum Stehen. Seine hübsche schwarze Araberstute bewegte sich unter ihm; sie wollte die Beine strecken. Aber er hielt die Stute ruhig, bis die schlanke Reiterin mit dem goldenen Haar erschien, auf die er wartete. In gebührendem Abstand folgte ihr ihr Bursche.

Sebastian hatte gewusst, dass sie kommen würde. Ihre Ruhelosigkeit war eine der Eigenschaften, die Stephanie Wilcox mit Sophia, der umherziehenden Countess of Hendon, gemeinsam hatte, welche vor so vielen Jahren weggegangen war und sie alle verlassen hatte. Ihre Ruhelosigkeit und eine tiefe, elementare Verbindung zu Pferden. Sebastian erinnerte sich, wie er sie als Mädchen von acht und elf Jahren beobachtet hatte, als sie wild die Klippen von Cornwall entlanggeritten war und ihre Haare hinter ihr im Wind flatterten. Unwillkürlich musste er jetzt an dieses Kind denken, als er seine Araberstute vorwärtstrieb und sie neben Stephanies großen, braunen Wallach brachte.

»Onkel!«, sagte sie mit einem strahlenden Lächeln, in dem ihre ebenmäßigen weißen Zähne leuchteten. Es erreichte jedoch nicht ihre Augen. »Wenn ich es nicht besser wüsste, würde ich annehmen, du hast hier herumgelungert in der Absicht, mich abzufangen.«

»Nun, ich bin froh, dass du es besser weißt.«

Sie lachte laut auf. Sie war neunzehn, wunderschön und wusste es. Sie hatte den eleganten, anmutigen Körperbau und die ebenmäßigen, aristokratischen Züge ihrer Großmutter, dazu die intensiv blauen Augen, die das Kennzeichen der Familie St Cyr waren. Er entdeckte nichts an ihr, das ihn an Martin Lord Wilcox erinnerte, den brutalen, gestörten Mann, der sie gezeugt hatte. Da kam es Sebastian in den Sinn, wie ihre Kindheit wohl gewesen war, mit einer zornigen, sauertöpfischen Mutter und einem solchen Vater.

Sebastian sagte: »Hendon hat mir von deiner Verlobung erzählt.«

»Ach? Und du bist hier, um mir zu gratulieren, Onkel?«

»Nein.«

Sie wandte ihm den Kopf zu. »Mutter hat mich schon gewarnt, dass du es nicht gutheißt. Ich nehme an, ich sollte dir wenigstens für deine Ehrlichkeit dankbar sein.«

»Hat sie dir verraten, weshalb ich es nicht gutheiße?«

Stephanie richtete den Blick auf etwas in der nebligen Ferne, sie bewegte sich leicht im Einklang mit dem Pferd. »Meinst du, ich wüsste nicht, wie Ashworth ist?«

»Ich bin mir ziemlich sicher, dass du es nicht weißt.«

»Da täuschst du dich, Onkel. Ich weiß sogar, dass er von *Almack's* abgelehnt wurde. Wusstest du das auch?«

»Nein.«

»Das war wegen einer Sache, die vor Jahren geschehen ist, als er noch sehr jung war. Er verliebte sich in ein Mädchen in Devonshire, deren Familie schon jahrelang Streit mit seiner Familie hatte. Sie weigerten sich, die Verbindung auch nur in Betracht zu ziehen, also ist das junge Paar durchgebrannt. Sie wurden geschnappt, bevor sie Gretna Green erreichten, aber das Mädchen ist nie darüber hinweggekommen und schließlich an gebrochenem Herzen gestorben. Die Familie gibt Ashworth die Schuld und hat ihn seither mit Lügen verfolgt. Es war die große Tragödie seines Lebens und erklärt viel von seiner Wildheit, für die er verdammt wird.«

Sebastian sagte: »Ich spreche nicht von der Wildheit der Jugend.«

»Wovon sprichst du dann, Onkel? Lasterhafte, durchsoffene Nächte und Kartenspiele? Dekadente Techtelmechtel mit nackten Schauspielerinnen und Operntänzerinnen? Pistolen im Morgengrauen? Und willst du mich glauben machen, du warst ein Heiliger, bevor du Hero geheiratet hast? Hast du irgendetwas von den Dingen, die ich erwähnt habe, nicht getan?«

Sebastian schüttelte den Kopf. Er hatte all das und mehr getan. Aber er war nie in die Art von Übel eingetaucht, die in *Number Three* angeboten wurde, auch wenn er wusste, dass es keine Möglichkeit gab, ihr klarzumachen, wie abgrundtief übel dieser Ort war.

Also sagte er stattdessen mit so ruhiger und gütiger Stimme, wie er es vermochte: »Es wird keinen Weg zurück geben, Stephanie. Wenn du entdeckst, dass es ein

Fehler war, kannst du ihn nicht mehr ungeschehen machen.«

Er sah, wie sich ihre Lippen öffneten und sich ihr Hals bewegte, als sie schluckte. Sie wandte das Gesicht ab. »Ich habe in meinem Leben schon viele Fehler gemacht, Onkel. Aber Ashworth zu heiraten ist keiner.«

Er betrachtete ihr schönes, ernstes Profil und spürte einen Schmerz voller Trauer und sinnloser Vorahnung. »Glaub mir in dieser Sache, mein Kind: Auch wenn ich mich nicht überwinden kann, dir zur Verlobung zu gratulieren, so wünsche ich dir doch alles Glück der Welt.« Er zögerte, dachte sich, dass er es wohl dabei belassen sollte, und konnte sich doch nicht zurückhalten. »Aber in meinen Augen siehst du nicht sehr glücklich aus.«

Sie stieß ein scharfes, bitteres Lachen aus. »Ist irgendjemand von uns jemals wirklich glücklich, Onkel? Wirklich und wahrhaftig glücklich?«

»Immer? Nein, natürlich nicht. Aber ich bin in meiner Ehe glücklich, Stephanie. Ich bin zutiefst, leidenschaftlich und trotzdem auf friedliche Art glücklich – mehr, als ich es je ausdrücken könnte, und mehr, als ich mir je erträumt hätte. Es gibt keinen Grund, weshalb du das nicht auch haben kannst. Aber mit einem Mann von Ashworths Sorte wirst du das nicht finden. Bei ihm findest du nur Herzschmerz und eine ganze Welt der Trauer.«

Sie hob das Kinn, und ihre blauen St Cyr-Augen funkelten. »Ich freue mich, dass du glücklich bist, Onkel. Aber du bist nicht ich.« Damit tippte sie mit der Ferse in die Flanke ihres Braunen und schlug ihm mit der Gerte fest genug auf den Widerrist, dass der Wallach in wildem Galopp die Straße hinunterlief.

Sebastian sah ihr hinterher. Richtige Damen galoppierten nicht im Hyde Park. Andererseits war Stephanie nie bereit gewesen, langsam zu traben, den Konventionen zu folgen oder nach den Regeln zu spielen. Und so besorgt Sebastian zuvor gewesen war, machte er sich jetzt noch größere Sorgen.

***

Sebastian trieb sein Pferd an und ritt quer durch den Hyde Park zur Residenz der Dowager Duchess of Claiborne in der Park Lane.

Sie war als Lady Henrietta St Cyr, älteste Schwester des derzeitigen Earl of Hendon, geboren worden. Mehr als fünfzig Jahre lang hatte sie als eine der Grandes Dames der feinen Gesellschaft regiert. Sie war stolz, meinungsstark, gebieterisch, wertend, neugierig und überaus intelligent. Sie war auch einer von Sebastians Lieblingsmenschen. Und obwohl sie in Wahrheit nur eine entfernte Verwandte von ihm war, nannte er sie Tante Henrietta. Die Anziehung zwischen beiden ging tief und hatte wenig mit Dingen wie Blutlinien und verästelten Familienstammbäumen oder den Erwartungen in ihrer Welt zu tun.

Die Duchess hatte die wohlbekannte Gewohnheit, nicht vor ein Uhr ihren Ankleideraum zu verlassen. Die Kirchenglocken der Stadt schlugen gerade halb neun, als Humphrey, ihr überkorrekter Butler, auf Sebastians Klopfen die Tür öffnete.

»Mylord«, sagte der Butler und vergaß sich so sehr, dass er laut stöhnte. »Bitte. Nein.«

»Tut mir leid, Humphrey«, sagte Sebastian und ging zur Treppe. »Ich bleibe nicht lang. Sorgen Sie dafür, dass der Straßenjunge, bei dem ich meine Stute gelassen habe, sie nicht stiehlt, wären Sie so gut?«

Er rannte die große, gewundene Treppe zum zweiten Stockwerk hoch und betrat das Schlafzimmer seiner Tante nach einem sehr knappen Anklopfen. Er hörte sie leise in ihrem großen, samtverhangenen Bett schnarchen, und eilte hinüber, um mit einer raschen Bewegung die schweren Vorhänge vor den Fenstern wegzuziehen. »Guten Morgen, Tante.«

»Was?« Sie setzte sich auf und suchte mit einer Hand nach dem Augenglas, das sie neben ihrem Bett hatte. »Großer Gott, Devlin, du bist das. Was um Himmels willen tust du hier? Geh weg und komm um eine vernünftige Uhrzeit wieder.«

»Es tut mir leid, Tante, aber es ist wichtig.«

Sie sah ihn an, und die Linse ihres Augenglases verzerrte ihr Auge auf abscheuliche Weise. »Was ist wichtig?«

»Ich muss wissen, warum Ashworth von *Almack's* ausgeschlossen wurde.«

Die Duchess ließ ihr Augenglas fallen. Sie war eine große Frau, ähnlich gebaut wie ihr Bruder, aber mit mehr Fleisch auf den Rippen. Sie hatte auch die schweren, groben Züge und seinen rauen Umgangston mit ihm gemeinsam. »Wie viel Uhr ist es?«, wollte sie wissen.

»Halb neun.«

Mit einem Stöhnen lehnte sie sich zurück. »Du weckst mich im Morgengrauen, um mich nach etwas zu fragen, das vor zehn Jahren geschehen ist?«

»Vor zehn Jahren?«

»Fast.«

»Also, was ist passiert?«

Henrietta seufzte tief und setzte sich wieder auf.

»Es ist eine schmutzige Geschichte. Ashworth überzeugte die kleine Schwester eines seiner Freunde, mit ihm davonzulaufen. Das dumme Ding dachte, sie würden nach Gretna Green fahren. Stattdessen brachte er sie zu einem Jagdschlösschen in Melton Mowbray. Bis ihr Vater und ihre Brüder sie Wochen später endlich gefunden hatten, war das Mädchen bereits schwanger.«

»Es wundert mich, dass sie ihn nicht getötet haben.«

»Sie haben es versucht. Leider war am Ende aber einer ihrer Brüder – Ashworths Freund – tot. Und da der Bruder als Erster geschossen hat, wurde der Mord als Notwehr eingestuft.«

»Was ist mit dem Mädchen geschehen?«

»Sie ist im Kindbett gestorben. Sie war *so* jung!«

»Wie jung?«

»Dreizehn.«

»Großer Gott. Du sagst, es ist zehn Jahre her?«

»Ungefähr.«

»Ashworth war damals ... wie alt? Zweiundzwanzig? Dreiundzwanzig?«

»Ja.«

»Warum hat sich diese Geschichte nie verbreitet?«

»Die Familie hat den Leiterinnen von *Almack's* die Wahrheit anvertraut in der Hoffnung, andere junge Frauen von guter Herkunft zu schützen. Aber sie haben darum gebeten, die Einzelheiten zu verschweigen, aus

Rücksicht auf ihre tote Tochter. Selbst Sally Jersey kann den Mund halten, wenn sie muss.«

»Hast du es Stephanie erzählt?«

»Natürlich habe ich das. Aber das Mädchen ist neunzehn. Sie weigerte sich, auf mich zu hören. Sie hatte Ashworths Version der Geschichte schon gehört und warf mir vor, ich versuche einfach, sie davon abzubringen.«

»Was du ja auch versucht hast.«

»Na, gewiss habe ich das.«

»Und Amanda?«

Henrietta schnaubte verächtlich. »Glaubst du vielleicht, Amanda würde so eine Kleinigkeit wie Vergewaltigung und Entführung als Hindernis betrachten, wenn ihre Tochter Marchioness werden kann? Sie kannte die Wahrheit lang genug.«

»Aber Hendon hast du es nicht erzählt.«

»Ernstlich, Devlin, willst du, dass er einen Schlaganfall bekommt?«

Sebastian stand am Fenster, das zum Park hinauswies. Nach einer Weile sagte er: »Was können wir tun?«

»Ich fürchte, es gibt nichts, das wir tun können.«

»Ashworth wird ihr das Leben zur Hölle machen.«

»Ja. Aber es ist ihre Entscheidung, nicht?«

Er stieß sich vom Fenster ab. »Was weiß sie über Männer? Sie ist neunzehn – und sie ist mit einem Mann wie Wilcox als Vater aufgewachsen. Bayard als Bruder gar nicht erst zu erwähnen.«

Henrietta setzte sich etwas aufrechter hin und räusperte sich.

»Was ist?«, fragte Sebastian, der sie beobachtete.

»Du weißt schon, dass Wilcox nicht ihr wirklicher Vater war?«

Sebastian starrte sie an. »War er nicht? Wer dann?«

»Davon habe ich keine Ahnung. Ich weiß nur, dass Amanda, nachdem sie Wilcox Bayard und den anderen kleinen Jungen – wie war noch mal sein Name?«

»William.«

»Richtig, William. Wer nennt ein Kind William Wilcox? Aber gleichgültig. Nachdem sie Wilcox zwei Erben geliefert hatte, hat sie ihn aus ihrem Schlafzimmer verbannt. Sie weigerte sich auch nachzugeben, als der kleinere Bruder starb.«

»Weiß Stephanie es?«

»Sie vermutet es vielleicht, aber ich bezweifle, dass Amanda ihr je die Wahrheit gesagt hat. Was für eine Ironie, oder? Amanda hat eure Mutter immer dafür gehasst, dass sie Hendon betrogen hat. Und dann stellt sich heraus, dass sie viel mehr wie Sophia ist, als sie je eingestehen würde.«

»Amanda hat gar nichts mit meiner Mutter gemeinsam.«

Henrietta schniefte. »Nun, das kannst du von Stephanie aber nicht behaupten. Sie sieht sogar aus wie Sophia, und das war bei Amanda nie der Fall. Vielleicht beweist sie uns allen auch das Gegenteil und schafft es, Ashworth zu ändern. So etwas kommt vor.«

»Ashworth ist nicht wild, sondern böse.«

»Jetzt hörst du dich schon an wie einer dieser Papisten.« Sie kräuselte die Nase. »Was ist das für ein grässlicher Geruch?«

»Wahrscheinlich bin ich das. Ich bin gerade von einem Ausritt im Park gekommen.«

»Na, zauberhaft. Genau das hat mir noch gefehlt.« Sie zögerte kurz, dann sagte sie: »Hendon hat mir erzählt, dass Hero ihn mit dem Kind besucht hat. Das ist sehr freundlich von ihr. Er vergöttert den Jungen, musst du wissen.«

Sebastian wusste, was sie gerade versuchte, und schwieg einfach.

Sie sagte: »Devlin, du musst dieser Tage wirklich einen Weg finden, die Vergangenheit hinter dir zu lassen. Nicht nur um Hendons willen, sondern auch um deinetwillen.«

»Ich kann ihm nicht verzeihen, was er getan hat.«

»Bist du so sicher, dass das der Beweggrund ist, Sebastian?«

»Was zum Teufel soll das denn heißen?«

»Denk darüber nach.« Sie ließ sich wieder hinunterrutschen und zog sich ein Kissen über die Augen. »Und jetzt geh. Deinetwegen stinkt mein Schlafzimmer wie ein Stall.«

***

Etwas später, als Sebastian gerade frische Kleidung anzog, sagte Calhoun zu ihm: »Ich habe die Antwort auf Eure Frage zu Icarus Cantrell, Mylord.«

Sebastian zog ein letztes Mal sein Halstuch gerade. »Und?«

Calhoun hielt für Sebastian seinen Mantel aus Kammgarn bereit. »Anscheinend hat er in seiner Zeit in Cambridge einen Kommilitonen getötet. Er behauptete, es sei aus Notwehr geschehen, aber die Geschworenen haben ihn wegen Mordes verurteilt.«

193

Sebastian schob die Arme in den Mantel. »Also war er in Cambridge.«

»Ja, Mylord.«

»Wie hat er den Kommilitonen getötet?«

Calhoun nahm Sebastians Hut und Handschuhe. Seine Miene war ernst. »Er hat ihn stranguliert, Mylord.«

Kapitel 26

Sebastian kam am Laden des Professors an, als gerade die ersten Regentropfen fielen. Er sah ein abgerissenes, dunkelhaariges Mädchen von vielleicht zwölf oder dreizehn Jahren vom Ladeneingang weglaufen. Sie warf Sebastian einen ängstlichen Blick zu, dann huschte sie durch den antiken zentralen Bogen von St John's Gate in der Nähe davon. Sie hielt den Kopf gesenkt und ihren Schal so, dass er ihr Gesicht verbarg.

»Ich dachte mir schon, dass Ihr wiederkommt«, sagte Icarus Cantrell, als Sebastian die schäbige Tür aufschob und hineinging. Der alte Mann stand an einem Tisch mit einer Wasserschüssel und benutzte Salz und Zitrone, um ein dunkel angelaufenes Messingtablett zu reinigen.

Sebastian schloss die Tür sorgfältig hinter sich. »Ach? Wieso?«

Der Professor lächelte seltsam verkniffen und wandte seine Aufmerksamkeit wieder seinem Tablett zu.

Sebastian sagte: »Sehe ich es richtig, dass das Mädchen, das ich gerade zur Tür herauskommen sehen habe, eine Ihrer«, er hielt inne, um das richtige Wort zu finden, »Lieferantinnen war?«

Cantrell blickte weiterhin auf seine Arbeit. »Die meisten Straßenkinder im Distrikt finden früher oder später den Weg zu meiner Tür.«

»Ach so? Kannten Sie ein Mädchen namens Mary Cartwright?«

»Kann ich nicht behaupten. Warum?«

»Sie ist im Frühling verschwunden.«

»Benji ist nicht das erste Straßenkind, das von hier verschwunden ist, wisst Ihr.«

»Diese Erkenntnis wächst gerade in mir heran. Obgleich ich mich nicht erinnere, dass Sie das bei meinem letzten Besuch erwähnt hätten. Weshalb?«

»Ich war nicht sicher, ob Ihr bereit wäret zuzuhören.«

Sebastian ließ den Blick über den Haufen angelaufener Messinggegenstände wandern, die darauf warteten, poliert zu werden. »Ich hörte, Sie waren in Cambridge.«

Cantrell tauchte das jetzt glänzende Tablett ins Wasser und wusch das Salz und den Zitronensaft ab. Er blickte nicht auf. »Sehe ich es richtig, dass Ihr auch gehört habt, was dort passiert ist?«

»Ja. Wenn auch nicht im Detail.«

»Die Einzelheiten sind unwichtig.«

»Vielleicht. Warum haben Sie ihn getötet?«

Cantrell zog das Tablett aus dem Wasser heraus und griff nach einem Trockentuch. »Der Adelssohn, den ich getötet habe, war eins achtzig groß und hatte an die hundertfünfzehn Kilo. Klingt das für Euch annähernd nach Benji Thatcher?«

»Warum haben Sie ihn getötet?«, fragte Sebastian erneut.

»Er hat mir keine Wahl gelassen.«

Sebastian schüttelte den Kopf. »Das würde ich vielleicht glauben, wenn Sie ihn erschossen oder ihm den

Kopf eingeschlagen hätten. Aber Sie haben ihn stranguliert. Jemanden zu Tode zu strangulieren, dauert lang. Und das macht man nicht aus Zufall.«

»Ja, ich habe ihn tatsächlich stranguliert. Und die Welt ist ohne ihn ein viel besserer Ort. Ich bereue nicht, was ich getan habe, selbst wenn ich die sieben höllischen Jahre berücksichtige, die ich dafür auf den Zuckerrübenfeldern in Georgia verbracht habe.«

»Wie alt waren Sie?«

»Als ich ihn tötete? Fünfzehn.« Der Professor zögerte, dann fügte er hinzu: »In Benjis Alter.«

Fünfzehn war jung für einen Jungen, um nach Cambridge zu gehen. Aber es kam vor.

»Mein Vater hat mich natürlich enteignet«, sagte der alte Mann und wischte sorgfältig sein Tablett trocken.

»Und Ihre Mutter?«

»Sie hat geweint. Ich weiß nicht, wie sie reagiert hätte, als ich aus Georgia zurückkam. Aber bis ich meine Strafe abgegolten hatte und wieder zurückkehren konnte, war sie tot. Wenn ich irgendetwas bereue, dann die Auswirkungen, die mein Handeln auf sie hatte.« Er stellte das Tablett zur Seite und wählte einen sehr angelaufenen Schokoladentopf vom Haufen. »Sagt mir: Habt Ihr Sir Francis Rowe überprüft?«

»Ja.«

»Und?«

»Er hat nicht zu leugnen versucht, dass er im August den sechsjährigen Taschendieb getötet hat. Tatsächlich würde ich sagen, er ist sogar noch stolz darauf.«

»Und Benji?«

»Das verneint er. Und auch wenn ich vielleicht Grund habe, ihn als Mörder an Benji zu verdächtigen, hat er keinen mir bekannten Grund, Sybil Schaden zuzufügen – oder einem der anderen Kinder aus dieser Ecke, die anscheinend vermisst sind.«

»Richtig.« Der Professor streute Salz auf den Topf, griff nach einer Scheibe Zitrone und schrubbte eine Weile schweigend. Dann sagte er: »Ich kannte mal ein Mädchen, das als Zimmermädchen in die Dienste eines Gentlemans ging. Sie war ein hübsches, einvernehmendes Ding. Aber ihr Herr hat sie fürchterlich misshandelt. Er hat sie immer gefesselt und mit der Peitsche geschlagen.«

»Oh?«, sagte Sebastian, der sich fragte, worauf der alte Mann hinauswollte. »Warum ist sie geblieben und hat es ertragen?«

»Er hat gedroht, sie des Diebstahls zu bezichtigen, wenn sie sich beklagte oder wegginge.«

»Und?«

»Das Mädchen kam für gewöhnlich an seinem halben freien Tag nach Hause, um seine Mutter zu besuchen. Aber eines Tages tauchte es nicht auf. Die Mutter fürchtete, das Mädchen sei krank, also ging sie zum Haus des Gentlemans, um ihre Tochter zu sehen. Sie sagten ihr, das Mädchen sei drei Tage vorher entlassen worden. Die Mutter glaubte es nicht; sie war überzeugt, dass ihr etwas zugestoßen sei – dass der Gentleman sie getötet haben musste. Aber niemand wollte auf sie hören.« Cantrell machte eine Pause. »Sie hat ihre Tochter nie wiedergesehen.«

Sebastian beobachtete, wie der alte Mann mit der Zitrone über die matte Oberfläche des Schokoladentopfs rieb und sie danach glänzte. Er konnte die Überzeugung, dass Cantrell mit ihm spielte, nicht abschütteln –

dass er mit ihm gespielt hatte. Dass der Mann viel mehr wusste, als er sagte. »Wie war der Name des Mädchens?«

»Bridget Leary. Das ist – na, zwei oder drei Jahre her.«

»Ich würde gern mit Bridgets Mutter sprechen.«

Cantrell schüttelte den Kopf. »Sie ist leider tot. Ist weniger als ein Jahr darauf an gebrochenem Herzen gestorben.«

»Und der Name des Gentlemans?«

»Ashworth. Viscount Ashworth.«

Sebastian verschränkte die Arme vor der Brust. »Sie wissen natürlich, dass Ashworth mit meiner Nichte verlobt ist?«

»Gestern wusste ich es noch nicht, aber heute, ja.« Cantrell tauchte den Schokoladentopf tief in sein Wasserbassin. »Auch wenn Ashworth nichts mit dem zu tun hatte, was mit Benji geschehen ist, wollt Ihr nicht, dass er Eure Nichte heiratet. Glaubt mir.«

»Unglücklicherweise habe ich in der Angelegenheit nichts mitzureden.«

»Das ist tatsächlich ein Unglück.«

»Wie es der Zufall will, war Ashworth am Sonntagabend mit meiner Schwester und meiner Nichte zusammen.«

»Und Ihr denkt, dadurch scheidet er als Verdächtiger aus?«

Sebastian betrachtete das gealterte, sonnengegerbte Gesicht des Professors. »Was enthalten Sie mir vor?«

Er zog den Schokotopf aus dem Wasser heraus und griff erneut nach seinem Handtuch. »Zwangsarbeit als Sklave auf den Zuckerfeldern in Amerika lehrt einen Mann viel über die menschliche Fähigkeit zur Bosheit.

Darüber, was für abartige Dinge manche Männer – und auch Frauen – tun, wenn sie glauben, unbeschadet davonzukommen.«

»Wer auch immer diese Tat begangen hat, wird nicht unbeschadet davonkommen. Und er oder sie wird es nicht wieder tun.«

»Ihr seid Euch da sehr sicher, Mylord.« Cantrell stellte den glänzenden Messingtopf beiseite. »Allerdings bin ich nicht davon überzeugt, dass Euch klar ist, gegen wen Ihr Euch da stellt.«

»Ihnen ist es aber klar?«

Etwas flackerte in den Augen des alten Mannes auf, das er verbarg, als er sich zur Seite drehte, um die wartende Sammlung angelaufenen Messings zu betrachten. »Genug, um Euch zu sagen: Seid vorsichtig, Mylord. Sehr, sehr vorsichtig.«

Bei einem anderen Mann hätte man die Worte als Bedrohung auffassen können. Aber das waren sie nicht. Sondern eine Warnung.

***

Lindley House, die großartige Londoner Residenz des Marquis of Lindley, lag an der Park Lane, nicht weit entfernt vom Haus der Duchess of Claiborne. Aber der Erbe des Marquis, Viscount Ashworth, unterhielt sein eigenes Etablissement in der Curzon Street.

Es war eine angesehen Adresse, auch wenn das Haus selbst bescheiden und nicht sehr gut in Schuss war. Als Sebastian die Eingangsstufen hinaufging, erinnerte er sich an Hendons Worte darüber, dass der Marquis seinem Sohn den Geldhahn zudrehen wolle, um ihn zum

Heiraten zu zwingen. Die rote Farbe an der Haustür war stumpf und begann abzublättern, die Stufen mussten gefegt werden, und der alte Butler, der Sebastian die Tür öffnete, sah aus, als hätte er schon vor Jahren in den wohlverdienten Ruhestand hätte gehen sollen.

»Erwartet Seine Lordschaft Euch?«, fragte der runzelige alte Butler und betrachtete Sebastian aus wässrigen, kurzsichtigen Augen.

»Das sollte er.«

»Es ist noch sehr früh.«

»Ja, schockierend früh«, stimmte Sebastian zu. Es war halb ein Uhr. »Aber ich habe keinerlei Zweifel, dass Seine Lordschaft ansprechbar sein wird.«

Der Butler sah nicht überzeugt aus, führte Sebastian jedoch in eine staubige Bibliothek und taperte dann davon, um herauszufinden, ob Seine Lordschaft bereits jemanden empfangen würde. Einige Minuten darauf erschien er erneut, sein Antlitz war aschgrau, und er war vom Auf- und Absteigen der Treppe außer Atem. »Seine Lordschaft ist noch im Ankleideraum, wird Euch jetzt aber empfangen.«

Ashworths rundlicher, kleiner Leibdiener huschte aus dem Ankleideraum des Viscounts, als Sebastian eintrat. Seine Lordschaft saß an seinem Garderobentisch, die Fingerspitzen in eine Kristallschale mit warmem Wasser getaucht. Er war in exquisite rehlederne Kniehosen und ein feines Leinenhemd gekleidet, das am Hals noch offen war. Das Haus des Mannes mochte vernachlässigt sein, aber Ashworths Mängel, was den Hausstand anging, durften offensichtlich nicht den Glanz seiner persönlichen Ausstattung beeinflussen.

»Ihr habt Glück, dass ich auf bin«, sagte Ashworth und schüttelte eine verirrte, honigfarbene Haarlocke aus den Augen. »Was im Namen aller Heiligen tut Ihr um diese Uhrzeit draußen?«

»Ich versuche, einen Mörder zu fangen.«

»Immer noch?«

»Immer noch.« Sebastian ging zu dem Fenster, das zur Straße hinauswies. Aber er blickte weiterhin seinem Gesprächspartner ins Gesicht. »Erzählt mir von Bridget Leary.«

Ashworth zog gelassen die Finger aus dem Wasser und begann, mit einem weichen Tuch seine Nagelhäute zurückzuschieben. »Von wem?«

»Bridget Leary. Sie war eines Eurer Hausmädchen.«

»Glaubt Ihr allen Ernstes, ich kenne die Namen meiner Hausmädchen, und erst recht derjenigen, die aus meinen Diensten ausgetreten sind?«

»Ich denke, an dieses werdet Ihr Euch erinnern. Sie war sehr hübsch, und Ihr habt die Gewohnheit gehabt, sie festzubinden und mit der Peitsche zu misshandeln.«

Ashworth lachte. »Misshandeln? Wohl kaum.«

»Wie würdet Ihr es denn bezeichnen?«

Ashworth warf das Tuch beiseite und drehte sich auf der Bank um, um ihn anzuschauen. »Ihr müsst mit ihrer lächerlichen Mutter gesprochen haben.«

»Also erinnert Ihr Euch doch an das Mädchen.«

»Dunkel.«

»Und Ihr leugnet nicht, sie mit der Peitsche geschlagen zu haben?«

»Nein. Aber ich glaube, Ihr versteht nicht ganz. Sie hat unsere Sitzungen genossen – oder war zumindest mehr als bereit, im Austausch für ein paar Guineen so zu tun als ob.«

»Und wo ist sie jetzt?«

»Ich habe keinen Schimmer. Ich glaube, sie hat sich für viel schlauer gehalten, als ihr guttat. Die alberne Kleine hat versucht, mich zu erpressen, hat es allerdings ganz schnell aufgegeben, als ich ihr drohte, sie anzuzeigen. Ich bin immer davon ausgegangen, dass sie nach Hause ging.«

»Tat sie nicht.«

»Nicht? Dann muss sie aus Angst, ich könnte meine Drohung wahrmachen, London verlassen haben.«

»Ihre Mutter denkt, Ihr habt sie getötet.«

»Wirklich? Ich sollte den alten Drachen wegen Rufmords festnehmen lassen.«

»Das könnt Ihr nicht. Sie ist tot.«

»Hat sie Euch aus dem Grab heraus kontaktiert?«

Als Sebastian nichts antwortete, stand Ashworth von seinem Ankleidetisch auf und griff nach einer der Krawatten, die sein Leibdiener für ihn herausgelegt hatte. »Ich frage mich, ob Euch irgendjemand im Verlauf Eurer eindeutig stümperhaften Untersuchung an den Compte de Brienne verwiesen hat?«

»Tatsächlich, ja. Er behauptet, nur mit Erwachsenen und mit deren Einverständnis zu spielen.«

»Und Ihr glaubt ihm?«

»Genauso sehr wie Euch.«

Ashworth erstarrte mitten im Binden seines Halstuchs, dann machte er weiter, sein Gesicht eine ernste Maske. »Habt Ihr Euch je gefragt, wie ein Mann, der als junger, mitteloser Flüchtling vor zwanzig Jahren von zu Hause geflohen ist, es schafft, sich heutzutage eine so angenehme Lebensweise zu finanzieren?«

Sebastian drückte sich vom Fenster ab. »Was wollt Ihr jetzt andeuten?«

Ashworth stellte sich vor einen der bodentiefen Spiegel im Raum. »Ich halte das für recht offensichtlich. Wie sonst könnte ein französischer Emigré ohne Land oder Vermögen einen solch beeindruckenden Wohlstand anhäufen?«

»Ich könnte mir mehrere Möglichkeiten vorstellen.«

»Könnt Ihr das?« Ashworth blickte zu ihm hinüber. »Offenbar besitzt Ihr eine lebhaftere Fantasie als ich.«

»Das bezweifle ich«, sagte Sebastian.

Doch der Viscount lächelte nur.

Sebastian wandte sich der Tür zu, blieb dann stehen und blickte über die Schulter zurück. »Sagt mir: Wie denkt Ihr über den Marquis de Sade?«

»De Sade?« Ashworth blieb mit seiner Aufmerksamkeit bei der komplexen Aufgabe, sein Halstuch richtig zu binden. »Habt Ihr ihn gelesen?«

»Nicht viel.«

Ashworth richtete noch eine Falte. »Manche empfinden sein Werk als erregend, andere als langweilig, während wieder andere ihn als Rebell betrachten.«

»Und Ihr?«

»Die Wahrheit ist doch, dass er über nichts schreibt, das man nicht auch in jeder beliebigen Sammlung papistischer Gemälde finden kann. Habt Ihr Euch je gefragt, warum unsere religiösen Vorfahren Vergnügen an solch lebendigen, detaillierten Darstellungen lieblicher Jungfrauen hatten, die sexuell verstümmelt oder nackt gerädert wurden?«

»Nein, das habe ich tatsächlich nie.«

»Gewalt ist immer auch entweder eine Zugabe oder ein Mittel der Wollust.«

»Ich nehme an, das ist ein Zitat von de Sade?«

»Ist es das?«

Sebastian fragte: »Habt Ihr *Les 120 journées de Sodome* gelesen?«

Eine verräterische Sekunde begegnete Ashworths Blick im Spiegel dem seinen. »Unglücklicherweise ist dieses Werk bei der Zerstörung der Bastille verlorengegangen.«

»Tatsächlich?«

Ashworth glättete die Falten seines Halstuchs und drehte sich vom Spiegel weg. Er runzelte die Stirn und stützte die Hände in die Hüfte. »Was hat das alles mit dem Tod eines Taschendiebs von Clerkenwell zu tun?«

»Das weiß ich noch nicht«, sagte Sebastian und öffnete die Tür. »Aber ich werde es herausfinden.«

Kapitel 27

Der Junge ging über die Hügel oberhalb von Clerkenwell, den Kopf hielt er gesenkt und den Kragen hatte er zum Schutz vor dem kalten Wind hochgestellt. Er war müde, seine Füße taten weh, aber in Clerkenwell hatte er schon überall nach Sybil Ausschau gehalten, also hatte er angefangen, auf den Feldern drum herum nach ihr zu suchen.

»Sybil?«, rief er und blieb stehen, um die Hände als Trichter um den Mund zu legen. »Sybil! Wo bist du?«

Er blieb still stehen und lauschte. Doch er hörte nur den Wind, der durch die Zweige eines Weißdorns strich und unter dem sich das Gras um ihn herum bog.

Er wollte das Mädchen gar nicht finden. Er hatte Sybil immer gern leiden gemocht, und er wusste nur zu gut, was der Gentleman ihr antun würde, wenn er sie in die Hände bekäme. Bei dem Gedanken erschauerte der Junge und rieb sich mit dem Ärmel unter der laufenden Nase entlang.

Er wollte sie nicht finden, aber noch mehr Angst hatte er davor, sie nicht zu finden. Denn wenn er sie nicht fand, wusste er, was der Gentleman *ihm* antun würde. Der Gentleman verlor schon die Geduld mit ihm. Das wusste der Junge. Er hatte Angst, dass es nur noch eine Frage der Zeit war, bis der Mann einen anderen Jungen fand, um ihn zu ersetzen. Und dann würde er selbst genauso enden wie Benji.

Und all die anderen.

Er stolperte über einen Grashügel und fiel hin, schlug hart auf und schnitt sich eine Handinnenfläche an einem spitzen Stein auf. Er blieb kurz zusammengerollt liegen und gab sich Mühe, nicht zu weinen. Dann sagte er sich, dass er aufstehen und nach Sybil suchen musste.

Stattdessen presste er fest die Augen zu und vergrub das Gesicht in der süß duftenden Erde.

***

»Ich war enttäuscht, dass du gestern Abend nicht auf Lady Aldrichs Ball warst«, sagte Lady Jarvis zu Hero, als Mutter und Tochter einträchtig nebeneinander den vom Wind gekräuselten Serpentine entlangspazierten. »Ich dachte, du würdest da sein.«

»Devlin ermittelt im Mordfall eines Kindes in Clerkenwell – eigentlich sogar von zwei Kindern, höchstwahrscheinlich.«

»Kinder? Das ist furchtbar!«

Das Entsetzen auf dem Antlitz ihrer Mutter ließ Hero bedauern, dass sie es erwähnt hatte. Sie fügte rasch hinzu: »Außerdem habe ich mit den Recherchen für einen neuen Artikel begonnen.«

»Tatsächlich?« Ihre Mutter lächelte. »Da wird sich Jarvis aber freuen!«

Hero lachte laut. »Nun, wie war denn Lady Aldrichs Ball?«

»Fürchterlich beengt, was überraschend ist, wenn man bedenkt, wie wenig Gesellschaft man derzeit in

London antrifft. Es ist so bedauerlich, dass Base Victoria uns nicht begleiten konnte; sie hätte es sehr genossen. Leider sind solche Zerstreuungen noch für ein Jahr tabu. Obgleich ich es für falsch halte, von einer jungen Frau in ihrem Alter zu erwarten, dass sie *zwei* Jahre lang um ihren Ehemann trauert, so wie es von einigen Seiten geraten wird.«

»O ja, unbedingt.« Hero betrachtete das entspannte, lächelnde Gesicht ihrer Mutter. »Du magst sie sehr gern leiden, nicht wahr?«

»Ja, das tue ich, immer mehr. Und ich bin sehr dankbar, sie jetzt, da Emma gehen musste, bei mir zu haben.«

Hero blieb überrascht stehen. »Emma musste was?«

Emma Knight war die verarmte Verwandte, die seit Heros Hochzeit im vergangenen Jahr als Lady Jarvis' Gesellschafterin gedient hatte. Die Gesundheit von Lady Jarvis, die früher lebendig und voller Energie gewesen war, war durch eine lange Reihe von tragischen Fehl- und Totgeburten stark in Mitleidenschaft gezogen worden. Ihre letzte katastrophale Schwangerschaft hatte in einen Schlaganfall gemündet, der sie an Leib und Seele zerrüttet zurückgelassen hatte, sodass Hero in jungem Alter begonnen hatte, den verschiedenen Haushalten der Familie Jarvis vorzustehen. Und als sie Devlin heiratete, hatte sie die junge, verwitwete Emma gefunden, die ihren Platz einnehmen konnte. »Wann ist das passiert?«

»Sie ist heute Morgen gegangen«, sagte Lady Jarvis und richtete den Blick auf ein paar Enten, die von der Wasseroberfläche aufflogen. »Gestern Abend hat sie eine dringende Nachricht von ihrer Familie bekommen. Wie es scheint, ist ihr Vater ernstlich erkrankt und bat darum, sie vor seinem Tod noch einmal zu sehen.«

»Ich hatte es so verstanden, dass Emmas Vater sie enteignet hatte.«

»Hat er auch. Deshalb ist seine Entscheidung, nun doch Kontakt zu ihr aufzunehmen, so herzerwärmend, meinst du nicht auch? Manchmal bringt uns der herannahende Tod dazu, zu überdenken, was wir als wichtig erachten. Sie hat mich gebeten, dich um Verzeihung für ihren eiligen Aufbruch zu bitten, aber ich sagte, sie solle sich kein schlechtes Gewissen machen, dass sie mich der Obhut von Base Victoria überlässt.«

»Ich werde sofort nach jemandem suchen, der sie ersetzen kann.«

»Es ist nicht nötig, das zu übereilen, meine Liebe. Victoria hat mir versichert, dass sie sehr gern bleibt, bis wir eine passende Person gefunden haben.«

Hero wollte etwas sagen, doch dann schluckte sie es hinunter. Die Anwesenheit von Kusine Victoria im Haus am Berkeley Square hätte Hero ein besseres Gefühl vermitteln müssen. Sie versuchte sich einzureden, dass ihre instinktive Abneigung gegen die Frau irrational und ohne Grundlage war.

Doch das unbehagliche Gefühl blieb.

Kapitel 28

An diesem Nachmittag wurde Benji Thatcher bestattet. Leichter Sprühregen fiel aus dem wolkenverhangenen grauen Himmel.

Sebastian stand neben dem neuen, offenen, tiefen Grab des toten Jungen, und das Herz war ihm schwer von Traurigkeit und Frustration, während er der langatmigen Rede des Reverends zuhörte. »In der unverbrüchlichen Hoffnung auf die Wiedererweckung zum ewigen Leben ...«

Die Versammlung der Trauernden war klein. Constable Mott Gowan und Icarus Cantrell waren da, außerdem Jem Jones, während Toby the Dancer vom anderen Ende des Kirchhofs alles beobachtete, als hätte er Angst, näher heranzutreten. Näher an was, fragte sich Sebastian. An die stille, umhüllte Gestalt? Constable Gowan? Oder an Sebastian selbst?

Paul Gibson erschien, als die Zeremonie zur Hälfte vorbei war; er sah derangiert und zittrig aus. Er hatte den Mantelkragen hochgestellt und hielt den Kopf gesenkt, wenngleich Sebastian den Verdacht hatte, er tat es weniger wegen des Regens als aus dem Wunsch heraus, sein graues und unrasiertes Gesicht mit den eingesunkenen Augen zu verstecken.

»Übergeben wir seinen Leichnam der Erde. Erde zu Erde, Asche zu Asche, Staub zu Staub. Der Herr segne und behüte ihn ... Amen.«

Der Regen war stärker geworden. Der Kirchendiener begann mit seiner Arbeit und schaufelte rasch die Erde wieder in das Grab, während Reverend Filby seine Bibel unter den Arm steckte und Sebastian in den Schutz der Kirchenpforte zog. »Noch keine Anzeichen, was mit Benjis Schwester geschehen ist?«, fragte der Kirchenmann, und seine Mundwinkel hingen im rundwangigen Gesicht besorgt nach unten.

Sebastian schüttelte den Kopf. »Es tut mir sehr leid, nein.«

Der Reverend stieß einen schmerzbeladenen Seufzer aus, kniff die Augen zusammen und blickte über die nassen, dichtstehenden grauen Grabsteine hinweg. Toby the Dancer war verschwunden. »Ich mache mir Sorgen um sie – um die Straßenkinder, meine ich«, sagte Filby. »Sie sind so furchtbar verletzlich.«

»Ich vermute, deshalb sucht sich der Mörder seine Beute unter ihnen«, sagte Sebastian. »Sie sind leichte Opfer.«

»Lasset die Kinder und wehret ihnen nicht««, sagte der Priester und schüttelte traurig den Kopf. »*Lasset die Kindelein zu mir kommen ...*‹.«

***

Danach scheuchte Sebastian Gibson in einem Pub in Clerkenwell Green auf.

»Du siehst gruselig aus«, sagte Sebastian und stellte zwei Krüge Ale auf einem Tisch in der dunklen Ecke ab, in der sich Gibson versteckte.

Gibson zog die Schultern hoch. »Fang gar nicht erst an. Ich habe das alles schon von Alexi zu hören bekommen.«

»Sie sorgt sich eben um dich.« *Ich sorge mich um dich,* dachte Sebastian, sprach es aber nicht aus.

Der Ire rieb sich mit der Hand über das stoppelige Gesicht. »Es geht nicht oft an mich heran, was ich tue. Aber dieses Mal ... dieses Mal doch. Ich versuche mir die ganze Zeit vorzustellen, was für ein Mann zu so etwas fähig ist, aber ich schaffe es nicht. Ich meine, auch wenn ich es für falsch halte, kann ich bis zu einem gewissen, grundlegenden Grad nachvollziehen, wenn jemand in einem Wutanfall oder aus Eifersucht oder Mord tötet. Das sind Emotionen, die jeder von uns irgendwann einmal erlebt hat, nicht? Der einzige Grund, weshalb wir nicht alle einfach hingehen und Leute umbringen, ist nicht, dass wir diese Empfindungen nicht hätten, sondern weil uns irgendetwas daran hindert. Will man es nun Gewissen, Mitgefühl mit unseren Mitmenschen oder auch Befolgen der Gebote Gottes nennen, die Tatsache bleibt bestehen, dass *irgendetwas* uns aufhält. Deshalb können wir, obgleich wir nicht töten, die Impulse verstehen, die einen Mörder für gewöhnlich antreiben. Aber das hier? Ich verstehe nicht ansatzweise, was im Kopf des Mannes, der Benji Thatcher das angetan hat, vorgegangen ist. Das war nicht der ungezügelte Ausdruck einer Emotion, die wir alle schon einmal erlebt haben. Das ist etwas anderes. Und ich bin nicht sicher, ob ich überhaupt verstehen will, was es ist.«

Sebastian nahm einen langen Schluck seines Ales und ließ sich Zeit dabei. »Ich glaube, was Benji Thatchers Mörder angetrieben hat, war der reine Wunsch nach Lust.«

Gibson sah ihn aus verstörten, blutunterlaufenen Augen an. »Wie kann denn irgendjemand Lust daraus ziehen, einem Unschuldigen solch unvorstellbare Angst und solchen Schmerz zuzufügen?«

»Darauf habe ich keine Antwort.«

Gibson senkte den Blick wieder auf sein Ale. Er wollte trinken, änderte seine Meinung und schob den Krug zur Seite. »Du musst diesen Mörder finden. Jeder, der aus Lust mordet, wird es immer wieder tun, bis er aufgehalten wird.«

»Ich weiß«, sagte Sebastian. »Und das besorgt mich.«

* * *

Als Sebastian die Taverne verließ, hörte er, dass jemand seinen Namen rief, drehte sich um und sah Constable Mott auf sich zulaufen.

»Mylord«, schnaufte der Konstabler und blieb schlitternd auf dem nassen Pflaster stehen. »Ich wollte es Euch schon vorher sagen, aber ich hab es ganz aus dem Kopf verloren, nachdem wir den Jungen beerdigt haben.«

»Mir was sagen?«, fragte Sebastian und zog den Mann aus dem Weg eines schwer beladenen Brauereiwagens.

»Ich hab mich in Hockley-in-the-Hole umgehört, so wie Ihr angeregt habt. Aber ich konnte keinen finden, der sich erinnert hat, letzten Freitag Benji oder Sybil gesehen zu haben.«

213

»Das überrascht mich nicht. Ich nehme an, die meisten Leute können kaum ein Straßenkind vom anderen unterscheiden.«

Gowan nickte betrübt. »Könnt Ihr mir sonst einen Rat geben, was ich tun soll, Mylord? Mir sind nämlich alle Ideen ausgegangen.«

»Ich kann mir gerade auch nichts Weiteres vorstellen. Aber ich lasse es Sie sicherlich wissen, sobald mir etwas einfällt.«

Der Wachtmeister nickte erneut. »Eines ist mir zu Ohren gekommen, was Euch interessieren könnte«, sagte er zögernd.

»So?«

»Ein Stallknecht im *Red Lion* sagte, er habe einen Gentleman in einer großartigen Rigg gesehen – nicht an dem Abend, sondern ein paar Tage vorher.«

»Wie hat er ausgesehen?«

»Der Gentleman? Über den Mann selbst konnte sich der Stallknecht an nichts Bestimmtes erinnern. Aber an die Kutsche hat er eine klare Erinnerung: ein gelber Phaeton, gezogen von einem auffälligen und großartigen Apfelschimmel.« Gowan hielt inne und zog die Brauen zusammen. »Sagt Euch das etwas?«

»Ja«, sagte Sebastian. »Allerdings.«

***

Gentlemen der besseren Gesellschaft waren oft für ihre Lieblingspferde und Kutschen bekannt. Lord Petersham besaß nur braune Kutschen und braune Pferde; Mr Markham bevorzugte eine glänzende

214

schwarze Kutsche, die von einem perfekt zusammenpassenden Gespann zweier weißer Pferde gezogen wurde. Und Sir Francis Rowe war berühmt für seinen auffallenden, wendigen kleinen gelben Phaeton, den eine wunderschöne, grau gesprenkelte Stute zog.

Es dauerte eine Weile, aber schließlich fand Sebastian den Enkel des Schlächters von Culloden in einem exklusiven Laden in der Bond Street. Der Baronet inspizierte eine Sammlung diamantbesetzter Uhrtaschen, die ihm von einem unterwürfigen Juwelier auf einem mit Samt bespannten Tablett präsentiert wurden.

Sir Francis hob den Kopf, als Sebastian neben ihn trat. »Nicht Ihr schon wieder.«

Sebastian lächelte strahlend. »Doch.«

Der Baronet gab dem Juwelier ein Zeichen, sie allein zu lassen, und kehrte der Verkaufstheke den Rücken zu. »Verstehe ich es richtig, dass Ihr noch immer von dem Tod dieses Taschendiebes aus Clerkenwell besessen seid?«

»Ja.«

»Warum denn nur?«

»Weil die kleine Schwester des Jungen immer noch vermisst ist. Und weil ich etwas dagegen habe, meine Stadt mit einem Menschen zu teilen, der zu einer derart barbarischen Grausamkeit fähig ist.«

»Ach? Und was genau hat das mit mir zu tun?«

»Ihr wurdet einige Tage vor dem Verschwinden des Jungen in Hockley-in-the-Hole gesehen.«

»Und das kommt Euch schändlich vor, nicht wahr?«

»Gibt es einen Grund, warum es das nicht sollte?«

»Tatsächlich gibt es den. Meine Familie hat einen alten Familienbesitz in der Gegend. Es ist der gleiche

Grund, warum ich an dem Tag in Clerkenwell war, an dem meine Schnupftabakdose gestohlen wurde.«

»Ihr verwaltet Euren Besitz also selbst?«

»Nicht jeden Tag, das nicht. Aber gelegentlich nehme ich die Dinge in die Hand, wenn nötig.« Rowe stützte sich mit den Ellbogen auf dem Tresen hinter sich ab. »Ich hoffe doch sehr, dass Ihr nicht beabsichtigt, mich in dieser lächerlichen Angelegenheit noch länger zu verfolgen.«

»Tatsächlich glaube ich, das werde ich durchaus. Angesichts der Tatsache, dass Ihr Euch weigert, auszusagen, wo Ihr am Freitagabend oder Sonntagnacht wart.«

Sir Francis stieß einen langen, demonstrativen Seufzer aus. »Nun gut; wenngleich ich Euch warne, Ihr werdet Euch wie ein -Tölpel fühlen, dass Ihr so darauf bestanden habt. Wie es der Zufall will, war ich von Freitagnachmittag an bis in die frühen Morgenstunden bei meinem lieben Vetter, dem Prinzregenten. Und solltet Ihr geneigt sein, meine Worte in Zweifel zu ziehen, so könnt Ihr es beim Vater Eurer eigenen Gattin überprüfen, denn Jarvis war ebenfalls dort.«

»Und in der späten Sonntagnacht?«

Die Augen des Baronets strahlten vor Belustigung, die an Häme grenzte. »Es tut mir leid; ich glaube, ich habe Eure vulgäre Neugier nun lange genug ertragen.« Er stieß sich vom Tresen ab. »Ich frage mich, ob Ihr die zahlreichen Zuchthäuser der Gegend nach dem vermissten Gör abgesucht habt? An Eurer Stelle würde ich dort anfangen, da das Mädchen zweifellos eine Diebin ist – genau wie sein Bruder.«

Damit nickte er dem Juwelier zu und stolzierte aus dem Laden hinaus.

Kapitel 29

Es erschien unwahrscheinlich, aber für den Fall, dass Rowe doch recht haben sollte, suchte Sebastian den restlichen Nachmittag jedes Gefängnis der Stadt auf, von Newgate und Bridewell bis Marshalsea und dem Clerkenwell House of Correction.

Er führte die Aufgabe selbst aus, anstatt jemanden zu schicken oder jemanden wie Constable Gowan damit zu beauftragen, weil er sicher sein wollte, dass die abschlägigen Antworten, die er bekam, verlässlich waren. In jeder der düsteren, lauten, von hohen Mauern umgegebenen Höllen fragte er nicht nur nach Sybil Thatcher, sondern auch nach Mary Cartwright und Mick Swallow, dem vermissten Jungen, den Jem Jones erwähnt hatte. Alle waren den Beamten der Londoner Gefängnisse unbekannt.

Als die Schatten in der Abenddämmerung länger wurden, schickte Sebastian Tom mit den müden Pferden nach Hause und lenkte seine Schritte zum Covent Garden Market.

Um diese Uhrzeit war der Marktplatz fast ganz von den Blumenverkäufern in Beschlag genommen. Ihre Stände mit Chrysanthemen, Zinnien, Lavendel, Astern und Schneeballen bildeten fröhliche Flecken aus Gold, Lila, Blau und Rot vor den schattigen, alten Sandsteinsäulen der Italienischen Arkaden von Inigo Jones.

Er war hier, um nach Kat zu suchen, und lächelte erfreut, als er sie entdeckte. Sie spazierte mit einem Weidenkorb, der an einem Arm hing, durch die Reihen der Blumenstände, ein leichtes Lächeln auf den Lippen. Sie kam vor ihren Auftritten oft hierher, sowohl weil sie einfach Blumen liebte, aber auch, nahm er an, weil sie ein flüchtiges Band zu ihrer Mutter bildeten.

»Devlin«, sagte sie, als sie ihn sah. »Woher wusstest du, dass du mich hier findest?«

»Ich kenne dich«, sagte er einfach, und sie lächelte.

Sie wandten sich um und gingen zu den Arkaden der Piazza. Der Blumenduft vermischte sich mit den stärkeren Aromen von frisch gebrühtem Kaffee, Gegrilltem und verschüttetem Bier. Er sagte: »Kürzlich hat jemand angedeutet, dass der Comte de Brienne seinen ausschweifenden Lebensstil durch Mittel und Wege unterstützt, die er lieber nicht an die große Glocke hängen will. Weißt du darüber etwas?«

Sie zögerte nur einen Moment zu lang, bevor sie antwortete, und Sebastian sagte: »Er arbeitet für die Franzosen, oder?« Das war eine im Lauf der Zeit erprobte Technik: Paris versorgte einen an Kleingeld knappen Emigré mit den finanziellen Ressourcen, um im Exil ein komfortables Leben zu führen, und im Gegenzug belieferte der Emigré Paris mit einem steten Strom an Informationen.

Sie blickte zu ihm hinüber. »Du weißt, dass ich das nicht beantworten kann.«

»Ich weiß.«

Kat hatte früher selbst die Franzosen mit Informationen beliefert, nicht weil sie Sympathien für Napoleon hätte, sondern weil sie sich danach sehnte, das Volk ihrer Mutter, die Iren, vom schweren Joch ihrer britischen Eroberer zu befreien. Wenn man bedachte, was die Engländer ihrer Mutter angetan hatten, hatte Sebastian ihr nie einen Vorwurf daraus machen können. Und während sie ihre Verbindungen nach Frankreich bereits vor Monaten gekappt hatte, wusste sie immer noch mehr über die Geheimagenten in London als fast jeder andere – mit Ausnahme von Jarvis vielleicht.

Er fragte: »Was macht der Comte also? Bringt er seine Liebhaber dazu, Geheimnisse zu verraten? Verführt er diejenigen mit nützlichem Wissen zu seinen erotischen Spielen und setzt dann die Drohung der peinlichen Bloßstellung ein, um ihnen die Geheimnisse zu entlocken?«

»So in der Art.« Kat blickte über den vollen Marktplatz hinweg. Sie lächelte nicht mehr. »Aber sicherlich denkst du nicht, dass de Brienne diesen Jungen ermordet hat, den sie in Clerkenwell gefunden haben?«

»Ich weiß nicht, was ich denken soll. Wie gut kennst du ihn?«

»Nicht gut. Er ist ein selbstverliebter, nutzloser und egoistischer Mann. Aber ich kann nicht behaupten, dass ich in ihm wirkliche Bösartigkeit gespürt habe, trotz der etwas unorthodoxen Natur seiner sexuellen Vorlieben.«

»Diejenigen, die er erpresst, damit sie ihr Land verraten, könnten anderer Meinung sein.«

»Das stimmt«, sagte sie.

»Er ist wann hier angekommen? Neunundachtzig? Neunzig?«

»Ich glaube, später. Vielleicht sogar erst 1793. Soweit ich gehört habe, hat er eine schlimme Kindheit gehabt. Seine Eltern sind gestorben, als er noch klein war, und der Onkel, der ihn aufgezogen hat, war sehr brutal. Es gibt sogar Gerüchte …«

»Ja?«, hakte er nach, als sie zögerte.

»Ich hörte, er habe seinen Onkel und seine beiden Vettern mit bloßen Händen getötet – und er sei nicht so sehr wegen der Revolution aus Frankreich geflohen, sondern um den Konsequenzen seiner Tat zu entgehen.«

»Glaubst du, das stimmt?«

»Ehrlich?« Sie wandte sich zu ihm um und sah ihn an. Die untergehende Sonne schien durch die ziehenden Wolken auf ihr Antlitz. »Ich glaube, es könnte so sein.«

»Dennoch sagtest du, es ist keine Bösartigkeit in ihm.«

»Er ist ein sehr komplizierter Mann.«

»Das sind die meisten Mörder.«

***

Sebastian traf Amadeus Colbert, den Comte de Brienne, in einem exklusiven Inn in der Mill Street, das für sein gutes Essen bekannt war, an. Er verspeiste in einsamer Pracht ein großes Beefsteak.

»Stört es Euch, wenn ich Euch Gesellschaft leiste?«, fragte Sebastian.

De Brienne hielt mit einer Scheibe rohen Fleisches auf der Gabel inne. »Wenn ich Ja sage, es stört mich? Würdet Ihr dann weggehen?«

»Nein.« Sebastian setzte sich mit einem Lächeln auf den Stuhl gegenüber. »Im Laufe einer Mordermittlung ist es unvermeidlich, dass Namen unschuldiger Menschen genannt werden. Aber wenn jemand von zwei sehr unterschiedlichen Quellen genannt wird, neige ich dazu, es zu bemerken.«

De Brienne kaute auf seinem Stück Fleisch herum und schluckte. »Die Leute haben von mir gesprochen, oder?«

»Ihr sagtet ja, dass Ihr eine Reihe Feinde habt.« Sebastian beugte sich vor und sprach mit leiser Stimme. »Andererseits haben Erpresser die im allgemeinen immer. Vor allem, wenn sie ihre Opfer zwingen, die Geheimnisse ihres Vaterlandes zu verraten.«

De Brienne lächelte entspannt. »Meiner Erfahrung nach haben die Menschen viel weniger dagegen, um Staatsgeheimnisse erpresst zu werden als dagegen, ihr Geld hergeben zu müssen.«

»Ich schätze, vor Eurem enormen Wissen in der Sache muss ich mich verbeugen. Wenngleich es mich überrascht, dass Ihr es so bereitwillig eingesteht.«

»So? Und weshalb?«

»Die Art Aktivitäten, über die wir hier reden, neigen doch sehr dazu, die Gesundheit eines Menschen zu gefährden.«

De Brienne sah kurz verblüfft drein, dann lachte er, wobei Sebastian bemerkte, dass seine Augen sich verengt hatten. »Wer genau hat Euch von mir erzählt?«

»Spielt das eine Rolle?«

Der Franzose warf einen raschen Blick um sich, aber sie waren ganz allein in diesem Winkel des Lokals. »Ich hatte angenommen, es müsse Euer Schwiegervater sein. Aber das war offensichtlich ein Irrtum.«

»Wenn Jarvis wüsste, dass Ihr Paris Informationen liefert, wärt Ihr tot.«

»Das wäre ich auch – hätte er es nicht schon vor langer Zeit so gedeichselt, dass er die Kontrolle über die Informationen hat, die Paris von mir bekommt.«

Sebastian musterte das knochige, aristokratische Gesicht des Comtes. »Ihr wollt mich glauben machen, dass Ihr Jarvis' Werkzeug seid?«

»Die Phrasierung ist etwas unschön, aber so könnte man es sagen, ja.«

»Und in Paris hat man keinen Verdacht?«

De Briennes Lippen verzogen sich zu einem Lächeln, als er die Arme ausbreitete. »Ich bin noch hier, nicht wahr? Wie Jarvis hat Napoleon die Neigung, diejenigen zu eliminieren, von denen er weiß, dass sie ihn betrogen haben.«

»Napoleon ist dieser Tage etwas abgelenkt.«

»Nicht so abgelenkt.«

Sebastian beobachtete, wie der Franzose sorgfältig Messer und Gabel an seinem Tellerrand ablegte. »Werden die Liegenschaften Eurer Familie Euch wieder zugesprochen werden, was meint Ihr? Im Falle einer Restauration?«

»Oh, eine Restauration wird es geben. Täuscht Euch diesbezüglich nicht.«

»Und weiß der soi-disant König Louis XVIII, dass Ihr Euren ehrenwerten Onkel und die Vettern getötet habt?«

Die Haut spannte sich eigenartig über de Briennes knochigen Wangen, als ob sein ganzes Gesicht nach hinten gezogen würde. Er lächelte nicht mehr. »Mein Onkel und seine Söhne waren solch leidenschaftliche

Anhänger der Revolution, dass nicht einmal die Exzesse von Robespierre und die Massaker in Vendée ihren Eifer kühlen konnten. Sie sind in der Woche gestorben, in der Robespierre gefallen ist, und in Frankreich oder hier in England unter den Emigrés gibt es niemanden, der ihr Ableben betrauert.«

»Das ist keine direkte Antwort auf meine Frage«, sagte Sebastian, als de Brienne seinen Stuhl zurückschob und aufstand.

»Nicht? Ich dachte aber sehr wohl.« Der französische Graf führte eine elegante Verbeugung aus. »Und nun müsst Ihr mich entschuldigen, Mylord.« Er wandte sich bereits ab, hielt dann aber inne und sagte: »Ich verstehe nicht ganz, wieso Ihr denkt, dass meine Verbindungen zu Paris – oder Jarvis – in irgendeinem Zusammenhang mit dem Tod dieses Jungen in Clerkenwell stehen könnte.«

»Ihr habt aber *Les 120 journées de Sodome* gelesen, oder?«

Etwas glitt über die angespannten Züge des Franzosen, das eigenartigerweise nach einem angewiderten Schaudern aussah. »De Sade war ein sehr kranker Mann, als er das Buch schrieb. Das sind doch die Ergüsse eines Geisteskranken. Eines gefährlichen Geisteskranken mit einer dunklen und verdrehten Seele.«

»Derjenige, der Benji Thatcher ermordet hat, ist ein Geisteskranker. Das haben seine Freunde und seine Verwandten bloß noch nicht erkannt.«

»Ich bin mir nicht sicher, ob man einen solchen Grad an Abartigkeit verbergen könnte – nicht vor denen, die einen wirklich kennen.« De Brienne verbeugte sich erneut. »*Monsieur.*«

***

Sebastian dachte über die Worte des Franzosen nach, als er die Gaststätte verließ und seine Schritte zur Brook Street wandte. Er hatte das Gefühl, dass ihm etwas entging – etwas Wichtiges, das gleich außerhalb seiner Gedanken lag, ihn verhöhnte und sich doch irrsinnigerweise nicht fassen ließ.

Er ging weiter, schlug den Kragen zum Schutz vor dem bitterkalten Wind hoch, der die meisten Menschen in die Häuser getrieben hatte und die schmale Straße fast leer im dunstigen Licht der Laternen hinterließ. Er sah nur einen untersetzten Mann, der sich einen Schal um die untere Gesichtspartie gewickelt hatte und die Waren in einem Herrenartikelgeschäft betrachtete. Ein zweiter Mann lehnte an einem Eisenzaun mit Zacken, der auf der kniehohen Steinmauer errichtet war, die den Fußgängerweg von der düsteren Apsis der Kirche St George's am Hanover Square von der Ecke trennte.

Als Sebastian sich der dräuenden Kirche näherte, betrachtete er den schlanken jungen Mann, der dort stand, anscheinend in die Aufgabe vertieft, Tabak in seine Tonpfeife zu stopfen. Er trug einen braunen Mantel, keinen grünen, aber sein schmales, gewöhnliches Gesicht war unverkennbar; es war der Mann, der Sebastian durch Covent Garden verfolgt hatte.

Sebastian spürte, wie sein Körper sich erwartungsvoll anspannte. Ohne seine Flinte oder seinen Gehstock blieb ihm nur der Dolch in seinem Stiefel. Und seine Geistesgegenwart.

»Ich nehme an, Sie warten auf mich?«, fragte Sebastian, und seine Stimme klang laut und klar in der feuchten Luft, als er sich der Kirche näherte.

Er dachte, der Mann werde es vielleicht leugnen oder sogar davonlaufen, wie beim letzten Mal. Doch der Mann blieb stehen, wo er war, und er hob den Kopf, als er die Pfeife wegsteckte. »Hab nicht erwartet, dass Ihr mich wiedererkennt«, sagte er mit schwachem, aber eindeutig französischem Akzent.

Sebastian blieb in einigen Schritten Entfernung stehen. »Wieso? Weil Sie die Farbe Ihres Mantels gewechselt haben?« Er hörte das Geräusch von Schritten auf der Straße hinter sich, die rasch näher liefen.

Dann drückte sich der dünne Mann von dem Zaun ab und warf sich auf Sebastian.

Kapitel 30

Sebastian griff nach dem Mantelaufschlag des jüngeren Mannes und wirbelte ihn herum, womit er den Körper seines Angreifers zwischen sich und den zweiten, unbekannten Attentäter brachte. Der rannte mit gezücktem Messer auf ihn zu. Es war der untersetzte Mann mit dem Schal.

»Ihr Dreckskerle«, fluchte Sebastian und riss das Knie hoch in die Leiste des Mannes im braunen Mantel. »Wer hat euch geschickt?«

Braunmantel zuckte in letzter Sekunde mit der Hüfte zur Seite und stöhnte, als Sebastians Knie hart auf seinen Oberschenkel traf. Der Aufprall ließ den Dünnen vom Bürgersteig taumeln und verschaffte Sebastian gerade genug Zeit, den Dolch aus seinem Stiefel zu ziehen.

Der Untersetzte kam mit einem gutturalen Knurren auf Sebastian zu und zielte mit dem Messer direkt auf seinen Bauch. Sebastian riss den linken Unterarm hoch, um den Stoß zu blockieren. Damit lenkte er die Klinge des Mannes ab. Gleichzeitig machte Sebastian einen Schritt vor und trieb seinen Dolch dem Angreifer in die Brust.

Die Augen des Untersetzten wurden groß, und aus seinem Mund troff Blut. Doch die Wucht seines eigenen Angriffs war so groß, dass er immer noch voran stürmte und Sebastian umstieß. Mit der rechten Schulter und der Gesichtshälfte prallte Sebastian gegen die kniehohe Mauer. Der sterbende Mann landete auf ihm.

»Hölle noch mal«, fluchte Sebastian. Mit vom Blut klebrigen und feuchten Händen schob er die schwere Leiche zur Seite und kämpfte, um seinen Dolch freizubekommen, da kam der Mann im braunen Mantel wieder aus dem Rinnstein und stürmte erneut auf ihn zu – dieses Mal mit einem Messer in der Hand.

Sebastian drehte sich um und trat mit beiden Füßen in die Brust seines Beinahe-Mörders, mit so viel Kraft, um ihn zurücktaumeln zu lassen. Dann riss er seinen Dolch aus der Brust des Untersetzten und schleuderte ihn auf seinen Angreifer.

Die Klinge pfiff durch die Luft und drang an der Halskuhle des dünnen Mannes ein. Er stieß ein Gurgeln aus, und dunkelrotes Blut spritzte in alle Richtungen, als er zusammenklappte.

»*Hölle noch mal*«, sagte Sebastian erneut und wischte sich mit dem Ellbogen das Blut aus dem Gesicht, als in der Ferne ein Ruf erklang, dem das vertraute Schrillen der Pfeife des Wächters folge.

***

Charles Lord Jarvis hielt sich in seinen Räumen in Carlton House auf. Er schrieb gerade detaillierte Anweisungen für den Repräsentanten des Regenten in Wien auf, als Devlin durch die Tür trat. Jarvis' Angestellter folgte dem Viscount stotternd und sinnlos mit den Händen fuchtelnd auf dem Fuße.

»Wir müssen reden. Jetzt«, sagte Devlin. Sein Hut war verschwunden, die Krawatte in Unordnung und voller Blut, sein Mantel zerrissen und mit noch mehr Blut verschmiert. Es sah aus, als hätte er versucht, sich das getrocknete Blut aus dem Gesicht zu wischen, aber eine Linie frischen Blutes rann aus einem Schnitt über dem Auge seitlich an seiner Wange herunter.

Jarvis nickte, um dem Angestellten zu bedeuten, dass er abtreten sollte. »Lassen Sie uns allein.«

Devlin sagte: »Zuallererst sagen Sie mir: War Sir Francis Rowe am Freitagabend mit Ihnen und dem Prinzen zusammen?«

»Das war er tatsächlich. Warum fragen Sie?«

»Wie lang?«

Jarvis legte seinen Stift beiseite und lehnte sich auf dem Stuhl zurück. »Ab Mitte des Nachmittags bis zum frühen Samstagmorgen. Bitte sagen Sie nicht, dass Sie so närrisch sind und Rowe des Mordes an dem armseligen kleinen Dieb verdächtigen, von dem Sie so besessen sind.«

»Mir kommt er durchaus wie jemand vor, dessen Schutz in Ihrem Interesse steht.«

»Und ich würde ihn auch schützen, wenn die Notwendigkeit bestünde.« Jarvis ließ den Blick über sein Gegenüber wandern. »Ihr seht deutlich derangierter aus als gewöhnlich.«

»Zwei Männer haben gerade versucht, mich zu töten.«

»Und es nicht geschafft? Wie ... enttäuschend.«

Devlin ließ in einem harten Lächeln die Zähne blitzen. »Haben Sie sie geschickt?«

Jarvis griff nach seinem Schnupftabak. »Haben sie das gesagt? Sind Sie deshalb hier?«

»Leider haben sie es versäumt, vor ihrem Ableben den Namen ihres Auftraggebers zu nennen.«

»In diesem Fall sollte ich wohl dankbar sein, dass Sie nicht ihre Leichen mit hierhergezerrt haben.« Devlin hatte schon einmal einen toten Auftragsmörder auf den Teppich in Jarvis' Salon fallen lassen. Die Blutflecken waren immer noch zu sehen.

Devlin legte die Hände flach auf Jarvis' Schreibtisch und stützte sich darauf ab. »Haben Sie sie geschickt?«

Jarvis ließ die Tabakdose mit dem Daumennagel aufschnappen. »Warum – abgesehen von meinem naturgegebenen Wunsch, die Welt von Ärgernissen zu befreien – denken Sie, dass ich Ihnen heute Abend Mörder auf den Hals geschickt habe?«

Devlin löste sich vom Schreibtisch, ging zum Fenster und blickte auf den Vorhof des Palastes, der von Laternen erhellt war. »Ich hörte, Comte de Brienne ist ein Doppelagent. Sie sollen entdeckt haben, dass er Regierungsbeamte mit sensiblen Aufgaben erpresst hat. Anstatt ihn zu eliminieren, haben Sie Ihre unnachahmliche Überzeugungskraft eingesetzt, um ihn dazu zu bringen, gezinkte Informationen nach Paris zu liefern. Stimmt das?«

»Und wenn?« Jarvis hob eine Prise Tabak an ein Nasenloch. »Haben Sie die Absicht, Paris über diese Entdeckung in Kenntnis zu setzen? Denn andernfalls vermag ich nicht zu erkennen, weshalb ich daran interessiert sein sollte, Sie eliminieren zu lassen.«

Devlin rührte sich nicht. »Dann stimmt es also? De Brienne ist Ihre Kreatur?«

»Natürlich ist er das.«

»Wie viel wissen Sie über die ungewöhnliche Natur seiner sexuellen Interessen?«

Jarvis schloss die Tabakdose mit einem Schnappen. »Ehrlich gesagt viel mehr, als mir lieb ist.«

»Dann wird es Sie vielleicht nicht überraschen zu erfahren, dass er möglicherweise in die Folter und den Mord des in Clerkenwell gefundenen Jungen verwickelt war.«

Jarvis ließ die Tabakdose wieder in seine Tasche gleiten. »Ach? Und Sie denken, diese Information sollte mich alarmieren? Denn lassen Sie mich versichern, das dem nicht so ist.«

In den unwirschen gelben Augen des Viscounts glomm etwas auf. »Möglicherweise ist Benji Thatcher nicht das einzige Kind, das de Brienne auf diese Weise getötet hat. Die Schwester des Jungen ist ebenfalls verschwunden, und es kann auch noch andere gegeben haben.«

Jarvis verschränkte die Finger und legte die Hände auf dem Bauch ab. »Wenn Sie recht haben – wenn de Brienne ein Mörder ist –, dann können Sie ihn haben, nachdem Napoleon besiegt ist. Aber nicht vorher. Ich gehe davon aus, dass ich mich klar ausgedrückt habe?«

»Das kann nicht Ihr Ernst sein.«

»O doch. Die Informationen, mit denen de Brienne Paris versorgt, sind für mich zu wertvoll, um Ihnen zu gestatten, ihm in irgendeiner Weise zu schaden – insbesondere in dieser sensiblen Phase. Was mich angeht, so ist die Niederschlagung Napoleons das Leben jedes abgerissenen Gossenkindes wert, das Londons Straßen verpestet. Die meisten von ihnen wachsen ohnehin nur heran, um irgendwann am Galgen zu enden.« Jarvis griff wieder nach seinem Stift und hielt dann mit der Spitze über der Tinte inne. »Wenn Sie etwas tun, das allem, was ich so mühsam aufgebaut habe, ins Gehege kommt – *irgendetwas* –, dann glauben Sie mir, dass ich Ihnen meine Männer auf den Hals schicke, um Sie zu töten. Und dann werden Sie sie nicht kommen sehen.«

»Hoffen Sie besser darauf, dass ich sie nicht sehe«, sagte der Viscount.

Einen tödlichen Augenblick lang starrten die beiden Männer einander an.

Dann drehte Devlin sich auf dem Absatz um und ging.

Kapitel 31

»Wer von den vielen Leuten, die du im Lauf der letzten drei Tage geärgert hast, würde dich umbringen wollen?«

Diese Frage stellte Hero, als Sebastian sich im Zuber zurücklehnte. Der heiße Wasserdampf stieg um ihn herum in die Luft. Er wischte sich mit der Hand über das tropfnasse Gesicht und sah hoch. Sie stand mit den Händen an den Ellbogen da, womit sie die Arme dicht an die Brust hielt. Sowohl die Leichtigkeit der Worte als auch ihr Tonfall wurden durch die Anspannung in ihrer Haltung Lügen gestraft.

»Wenn ich Wetten abschließen sollte«, sagte er, »würde ich wohl auf die Schwestern Bligh setzen.« Er stand auf, und das Wasser lief seinen nackten Körper entlang, als er nach einem Handtuch griff. »Aber ich könnte mich auch täuschen.«

»Meinst du, dass sie dir gefolgt sind?«, fragte sie und beobachtete ihn.

»Wenn ja, müssen sie eine unterhaltsame Zeit gehabt haben, als sie mir durch ganz London hinterhergelaufen sind. Was in mir die Frage weckt, ob ich nicht doch die beiden letzten Männer verdächtigen sollte, mit denen ich gesprochen habe.«

»Und die wären?«

»Comte de Brienne und Sir Francis Rowe.«

»Ach, mein lieber Vetter. Du sagtest, dass sein Name genannt wurde, aber nicht, dass du ihn verdächtigst.«

Sebastian rieb sich mit dem Handtuch über die nassen Arme und die Brust. »Benji könnte dem Baronet die Schnupftabakdose geklaut haben.«

»Und deshalb verdächtigst du ihn?«

»Wenn man weiß, dass er im August einem sechsjährigen Kind das Genick gebrochen hat, das versuchte, ihn in der Strand zu beklauen, ergibt das Sinn.«

»Großer Gott.«

»Wie auch immer, dein Vater hat bestätigt, dass Rowe den Freitag mit dem Prinzen verbracht hat, also sehe ich keinen Grund, weshalb der Mann mir einen Mörder auf den Hals schicken sollte.«

»Womit de Brienne und die Schwestern Bligh übrig bleiben.«

Er rubbelte sich mit dem Handtuch über das nasse Haar, dann warf er es beiseite. »Ja.«

»Du musst besser auf dich aufpassen.«

Er griff nach ihr und zog sie in die Arme. »Ich versuche es.«

»Hm.« Sie schob die Hände um seine Taille und knabberte an seinem Ohr. »Gib dir mehr Mühe.«

Er küsste sie auf die Nase. »Jawohl Ma'am.«

Sie ließ die Hände an seiner Hüfte hinuntergleiten.

Er sagte: »Der Schnitt über meinem Auge ist noch offen. Ich will kein Blut auf dein Kleid tropfen lassen.«

»Mmm.« Ihre Hände glitten weiter. »Was können wir da nur machen?«

Er lächelte sie schief an und zupfte an den Bändern ihres Kleides. »Es ausziehen?«

***

Einige Zeit später, nach dem Abendessen, kam Sir Henry Lovejoy in der Brook Street vorbei. Er trank in der Bibliothek beim Kamin einen Tee und berichtete Sebastian über die Ergebnisse der Befragungen, zu denen er die unterschiedlichen Polizeien der Stadtteile ausgeschickt hatte.

»Ich wünschte, ich könnte sagen, dass mich ihre Rückmeldungen überraschen, aber das tun sie nicht«, sagte Lovejoy, den Blick auf den schwarzen Kater gerichtet, der sich emsig vor dem Kamin putzte. »Die meisten haben blanken Unglauben geäußert, weil wir auch nur Fragen stellten. Ich fürchte, der gewöhnliche Untersuchungsrichter oder Wachtmeister achtet nur auf das Woher und Wohin der Waisen und verlassenen Kinder ihrer Stadtteile, wenn sie Ärger machen.«

»Sie sagten ›die meisten‹. Also nicht alle?«

Lovejoy stellte seine Teetasse beiseite und zog ein gefaltetes Blatt Papier aus seinem Mantel. »Sir Alexander Robbins, der Chief Magistrate in Bethnal Green, hat berichtet, dass es in der Vergangenheit einen Anstieg solcher Vermisster gab, aber das habe sich wieder gelegt.«

Sebastian beugte sich vor. »Wann war das?«

»Er denkt, das erste Kind verschwand irgendwann 1807 oder 1808, kann sich aber nicht genau erinnern. Das Verschwinden der Kinder ging noch drei oder vier Jahre weiter, dann hörte es wieder auf.«

»Hat er die Namen der Kinder angegeben, die verschwunden sind?«

»Ja.« Lovejoy gab ihm das Blatt. »Sie sind in der Reihenfolge ihres Verschwindens aufgelistet, aber er

234

sagte, das Alter ist meistens geschätzt. Er gibt zu, dass es noch mehr gewesen sein könnten, aber diese Kinder hatten einen guten Freund oder ein Geschwisterkind – jemanden, der ihn davon überzeugen konnte, dass die Jugendlichen wahrscheinlich nicht weggegangen wären, ohne etwas zu sagen.«

Auf dem Blatt standen vier Namen, zwei Jungen und zwei Mädchen.

Jack Lawson, 14
Emma Smith, 15
Jenni Hopkins, 14
Brady Barker, 16

Sebastian blickte auf. »Darf ich die behalten?«

»Gewiss.« Lovejoy griff wieder nach seinem Tee. »Ich habe auch einen meiner Männer beauftragt, den Eigentümer der Munitionsfabrik zu ermitteln.«

»Und?«

»Offenbar ist es sehr kompliziert. Er ist immer noch daran.« Lovejoy nahm einen Schluck Tee und sah auf. »Habt Ihr irgendetwas herausgefunden?«

»Ich würde sagen, nein, außer dass meine Fragen jemandem Unbehagen bereiten müssen. Zwei Männer haben heute Abend in der Nähe des Hannover Square versucht, mich zu töten.«

Die Teetasse klapperte in Lovejoys Händen. »Heute Abend? Wer?«

»Gedungene Leute. Aber ich habe keinen Schimmer, wer sie geschickt hat.«

»Wir bringen sie zum Reden«, sagte Lovejoy grimmig.

Sebastian nahm einen tiefen Schluck Brandy und spürte, wie er ihm in der Kehle bis hinunter brannte. »Unglücklicherweise sind beide tot.«

»Ah. Nun, das macht es schwieriger. Aber ich setze ein paar der Jungs gleich morgen früh darauf an. Sie werden es bald heraushaben.«

Sebastian hatte den Verdacht, dass die Person, mit der sie es hier zu tun hatten, zu schlau war, sich gedungenen Leuten zu erkennen zu geben. Den Gedanken behielt er jedoch für sich.

Nachdem der Magistrat gegangen war, kam Hero und blieb im Eingang zur Bibliothek stehen.

»Hast du es gehört?«, fragte Sebastian.

Sie ging zum Kamin, hob den schläfrigen schwarzen Kater auf und behielt ihn in den Armen. »Ich habe mit der Köchin gerade das Menü für morgen besprochen, aber ja, das meiste habe ich gehört.« Er hatte ihr von den heutigen Gesprächen mit Ashworth und dem Comte de Brienne erzählt, außerdem einiges von dem, was er von Jarvis erfahren hatte. Aber er hatte seiner Frau nicht erzählt, dass ihr Vater ihm gedroht hatte, ihn ermorden zu lassen. »Ich frage mich, wo überall in London Straßenkinder verschwunden sind, ohne dass es irgendjemand bemerkt hat.«

»Ein bestürzender Gedanke, nicht wahr?« Er schenkte sich noch einen Drink ein, dann stellte er sich zu ihr und richtete den Blick auf die Flammen.

»Was ist?«, fragte sie.

Er blickte sie an. »Ich glaube, ich suche morgen früh noch mal die Munitionsfabrik in Rutherford auf.«

»Warum? Wonach suchst du?«

Er kippte den Brandy in einem langen Zug und griff nach der Liste der vermissten Kinder des Untersuchungsrichters von Bethnal Green. »Nach anderen Gräbern.«

***

Freitag, 17. September

Sebastian kam in Clerkenwell an, als die aufgehende Sonne ihre goldenen Strahlen über die sanften Hügel der Stadt schickte.

Er ließ Tom bei den Pferden und ging über die überwucherten und mit Geröll vollliegenden Felder zu der Ansammlung zerstörter Fabrikgebäude. »Inchbald?«, rief er und hörte das Echo seiner Stimme in der Stille.

Es war sicherlich noch zu früh für den ehemaligen Soldaten, um schon betteln zu gehen. Aber als Sebastian den gähnenden Eingang des Lagerhauses aus Backstein erreichte, das Inchbald sich zum Heim gemacht hatte, fand er es leer bis auf einige rostige Maschinen, Stapel zerbrochener Kisten und einen Haufen, der aus zerrissenen Decken und alten Kleidungsstücken zu bestehen schien.

»Rory Inchbald?«, rief er erneut und atmete die unangenehm feuchte, modrige Luft ein.

Sebastian drehte sich um, stützte die Hände in die Hüfte und blickte über das unebene Brachland hinweg. Er war schon einmal über das Firmengelände gegangen und hatte nichts gefunden, allerdings auch nicht gezielt nach Gräbern gesucht. Aber wie gut wäre ein älteres, überwuchertes Grab in diesem Durcheinander aus Unkraut, verstreut liegenden Backsteinen und aufgegebenen, rostenden Gerätschaften zu erkennen?

Das Krächzen einer Krähe zog seinen Blick auf den Schrotturm in der Nähe. Nachdenklich betrachtete er das mittelalterlich wirkende Geländer auf dem oberen Ende des Turms. Dann blickte er zur Tür am Fuß des Turms. Die Tür war geschlossen, aber das verwitterte, alte Holz splitterte leicht unter seinem ersten Tritt. Noch zwei beherzte Tritte, und die alten Holzbohlen lösten sich vom Schloss. Die Tür schwang nach innen auf und schlug gegen die Wand.

Im Innern war es staubig und trüb, nur durch kleine, gebogene Fenster, die die Wände in regelmäßigen Abständen durchbrachen, fiel Licht herein. Hier an der Basis maß der Turm vielleicht neun Meter im Durchmesser, wurde allerdings nach oben merklich enger. Eine klapprige hölzerne Treppe wand sich an der Innenseite der Backsteinwände hinauf, und Sebastian erstieg sie vorsichtig, wobei er jede Stufe testete, bevor er ihr sein Gewicht anvertraute.

Früher wurden Kohle und Blei durch das offene Innere des Turms hoch auf eine grobe Plattform aus Holz gezogen. Dort wurde die Kohle zu einem Brennofen für das Blei. Das geschmolzene Blei fiel dann durch ein Sieb, sodass sich kleine runde Kugeln formten, bevor sie weit unten in das Wasser fielen. Jahrzehnte dichten Kohlestaubs und verstreuen Bleis hatten sich an den Wänden abgesetzt, und als Sebastian zur Spitze kam, war alles mit einer dicken, grünen Kruste bedeckt, dank des Arsens, das damals benutzt worden war, damit das geschmolzene Blei gleichmäßig hinunterfiel.

Die Treppe endete an einer Kammer von vielleicht sechzig Metern Durchmesser. Ein zerbrochenes Dreibein aus Eisen und ein rostiger Kessel standen noch neben der Falltür in der Mitte des Holzbodens. Die Überbleibsel eines alten Flaschenzugsystems hingen von der Decke darüber herunter. Selbst trotz der kalten morgendlichen Brise, die durch die offene Tür wehte, durch die man auf die Brüstung gelangte, stank die Luft hier faulig.

Rasch ging er zu der außen um den Turm herumführenden Brüstung. Das goldene Licht der frühen Sonne warf lange Schatten auf den unebenen Boden unten und hob jede Wölbung und Vertiefung hervor. Einige der Unebenheiten, das erkannte er jetzt, kamen von den aufgegebenen und überwucherten Kanälen, die früher das Wasser von der Fleet transportiert hatten, denn Wasser war ein wichtiger Bestandteil bei der Herstellung von Schrot. Er konnte alte Krater und Schleusentore ausmachen. Und dann, als er weiter die Muster aus Schatten und Licht auf den Feldern betrachtete, bemerkte er mehrere unerklärliche Rechtecke von der Größe und Form, nach der er Ausschau hielt.

Eines in der Nähe des nächststehenden Lagerhauses war dicht von Fingerhirse, Knöterich und Besenkraut bewachsen, einjährige Pflanzen, die normalerweise im Frühling aufgingen und über den Sommer wuchsen. Aber während das umliegende Feld darüber hinaus vom hohen, blühenden zweijährigen Bischofskraut und Königskerzen bewachsen war, fehlten diese beiden Pflanzen eigenartigerweise auf der Vertiefung, die etwa sechzig mal einhundertachtzig Zentimeter maß.

Und da wusste er, dass er auf ein frisches Grab blickte.

Kapitel 32

Sebastian stand mit vor der Brust verschränkten Armen, eine Schulter an die raue Backsteinwand des Lagerhauses gelehnt, da und beobachtete, wie Paul Gibson behutsam Erde von den Knochen wischte, die nach und nach im weichen Boden des Grabes sichtbar wurden.

»Wie lange liegt er schon hier, was meinst du?«, fragte Sebastian.

»Schwer zu sagen.« Gibson zog eine Grimasse und verlagerte das Gewicht so, dass er sein Holzbein auf einer Seite ausstrecken konnte. »Wenn man eine Leiche etwa einen Meter zwanzig tief vergräbt, kann es zwei bis drei Jahre dauern, bis sie zum Skelett geworden ist. Aber gute dreißig Zentimeter, wie hier? Da kann nach sechs Monaten nichts mehr übrig sein außer Knochen.«

»Er könnte also im Frühling getötet worden sein?«

»Wahrscheinlich. Obgleich ich nicht glaube, dass es ein ›er‹ ist.«

»Das kannst du schon sagen?«

»Nicht mit absoluter Sicherheit. Aber es deutet alles darauf hin, dass wir die Überreste eines Mädchens vor uns haben. Zwischen vierzehn und fünfzehn Jahren alt.«

»Dann ist es wahrscheinlich Mary Cartwright«, sagte Sebastian und spürte, wie tief in ihm etwas wühlte.

Gibson befreite den Schädel vorsichtig aus der Erde und drehte ihn in den Händen. »Sie wurde mit dem Gesicht nach unten beerdigt.«

»Ich vermute, derjenige, der sie beerdigt hat, wollte ihr nicht ins Antlitz blicken.« Er schaute über das von Geröll übersäte Feld hinweg, auf dem Mott Gowan, der Wachtmeister der Gemeinde, eine Gruppe Freiwilliger überwachte, die Unkraut von jeder verdächtig aussehenden Mulde und Vertiefung rissen. Und er spürte eine stärker werdende Welle der Frustration und Hilflosigkeit, in die sich rohe, mächtige Wut mischte. »Wie zum Geier sollen wir sie denn identifizieren können, wenn nichts außer Knochen von ihnen übrig ist?«

Gibson legte den Schädel beiseite und griff wieder nach seinem Handtuch. »Das können wir nicht.«

* * *

Das Grab von Rory Inchbald fanden sie als Nächstes; er war nur knapp zwanzig Zentimeter tief im getretenen Boden des Warenhauses begraben.

»Hölle noch mal«, sagte Sebastian und blickte auf das blasse, erdverkrustete Gesicht des Ex-Soldaten hinab. »Er hat nichts gewusst. Warum hat man ihn getötet?«

Mott Gowan wischte sich mit dem Unterarm über das Gesicht. »Vielleicht dachte jemand, er hätte in der Nacht mehr gesehen, als er tatsächlich gesehen hat. Oder er hat uns nicht alles erzählt, was er wusste.«

»Hölle noch mal«, sagte Sebastian erneut und wandte sich ab.

* * *

Als Sir Henry Lovejoy nach seinen morgendlichen Sitzungen im Gericht an der Schrotfabrik ankam, hatten sie drei weitere Skelette ausgegraben.

Es war ein klarer, stürmischer Tag und für die Jahreszeit zu kalt, sodass sich der kleine Magistrat tief in seinen Mantel kauerte, als er auf eines der halb ausgegrabenen Skelette schaute. »*Fünf* Gräber?«

»Bis jetzt«, sagte Sebastian. »Eine Leiche, vier Skelette. Gibson sagt, dass sie alle wahrscheinlich im Lauf der vergangenen zwei bis drei Jahre begraben wurden.«

Lovejoy drehte den Kopf und sah Sebastian an. »Wie kann er das denn wissen?«

Gibson wusste solche Dinge, weil er in seinem eigenen Hinterhof Leichenteile bestattete und dann studierte, welche Auswirkungen die Zeit auf das Fleisch und die Knochen hatte. Aber das konnte Sebastian dem Untersuchungsrichter kaum erzählen. Er kaute auf der Innenseite seiner Wange herum. »Ich vermute, aufgrund seiner Erfahrungen im Krieg.«

Lovejoy blickte ihn streng an, ohne zu blinzeln. »Ja, das vermute ich auch.«

Gemeinsam beobachteten sie Constable Gowan, der das Verladen einer Kiste voller Knochen auf einen bereitstehenden Wagen überwachte. Sebastian sagte: »Hatten Sie schon Glück bei der Suche nach dem Eigentümer des Geländes?«

»Wir machen Fortschritte. Anscheinend gehörte die Fabrik einer Frau namens Margery Deighton; sie hat sie von einem Onkel geerbt. Aber irgendwann um die Jahrhundertwende wurde sie geisteskrank.«

»Wurde die Fabrik da geschlossen?«

Lovejoy nickte. »Margery Deighton ist vor vier Jahren ohne Testament verstorben, und ihre Erben streiten sich noch immer.«

»Darum, wem sie gehört?«

»Nein, sondern was damit geschehen soll. Manche wollen die Fabrik wieder neu aufbauen, manche wollen sie vermieten, während die reicheren einfach das Grundstück verkaufen wollen.«

»Wie viele Erben gibt es denn?«

»Ein Dutzend oder mehr.«

»Haben Sie ihre Namen?«

»Nein. Aber mein Mann ist noch dran.« Lovejoy blickte über das vom Wind umtoste Feld hinweg, das Gesicht in starre Falten gelegt. »Nachdem wir den Bericht aus Bethnal Green bekommen haben, habe ich immer noch gehofft, dass das, was Benji Thatcher angetan worden ist, ein Einzelfall wäre. Aber das hier … das spricht eine ganz andere Sprache.«

»Gibson sagt, dass alle wahrscheinlich unter achtzehn waren, als sie starben – und einige viel jünger.«

Lovejoy setzte seine Brille ab und rieb sich mit ausgestrecktem Daumen und Zeigefinger über die Augen. »Grundgütiger. Ich kann nicht verstehen, was für eine Art Mann so etwas tut.«

»Jemand, der sein eigenes flüchtiges Vergnügen über das Leben seiner Mitmenschen stellt.«

Lovejoy sah ihn an. »Aber wer könnte denn an so etwas Vergnügen finden?«

»Jemand mit einer arg verdrehten Seele.«

Ein Ruf von einer der Ausgrabungen in der Nähe der Grenzmauer weckte ihre Aufmerksamkeit. Sie sahen, wie Constable Gowan in das flache Grab griff und etwas herausholte. Er betrachtete den Gegenstand in seiner Hand, bevor er darauf spuckte und ihn zwischen den Fingerspitzen rieb. Dann formte er eine Faust mit der Hand, drehte sich um und lief in Sätzen auf sie zu, den einen Ellbogen himmelwärts gestreckt, weil er seinen Hut vor dem Wind nach unten drückte.

»Was haben Sie gefunden?«, fragte Sebastian.

»Das hier.« Gowan öffnete die Faust und streckte die Hand vor.

Eine altes spanisches Achtrealstück lag auf seiner schmutzigen Handfläche. Jemand hatte ein grobes Loch durch die Mitte gebohrt und ein rohledernes Band durchgezogen. Das Band war jetzt zerfasert und voller dunkler Flecken von den Körperflüssigkeiten des toten Jungen oder Mädchens, auf dem es gelegen hatte.

»Letzten Winter ist ein Bursche namens Mick verschwunden. Der hat das hier immer um den Hals getragen, wirklich. Hat immer gesagt, das ist sein Glücksbringer.«

Sebastian nahm die Münze. »Meinen Sie Mick Swallow? Den Vetter von Jem Jones?«

»Aye. Den mein ich.«

***

Jem Jones saß unter der einzeln stehenden Platane auf Clerkenwell Green. Den Kopf hielt er gesenkt, und er betrachtete die schmutzige spanische Münze in seiner Hand.

»Ist es die von deinem Vetter?«, fragte Sebastian.

Jem nickte und rieb sich mit dem Rücken der anderen Hand über die Nase.

Sebastian gab dem Jungen sein eigenes Taschentuch. »Erzähl mir von Mick.«

Der Junge zog die Nase hoch. »Was gibt's da schon zu erzählen?«

»Wie alt war er?«

»Vierzehn oder fünfzehn, schätz ich.«

»Wann hast du ihn zum letzten Mal gesehen?«

Erneut zog Jem die Nase hoch. »Letztes Jahr am Guy-Fawkes-Day. Wir wollten uns am Freudenfeuer treffen, aber er is nich aufgekreuzt.«

Sebastian erinnerte sich unwillkürlich an die Geschichte des *Dancers*, wie Benji Thatcher verschwunden war. Er sagte: »Neulich sagtest du zu mir, dass du glaubst, jemand habe ihn sich geschnappt. Warum denkst du das?«

Jem ließ den Kopf hängen und rieb mit den Fingern immer wieder über die Oberfläche der alten Münze. »Ich hab gehört, beim alten Schrotturm, wo sie versucht haben, Benji zu begraben, sind 'n Haufen Gräber gefunden worden. Habt Ihr das von dort?«

»Ja.«

»Ihr meint damit, dass Mick in einem der Gräber war?«

»Wahrscheinlich.«

Jems Unterlippe zitterte, und er biss darauf.

Sebastian fragte: »Warum hat er die getragen?«

»Er hat sie gefunden, wie er zum letzten Mal mit seinem Da in der Kanalisation nach Wertsachen gesucht hat.«

»Sein Vater hat in der Kanalisation gearbeitet?« Es war eine unschöne und gefährliche Art, sich den Lebensunterhalt zu verdienen. Diese Männer durchkämmten Londons altes Kanalisationsnetzwerk nach Gegenständen von gewissem Wert, die vom Regen hinuntergespült worden waren.

Jem nickte. »Sie waren mal unten in der Kanalisation, da hat Mick diese Münze im Dreck gefunden. Also geht er hin und holt sie sich. Aber als er sich grad aufgeregt danach bückt, hört er dieses Rumpeln, und ein riesiges Stück des alten Tunnels stürzt ein und verschluckt seinen Da. Ohne diese Münze hätte Mick bei seim Da gestanden und wär auch verschüttet worden. Für Mick hat die Münze ihm das Leben gerettet. Egal, wie groß sein Hunger war, die hat er nie verkauft. Hat das Loch reingebohrt und sie um den Hals getragen, das hat er. Immer. Hat gesagt, sie ist sein Glücksbringer.«

Jem schwieg, als habe ihn gerade die Erkenntnis erschüttert, dass der Glücksbringer spektakulär darin versagt hatte, Mick vor dem schrecklichen Schicksal zu bewahren, das ihn ereilt hatte.

Sebastian sagte: »Wann ist das passiert?«

»Weiß nich. Vor drei, vielleicht vier Jahren.«

»Und hat Mick nach dem Tod seines Vaters diese Arbeit weitergemacht?«

»O nein, Euer Ehren. Der is nie wieder in die Kanalisation runtergestiegen. Wenn er nur dran gedacht hat, is er schon ganz blass geworden und hat angefangen zu zittern.«

»Wovon hat er dann gelebt?«

Jem blickte zum *Middlesex Session House* am anderen Ende des Angers. »Von diesem und jenem, schätz ich mal. Wie alle anderen auch.«

»Hat er je gestohlen?«

Jem sah Sebastian aus großen Augen mit einstudiert unschuldigem Blick an. »O nein, Euer Ehren.«

»Natürlich nicht«, sagte Sebastian trocken. »Aber wenn er ein Taschentuch, sagen wir auf Clerkenwell Green gefunden hätte, wohin hätte er das gebracht?«

Jem verzog den Mund zu einer Schnute, als müsse er den Vorteil der Wahrheit gegen das Risiko der Lüge abwägen.

»Sag es«, sagte Sebastian mit der strengen Stimme, die er einst zum Befehleerteilen im Krieg benutzt hatte.

Die schmutzige Hand des Jungen umfasste Sebastians misshandeltes Schnäuztuch fester. »Zum Professor. Der Professor war ganz dicke mit Mick.«

***

Icarus Cantrell setzte im Hinterzimmer seines Ladens gerade einen Kessel aufs Feuer, als Sebastian eintrat.

»Ihr kommt ja immer wieder«, sagte der alte Mann und richtete sich mit der Langsamkeit auf, die alte Gelenke bei kaltem Wetter mit sich brachten.

»Ihr Name kommt immer wieder auf. Warum ist das so, was glauben Sie?«

»In vielerlei Hinsicht ist Clerkenwell immer noch ein kleines Dorf.«

Sebastian legte Mick Swallows Achtrealstück auf den sauber geschrubbten Küchentisch, der zwischen ihnen stand.

Cantrell wurde still. »Wo habt Ihr das gefunden?«

»In einem flachen Grab auf dem Gelände der alten Munitionsfabrik. Wie ich sehe, wissen Sie, wem das gehört hat?«

Der Professor hob die Münze vorsichtig hoch. »Er war ein lieber Junge, Mick. Seine Mutter ist gestorben, als er gerade drei Jahre alt war. Jack Swallow wusste nicht, was er sonst mit dem Jungen tun sollte, deshalb hat er ihn, als Mick noch ein kleiner Racker war, mit runter in die Kanalisation genommen. Mick ist praktisch dort unten aufgewachsen.« Er schüttelte betrübt den Kopf. »Der Junge war nicht mehr derselbe, nachdem Jack vor seinen Augen gestorben ist.«

»Wussten Sie, dass Mick verschwunden war?«

»Sicher wusste ich das.«

»Warum haben Sie mir dann nichts von ihm gesagt?«

Icarus Cantrell legte die Münze auf den Tisch zurück. »Was denkt Ihr denn? Dass ich diese Kinder umgebracht habe?«

»Zumindest scheinen Sie sie alle zu kennen.«

Der Professor wandte sich ab, um sich mit der Vorbereitung seiner Teekanne zu befassen. »Es gibt da einen Jungen, mit dem Ihr vielleicht sprechen wollt«, sagte er, ohne sich umzudrehen. »Im vergangenen Winter war er eines Abends drüben beim Charterhouse, da hat ihn ein Gentleman in eine Kutsche gezogen und gezwungen, etwas zu trinken, das ich für eine hohe Dosis Laudanum halte. Was anschließend mit ihm passiert ist, klingt sehr nach dem, was nach Euren Worten Benji zugestoßen ist. Der Unterschied ist nur, dass Hamish entkommen konnte.«

Sebastian spürte Interesse aufwallen, das gleich wieder durch den Verdacht ausgebremst wurde, dass Icarus Cantrell auf eine undefinierbare Weise mit ihm spielte. »Und wieder kann ich mich nur wundern, warum Sie das bis jetzt für sich behalten haben.«

Der alte Mann goss das kochende Wasser in eine schlichte braune Teekanne. »Weil ich das, was mir im Vertrauen erzählt wird, mit Respekt behandle, und ich hatte nicht die Erlaubnis des Jungen, Euch zu erzählen, was ihm zugestoßen ist. Jetzt habe ich sie.«

»Wo ist er?«

»Er hat Clerkenwell kurz nach dem Zwischenfall verlassen. Er hatte Angst, der Mann könnte ihn wiederfinden und töten.«

»Kennt er die Identität des Mannes?«

»Nein.«

»Aber etwas muss er wissen – wie der Mann aussieht sicherlich, und wo er ihn geschnappt hat.«

Cantrell stellte den schweren Kessel beiseite. »Ich habe ihn gefragt, ob er bereit ist, mit Euch zu sprechen. Er hat Angst, hat aber zugestimmt.«

»Wann und wo?«

Der Professor blickte durch das Fenster in den klaren blauen Himmel. »Kommt in zwei Stunden wieder. Dann wird er hier sein.«

Kapitel 33

Der dünne, abgerissene Junge hockte auf einem niedrigen, nachlässig zusammengeschusterten Hocker neben dem Kamin im Hinterzimmer von Icarus Cantrells Laden. Er war ein sehniger Junge mit einem Schopf dichten, dunklen Haares, einem angespannten und verschlossenen Gesichtsausdruck und gehetzten grünbraunen Augen. Er sagte, sein Name sei Hamish McCormick, und er werde an Allerheiligen fünfzehn.

»Ich rede nicht gern über diese Sache«, sagte er, als Sebastian sich auf eine Bank zu ihm setzte.

»Das verstehe ich.«

Der Junge sah ihn lang und unnachgiebig an. »Ach ja?«

Sebastian erwiderte Hamishs Blick und wusste, dass er nie auch nur ansatzweise verstehen würde, was dieser Junge durchgemacht hatte, oder welche Albträume ihn immer noch heimsuchten. »Danke, dass du bereit bist, mit mir zu sprechen.«

Der Junge blinzelte und sah zur Seite.

Sebastian sagte: »Der Professor hat mir erzählt, vor etwa einem Jahr habe dich ein Mann in einer Kutsche geschnappt. Erinnerst du dich an das Datum?«

»Nein. Ich bin nich sicher, ob ich es je genau wusste. War aber nich lang nach Weihnachten.«

»Wie hat der Mann ausgesehen?

Der Junge rieb sich mit den Händen über das Gesicht. »Weiß nich. Immer, wenn ich dran denke, seh ich nur seine Hände und seine Augen. Der Rest von ihm is … verschwommen.«

Sebastian konnte nur mit Mühe seine Enttäuschung verbergen. »Erzähl mir von seinen Händen.«

Ein feines Zittern überlief die Gestalt des Jungen. »Sie waren weiß. Weich.«

»Die Hände eines Gentlemans?«

Hamish nickte. Sein Hals bewegte sich beim Schlucken. »Er war schon 'n Prachtkerl. Hat ganz fein gesprochen, echt. Hat sich gern selbst zugehört, schätz ich.«

»Wie alt war er?«

»Weiß ich nich.« Hamish musterte Sebastian nachdenklich. »Älter als Ihr. Wie alt seid Ihr'n?«

»Ich bin dreißig Jahre alt. Du sagst, du erinnerst dich an seine Augen?«

»Solche habe ich noch nie gesehen. Man schaut ihn an, und es is, als ob man grad in die Hölle guckt.«

»Welche Farbe hatten sie?«

Hamish begann, den Oberkörper vor- und zurückzubewegen, die Arme um sich geschlungen. »Wenn ich sie mir vorstelle, sind sie rot. Aber das kann ja nich sein, oder?«

Sebastian nahm an, dass die Erinnerungen des Knaben an jene Nacht von dem Opium, das ihm verabreicht worden war, aber auch vom Horror der Erfahrung, die er gemacht hatte, verändert waren. Und er fragte sich langsam, wie viel Hamish ihm tatsächlich würde helfen können. »Erzähl mir darüber, wie der Mann dich geschnappt hat.«

Hamish bewegte sich nicht mehr. Es wirkte, als zöge er sich ganz in sich zurück, als wappne er sich gegen die entsetzliche Erinnerung. »Ich war mit Paddy Gantry unterwegs. Wir gingen über den Charterhouse Square.

»Wer ist Paddy Gantry?«

»Nur so'n Junge.«

»Hat der Gentleman ihn auch geschnappt?«

Hamish schüttelte den Kopf. »Paddy is gerannt.«

»Meinst du, Paddy wäre bereit, mit mir zu sprechen?«

»Seit dem Winter hat ihn keiner mehr gesehen.«

Sebastian dachte an die stillen, überwucherten Gräber bei der Schrotfabrik mit den namenlosen Skeletten darin. »Glaubst du, der Gentleman hat sich ihn auch geschnappt, vielleicht später?«

»Weiß nich. Manchmal frag ich mich, ob … vielleicht …« Hamish brach ab und schüttelte den Kopf.

»Was fragst du dich?«, hakte Sebastian nach.

Hamish machte mit einer Schulter eine rollende Bewegung und blickte aus dem Fenster auf die hereinbrechende Dunkelheit.

Sebastian versuchte es anders. »Du sagst, der Mann zog dich in eine Kutsche. Weißt du noch, wie die Kutsche ausgesehen hat?«

»Nur dass sie alt war. Roch modrig. Wie eine von diesen Droschken, die man manchmal sieht, die vor hundert Jahren oder mehr einem großen Lord gehört haben.«

»Gab es einen Kutscher?«

»Ich glaub, es muss einer da gewesen sein. Aber ich kann mich nich an den erinnern.«

»Wohin hat dich der Gentleman gebracht?«

Hamish fing wieder an, sich zu wiegen. »Zu 'nem Haus.«

»Erzähl mir mehr darüber.«

»Es war 'n altes Bauernhaus oder so.«

»Woraus war es gebaut? Backstein? Stein?«

Hamish schüttelte den Kopf. »Es war weiß und schwarz.«

»Fachwerk?«

»Aye. Hat mich an die alte Kneipe an der Ecke Liquorpond Street und Grays Inn Lane erinnert. Wisst Ihr, welche ich mein? Wo der obere Stock überall über's Erdgeschoss drüber geht, nur nich in der Mitte.«

»Meinst du das *Cat's Tail*?«

»Ja, das is es.«

Obgleich es lange als Taverne benutzt worden war, war das alte *Cat's Tail* in der Liquorpond Street Jahrhunderte zuvor ursprünglich als Bauernhaus erbaut worden. Diese Häuser aus dem vierzehnten und fünfzehnten Jahrhundert waren nach einer speziellen Architektur erbaut. Sie waren eigens für die Yeomen, also Leibwächter im Tower von London, die auch von Landwirtschaft lebten, erbaut worden und zeichneten sich durch eine Eingangshalle im Zentrum aus, die nach mittelalterlichem Vorbild die Dachsparren zeigte und von zweistöckigen Seitentrakten flankiert waren. Sicherlich waren im Randbezirk von London nicht mehr allzu viele dieser Gebäude zu finden?

Sebastian sagte: »Was ist in dem Haus passiert, Hamish?«

Der Junge presste die Augen zusammen, und seine Stimme wurde zu einem kratzigen Flüstern. »Ihr dürft's keinem sagen. Versprecht mir, dass Ihr's keinem sagt.«

»Mein Wort als Gentleman«, sagte Sebastian, dem auffiel, dass diese Wortwahl unglücklich war, wenn man bedachte, was ein Gentleman diesem unglücklichen, verarmten Kind angetan hatte. »Was ist passiert, Hamish?«

Hamish sog heftig den Atem ein, sodass seine Nasenflügel sich weiteten. »Er … er hat mich in dieses große Zimmer mitgenommen. Das war oben.«

»Wie hat der Raum ausgesehen?«

»Es war nich viel drin – nur 'n altes Holzbett und 'n Tisch, und Ketten, die wie in so 'nem alten Kerker in der Wand verankert waren.« Der Junge ließ den Kopf hängen, und mit dem Kinn auf der Brust blickte er auf seine nackten Füße hinunter. Seine Stimme war kaum mehr als ein Flüstern. »Ich hab nich gewusst, dass Leute sowas machen, was er da mit mir gemacht hat. Ich hab ihm nie was getan, also warum wollte der mir unbedingt wehtun?«

»Hast du gehört, was Benji Thatcher widerfahren ist?«

Hamish nickte. Er sah nicht auf.

»Ist dir das Gleiche widerfahren?«

Hamish nickte erneut.

Sebastian sagte: »Wie konntest du entkommen?«

Der Junge zupfte am faserigen Saum seines Mantels. »Die ganze Zeit, wo er mich gequält hat, hat er mich angebrüllt. Er war sauer, weil ich so benebelt war – ich schätz, wegen dem Zeugs, wo er mir zu trinken gegeben hat. Es war, als ob nur ein Teil von mir dort wäre. Aber der wichtigste Teil war nich dort. Als ob ich einfach in mein' Kopf rein gehen und ziemlich lang vergessen könnt, was er mit mir machte. Er hat immer wieder gesagt, ich soll aufwachen, und es würde ihm kein' Spaß machen, wenn ich es nich genießen würd.« Ein Ausdruck des Entsetzens gemischt mit hilfloser Verwirrung verzerrte die Züge des Jungen. »Als ob irgendwer Spaß dran haben könnt, was der mit mir gemacht hat. Am Schluss war er so stinksauer, dass er rausgegangen ist. Sagte, am Morgen käm er wieder.«

»Hat er dich in dem Raum eingesperrt?«

Hamish nickte. »Hat mich an einem Bettpfosten festgebunden.«

»Wie bist du dann entkommen?«

Der Junge rieb sich mit den Daumen über die Handgelenke, und da sah Sebastian, dass sie von lilafarbenen Narben ganz dick waren. »Wisst Ihr, dass ein Fuchs seine eigne Pfote abkaut, um aus 'ner Falle zu entkommen? Ich hab beschlossen, dass sogar, wenn ich meine eigne Hand abkauen müsst', der Kerl mich dort am nächsten Morgen nich mehr finden würd. Jedenfalls nich lebendig. Ich hab fast die ganze Nacht gebraucht, aber am Schluss hab ich die Seile losgekriegt. Dann bin ich aus dem Fenster gesprungen, so schnell und leise, wie ich konnt. Ich hatte sogar zu viel Angst, auch nur meine Kleider zu schnappen.«

»Hast du zum Haus zurückgeschaut, als du weggelaufen bist?«

»Vielleicht einmal. Warum?«

»Kannst du dich noch an irgendetwas erinnern? Gab es noch irgendwelche Nebengebäude?«

»Aye, 'n ganzen Haufen. Ne Scheune, 'n Hühnerstall, 'n Taubenschlag und so.«

»Verputzt?«

Der Junge dachte kurz nach. »Ich glaub nich. Vielleicht grauer Stein. Das meiste fiel schon zusammen.«

»Weißt du, wo es war?«

Hamish schüttelte den Kopf. »Ich bin einfach über die Felder gehetzt. Wusste nich, wohin ich rannte. Ich konnt' nur dran denken, von dort wegzukommen. Bei Sonnenaufgang hab ich mich unter 'nem Heuhocken versteckt und geschlafen. Es war schon Nachmittag, wo ich aufgewacht bin.«

»Wo warst du da?«

»Nich weit weg von Islington. Zuerst war ich so durcheinander, dass ich dachte, es war vielleicht alles nur 'n böser Traum. Aber ich wusste, dass es das nich war, weil mir alles so wehgetan hat.«

»Was hast du dann gemacht?«

Hamish warf einen raschen Blick zum vorderen Teil des Ladens, wo Icarus Cantrell damit beschäftigt war, das etwa ein Dutzend Uhren aufzuziehen, die er in einem Regal in der Nähe der Tür stehen hatte. »Hab gewartet, bis es wieder dunkel wurde, dann bin ich hierhergekommen, zum Professor. Er hat mir geholfen, dass es mir besser ging. Dann hat er mir gesagt, ich bleibe besser von Clerkenwell und allen, die ich kenne, weg.«

»Wegen des Gentlemans?«

Hamish nickte.

»Hast du Paddy Gantry je wiedergesehen?«

»Nee. Hab nach ihm gesucht. Wollt ihn fragen, warum zum Geier er nich versucht hat, mir zu helfen, als dieser Kerl mich geschnappt hat, oder wenigstens zu irgendwem gerannt is, um Hilfe zu holen. Aber ich konnt ihn nich finden.«

»Da ist er verschwunden?«

Hamish nickte.

Sebastian fragte: »Was meinst du, was mit ihm geschehen ist?«

Der Junge zuckte mit einer Schulter. »Schätze, der Kerl hat ihn als Nächstes geschnappt.«

Sebastian fragte: »Kannst du dich an etwas anderes erinnern – egal was –, über den Gentleman oder seine Kutsche oder das Haus? Etwas, das helfen könnte?«

Der Junge schüttelte den Kopf.

»Hatte der Mann zufällig einen schwachen französischen Akzent?«

Hamish sah ihn ausdrucklos an. »Weiß nich, ob ich das sagen könnt'. Hab noch nich so oft solche Großkotze gehört, Franzosen oder andere.«

»Erinnerst du dich noch an etwas anderes, das er gesagt hat?«

»Weiß nich. Der hat echt komisch geredet.«

»Was meinst du?«

»Manches, was der gesagt hat, hat gar keinen Sinn ergeben.«

»Was zum Beispiel?«

»Na, der hat dauernd gelabert, dass man nur durch Schmerz Vergnügen haben kann. Was is das für'n Fuppes? Dann hat er mal sein Gesicht an meins gelehnt und sagt: ›Hast du dir je vorgestellt, wie's wär, wenn man die Sonne vom Himmel holt? Das wär'n Verbrechen, was?‹« Das Gesicht des Jungen verzog sich abermals in stillem Entsetzen. »Wer redet denn sowas?«

»Klingt nach dem Marquis de Sade«, sagte Sebastian mehr zu sich selbst.

»Glaubt Ihr, das is dem Kerl sein Name?«

»De Sade? Nein, das Letzte, was ich hörte, war, das de Sade irgendwo in Frankreich in einer Anstalt sitzt.«

»Dann is er vielleicht irgendwie geflüchtet und hierhergekommen.«

»Er ist sehr alt – wahrscheinlich in den Siebzigern.«

»Dann is der das nich«, sagte Hamish, offensichtlich enttäuscht. Er musterte Sebastian durch zusammengekniffene Augen. »Der Professor, der hat gesagt, dass wenn ich Euch alles erzähle, dann könnt Ihr vielleicht den Großkotz fangen, der wo das gemacht hat.«

»Das versuche ich jedenfalls.«

»Bringt Ihr'n um?«

Sebastian sah dem Jungen in die Augen und erkannte darin den Strudel aus Angst, Scham und wilder Entschlossenheit. »Wenn nötig.«

»Ihr müsst ihn umbringen«, sagte der Junge mit plötzlicher Vehemenz. »So'n Großkotz wie den hängen die nie.«

»Selbst Peers des Königreichs können wegen Mordes verurteilt werden«, sagte Sebastian. Aber schon, als er sagte, wurde ihm bewusst, dass Jarvis niemals zuließe, jemanden, der so nützlich war wie de Brienne festnehmen zu lassen. Und kein Geschworenengericht würde einen Mann mit den gesellschaftlichen Verbindungen eines Ashwood je verurteilen, wenn nicht überwältigende Beweise vorlagen.

Hamish stand von dem Hocker auf. Sein Gesicht war beherrscht, sein Atem ging schnell und hart. »Die werden nich dafür gehängt, dass sie Buben wie mir was antun«, sagte er und rannte aus dem Cottage in die Dämmerung hinaus.

Kapitel 34

»Betrachtet Ihr mich immer noch als Verdächtigen?«

Diese Frage stellte Icarus Cantrell, als er und Sebastian sich am abgenutzten, geschrubbten Küchentisch des Professors gegenübersaßen. Zwei Krüge Ale standen zwischen ihnen auf dem Holz. Im Kamin glühte ein kleines Feuer, das die Kälte der herannahenden Nacht vertrieb.

Sebastian nahm bedächtig einen tiefen Zug Ale. »Sie sind auf jeden Fall an die unterste Stelle meiner Liste gerückt.«

Cantrell sah kurz erschrocken aus. Dann verengte er in einem Lächeln die Augen, das er versteckte, indem er seinen eigenen Krug hob, um einen tiefen Zug zu nehmen.

Sebastian sagte: »Warum ist Hamish nach der Flucht aus dem Bauernhaus zu Ihnen gekommen?«

»Wohin hätte er sonst gehen sollen?« Der Professor verlagerte auf der harten Bank das Gewicht. »Er war schlimm verletzt. Er war nicht nur ausgepeitscht worden, brutal behandelt und geschnitten worden, sondern seine Handgelenke und die Hände waren übelst zugerichtet, weil er versucht hat, sich aus den Fesseln herauszubeißen. Es ist ein Wunder, dass er überlebt hat. Ich habe immer vermutet, der Mann, der ihn missbrauchte, ging davon aus, dass er nach seiner Flucht irgendwo in einem Graben gestorben sei. Es war eine sehr kalte Dezembernacht.«

»Sie haben es nicht bei den Behörden zur Anzeige gebracht?«

Cantrell schnaubte. »Für den Fall, dass Ihr es nicht bemerkt habt, das Hatton Garden Public Office interessiert sich nicht allzu sehr für das Wohlergehen der Straßenkinder in dieser Gegend. Constable Gowan ist vielleicht mitfühlender, aber Hamish bat mich, es niemandem zu sagen. Wenn ein Junge auf der Straße lebt, kann er es sich nicht leisten, dass sich solche Gerüchte über ihn verbreiten.«

»Es war nicht seine Schuld.«

»Das spielt keine Rolle. Ihr wisst, wie die Menschen sind.«

Sebastian schüttelte den Kopf, aber nicht zur Verneinung. »Er ist ein überaus erfinderischer Bursche.«

Cantrell stieß in einem tiefen Seufzer die Luft aus. »Er ist seither nicht mehr derselbe, fürchte ich. Über eine solche Erfahrung kommt man nicht hinweg. Es würde einen jeden verändern, erst recht eine obdachlose Waise von vierzehn Jahren.«

Die beiden Männer saßen einen Augenblick schweigend da. Dann sagte Sebastian: »Mit Hamish sind es sieben, von denen wir mit Sicherheit wissen; sieben Jungen und Mädchen, die dieser durchgedrehte Dreckskerl sich von der Straße geholt hat.«

Cantrell sah verblüfft drein. »Sieben?«

»Hamish, Mick Swallow, Benji und Sybil Thatcher und drei Unbekannte, die wir bei der Munitionsfabrik vergraben gefunden haben.«

»Wir wissen nicht, ob er Sybil ermordet hat.«

»Nein, aber wenn nicht, wo ist sie dann?«

»Sie ist kleiner als die anderen.«

»Das stimmt. Aber ich bin nicht überzeugt, ob das von Bedeutung ist.«

Cantrell schwieg, den Blick auf sein Bier gerichtet, als könne er darin die Antwort finden. In einem langen, schmerzlichen Grummeln ließ er die Luft heraus. »Sie hören nicht auf«, sagte er ruhig. »Wenn sie erst einmal Gefallen daran gefunden haben, hören sie nicht mehr auf. Sie haben ein verdrehtes erotisches Vergnügen daran, anderen Menschen Schmerzen zuzufügen und sie dabei zu beobachten. Aber es geht nicht nur um sexuelle Lust, sondern auch um Macht. Es ist, als ob sich diese Menschen von der Hilflosigkeit und Angst anderer nährten – es lässt sie sich größer fühlen, als sie sind, was sie tief im Innern auch wissen. Und es ist eine Krankheit, für die es kein Heilmittel gibt außer den Tod.«

Sebastian musterte das wettergegerbte, markante Gesicht des Professors. Es lag eine rohe, persönliche Note in der Wut des alten Mannes, und aus einem Grund, den Sebastian nicht hätte benennen können, dachte er unwillkürlich an den Sohn des Lords, den Cantrell vor so langer Zeit getötet hatte.

Über eine solche Erfahrung kommt man nicht hinweg.

Cantrell nippte an seinem Ale. »Konnte Hamish Euch etwas Sinnvolles berichten?«

»Nicht so viel wie erhofft, obwohl er meine Annahme bestärkt hat, dass wir nach einem Gentleman suchen. Und seine Beschreibung des alten Bauernhauses, in dem er gefangen war, sollte hilfreich sein ... vorausgesetzt natürlich, dass ich es finden werde.« Sebastian griff nach seinem Hut und erhob sich. »Ich hoffe zu Gott, es ist nicht nur eine Ausgeburt des von Opium umnebelten Hirns des Jungen.«

»Das könnte gut sein. Opium spielt dem Hirn seltsame Streiche.«

Sebastian erwiderte den sorgenvollen Blick des alten Mannes. »Ich weiß.

***

Die Nacht war schon längst hereingebrochen, als Sebastian seinen Zweispänner holte und die Pferde nach Hause lenkte.

»Die Leute in Clerkenwell können von gar nichts andrem mehr reden als von dem, wo die Kinder geschnappt hat«, sagte Tom, als sie durch die kalten, dunklen Straßen fuhren, die nur von flackernden Fackeln und gelegentlichen, rauchenden Öllampen erhellt wurden.

»Hast du irgendwelche Theorien darüber gehört, wer das sein könnte?«

»Oh, aye. Die geben jedem die Schuld, vom Geist von Hammersmith über Black Annis und den *Grindylow.* Die haben alle richtig Schiss.«

»Aus gutem Grund.« Die Füchse waren ruhelos und zum Spielen aufgelegt, da sie fast zwölf Stunden damit verbracht hatten, sich in einem Stall in der Nähe des Coldbath Square den Bauch vollzuschlagen. Und während Sebastian sie wieder unter Kontrolle brachte, kam ihm in den Sinn, dass die Geschehnisse des Tages dazu geführt hatten, dass sein junger *Tiger* viel zu lang allein in den gefährlichen Straßen von Clerkenwell herumgelungert hatte.

»Was machen wir als Nächstes?«, fragte Tom, als sie nach Holborn einbogen.

»Es gibt kein ›wir‹, Tom«, sagte Sebastian, der zu einem Entschluss kam. »Dieses Mal nicht. Wir haben es mit einem Mörder zu tun, der nach Jungen in deinem Alter jagt, deshalb will ich dich in sicherer Entfernung von alledem wissen. Von morgen an werde ich Giles einsetzen, bis ich den Täter gefangen habe.«

»*Meister.* Nein!«

Sebastian verlieh seiner Stimme einen harten Klang. »Lass mich eines klarstellen: Ich lasse mich auf keine Diskussionen ein und werde keinen Ungehorsam dulden. Wenn du morgen früh erneut die Pferde vorführst, schicke ich dich sofort wieder in die Ställe zurück. Verstanden?«

Der *Tiger* zog die Nase hoch.

»Verstanden?«

Langes Schweigen folgte, dann sagte der Junge mit gefasster, leiser Stimme: »Jawohl, Mylord.«

Dann flüchtete sich Tom in ein angespanntes, verwundetes Schweigen, das den restlichen Heimweg anhielt.

Sebastian ignorierte ihn. Der *Tiger* würde seine verletzten Gefühle überstehen. Aber es war zweifelhaft, ob er genauso viel Glück hätte, wenn er dem Mörder von Clerkenwell begegnete.

***

»Ein altes Fachwerk-Bauernhaus, das so gebaut ist wie das *Cat's Tail*?«, sagte Jules Calhoun, als Sebastian den Leibdiener fragte, ob er einen solchen Hof irgendwo im Norden Londons kannte.

»Ist Ihnen die Bauweise bekannt?«

»Ja, Mylord. Ich erinnere mich, dass es in der Nähe von Islington mehrere solcher Gebäude gab, als ich noch ein Junge war. Aber die sind jetzt alle verschwunden.«

»Dieses ist weit genug außerhalb Londons, dass es von Feldern umgeben ist, und es hat noch einige der Nebengebäude, oder zumindest war das im Dezember noch so. Der Junge meint, die Ställe sind aus grauem Stein, könnte sich aber auch täuschen.«

»Ich werde mich umhören und sehen, was ich herausfinden kann, Mylord.«

»Aber geben Sie auf sich acht, Calhoun«, sagte Sebastian, als der Diener sich gerade abwandte. »Dieser Mörder ... Er ist anders als alle, mit denen ich es bisher zu tun hatte. Er tötet nicht aus Wut, Habgier oder Angst. Er tötet, weil er es genießt.«

Calhoun nickte, die Lippen zu einem ungewöhnlich ernsten, schmalen Strich zusammengepresst. »Ich werde achtgeben, Mylord.«

***

Spät in derselben Nacht, lange nachdem der Laternenanzünder seine Runde gemacht hatte, stand Paul Gibson, die Hände zu beiden Seiten herunterhängend, da, den Blick auf die gestapelten Holzkisten gerichtet, die mit dem gefüllt waren, was von den unbekannten, unglückseligen jungen Opfern von Clerkenwell noch übrig war. Er hatte die Lampe angezündet und sie an der Kette über der Steinplatte in der Mitte des Raumes aufgehängt. Aber anscheinend konnte er sich nicht rühren. Er spürte, wie die feuchte Kälte des Nebengebäudes ihm tief ins Mark drang, und es war, als ob er das Entsetzen, das darin lag, absorbierte. Als ob er es mit den Gerüchen nach Dreck, Knochen und Tod einatmete.

Ein leises Geräusch ließ ihn den Kopf drehen. Alexi stand in der Tür, diese kleine, unglaublich brillante Frau mit ihrem feuerroten Haarschopf und einer geheimnisvollen Essenz, die sich ihm irgendwie noch immer entzog, selbst nach acht Monaten, in denen sie gemeinsam durch ihre Tagesabläufe gingen. Acht Monate, in denen sich des Nachts sein Körper zu ihrem gesellte.

Sie fragte: »Geht es dir gut?«

»Ja, sicher. Ich fühle mich nur etwas überfordert, glaube ich.«

»Bist du sicher, das dass alles ist?«

Er sah ihr in die Augen, und der Augenblick dehnte sich, bis nur noch die nackte Wahrheit möglich war. Er presste die Lippen zu einem dünnen Strich zusammen und schüttelte den Kopf. »Nach all diesen Jahren im Krieg dachte ich, ich hätte alle Abscheulichkeiten gesehen, die die schwarz-weiß gefärbte menschliche Natur hervorbringt. Aber ich hätte nie erwartet, so etwas zu sehen wie das hier. Nicht hier in London. Ich weiß nicht warum, aber diese Art von grenzenloser Grausamkeit mitten im normalen Alltagsleben zu finden, macht sie irgendwie noch schlimmer.«

Sie kam zu ihm, legte ihm die Hand an die Wange und sah ihn mit ihren weisen braunen Augen an. Und nicht zum ersten Mal fragte er sich, was sie in ihm sah. Warum sie blieb. Warum sie ihn liebte.

Sie sagte: »Wie geht es dem Bein?«

Er könnte lügen. Er könnte sagen, es täte weh wie die Hölle. Er könnte es als Ausrede nehmen, dass er sich in die süße, beruhigende Wonne flüchtete, die das Opium ihm bot. Aber in Wahrheit belastete ihn das Bein derzeit wenig, obwohl er es einen Tag in der Kälte in einer verkrampften und verbogenen Position gehalten hatte. Denn jetzt tat ihm nicht sein Bein weh. Wenn der Schmerz kam, stieg er unerklärlicherweise von dem Fuß und dem Teil seines Beines auf, die nicht mehr da waren.

Er lächelte schief. »Nicht schlecht.«

Sie erwiderte das Lächeln nicht, sondern sog tief den Atem ein, wobei ihre Lippen sich öffneten. »Früher oder später musst du lernen zuzulassen, dass ich dir damit helfe.«

»Früher oder später.«

»Bald«, sagte sie. Und er spürte, wie die alte Angst nach ihm griff – die Angst, dass sie ihn am Ende verlassen würde. Ob er es nun schaffte, vom Opium loszukommen oder nicht.

Und dann fragte er sich, was sie in seinen Augen gesehen hatte, denn sie sagte mit heiserer Stimme in ihrem beschwingten französischen Akzent: »Es ist spät. Spät und kalt. Ich helfe dir morgen, diese Knochen zu waschen. Aber jetzt ...« Sie lächelte, legte seine Hand auf ihre Brust und hielt sie dort fest. »Komm mit rein.«

Das tat er.

Kapitel 35

Nach dem Abendessen stattete Sebastian Hendon House am Grosvenor Square einen seiner seltenen Besuche ab.

Der Mann, den er einst Vater genannt hatte, saß, ein Glas Portwein neben sich, allein am Esstisch und hielt den weißhaarigen Kopf über eine abgegriffene Ausgabe von Ciceros Orationen gebeugt, die vor ihm auf dem Tisch lag.

»Ich denke, du müsstest die inzwischen auswendig rezitieren können, so oft wie du sie liest«, sagte Sebastian und blieb auf der Schwelle stehen.

Hendon sah auf, und es tat weh, den Freudenschimmer in seinen Augen zu sehen. Aber er sagte nur: »Es bereitet mir eine nicht enden wollende Freude, wie unvergleichlich dieser Mann die Sprache zu nutzen versteht.« Er schloss das Buch und schob es zur Seite. »Schenke dir ein Glas ein und nimm Platz.«

Sebastian holte ein Glas von der Anrichte, kam zu ihm und zog sich einen Stuhl heraus. »Ich habe mit Amanda gesprochen. Sie wollte nicht zuhören.«

»Ich weiß; sie hat es mir gesagt. Wenigstens hast du es versucht. Danke.«

Sebastian schenkte sich Portwein ein, dann lehnte er sich auf dem Stuhl zurück. Es fühlte sich unerwartet angenehm und richtig an, in diesem vertrauten, von Kerzen erleuchteten Esszimmer zu sitzen, mit diesem

Mann Port zu trinken und dem Knistern des Feuers im Kamin zu lauschen. Er schob den Gedanken beiseite und sagte: »Unglücklicherweise habe ich herausgefunden, dass Ashworth noch schlimmer ist als ich dachte. Hast du je von *Number Three* am Pickering Place gehört?«

Hendon schüttelte den Kopf.

»Das ist ein exklusives, aber übles kleines Etablissement, das vor allem zwei Sorten von Kundschaft bedient: solche, die ihre Prostituierten sehr, sehr jung wollen, und solche, die eine Vorliebe für Peitschen haben. Oder beides.«

Hendon griff nach seinem Port und nahm einen langen, gemächlichen Schluck. »Willst du mir sagen, dass Ashworth diesen Ort regelmäßig besucht?«

»Bis er eines ihrer Mädchen so schlecht behandelt hat, dass sie ihm Lokalverbot erteilt haben.«

»Mein Gott.«

»Ich habe versucht, mit Stephanie zu sprechen, aber sie weigert sich, irgendetwas anzuhören, das Ashworth in Misskredit bringt.«

Hendon spielte am Stiel seines Glases herum, und er schob den Unterkiefer vor und zurück, wie er es zu tun pflegte, wenn er nachdachte oder sich Sorgen machte.

Sebastian sagte: »Es gibt noch etwas.«

Hendon blickte auf und spannte sich an.

»Es ist auch bekannt, dass er bei mindestens einem seiner Hausmädchen die Peitsche benutzt hat. Er sagte, das Mädchen habe es gewollt, aber davon bin ich nicht überzeugt. Und am beunruhigendsten finde ich, dass das Mädchen verschwunden ist.«

»Stephanie darf ihn nicht heiraten.«

»Leider sehe ich keine Möglichkeit, sie abzuhalten«, sagte Sebastian und hob unbewusst die Hand, um den Schnitt an seiner Stirn zu berühren.

Hendon fragte: »Was ist mit deinem Gesicht passiert?«

Sebastian senkte die Hand. »Jemand hat gestern Abend versucht, mich zu töten.«

»Großer Gott. Wer?«

»Gedungene Täter. Ich weiß nicht, für wen sie gearbeitet haben.«

»Sie? Wie viele waren es denn?«

»Zwei.«

»*Zwei?* Und du konntest sie trotzdem abwehren?«

»Ja.«

Hendon verengte die Augen. »Du hast sie getötet, oder?«

»Ja.«

»Amanda hat mir schon erzählt, dass du wieder in einer Mordermittlung steckst.«

»Ja.«

Hendons Nasenflügel weiteten sich in einer vorhersehbaren Mischung aus Zorn und Sorge. »Ich hatte gehofft, mit diesem Unfug seist du fertig.«

Sebastian spürte, wie seine eigene Wut erwachte, denn das war eine alte, vertraute und immer schlimmer werdende Quelle der Missstimmung zwischen ihnen beiden. Anstelle einer Antwort griff er nach seinem Port und leerte das Glas.

Henden fragte: »Wann ist die öffentliche Anhörung bezüglich der beiden Männer, die du getötet hast?«

Sebastian stand auf. »Gleich morgen früh im *King's Head* in der Swallow Street.«

»Erwartest du Schwierigkeiten?«

»Im Grunde nicht.« Er griff nach seinem Hut und wandte sich ab, um zu gehen.

Hendon sagte: »In welchem Mordfall ermittelst du?«

Sebastian blieb stehen und blickte zu ihm zurück. »Hat Amanda das nicht gesagt?«

»Nein.«

»Jemand tötet arme Kinder. In Clerkenwell.«

»Kinder? Der Herr steh uns bei. Weißt du, wer dafür verantwortlich ist?«

Das sind wir alle, wollte Sebastian sagen. *Du. Ich. Die Stadt. Die Nation. Jeder, der je ein frierendes, hungriges Kind in der Straße gesehen und einfach weggeschaut hat.*

Doch er sagte nur »Noch nicht« und beließ es dabei.

***

Eine Stunde später schenkte sich Sebastian einen Brandy ein, setzte sich in seiner Bibliothek an den Kamin und öffnete Marquis de Sades *Les 120 journées de Sodome*. Er hatte es vermieden, darin zu lesen. Aber ihm wurde langsam klar, dass er, um diesen Mörder der Gerechtigkeit zuzuführen, begreifen musste, was ihn antrieb. Aber wie sollte er je einen so verdrehten Geist verstehen können?

Einige von de Sades anderen Werken waren ihm ungefähr vertraut. Aber dieses war in seiner Ausführung, wenn auch nicht in der Art, ganz anders. Es war, als hätte der Marquis die Frustration und die Wut eines ganzen Lebens zusammengenommen und sie in einen bösartigen Strudel aus Horror, Blasphemie, Verkommenheit, krankmachenden Darstellungen und unvorstellbar teuflischen Grausamkeiten fließen lassen. Mehrmals wollte Sebastian das Buch zur Seite legen. Er konnte nur schwer weiterlesen. Und mit jeder Seite wurde es schlimmer. Es war ihm nicht klar gewesen, dass ein Buch gleichzeitig abstoßend und todlangweilig sein konnte.

Er war vielleicht zu drei Vierteln durch, da kam Hero und beugte sich über die Rückenlehne des Sessels. »Ich bin mir nicht sicher, ob es klug ist, das vor dem Schlafengehen zu lesen.«

Er sah zu ihr auf. »Du hast es gelesen?«

»Ja.«

»Ganz?«

»Ja.«

Sebastian schloss das Buch und legte es zur Seite. »Ich glaube, ich schaffe es nicht.«

Sie kam um den Sessel herum, setzte sich auf den Teppich zu seinen Füßen und lehnte sich mit dem Rücken gegen seinen Sessel. »Ehrlich gesagt wünschte ich, ich hätte es nicht getan.«

Sie saßen eine Weile in besorgtem, vertraulichem Schweigen da und lauschten auf das Zischen des Feuers im Kamin und das leise Wispern der Nach um sie herum.

Sebastian fragte: »Denkst du, er ist verrückt?«

»De Sade? Er ist auf jeden Fall gestört. Aber ich glaube, er hatte eine feste Intention beim Schreiben dieses Buches.«

»Welche? Eine Auflistung aller Gräueltaten, die sich ein Mensch je ausgedacht hat – und dann noch ein paar obendrauf? Falls ja, ist es ihm gelungen.«

»Vielleicht. Aber ich halte es nicht für Zufall, dass die vier Täter dieser fürchterlichen Gräueltaten wohlhabende, mächtige Männer sind – ein Bankier, ein Bischof, ein Richter und ein Herzog. Oder dass die Opfer ihrer ungezügelten Exzesse allesamt arm sind.«

Sebastian spielte mit einer dunklen Locke in ihrem Nacken. »Du meinst, er hat ein politisches Statement gemacht?«

»Politisch und philosophisch.« Sie verlagerte das Gewicht, um ihn anzuschauen. »Schließlich gibt es einen Grund dafür, dass er in der Bastille saß. Und ich bezweifle, dass er dort saß, weil der französische König besorgt über die unorthodoxen Eskapaden des Marquis mit seinem Leibdiener und einer Dienerin war.«

»Na, er war auch ein Anhänger der Revolution – bis ihre Exzesse sogar ihn ekelten.« Sebastian hielt inne. »Was ziemlich erschreckend ist, wenn man darüber nachdenkt.«

Sie griff nach seinen Händen. »Ich finde es wirklich bedauerlich, dass das Manuskript nicht bei der Zerstörung der Bastille verloren gegangen ist, so wie de Sade dachte. Die Welt wäre ohne es besser dran.«

»Ja.«

Sie streichelte mit den Daumenkuppen über seine Handrücken. »Meinst du, das Buch könnte den Mörder von Clerkenwell inspiriert haben?«

Sebastian schüttelte den Kopf. »Ich bezweifle, dass unser Mörder de Sade zur Inspiration braucht. Aber ich kann mir vorstellen, dass jemand, der gern Schmerz zufügt, es mit Genuss lesen würde.« Er nickte zu dem Buch mit dem geschmückten schwarzen Ledereinband auf dem Tisch neben sich. »Es steht eine Zeile darin, die mich an etwas erinnert, das Hamish mir erzählt hat. Sein Entführer hat immer wieder davon gesprochen, dass wahres Vergnügen nur durch Schmerz kommt.«

»Diese Zeile kann vielleicht auch in anderen Werken von de Sade gefunden werden.«

»Vielleicht. Aber ich vermute, dass jemand, der de Sade so bewundert, dass er ihn zitiert, dieses Buch haben wollen würde. Und das bedeutet, dass ich wahrscheinlich nochmals Comte de Brienne und Hector Kneebone überprüfen muss.«

Sie schwieg.

»Was ist?«, fragte er und sah sie an.

»Hast du Ashworth als Verdächtigen ausgeschlossen?«

»Nicht ganz. Aber nur, weil ich ihn nicht leiden mag. Die Tatsache, dass er mit Amanda zusammen war, als Benji getötet wurde, sollte ihn von der Liste verbannen.«

»Und mein lieber Vetter Sir Francis Rowe?«

»Er hat ebenfalls ein Alibi – und zwar von keinem geringeren als dem Prinzregenten. Und außerdem deinem Vater.«

Sie legte den Kopf an sein Knie. Nach einem Augenblick sagte sie: »Benjis kleine Schwester Sybil ist tot, oder?«

»Ich will es nicht glauben, aber es muss so sein. Sie ist noch so klein. Wenn sie nicht tot wäre, hätte sie inzwischen jemand gefunden.«

»Aber sie ist nicht bei der Fabrik begraben worden.«

»Nein. Allerdings haben wir mehr vermisste Kinder als Gräber. Ich fürchte, der Mörder hat vermutlich seine Opfer auch noch woanders vergraben.«

Eine Weile betrachtete sie schweigend das Feuer. Dann sagte sie: »All diese armen, verlassenen, ungeliebten Kinder. Sie hatten schon so ein armseliges Leben, ohne jemanden, der sich um sie gekümmert hat. Oder der sie geliebt hat. Der sie umarmt und festgehalten hat. Und dann ein so unvorstellbares, grausames Ende zu finden ... Man sollte doch annehmen, dieser Täter ist so unfassbar bösartig, dass es in Wellen von ihm ausstrahlen und man es spüren müsste. Aber offensichtlich kann man das nicht spüren.«

»Ich vermute, er sieht sich selbst nicht als bösartig.«

Sie hob den Kopf. »Aber wie kann er das nicht sehen?«

»Er weiß, dass, das, was er tut, nicht akzeptabel ist, weshalb er darauf achtet, nicht erwischt zu werden. Aber ich glaube, er fühlt sich dazu berechtigt, sich sein eigenes Vergnügen auf Kosten anderer Menschen zu verschaffen – besonders derjenigen, die er als unter ihm stehend betrachtet.«

»Wie ein Bankier, ein Bischof, ein Lord und ein Richter«, sagte sie sanft.

Sebastian nahm ihre Hand, verschränkte seine Finger mit ihren und hielt sie fest. »Ich fürchte, de Sade wusste, wovon er redete. Und dieser Gedanke ist ebenso deprimierend wie beunruhigend.«

***

Samstag, 18. September

Sebastian traf am nächsten Morgen, als er das Haus verließ, seinen Burschen Giles wartend bei der Kutsche. »Hm«, sagte Sebastian und nahm ihm die Zügel ab. »Ich muss gestehen, dass ich schon halb mit einer zweiten Diskussionsrunde mit Tom rechnete. Normalerweise lässt er sich nicht so leicht auf die Spur setzen.«

»Oh, er kocht vor Wut, täuscht Euch da nicht, Mylord. Nichts trifft den Buben mehr, als wenn er daran erinnert wird, wie jung er noch ist.« Giles grinste. »Wisst Ihr, was er mir sagte, was er werden will, wenn er groß ist?«

»Stallbursche? Postkutschenfahrer? Postillion?«

Giles schüttelte den Kopf. »Bow Street Runner.«

»Ach Herrje«, sagte Sebastian und lenkte seine Pferde in Richtung Swallow Street zum *King's Head*.

***

Kurz nachdem Devlin zur Anhörung des Coroners aufgebrochen war, ging Hero zu den Ställen hinunter, wo sie Tom auf einem umgedrehten Fass sitzend fand. Er murmelte vor sich hin, während er einen Sattel einseifte. Sie hätte ihn zu sich in den Kleinen Salon rufen lassen können, aber sie nahm an, dass er sich wohler fühlte, wenn sie zu ihm kam und ihn sprechen ließe, während er arbeitete. Tom fand sich nach und nach mit Devlins Ehe ab, nicht wie am Anfang. Aber der Waffenstillstand zwischen Hero und dem jungen *Tiger* war immer noch wacklig.

»Ihr wollt *mich* befragen?«, sagte er und sah sie groß an, nachdem sie ihre Gründe genannt hatte, in den Stall hinunterzukommen. »Für Euren Artikel?«

»Devlin hat mir den Vorschlag gemacht.«

Tom zog stirnrunzelnd die Brauen zusammen, und es kam Hero in den Sinn, dass es unter den gegeben Umständen gar nicht so klug gewesen war, Devlins Namen zu nennen.

»Was wollt Ihr wissen?«

»Wie alt warst du, als deine Mutter deportiert wurde?«

Tom senkte den Kopf wieder über den Sattel. »Schätze, vielleicht so neun«, sagte er vage, obgleich Hero schon länger den Verdacht hegte, dass der Junge sich besser an jene Zeit erinnerte, als er den Anschein erweckte. Nach einer Weile hängte er an: »Huey war älter, schon zwölf.«

Huey war Toms Bruder, wie Hero wusste. Er war im Alter von dreizehn Jahren wegen Diebstahls erhängt worden.

»Was haben du und Huey getan, nachdem deine Mutter auf das Schiff zur Deportation geschickt worden war?«, fragte Hero. »Wie habt ihr überlebt?«

Tom zuckte mit einer Schulter. »War anfangs nich leicht. Aber nach ’ner Weile hat sich der alte Kerl um uns gekümmert, wo in der Long Acre ’nen Mietstall hat. Der hat uns immer im Heuschober schlafen gelassen, fürs Stall ausmisten und so.«

»Hast du damals deine Liebe zu Pferden entdeckt?«

»Oh, Pferde hab ich immer schon gerngehabt, Mylady«, sagte Tom und blickte lächelnd auf. Das Lächeln erlosch wieder. »Das Doofe war, der Alte hat uns nich genug zu essen gegeben, und bezahlt hat er uns auch nich. Hat uns aber immer so lang schuften gelassen, bis alles fertig war, was der wollte. Und dann hatten wir keine Zeit mehr, noch was zu verdienen, mit dem wir Essen kaufen konnten. Da hat Huey angefangen zu klauen.«

»Was hast du da gemacht?«, fragte Hero ruhig.

Tom zuckte erneut die Achseln. »Ohne Huey hat der Alte mich nich mehr dort behalten. Sagte, ich wär zu klein, um alles zu machen, was gemacht werden musste. Also hat er ’n paar größere Jungs geholt, und ich musste was Neues finden.«

»Und was war das?«

»Alles, was ich kriegen konnte.« Der Junge hatte aufgehört, so zu tun, als reinige er den Sattel, und saß mit dem Schwamm in der Hand einfach da. »Es ist einfach schlimm, ganz allein zu sein, nich zu wissen, woher man was zu beißen kriegt, oder wo man schlafen kann. Bin immer auf tote Buben und Mädel gestoßen, die unter den Brücken oder in den Plumpsklohäuschen zusammengerollt gelegen haben. Ich schätze, die meisten von ihnen haben einfach aufgegeben und sind gestorben. Die ham sich wahrscheinlich gefragt, was das Kämpfen noch soll. Man kriecht wie Ungeziefer herum, der Magen ist so leer, als ob irgendwas in deinem Bauch leben tät, was am Rückenmark schabt. Und die Hände sind so voller Frostbeulen, dass sie brennen wie Feuer. Aber wisst Ihr, was das Schlimmste ist? Das Schlimmste ist, dass es *allen egal is.* Es is allen egal, dass man Schmerzen hat. Es is allen egal, dass man Hunger hat, dass man friert und Angst hat. Und es is allen egal, wenn man verreckt.« Tom sah auf, und sein Gesicht mit den scharfen Zügen war so beherrscht und gleichzeitig trostlos, dass es ihr das Herz brach. »Ich denk nich gern an diese Tage zurück. Müssen wir weiter drüber reden, Mylady?«

Hero klappte ihr Notizbuch zu. »Ich glaube, ich habe genug. Danke, Tom.« Und dann ging sie zurück in ihr großes, gemütliches Haus und schämte sich sehr für ihre Stadt und für die Welt.

Sie schämte sich für sich selbst.

Kapitel 36

Die offizielle Anhörung bezüglich der beiden Männer, die Sebastian getötet hatte, wurde in einem schmalen Backstein-Inn aus dem achtzehnten Jahrhundert in der Swallow Street abgehalten, nicht weit von der Stelle, an der die beiden Männer ums Leben gekommen waren.

Diese Anhörungen wurden in Tavernen und Inns abgehalten, weil das die wenigen Örtlichkeiten waren, in denen es genug Platz gab. Die Leichen wurden immer ausgestellt, und wenn sie besonders verstümmelt und blutüberströmt waren, versammelten sich meistens große Menschenmengen.

Die toten Männer waren als Samuel Cash und Pierre LeBlanc identifiziert worden. Beide hatten den schlechten Ruf, Kleinkriminelle und Schlimmeres gewesen zu sein. Aber nicht einmal die besten Männer der Bow Street hatten ermitteln können, wer die beiden angeheuert hatte, Sebastian zu töten.

Der Urteilsspruch auf Notwehr wurde nie ernstlich angezweifelt.

Hinterher stand Sebastian noch im Schankraum und blickte auf die reglosen, bleichen Gestalten hinunter, die er getötet hatte. Die lärmende, rufende, ungestüme und übelriechende Menge um sich herum nahm er kaum wahr. *Wer hat euch geschickt?*, wollte er die stillen toten Männer fragen. *War es der Mörder von Cler-*

kenwell? Oder jemand anderes? Er betrachtete die blassen Züge des jungen, schmalgesichtigen Mannes namens Pierre LeBlanc. Es konnte natürlich reiner Zufall sein, dass einer seiner Beinahe-Mörder Franzose war. Aber vielleicht auch nicht.

Und das bedeutete, dass Comte de Brienne einiges zu erklären hatte.

***

Amadeus Colbert, der Comte de Brienne, ging gerade die Eingangsstufen seines Hauses hinunter, als Sebastian in die Half Moon Street einbog. Der Franzose maß Sebastian mit einem langen, nachdenklichen Blick, dann wandte er sich ab und schlenderte Richtung St James's.

»Ihr seid ungewöhnlich früh auf den Beinen«, sagte Sebastian, übergab Giles die Zügel und sprang von der Kutsche hinunter.

De Brienne sah ihn an. Er trug einen hervorragend geschneiderten Herrenmantel aus feiner grauer Wolle, weiche Lederhosen und glänzende Stiefel, die mit silbernen Quasten verziert waren. Unter einem Arm trug er einen Gehstock mit einem silbernen Knauf, der zweifellos einen Dolch verbarg. »Ihr auch.«

»Ich musste an einer öffentlichen Leichenschau teilnehmen«, sagte Sebastian und fiel neben ihm in seinen Schritt ein. »Jemand hat versucht, mich Donnerstagabend umbringen zu lassen.«

»Ach?«

»Wart Ihr das vielleicht zufällig?«

De Brienne ging weiter. »Nein, tut mir leid.«

280

»Eigenartigerweise gebe ich mir große Mühe, Euch zu glauben.«

»Warum macht Ihr Euch dann überhaupt die Mühe zu fragen.«

»Einer meiner Angreifer war Franzose.«

»Und Ihr glaubt, das macht mich automatisch zum Verdächtigen? London ist voll von Franzosen. Schlechterdings lässt es sich nicht vermeiden, dass neben den verdienstvollen Flüchtlingen eine gewisse Anzahl weniger erwünschter Personen hereinkommt.«

»Das stimmt«, sagte Sebastian. »Aber was will man machen? Sich abwenden und Zehntausende sterben lassen?«

»Es gibt Menschen, die dafür stimmen würden – und sich trotzdem als gute Christen bezeichnen.«

»Das stimmt. Andererseits neigen die meisten Menschen doch dazu, sich nur bis zu einem gewissen Grad selbst etwas vormachen zu können.«

De Brienne warf ihm einen raschen Seitenblick zu. »Und das soll heißen?«

»Der Mann, der versuchte, mich zu töten, hieß Pierre LeBlanc. Ihr kennt ihn nicht per Zufall, oder doch?«

»Meines Wissens nicht.«

»Je von ihm gehört?«

»Ist das nicht das Gleiche?«

»Nicht ganz.«

De Brienne blieb stehen und sah ihn an. »Wenn ich Euch tot sehen wollte, Monsieur, würde ich es selbst tun. Ich habe einen gewissen Ruf, meine Morde selbst auszuführen, erinnert Ihr Euch?«

»Vielleicht seid Ihr ja anpassungsfähig. In anderer Hinsicht habt Ihr das jedenfalls bewiesen.«

»Ihr sagt das, als wäre Anpassungsfähigkeit etwas Negatives.«

»Das kann sie sein.« Sebastian musterte das beherrschte Gesicht des Franzosen. »Wir haben noch mehr Leichen ermordeter Kinder gefunden; wusstet Ihr das schon?«

»Und erwartet Ihr, dass mich das interessiert? Dass ich Mitleid vortäusche?«

Sebastian schüttelte den Kopf. »Nein. Das würde nicht zu Eurem Charakter passen. Und Ihr achtet immer sehr darauf, Euren Charakterzügen treu zu bleiben, nicht wahr?«

Der Franzose verengte die Augen. »Ich habe nicht versucht, Euch töten zu lassen.« Dann verzog er die Lippen zu einem gehässigen Lächeln. »Habt Ihr zufälligerweise daran gedacht, Eurem Schwiegervater diese Frage ebenfalls zu stellen?«

»In der Tat, das habe ich.«

»Dann fürchte ich, dass ich Euch nicht weiterhelfen kann. Und nun müsst Ihr mich entschuldigen; ich habe einen Termin bei meinem Schneider.«

»Ich frage mich ...«, sagte Sebastian, als der Franzose sich gerade abwenden wollte. »Woher wusstet Ihr, dass drei Ausgaben von *Les 120 Journées de Sodome* nach England geschmuggelt worden sind?«

De Brienne drehte ihm langsam das Gesicht zu. »Rutledge hat es mir natürlich gesagt.«

»Er kennt Euer Interesse an de Sade?«

»Alle guten Kaufleute kennen die Geschmäcker ihrer Kunden, oder nicht? Ich fürchte allerdings, dass Ihr falsch informiert seid, Mylord. Rutledge hat fünf Ausgaben von de Sades verlorenem Buch erhalten, nicht drei.«

»Hat er das gesagt?«

»Er brauchte es mir nicht zu sagen; ich habe sie selbst gesehen. Ich war an dem Abend, als sie eintrafen, in seinem Laden. Bis auf zwei waren alle bestellt – zumindest behauptete er das.«

»Sagte er auch, von wem?«

»Glaubt Ihr etwa ernstlich, dass er so etwas täte? Ich fürchte, diese Frage müsst Ihr Rutledge selbst stellen.« Damit vollführte er einen anmutigen Diener und setzte seinen Weg fort, als sei er vollends von der komplizierten Aufgabe in Anspruch genommen, den Stoff für seinen neuen Mantel auszuwählen.

***

Trotz des außerordentlich hellen Tages lag die schmale, alte Straße von Holywell noch im kühlen Schatten; die ärmlich gekleideten Buchhändler zitterten und stampften neben ihren Ständen mit den Füßen auf. Sebastian war mit dem festen Entschluss hergekommen herauszufinden, wie viele Ausgaben von de Sades üblem kleinen Machwerk tatsächlich nach England importiert worden waren, und wer außer Comte de Brienne und Hector Kneebones adliger Bewunderin sie erworben hatte. Seine Stimmung war schlecht genug, um alles zu tun, was nötig war, um die Wahrheit aus Clarence Rutledge herauszuschütteln. Doch als er dann vor dem anrüchigen Buchladen anhielt, war der geschlossen.

»Hölle noch mal«, fluchte er leise.

Er gab Giles die Zügel, sprang vom Bock und ließ den Blick über die ruhige, baufällige Fassade des Hauses wandern. Obwohl er wusste, dass es keinen Sinn hatte, klopfte er so fest mit der Faust gegen die altersschwache Tür, dass sie in den Angeln klapperte. »Rutledge?«, schrie er. »Rutledge!«

»Der is nich da«, erklang eine Stimme hinter ihm.

Sebastian drehte sich um und sah sich einem abgerissenen, aber auffallend hübschen Mädchen von vielleicht fünfzehn Jahren gegenüber. Sie hatte ein herzförmiges Gesicht mit einer kleinen, geraden Nase und riesigen braunen Augen. Sie sah sehr jung aus und wirkte, als wüsste sie sehr viel über das Leben auf der Straße. »Hat schon seit Tagen nich mehr aufgemacht.«

»Macht er das öfters – mehrere Tage weggehen und seinen Laden schließen, meine ich.«

»Nur wenn die Behörden ihn bei was erwischt haben.«

»Und haben die Behörden ihn dieses Mal auch ›erwischt‹?«

Das Mädchen zog eine Schulter hoch. »Nich dass ich was gehört hätt. Aber vielleicht schon.«

»Wo wohnt Rutledge?«

Sie sah zu den geschlossenen Flügelfenstern am überkragenden oberen Stockwerk. »Dort oben.«

»Wann hast du ihn zum letzten Mal gesehen?«

Das Mädchen musterte Sebastian abwartend, und ihr hübsches Gesicht war eine perfekte Veranschaulichung von Berechnung.

Sebastian schluckte einen ungeduldigen Fluch hinunter und reichte ihr einen Schilling.

»Donnerstagmorgen«, sagte das Mädchen und ließ die Münze in ihren Lumpen verschwinden.

Sebastian spürte einen Anflug von Besorgnis. Es gab keinen Grund anzunehmen, dass Rutledge einer schlimmeren Sache als den strengen Gesetzen dieser Zeit zum Opfer gefallen war, die den Verkauf von unzüchtiger Literatur oder den Druck von Abhandlungen über die Vorteile von Demokratie regelten.

Aber obgleich Sebastian sich das sagte, blieb das Gefühl der Besorgnis bestehen.

Kapitel 37

Da ihm sein erster Anlaufpunkt durchkreuzt worden war, fuhr Sebastian als Nächstes zum Covent Garden.

Er traf Hector Kneebone noch im Bett an, umgeben von einem kuscheligen Kokon aus spitzeneingefasstem, feinem Leinen und glänzender burgunderfarbener Seide. Sein hübscher Mund war halb geöffnet, und ein Crescendo von Schnarchtönen drang hervor, untermalt vom Weingeruch der vergangenen Nacht. Der Morgen mochte vorbei sein, aber das Schlafzimmer des Schauspielers war noch dunkel dank der schweren, fest zugezogenen Vorhänge vor den Fenstern. Sebastian holte Kneebones *Les 120 journées de Sodome* vom Regal und warf dem Schauspieler das Buch auf den Bauch.

Kneebone erstickte fast an seinem letzten Schnarcher und setzte sich mit einem Ruck auf. Seine Nachtmütze rutschte ihm in die Stirn. »Was? Was?« Sein Blick blieb an der zweiläufigen Steinschlosspistole in Sebastians Hand hängen, und er erstarrte.

»Entspannen Sie sich«, sagte Sebastian lächelnd und zog den ersten der beiden Hähne mit einem bedrohlichen Klicken zurück.

»Entspannen?« Kneebone rutschte nach hinten, bis er fest am üppig geschnitzten Kopfteil seines Bettes saß. »Ihr schleicht Euch in mein Schlafzimmer, bewerft mich mit Gegenständen, haltet mir eine Pistole vor und sagt mir, ich solle mich entspannen? Was zur Hölle, verdamm noch mal?« Er warf einen aufgeregten Blick in den abgedunkelten Salon. »Wo ist Dugger?«

»Wenn Dugger Ihr Kammerdiener ist, so wurde er zu einem Botengang gerufen. Er sollte in einer oder zwei Stunden wieder zurück sein.«

Kneebones Blick wanderte wieder zu Sebastians Pistole. »Was wollt Ihr von mir?«

»Das Buch«, sagte Sebastian und deutete mit der Mündung der Steinschlosspistole auf das in schwarzes Leder gebundene Buch, das zum Bettrand neben Kneebones Hüfte gerutscht war. »Ich will wissen, woher Sie es haben.«

Der Schauspieler wischte das Buch mit einer Bewegung weg, die das wertvoll verarbeitete Stück mit einem lauten Geräusch über den Boden schlittern ließ. »Ich habe es geschenkt bekommen.«

»Von wem?«

»Das kann ich Euch nicht verraten!«

»Warum nicht?«

»Weil man das nicht tut, und das wisst Ihr. Die Ladys können über ihre Eroberungen prahlen, so viel sie wollen. Aber wehe ein Mann wagt es, auch nur Wort – *ein verfluchtes Wort!* – verlauten zu lassen, und sofort ist er als übler Schuft abgestempelt.«

»Was der Karriere eines Schauspielers offenbar nicht zuträglich ist.«

Kneebone zog in einem Stirnrunzeln die Brauen zusammen. »Nein, ist es nicht.«

Sebastian senkte die Pistole auf einen der unteren Bereiche von Kneebones Anatomie. »Eine Kugel auch nicht. Sagt mir, woher Ihr das verdammte Buch bekommen habt.«

Die Augen des Schauspielers wurden groß, und seine Zunge schoss hervor, als er sich die Lippen befeuchtete. »Von Lady Sutton«, sagte er mit einem scharfen Ausatmen. »Lady Sutton hat es mir geschenkt. Sie sagte, sie hat es in einem Laden in der Holywell Street gekauft, aber ich weiß nicht, in welchem. Ich schwöre!«

Sebastian blinzelte. Er war mit Lady Sutton vage bekannt, der Gattin eines Baronets in den Vierzigern, die im Ruf stand, zu viel zu trinken, zu laut zu lachen und zu tiefe Ausschnitte zu tragen.

Ihr Ehemann war Ende achtzig.

Sebastian nickte erneut zu dem Buch. »Haben Sie es gelesen?«

»Es ist auf Französisch. Wie zum Geier soll ich das denn lesen? Mein Vater war ein Straßenhändler. Wo soll ich Eurer Meinung nach wohl Französisch gelernt haben?«

»Sie hören sich nicht wie der Sohn eines Straßenhändlers an.«

Kneebone hob die Hand, richtete seine Schlafmütze und hielt sie fest, als er eine scherzhafte Verbeugung andeutete. »Danke.«

Sebastian zog den zweiten Hahn zurück. »Wenn Sie das beste Mayfair-Englisch des Königs hinbekommen, warum dann nicht auch Französisch?«

»Das ist etwas anderes.«

»Wirklich?«

»Ich spreche kein Französisch«, sagte Kneebone erneut und betonte jedes Wort. »Und ich würde das Buch nicht lesen wollen, selbst wenn ich es könnte.«

»So? Weshalb nicht?«

»Weil ich es mir angeschaut habe, deshalb. Die ersten paar Illustrationen sind ja ganz erregend, aber zum Ende hin ...« Die berühmten Züge des Schauspielers verzogen sich zu einer Grimasse der Abscheu, die vielleicht echt war, vielleicht nicht. »Das Ding würde selbst dem Teufel Albträume machen. Das ist krank.«

»Das soll es.«

Kneebone schüttelte den Kopf. »Ich verstehe es nicht. Ich habe im Lauf der Jahre in mehreren von de Sades Stücken gespielt, und sie sind gar nicht so.«

»Das stimmt. Andererseits wurden die aber nicht in der Bastille geschrieben.« Sebastian verlagerte das Gewicht. »Erzählen Sie mir etwas über die Frau, die Ihnen das Buch geschenkt hat – Lady Sutton. Schätzt sie solcherlei Dinge?«

Kneebones Augen weiteten sich. »Was? Jungen, die bei lebendigem Leib gehäutet werden, und junge Frauen, denen eine Gliedmaße nach der anderen ausgerissen wird? Ich hoffe nicht. Ich glaube, sie schockiert gern. Sie testet gern die Grenzen von – eigentlich allem aus. Sie rühmt sich, anders zu sein und vor nichts Angst zu haben. Ich glaube, für sie ist das Buch vor allem wegen seiner Hintergrundgeschichte reizvoll – und weil nur fünf Exemplare davon nach England geschmuggelt worden sind.«

»Wer hat Ihnen verraten, dass es nur fünf waren?«

»Sie selbst. Warum?«

Sebastian rechnete im Kopf zusammen: Kneebone hatte ein Exemplar, eines er selbst, und de Brienne hatte eines – damit blieben noch zwei übrig, über die er noch nichts wusste. »Hat Lady Sutton auch eines für sich selbst gekauft?«

»Das weiß ich nicht.«

»Wann hat sie es Ihnen geschenkt?«

»Das muss mindestens ein Jahr her sein. Kurz, bevor sie sich mit ihrem Lord auf das Land zurückgezogen hat.«

»Sind sie immer noch dort?«

»Auf dem Land? Soweit ich weiß, ja. Der Alte ist ziemlich krank. Warum?«

»Teilt ihr Lord ihre Vorlieben?«

»So wie ich es verstanden habe, hat er das früher getan. Aber jetzt ist er sehr alt, und im Grunde ein Invalide.« Kneebone setzte sich aufrechter hin, und mit den Fäusten raffte er die Betttücher vor seinem Nachthemd zusammen, wie auch eine Frau es täte. »Ich frage mich: Habt Ihr ... habt Ihr *Number Three* am Pickering Place schon überprüft?«

»Selbstverständlich«, sagte Sebastian. »Dort habe ich Ihren Namen erfahren, erinnern Sie sich?«

Kneebones Zunge huschte erneut über seine Lippen. »Ja, sicher. Das hatte ich vergessen. Aber wusstet Ihr, dass dort vor ein paar Wochen ein Mädchen getötet wurde? Sie haben es als Suizid hingestellt, aber es war keiner. Der einzige Grund, weshalb sie nicht ganz damit durchgekommen sind, ist, dass ein Kunde die Leiche des Mädchens gesehen hat, bevor sie sie loswerden konnten. Soweit ich es mitbekommen habe, hat er ziemlichen Rabatz geschlagen.«

»Und woher wissen Sie das?«

»Ein Freund von mir war in der Nacht dort.«

»Ein Freund. Und weshalb sollte ich ihm glauben – oder Ihnen?«

Kneebones Kinn spannte sich an. »Fragt doch die Blight-Schwestern selbst danach. Der Name des Mädchens war Jane. Jane Peters. Mein Freund sagte, das Etablissement muss einen Protektor haben, dass es mit so etwas davonkommt. Jemanden mit viel Macht.«

Sebastian stieß sich von der Wand ab. »Warum haben Sie mir das nicht früher erzählt?«

»Weil ich es selbst erst gehört habe.«

»Ach? Wie ist der Name Ihres Freundes?«

»Den kann ich Euch nicht verraten!«

»Und trotzdem erwarten Sie, dass ich Ihnen glaube?«

»Ich sage Euch die Wahrheit«, sagte Kneebone mit großer Würde.

Sebastian lächelte den Schauspieler freudlos an. »Wie wurde sie getötet?«

Kneebone schluckte und blickte zur Seite. »Er sagte, sie sei stranguliert worden.«

***

Es gab keinen Grund, weshalb Sebastian die Aussage des Schauspielers glauben sollte. Aber Kneebones Bereitschaft, ihm den Namen des toten Mädchens zu nennen, verlieh seiner Geschichte eine gewisse Glaubwürdigkeit.

Bevor er sich zum Pickering Place aufmachte, fuhr er zur Praxis von Paul Gibson am Tower Hill, wo er den Iren in dem Nebengebäude mit den hohen Fenstern im hinteren Teil des Gartens antraf. Er war von den Kisten umgeben, in denen frisch gereinigte Knochen lagen, und dem bedeckten Leichnam von Rory Inchbald. Eine Wanne mit Wasser war auf dem Steintisch in der Mitte des Raums aufgestellt worden, Gibson wusch gerade den Inhalt der letzten Kiste und legte die Knochen zum Trocknen aus. Eine zweite Wanne stand in der Nähe. Sie wies darauf hin, dass jemand – wahrscheinlich Alexi – ihm bei seiner Aufgabe geholfen hatte. Es roch nach nassem Stein, feuchter Erde und dem Tod.

»Ich hoffe, du bist nicht auf der Suche nach Antworten hier«, sagte Gibson und sah von seiner Arbeit auf, »denn ich habe keine.«

»Gar nichts?«

Er drehte den Kopf zu der stillen Gestalt des einbeinigen Soldaten. »Nun, ich kann dir sagen, dass Rory Inchbald in den Rücken gestochen wurde. Aber darüber hinaus habe ich die Knochen von fünf verschiedenen Jugendlichen ...«

»Fünf?«

»Wir haben noch ein Grab gefunden, nachdem du weg warst. Zwei Jungen, zwei Mädchen, und eine Leiche, die beides sein könnte. Die Knochen des einen Mädchens sind so klein, dass sie wohl erst zwölf Jahre alt gewesen sein kann, und der älteste von ihnen ist vermutlich dieser Junge hier.« Gibson schüttelte Wasser von einem Oberschenkelknochen, der dunkle Flecken hatte, deren Ursprung Sebastian nicht weiter überdenken wollte, und legte ihn zum Trocknen zu den anderen auf der Steinplatte ab. »Er war vielleicht schon siebzehn, obwohl er auch nicht sehr groß war.«

Sebastian betrachtete die Knochen des unbekannten Jungen. Einige der Gräber, die sie gefunden hatten, waren so flach gewesen, dass streunende Hunde und

Schweine sie aufgewühlt hatten. Aber dieses Skelett sah recht vollständig aus. »Was weißt du über *Number Three* am Pickering Place?«

»Nicht besonders viel. Und das meiste, das ich weiß, habe ich von Alexi – sie hat dort einige der Mädchen entbunden. Ich nie. Warum?«

»Neulich sagte sie, sie fand es nicht so schlimm wie in der Chalon Lane.«

»Das stimmt. Nicht annähernd so schlimm.«

»Du glaubst also nicht, dass diese Kinder dort getötet worden sein könnten?« Es schien nicht sehr wahrscheinlich, wenn man bedachte, was Hamish ihm erzählt hatte. Aber dennoch ...

Gibson schüttelte den Kopf. »Jedes Bordell verliert mal Arbeiterinnen an Kunden, die gewalttätig werden. Aber fünf oder sechs? Ich glaube, dann hätte ich davon gehört. Ich meine, von dem Haus in der Chalon Lane habe ich gehört. So etwas kann man nicht lange geheim halten.« Er hielt inne. »Oder doch?«

»Woher bekommt *Number Three* die Jungen und Mädchen?«

»Hauptsächlich von der Straße. Manche sind Lehrlinge, die weggelaufen sind, aber die meisten sind Waisen oder verlassene Kinder. In manchen Stadtteilen von London werden sie von der Straße entführt, aber es ist nicht besonders schwer, sie einfach anzulocken. Wenn man am Verhungern ist, unerträglich friert und einsam ist, dann sieht das, was die Schwestern Bligh bieten, wahrscheinlich gar nicht so schlimm aus – ein Dach über dem Kopf, ein Bett, um darin zu schlafen, viel zu Essen und warme Kleidung. Das schlägt den Hungertod in irgendeinem Graben um Längen.«

»Vielleicht ja, vielleicht nein.« Sebastian blickte auf den unheimlichen grinsenden Schädel, den Gibson an den Rand der Platte gelegt hatte. Ohne Fleisch und Sehnen sah ein Schädel fast wie der andere aus. Und ihm wurde klar, was für ein Glück sie gehabt hatten, dass sie Mick Swallow anhand der Münze hatten identifizieren können, die er um den Hals getragen hatte. Die übrigen toten Kinder waren vollends anonym und würden es zweifellos auch bleiben. »Wir werden nie wissen, wer sie im Einzelnen waren, oder?«, fragte er nach einer Weile.

»Wahrscheinlich nicht. Wären sie in ihren Kleidern beerdigt worden, hätten wir sie vielleicht damit identifizieren können. Aber sie waren ja nackt.«

Sebastian trat auf die Türschwelle und stützte sich mit den Händen am Rahmen ab, um zum windverwehten Himmel hinauszublicken. Und abermals spürte er, wie in ihm Frustration und Wut aufstiegen – ebenso mächtig wie sinnlos. »Derjenige, der das tut, stiehlt diesen armen Kindern nicht nur das Leben«, sagte er und beobachtete, wie der Wind ein paar hübsche Astern in seiner Nähe zum Erzittern brachte. »Er wirft sie in flachen, unmarkierten Löchern weg wie Abfall. Wenn wir sie nicht identifizieren können, wird niemand je erfahren, was mit ihnen geschehen ist.« Sebastian stieß sich von der Tür ab und drehte sich wieder zu dem Raum voller Knochen um. »Es muss einen Weg geben herauszufinden, wer sie gewesen sind.«

Gibson fischte die letzte Rippe des Skeletts aus dem Zuber, dann schüttelte er die Hände ab und griff nach einem Lappen, um sie abzutrocknen. »Ein Knochen ist nur ein Knochen. Ich kann mir nicht vorstellen, wie wir je in der Lage sein sollen, die Knochen eines Menschen von denen eines anderen auseinanderzuhalten. Vielleicht ist es besser so – dass wir allesamt irgendwann unsere Identität verlieren und einfach ein Teil der Erde werden.«

Sebastian betrachtete die Kisten voller Überreste unidentifizierter Opfer und spürte, wie ihm das Herz brach wegen der namenlosen, vergessenen Kinder, deren Leben auf so grausame Weise durch unsägliche Stunden voller Schmerz und Angst jenseits des Vorstellbaren einfach durchtrennt worden war. »Irgendwann schon, ja. Aber noch nicht. Und nicht so.«

Kapitel 38

Als Sebastian im fahlen Licht eines bewölkten Nachmittags am Pickering Place ankam, war der kleine Platz fast menschenleer. Er klopfte an der glänzenden schwarzen Tür von *Number Three* und lauschte auf die näherkommenden Schritte eines Mannes. Doch die Tür blieb geschlossen.

»Ich weiß, dass Sie da sind«, sagte Sebastian. »Sagen Sie Ihrer Herrin, dass wir über Jane Peters sprechen müssen.«

Die Schritte entfernten sich. Mit seinem übersteigerten Gehör fing er eine geflüsterte Diskussion auf, in der der ungesehene Türöffner zischte: *»Sie hätten mich den Kerl schon beim letzten Mal um die Ecke bringen lassen sollen.«* Seine Arbeitgeberin antwortete ruhig – und geheimnisvoll: *»Sei kein Narr; es gibt für alles die richtige Zeit und den richtigen Ort.«* Dann kamen die schweren Schritte zurück, und der Preisboxer mit den schmalen Augen, der vernarbten Augenbraue und den Hängebacken zog die Tür auf.

»Ihr wisst doch, dass Ihr nich willkommen seid«, grummelte er.

»Helfen Sie mir auf die Sprünge: Sind Sie Thomas oder Joshua?«

Das Stirnrunzeln des Boxers wurde noch tiefer. »Joshua.« Er trat zurück und ruckte mit dem Kopf zum Flurende. »Ihr wisst, wo Ihr sie findet.«

Grace Bligh saß mit einer Tasse Tee in dem Sessel, der beim letzten Mal von ihrer seltsam schweigsamen Schwester besetzt gewesen war. Ihr langes goldenes Haar hing offen über ihre Schultern herunter, und sie trug nichts als einen dünnen Seidenmantel, der jede ihre Körperwölbungen und -vertiefungen betonte. Und obwohl sie eine erwachsene Frau war, führte etwas an ihrer geringen Größe dazu, dass Sebastian es als vage unbehaglich empfand, sie so zu sehen.

Als wüsste sie genau, was er dachte, glomm in ihren blassgrauen Augen ein amüsiertes Funkeln auf. Aber sie sagte nur: »Wer hat Euch von Jane erzählt?«

»Spielt es eine Rolle?«

Sie hob die dünne, von Rosen gesprenkelte Tasse an die Lippen. »Unsere Kunden wissen es üblicherweise besser als aus dem Nähkästchen zu plaudern.«

»Meiner Erfahrung nach empfinden die meisten Menschen es als verstörend, einen Mord zu beobachten. Folglich haben sie das Bedürfnis, darüber zu reden.«

Grace Bligh schüttelte den Kopf. »Ich fürchte, man hat Euch falsch informiert; Jane Peters hat Suizid begangen.«

»Durch Selbststrangulation?«

»Das ist machbar.«

»Benji Thatcher – der Junge aus Clerkenwell, der vergewaltigt und gefoltert wurde – wurde stranguliert.«

Sie hob ihre in Seide gekleideten Achseln mit einem abschätzigen Schulterzucken. »Das ist eine ziemlich verbreitete Mordmethode.«

»Ich dachte, wir sprächen über Suizid?«

Sie nahm noch einen Schluck Tee. »So ist es.«

»Und tatsächlich ist Tod durch Strangulation nicht so leicht durchzuführen, wie Sie vielleicht glauben.«

»So? Nun, darin dürftet Ihr Euch besser auskennen als ich.«

»Wirklich?« Da sie ihm keinen Sitzplatz angeboten hatte, wanderte Sebastian durch den Raum, betrachtete die teuren Kommoden mit Marmorplatten und die massiven Sèvres-Vasen zu beiden Seiten des Kamins. »Wo ist Ihre Schwester?«

»Hope kommt selten vor drei Uhr aus ihrem Zimmer.«

»Warum spricht sie nicht?«

Grace Bligh schüttelte in gespielt verführerischer Geste ihr offenes Haar zurück. »Vielleicht könnt Ihr sie fragen, wenn Ihr sie das nächste Mal seht.«

»Sie kommen woher?« Er blieb vor einem Buchregal mit Glastüren stehen, die mit Messingklammern eingefasst waren. »Aus Sussex?«

»Aus Kent.«

Er ging die Buchtitel durch, suchte nach de Sade, fand aber nur Shakespeare, Donne und Chaucer. »Sie haben einen interessanten Literaturgeschmack.«

In ihren Augen blitzte es. »Wieso? Hieltet Ihr uns für Analphabeten? Unsere Mutter war die Tochter eines Pfarrers und unser Vater der Schulmeister im Dorf.«

Er wollte sie fragen, wie sie und ihre Schwester in London am Pickering Place gelandet waren, um ein Bordell zu führen, das die abartigsten sexuellen Vorlieben der Männerwelt bediente. Aber er vermutete, dass er die Antwort bereits kannte. Dorfschulmeister führten ein hoffnungsloses Leben von der Hand in den Mund. Wenn der unglückliche Mr Bligh und seine Gattin gestorben waren, als ihre Töchter noch klein waren, wären die Schwestern in einer gefährlichen, verletzlichen Lage zurückgeblieben. Offensichtlich hatte jemand diese Verletzlichkeit ausgenutzt. Die Mädchen mussten schon bald gelernt haben, dass gewisse Männer junge Frauen bevorzugten – oder solche, die jung aussahen. Und die Schwestern Bligh waren schlau und skrupellos genug gewesen, aus diesem Wissen Geld zu schlagen.

Er fragte: »Wer hat Jane Peters getötet?«

In den Mundwinkeln von Grace Bligh bildeten sich zwei weiße Linien. »Ich sagte es doch schon: Sie hat sich selbst getötet.«

»Und die Behörden haben das Märchen geglaubt?«

Sie seufzte übertrieben auf. »Warum stellt Ihr überhaupt Fragen, wenn Ihr nicht zuhört oder die Antworten gleich wieder vergesst? Ich sagte Euch doch schon beim letzten Mal: Die Behörden kümmern sich nicht um uns.«

»Das taten Sie.« Er ließ den Blick bedeutungsvoll über die Reihen hervorragender Gemälde in schweren Goldrahmen und über die Tische voll feinstem Porzellan und beeindruckenden Bronzestatuetten gleiten. Es fiel ihm schwer zu glauben, dass selbst ein Haus, das so exklusiv war wie dieses, genug Profit erwirtschaftete, um es seinen Eigentümern zu erlauben, dass sie die örtlichen Behörden ausbezahlten – und ihnen danach immer noch genug übrig blieb, um solche Kostbarkeiten anzuschaffen. Die Untersuchungsrichter im West End waren sicherlich bestechlich, aber billig waren sie nicht.

Er sagte: »Mir kommt so der Gedanke, dass ein Geschäft wie dieses sich hervorragend zur Erpressung anbietet.«

Sie beobachtete ihn mit ihren eigenartigen silbergrauen Augen. »Erpressung überlässt man am besten den Experten.«

»Nun, ich glaube, Sie sind darin sehr gut.«

Ihre Lippen verzogen sich zu einem scheinbar ehrlich amüsierten Lächeln. »Das nehme ich als Kompliment.«

Er sagte: »Es gibt natürlich auch eine andere Möglichkeit. Ein Etablissement dieser Art könnte auch für die Franzosen sehr nützlich sein.«

Sie lachte laut auf. »Eine interessante These. Doch Ihr liegt noch immer nicht richtig.«

Und da wusste er es. Er blickte ihr ins kalte, immer noch lächelnde Gesicht, und wusste, warum sie sich so gar keine Sorgen um Bloßstellung machte. Die Schwestern hingen nicht von der Protektion eines korrupten kleinen Magistraten ab. Das brauchten sie nicht. Ihr übles kleines Etablissement wurde vom mächtigsten Mann im Königreich beschützt – einem Mann, der zweifellos guten Nutzen für jegliche Information hatte, die sie ihm bieten mochten.

»Ich verstehe«, sagte Sebastian, und an ihrer absoluten Reglosigkeit, die sie fest unter Kontrolle hatte, erkannte er, dass er richtig lag.

Er schickte sich an, zur Tür zu gehen, hielt aber inne. »Jemand hat am Donnerstagabend versucht, mich zu töten. Sie wissen nicht zufällig etwas darüber?«

Sie erwiderte seinen Blick mit glitzernden Augen, doch ihr Antlitz war eine Maske. Unwillkürlich dachte er: Sie sind alle Schauspieler und Schauspielerinnen, nicht nur Hector Kneebone, sondern auch de Brienne und Grace Bligh. Alle drei präsentierten der Welt eine sorgfältig errichtete und vollends täuschende Fassade. Dann senkte sie die Wimpern und versteckte ihre Augen. »Ich denke mir, dass Ihr viele Feinde habt, Mylord.«

»Das stimmt. Aber Sie sind die Einzige von ihnen, die ich mit ihrem Handlanger darüber sprechen hörte, wann die richtige Zeit und der richtige Ort für meine Ermordung sei.«

Zum ersten Mal sah er ihr selbstbewusstes Lächeln wanken, als jemand am Eingang ungeduldig gegen die Tür trommelte.

»Ein bisschen früh für Kundschaft, oder?«, sagte er.

Grace Bligh saß steif in ihrem Sessel, der Tee in ihrer Hand wurde kalt. »Manche Männer haben Verpflichtungen, die es ihnen schwer machen, uns am Abend aufzusuchen.«

»Sie meinen Verpflichtungen wie Frau und Kinder.«

Das Lächeln in ihren Augen war zurück. »Das macht Euch Sorgen, Mylord, nicht wahr? Warum? Seid Ihr versucht?«

»Ich glaube, das Wort, nach dem Sie suchen, lautet ›angeekelt‹«, sagte er und wandte sich ab.

Er spürte die tödliche Feindseligkeit, mit der ihr Blick sich ihm in den Rücken bohrte, als er zur Haustür ging. Der Neuankömmling war bereits ins vordere Zimmer mit den farbenprächtigen Sofas aus rotem Brokat, dicken Samtvorhängen und enormen Gemälden nackter junger Frauen, die sich in vage orientalisch wirkenden Serails räkelten, gebeten worden. Als Sebastian am breiten Eingang des Raumes vorbeiging, sah er den

neuesten Kunden des Etablissements mitten auf dem
Teppich stehen. Seinen modernen Zylinder hielt er in
Händen, die gedrungenen Beine standen weit auseinander, und den untersetzten Oberkörper hielt er
stocksteif und gerade, während er die beiden schmerzlich jungen Mädchen begutachtete, die ihm zur Auswahl angeboten wurden. Sogar von hinten betrachtet
schien etwas an der kleinen, mittelalten Gestalt vage
vertraut. Dann drehte der Mann sich etwas, und Sebastian erkannte eines der unverblümteren Parlaments-
mitglieder. Pugh war sein Name.
Sinclair Pugh.

Kapitel 39

»Man hat uns klipp und klar gesagt, dass Lord Jarvis *Number Three* am Pickering Place kontrolliert«, sagte Sir Henry Lovejoy. Er hatte die Ellbogen auf seinem Büroschreibtisch abgestützt und tippte sich mit den Fingern der zusammengelegten Hände ans Kinn. »Aber wir wurden vom Ministerium des Innern gewarnt, wir sollten den Ort in Ruhe lassen. Ich kann Euch versichern, dass mir das entschieden gegen den Strich geht. Einige Geschichten, die wir über dieses Etablissement gehört haben, sind mehr als verstörend.«

Sebastian lehnte sich im Stuhl zurück, und mit Rücksicht auf die entsagungsvollen religiösen Befindlichkeiten des Magistraten schaffte er es irgendwie, den Fluch, der ihm auf der Zunge lag, hinunterzuschlucken. »Dann haben Sie wohl von dem ›Suizid‹ eines Mädchen namens Jane Peters vor ein paar Wochen gehört?«

Lovejoy nickte. »Das Ergebnis der Geschworenenentscheidung war natürlich grotesk. Aber ich fürchte, in solchen Fällen tut der Coroner das, was ihm aufgetragen wurde.«

»Und wurde sie an der Kreuzung mit einem Pfahl durchs Herz bestattet?« Das war das übliche Schicksal von Menschen, denen man das Verbrechen der Selbsttötung zur Last legte – die von der Kirche als die schlimmste Sünde von allen betrachtet wurde.

Der Magistrat erhob sich abrupt und ging zum Fenster, durch das er auf die belebte, lärmende Straße hinunterblickte. Sein Schweigen verriet Sebastian alles, was er wissen wollte. Nach einer Weile sagte Lovejoy mit heiserer Stimme: »Glaubt Ihr, *Number Three* steckt hinter den Leichen, die in Clerkenwell gefunden wurden?«

»Ich weiß es ehrlich nicht. Ich hörte von einem Jungen, der im vergangenen Jahr in der Nähe des Charterhouse entführt wurde, und die Geschichte, die er erzählt hat, legt keine Verbindung zu den Schwestern Bligh nahe. Aber nur weil ich keinen Zusammenhang sehe, bedeutet das nicht, dass es keinen gibt.«

»Wollen wir hoffen, dass es keinen gibt.«

»Und wenn doch?«

Ihre Blicke begegneten sich, und Lovejoys Züge nahmen den verkniffenen, besorgten Ausdruck eines Mannes mit Gewissen an, dem durch eine ominöse Macht seiner Vorgesetzten die Hände gebunden sind.

Sebastian erhob sich und wollte schon zur Tür, hielt dann aber inne, als ihm ein weiterer Gedanke in den Sinn kam. »In der Holywell Street gibt es einen Buchhändler namens Clarence Rutledge. Er ist seit mehreren Tagen nicht mehr gesehen worden. Er könnte verhaftet worden sein oder auch beschlossen haben, für eine Weile unterzutauchen. Aber es ist auch möglich, dass ihm etwas zugestoßen ist.

»Holywell sagtet Ihr?« Lovejoys missbilligendes Stirnrunzeln verriet Sebastian, dass der Untersuchungsrichter sehr wohl wusste, welche Art Literatur dort in den Ständen und Buchhandlungen zu finden war. »Ich schicke einen der Männer zur Überprüfung hin. Glaubt Ihr, dieser Buchhändler könnte mit den Morden zu tun haben?«

»Nicht direkt damit zu tun haben. Aber er könnte mehr über den Mörder wissen, als guttut. Ihm guttut.«

***

Sebastian überquerte die Bow Street zu Giles, der bei den Braunen wartete, da hörte er eine Stimme im vertrauten Cockney-Singsang rufen: »*Meister*. Meister!«

Sebastian drehte sich um und sah seinen *Tiger* die Bow Street entlanglaufen. Er umrundete Schubkarren, auf denen Kohl und Rüben aufgetürmt waren, und beinahe stolperte er über den tanzenden Affen eines italienischen Musikers.

»Tom? Was zur Hölle tust du hier?«

Der Jung blieb abrupt stehen. Seine Brust bewegte sich heftig auf und ab, und sein Gesicht war rot und verschwitzt vom Rennen. »Ich hab's gefunden!«

»Was gefunden?«

»Das alte schwarzweiße Haus, nach dem Ihr sucht.«

Sebastian legte dem Jungen die Hände auf die bebenden Schultern und widerstand irgendwie dem Drang, ihn zu schütteln. »Woher zum Teufel weißt du davon?«

»Hab gehört, wie Calhoun das Küchenmädchen danach gefragt hat. Sie ist von Pentonville, wisst Ihr.«

»Nein, das wusste ich nicht.« Pentonville war ein kleines Dorf westlich von Islington. »Und das Küchenmädchen kannte ein solches Haus in der Gegend?«

»Nein, aber als ich erst mal wusste, warum Calhoun danach gefr ...«

»Hat er es dir gesagt?«

Tom grinste. »Ich schätze, Ihr habt ihn nich davor gewarnt.«

Sebastian betrachtete das scharf gezeichnete, sommersprossige Gesicht des Jungen. Er hatte recht; Sebastian hatte nicht daran gedacht, auf solcher Vorsicht zu bestehen. »Wie hast du es gefunden?«

»Ich habe die Viehhändler vom Smithfield Market gefragt. So 'n Kerl, Striker Bolton, hat mir von 'nem Haus erzählt, das sich genauso anhört wie das, nach dem Ihr sucht. Also bin ich hingegangen, hab mir 'nen Gänserich geschnappt …«

»Du bist allein dorthin gegangen? Mein Gott. Hast du nur die geringste Vorstellung, mit was für einem Monster wir es hier zu tun haben? Ich sollte dich halbtot prügeln.«

Mürrisch schob Tom das Kinn vor. »Wie hätt ich sonst wissen sollen, dass es das richtige Haus is? Außerdem is Striker mit mir gekommen, um es mir zu zeigen.«

»Wie alt ist Striker?«

»Dreizehn.«

Sebastian stieß einen erstickten Laut aus.

»Ich denk, das is das richtige Haus«, sagte Tom und beäugte ihn alarmiert. »Das Haus hat so Teile, die im oberen Stockwerk an jedem Ende überstehen, genau wie beim *Cat's Tail*. Und es gibt 'nen Haufen alte Steinschuppen und so.«

»Wo ist es?«

»Is 'n bisschen schwer zu beschreiben«, sagte Tom leichthin. »Ich schätz, ich muss es Euch schon zeigen.«

Sebastian betrachtete das gerissene und sture Gesicht des Jungen. »Ich müsste dich eigentlich verprügeln; das weißt du, nicht?«

Doch Tom warf ihm nur ein schiefes Grinsen zu und kletterte auf den hinteren Kutschbock.

***

Der Hof lag an einer schmalen, zwielichtigen Straße, die sich nördlich von Pentonville durch die sanften Hügel wand. Er lag in einer Art Mulde, und eine Gruppe frostgeschädigter Buchen und Kastanien verdeckte ihn halb, sodass man ihn leicht übersehen konnte, wenn man nicht wusste, dass er dort stand.

Als Sebastian neben der niedrigen, halbverfallenen Steinmauer des Hofs anhielt, bogen sich die Bäume des Gehölzes im Wind, und der Himmel war dunkel und bedrohlich geworden. Er verengte die Augen und betrachtete das sichtbare Fachwerk des Hauses sowie das steile, durchhängende Dach. Wie bei den meisten Häusern, die von dieser Art noch übrig waren, war die traditionelle Grundstruktur aus dem vierzehnten Jahrhundert im Lauf der Jahre verändert worden. In den Tagen von Queen Elizabeth hatte jemand die originalen lamellierten Holzfenster durch Flügelfenster mit Rauten ersetzt. Das Dach war mit Ziegeln statt Stroh gedeckt, und irgendwann waren drei Schornsteine hinzugefügt worden, um das Haus gemütlicher zu machen. Doch die Grundstruktur war immer noch die Gleiche. Eine mittelalterliche Halle im Zentrum wurde zu beiden Seiten von zwei Stockwerken eingegrenzt, und sie kragten über das Erdgeschoss hinaus. Auf der einen

Seite des Hofs standen mehrere steinerne Nebengebäude, auf der anderen war ein kaputter Taubenschlag.

Sebastian gab Tom die Zügel. »Du bleibst hier.« Er drehte sich zu Giles um. »Und wenn er auch nur daran denkt, abzusteigen, erdrosseln Sie ihn.«

»Jawohl, M'lord«, sagte Giles.

»Aber ...«, begann Tom.

»Kein Aber.«

Sebastian sprang hinunter. Er war dankbar für die kleine Steinschlosspistole, die er sich an diesem Morgen noch in die Manteltasche geschoben hatte. Vorsichtig näherte er sich dem Haus, obgleich es leer wirkte. Aus den drei ruhigen Schornsteinen stieg kein Rauch in die Luft, Unkraut überwucherte den Eingangspfad, und die umliegenden Felder waren dicht von Disteln und Brennnesseln bewachsen. Offensichtlich war der Bauernhof seit Jahren nicht bewirtschaftet worden.

Er klopfte an die alte Bogentür und erwartete nicht ernstlich, dass jemand reagierte. Irgendwo bellte ein Hund, aber er war weit weg, wahrscheinlich von einem der Cottages, an denen er auf der anderen Seite des Hügels vorbeigekommen war. Er hörte den Wind in der Dachtraufe pfeifen, und ein loser Ziegel klapperte. Abgesehen von dem Hund und dem klappernden Ziegel war es jedoch geradezu unheimlich ruhig. In dem Gehölz beim Haus sangen keine Vögel; über die zerbrochenen und von Unkraut überwucherten Pflastersteine krochen keine Salamander.

Er versuchte den Türgriff. Es war abgeschlossen.

Er drehte sich um und ging zu den Gebäuden aus grauem Stein. Sie waren um einen ungepflegten Hof angeordnet, auf dem zerbrochene Kutschräder lagen,

Heu vor sich hingammelte und ganze Haufen wertlosen Abfalls herumlagen. Die meisten Gebäude um den viereckigen Hof herum waren in unterschiedlichen Zuständen des Zerfalls. Ihre Dächer waren halb eingebrochen, die Läden hingen zerbrochen in den Angeln, oder es waren gar keine da. Aber der Dunghaufen in der Mitte des Hofes war frisch, und ein Kutschstall sowie der angebaute Stall waren anscheinend teilweise repariert worden. Sebastian wollte gerade die Doppeltür des Stalls öffnen, da rief eine gutturale Stimme hinter ihm: »Was denkste, was du da machst?«

Sebastian wandte sich um und sah einen Mann in grober Kleidung, der über den von Unrat übersäten Hof auf ihn zuschritt. Er war so groß wie Sebastian, aber beträchtlich kräftiger, mit mächtigen Schultern und einem Stiernacken. Sein Gesicht war auch groß, darin blinzelten kleine Knopfaugen, und die kleine Nase und der Mund saßen auf kleinem Raum inmitten des massigen Gesichts mit ausgeprägten Wangen und ausladendem Kiefer.

»Wohnen Sie hier?«, fragte Sebastian.

Der Mann blieb ein paar Schritte entfernt stehen, seine großen, von der Arbeit rauen Hände hingen an beiden Seiten herunter. »Wer will das wissen?«

Sebastian zog eine Karte aus der Tasche und hielt sie ihm in bewusst versöhnlicher Geste zwischen zwei Fingern hin. »Viscount Devlin. Wer ist Ihr Herr?« Er benutzte seinen Titel nicht oft, aber manchmal konnte es sinnvoll sein.

Dies schien allerdings nicht eine dieser Gelegenheiten zu sein. Der Mann kaute auf dem Priem herum, der seine Unterlippe ausbeulte, und machte keine Anstalten, die Karte anzunehmen. »Warum denke Ihr, dass das nich mei Hof is?«

Sebastian steckte die Karte wieder weg und nickte in Richtung der unbebauten Felder. »Weil der Hof hier seit mindestens zwei Jahren nicht bewirtschaftet ist. Ihr Herr: Wie ist sein Name?«

Die gemeinen kleinen Augen des Hausmeisters zuckten hin und her, während er damit kämpfte, sich für einen zu nennenden Namen zu entscheiden.

Sebastian sagte: »Und denken Sie nicht einmal daran, mir einen falschen Namen zu nennen. Sollte ich herausfinden, dass Sie mir Fehlinformationen geliefert haben, werden die Konsequenzen sehr ernst sein.«

Die Nasenflügel des Mannes blähten sich. »Herbert. Richard Herbert.« *In der Hölle sollt Ihr schmoren*, sagte der Blick, der seine Antwort begleitete.

»Wie lange stehen Sie schon in seinen Diensten?«

»Zwei Jahre so ungefähr. Warum? Was geht Euch das an?«

»Wo ist Mr Herbert jetzt?«

»Weiß nich. Der wohnt nich hier.«

»Ach? Was tut er dann hier?«

Etwas flackerte über die Züge des Mannes, das nach dem ersten Anflug von Begreifen aussah. »Ich antworte nich auf Eure Fragen.«

»Möchten Sie lieber in der Bow Street Rede und Antwort stehen?«

Das Gesicht des Hausmeisters wurde hart. Er war offensichtlich niemand, der schnell Angst bekam. Als Grobian geboren, wühlte er sich durchs Leben, indem er seine Größe, sein Gewicht und eine gemeine Ausstrahlung einsetzte, um andere einzuschüchtern und zu bedrohen. »Ich weiß gar nix, höre Ihr? Ich kümmer mich nur um die Pferde und so.«

»Und wo kann ich Mr Richard Herbert nun finden?«

»Ich sagte doch, ich weiß es nich. Der kommt, wenn er kommt.«

Sebastian nickte zu dem Heuboden im Stall hinter ihm. »Schlafen Sie dort oben?«

Der Hausmeister fand die neue Frage offensichtlich verwirrend. »Aye. Warum?«

Natürlich weil das bedeutete, dass Sebastian später, nach Einbruch der Dunkelheit, wieder herkommen und in aller Ruhe in dieses eigenartige Fachwerk-Bauernhaus einbrechen konnte. Außerdem verringerte es die Wahrscheinlichkeit, dass der mysteriöse Mr Richard Herbert und sein unbekannter junger Helfer kommen und gehen konnten, ohne dass es der Hausmeister mitbekam. Aber das würde Sebastian dem großen, aggressiven Mann vom Land nicht sagen.

Nicht einmal mit einer Pistole in der Tasche.

Kapitel 40

Trotz Toms ärgerlicher Einwände fuhr Sebastian den jungen *Tiger* in die Brook Street und ließ ihn dort mit der Anweisung zurück, Befehle zu befolgen, sonst werde er sterben.

Er schickte eine Nachricht zur Bow Street mit der Bitte, den mysteriösen Richard Herbert zu überprüfen. Den restlichen Nachmittag verbrachte er damit, mit den verschiedenen Bewohnern der Penniwinch Lane zu sprechen. Er fand heraus, dass der Hof in dem Tal als »the Morton House« bekannt war, nach einer Familie, die über Generationen hinweg dort gelebt hatte, irgendwann im späten achtzehnten Jahrhundert jedoch ausgestorben war. Wie viel des restlichen Landes in der Gegend gehörte der Hof Lord Cobham. Der jetzige Pächter hatte die Pacht des Grundstücks vor mehreren Jahren übernommen, aber niemand, mit dem Sebastian sprach, schien viel über ihn zu wissen.

»Der bleibt ganz für sich«, sagte ein schlaksiger Bauer mittleren Alters, mit dem Sebastian sprach, als er gerade etwa eine Viertelmeile die Straße hinunter Haselnusssträucher zurückschnitt.

»Aber Sie haben ihn schon gesehen, oder?«, fragte Sebastian.

Der Bauer konzentrierte sich auf seine Arbeit. Er sprach sehr langsam und dachte jedes Mal lang und gründlich nach, bevor er auch nur die simpelsten Fragen beantwortete. »Schätze, ich hab ihn ein- oder zweimal gesehen.«

»Wie sieht er aus?«

Der Bauer schnitt weiter den Haselnussstrauch zurück. »Könnte nichts sagen, was besonders auffallend wär.«

»Würden Sie ihn als Gentleman bezeichnen?«

Schnipp, schnapp. »Schätze, das könnte man. Er sieht aus wie einer. Aber ich hab nie mit ihm gesprochen.«

»Wie kommt er her? In einer Kutsche?«

»Nee. Reitet immer auf 'm Pferd her.«

»Welche Farbe hat das Pferd?«

Wieder schwieg er lange und nachdenklich. »Kann ich nich genau sagen.«

»Können Sie mir überhaupt irgendetwas über ihn sagen?«

Schnipp. Der Farmer trat zurück, begutachtete blinzelnd seine Arbeit und sagte: »Nein.«

Sebastian gab es auf und fuhr weiter. Eine Frau, die er beim Wäscheaufhängen an einer Leine antraf, die zwischen ihrem kleinen Steincottage und einem Maulbeerbaum gespannt war, war aufgeschlossener, aber sie hatte nicht mehr Informationen.

»Um ehrlich zu sein«, sagte sie und strich die Ärmel eines nassen blauen Kasack glatt, der an der Leine hing, »die meisten Leute machen heutzutags einen großen Bogen um Morton House. Mein Junge, Jonathan, hat abends dort mal ein bisschen herumgeschnust – obwohl wir ihm immer wieder sagen, dass er das nicht soll – und dieser grässliche Grobian von Hausmeister hat mit der Knarre auf ihn gefeuert.«

»Wie heißt der Hausmeister? Wissen Sie das?«

»Lyle vielleicht?« Die Frau runzelte die Stirn, nahm ein Nachthemd aus dem Korb und schüttelte es aus. Sie war in den Dreißigern, besaß große, starke Hände und ein Gesicht mit starker Knochenstruktur, dessen goldbraune Farbe von einem Leben in Sonne und Wind herrührte. »Nein, das stimmt nich. Les. Les heißt er. Les Jenkins ... oder so ähnlich. Der ist nich von hier. Ich hörte, er hätte in Newgate gesessen, aber das kann auch einfach Gerede sein.«

Sebastian sagte: »Haben Sie je sonst jemanden dort gesehen? Vielleicht einen Jungen von fünfzehn oder sechzehn Jahren?«

»Kann ich nich sagen, nein. Tut mir leid!«

»Sind Sie je dem Pächter begegnet? Ich hörte, sein Name ist Richard Herbert.«

»Aye, so heißt es. Aber ich hab ihn nur ein- oder zweimal aus der Ferne gesehen. Er kommt meistens nachts her.«

»Wissen Sie, was er dort tut?«

»Nein.« Ihr Korb war leer, und sie hob ihn hoch. »Tut mir leid, dass ich Euch nich mehr über ihn sagen kann, aber ehrlich gesagt, is mir der Hof unheimlich. Habe mich nie als einbildungsreiche Person betrachtet, aber das Haus – es ist, als würde es vor Bösartigkeit pulsieren. Sogar die Vögel und die Igel meiden es. Warum sollten sie so etwas tun?«

Sebastian hatte es selbst gespürt – die unnatürliche Ruhe, die über dem alten Hof lag wie eine Dunkelheit, die nichts mit den dicken Wolken zu tun hatte, die darüber hingen und die Sonne ausschlossen. Er sagte

»Danke für Ihre Hilfe« und wandte sich ab, um zu gehen. Dann hielt er inne. »Wie alt ist Ihr Junge, Jonathan?«

Ein Schaudern überlief das Gesicht der Frau, das ganz nach Angst aussah. »Zwölf. Er ist zwölf.«

»Es ist klug von Ihnen, ihn von dort fernzuhalten.«

Sie schluckte mühsam und nickte.

Erst, als er wegging, fiel Sebastian auf, dass sie ihn gar nicht nach dem Grund gefragt hatte.

***

Als Sebastian wieder zur Brook Street kam, fühlte er sich erhitzt, müde und entmutigt.

Er stieg die Treppe zum Kinderzimmer hinauf. Dort traf er Claire mit Simon auf dem Boden an, wo sie versuchte, Simons Interesse für ein Set Zinnbecher zu wecken. Sie sah ausgesprochen erschöpft aus.

»Lassen Sie ihn eine Weile bei mir«, sagte er zu der Französin, als sie zu ihm aufsah und ihr eine strähnige Haarlocke vor die Augen fiel. »Nehmen Sie sich eine Tasse Tee oder gehen Sie ein bisschen im Garten spazieren.«

»Seid Ihr sicher, Mylord?«

»Ja, gewiss.«

Nachdem sie hinausgetreten war, ging er neben seinem Sohn in die Hocke und sammelte die verteilten Becher ein. »Was hast du denn deinem armen Kindermädchen angetan, hm?«

»Da-da-da-da«, sagte Simon und krabbelte entschlossen zur Tür.

Sebastian ließ ihn bis zum Flur, dann fing er ihn ein und holte ihn wieder zurück.

Simon wand sich hin und her, um sich zu befreien. Aber Sebastian schloss die Augen, hielt sein Kind fest und versuchte für einen heimlichen Augenblick, den Horror der Welt, in der sie lebten, auszublenden.

»Da!« schrie Simon, wedelte mit den Ärmchen und stieß eine ganze Litanei ärgerlichen Geplappers aus.

Sebastian lachte und ließ ihn los. »Na gut. Du bist frei.«

Simon fiel auf den Rumpf und brabbelte begeistert Unsinn.

Anstatt sich wieder neben ihn zu begeben, blieb Sebastian stehen, wo er war, den Blick auf das fröhlich plappernde Kind gerichtet. Er spürte die Liebe zu diesem Kind in sich anschwellen, so süß und tief, dass sie ihm den Atem raubte und seltene und plötzlich vollends unerwartete Tränen in seinen Augen brannten. Und wie eine Art Wunder wurde ihm bewusst, dass es seiner Liebe zu Simon nicht den geringsten Abbruch täte, wenn er eines Tages herausfände, dass dieser witzige, entschlossene, dickköpfige und unglaublich wertvolle kleine Junge nicht sein Sohn wäre. Oh, ärgerlich würde er werden. Er wäre wütend auf Hero, wenn sie ihn betrogen hätte, und würde mit dem Schicksal hadern, dass es ihm die Freude vorenthalten hätte, ein Kind gezeugt zu haben, dass er so sehr liebte. Er wäre verletzt, innerlich zerstört und mehr beraubt, als vorstellbar war. Aber die Liebe zu dem Kind würde unvermindert bleiben.

Sebastian beobachtete, von Demut und Sorge erfüllt, wie Simon zwei der Becher aufhob, mit jeder Hand einen, und sie mit einem breiten Lächeln gegeneinanderstieß, in dem seine neuen Zähnchen zu sehen waren.

Und er verliebte sich wieder ganz neu in sein Kind.

***

An diesem Nachmittag kehrte Hero zu Befragungen von zwei weiteren der verlassenen Kinder nach Clerkenwell zurück.

Das erste war ein blasses Mädchen namens Judith Simmons, dessen verwitwete Mutter dafür deportiert worden war, dass sie gefälschte Unterlagen oder Äußerungen weitergeleitet hatte. Der zweite war ein schlanker, hübscher Junge mit aufgeweckten Augen von vielleicht fünfzehn Jahren, der sich als Toby Dancing vorstellte.

»Bist du der, den sie den *Dancer* nennen?«, fragte Hero und sah ihn interessiert an.

Er lachte. »Aye. So nennen se mich.«

»Macht es dir etwas aus, mir zu sagen, weshalb?«

Erneut lachte er. »Nein, Ma'am.«

Er war besser gekleidet als die anderen Straßenkinder, die sie befragt hatte. Als sie eine Bemerkung darüber machte, sagte er, das liege daran, dass er wisse, wie er den Verkäufern von gebrauchter Kleidung in der Rosemary Lane schöne Worte machte.

»Bist du sicher, dass es nicht an anderen Dingen liegt, die du auch noch besonders gut machst?«

Das sagte sie mit einem Lächeln, und die Augen des Jungen leuchteten darauf amüsiert, aber er senkte nur den Kopf und schwieg.

»Der Pfarrer hat mir gesagt, dass deine Mutter deportiert wurde«, sagte Hero und begann eine neue Seite in ihrem Notizbuch.

Das stille Lachen verschwand von seinem Gesicht, als er den Kopf schüttelte. »Mein Vater. Da war ich zwölf.« Sein Akzent und seine Ausdrucksweise waren gut, bemerkte Hero. Überraschend gut.

»Wessen wurde er angeklagt?«

»Veruntreuung, Mylady. Er war Buchhalter an der Börse. Hat natürlich immer auf unschuldig plädiert. Aber ich schätze, er war es doch.«

»Hast du seit seiner Abreise von ihm gehört?«

»Nein, Ma'am. Aber er ist auf Lebenszeit deportiert worden. Also wird er nicht zurückkommen.«

»Ist deine Mutter vor oder nach seiner Verurteilung gestorben?«

Der Junge sah sie lange an, dann schüttelte er erneut den Kopf. »Ich habe dem Pfarrer gesagt, sie ist tot. Aber in Wahrheit hat sie uns verlassen, nachdem mein Vater vor Gericht verurteilt wurde. Kann Euch nicht sagen, wohin sie gegangen ist, aber wohin auch immer – ich schätze, sie dachte, dass sie sich am ehesten ein neues Leben aufbauen kann, wenn sie keine Kinder hat.«

Er sagte es so dahin. Doch seine Verletzung und die Zerstörung seiner Seele konnte das nicht überspielen. Hero konnte es sich nicht einmal im Ansatz vorstellen. Wie konnte eine Mutter ihre eigenen Kinder aufgeben? Doch sie wusste, dass das vorkam. Öfter als sie den Gedanken daran ertrug.

Sie zwang sich, sich auf seine Worte zu konzentrieren. »Du hast noch einen Bruder oder eine Schwester?«

»Ich hatte eine kleine Schwester, ihr Name war Gabby. Aber sie ist nur ein paar Wochen, nachdem meine Mutter uns verlassen hat, an der Schwindsucht gestorben. Ich habe mir immer gedacht, dass sie von irgendwas, das ich ihr zu Essen gegeben habe, krank wurde. Ich war damals nicht gut darin, Essen aufzutreiben.«

»Das tut mir leid«, sagte Hero ruhig.

Der *Dancer* nickte, dann sah er zur Seite und schluckte mühsam.

Hero konsultierte ihre Notizen. »Bist du je zur Schule gegangen?«

»Ja, Ma'am. Bevor mein Vater eingesperrt wurde, hab ich gehofft, eines Tages Kaufmann zu werden. Tee oder Tabak verkaufen. Tabak wäre toll.«

»Willst du das jetzt nicht mehr?«

»Ehrlich gesagt, Ma'am, denke ich lieber nicht mehr so oft über solche Dinge nach.«

»Aber wenn doch?«

»Weiß nicht. Manchmal denk ich, ich würde gern bei einem Handelsschiff anheuern und davonsegeln. Ich habe gehört, dass man auf den Handelsschiffen lang nicht so schlecht behandelt wird wie bei der Navy.« Begeisterung ließ das weiche Gesicht des Knaben aufleuchten. »Dann könnte ich vielleicht nach Amerika gehen. Sie sagen, in Amerika kann ein Kerl ganz neu anfangen und aus sich machen, was er will.« Der Hoffnungsschimmer erlosch. »Aber in Wahrheit, Ma'am, bleibe ich doch wahrscheinlich immer das, was ich jetzt bin.«

»Und was ist das?«

Er wandte ihr das Gesicht zu, und seine weichen grünen Augen sahen in seinem ernsten Gesicht bitter aus. »Am Leben. Ich schätze, ich kann froh sein, wenn ich lang genug lebe, um erwachsen zu werden.«

***

Devlin saß mit überkreuzten Beinen auf dem Boden des Kinderzimmers und baute aus umgedrehten Zinnstapelbechern einen Turm für Simon, als Hero auf die Türschwelle trat und stehenblieb.

»So ist es eigentlich nicht gedacht«, sagte sie lächelnd.

»Ich weiß.« Sebastian sah auf, während Simon vor Vergnügen quietschte und mit einem speckigen Ärmchen ausholte, um das neueste Bauwerk auf den Boden zu feuern. »Aber es macht so viel Spaß, sie umzuwerfen.«

»Dann sollten sie wohl besser mit einer Warnung versehen werden.«

Sie ging zu ihnen und in die Hocke, sodass der Saum ihres geblümten Musselinkleides über den geschrubbten Boden des Kinderzimmers strich.

Er sagte: »Deine heutigen Befragungen waren wohl beunruhigend?«

»Woher weißt du das?«

Er streckte die Hand aus und berührte sanft mit der Fingerspitze die Stelle zwischen ihren Augenbrauen, an der sich immer eine Falte eingrub, wenn sie sich konzentrierte oder von etwas aufgewühlt war. »Daher.«

»Ach so.« Sie nahm Simons Hand und hielt ihn, als er sich auf die Beine zog. »Ich dachte, morgen mache ich mal von allem eine Pause. Vielleicht besuche ich mit Simon meine Mutter. Sie will ihn Base Victoria zeigen.« Der Kleine brabbelte und streckte die Hand aus, um sie als Faust in die Spitzenrüsche ihres Kleides zu krallen. Sie lachte. Dann sah sie auf, und ihr Lächeln verschwand, als sie Devlins Gesichtsausdruck sah. »Du hast anscheinend selbst keinen sehr angenehmen Tag gehabt.«

Da erzählte er ihr von dem mittelalterlichen Fachwerk-Bauernhaus in der Penniwinch Lane. »Ich habe vor, heute Nacht wieder hinzufahren und mich genauer umzuschauen.«

»Du versuchst, dich nicht umbringen zu lassen, ja?«

Er lachte scharf auf. »Ich versuche es.«

»Hast du denn schon mal von diesem Mann gehört? Richard Herbert?«

»Nein. Ich habe die ganze Woche damit verbracht, vom Comte de Brienne und Hector Kneebone bis zum Vetter des Königs und dem Verlobten meiner eigenen Nichte alle ständig zu belästigen. Und obschon ich nicht bezweifle, dass sie allesamt in unterschiedlichem Maße gemein sind, scheint es jetzt doch möglich zu sein, dass keiner von ihnen mit diesen Morden irgendetwas zu tun hat.«

»Es sei denn, ›Richard Herbert‹ ist ein erfundener Name.«

»Die Möglichkeit besteht natürlich auch«, sagte er und griff nach Simon, der von ihr zu ihm torkelte. Devlin schwieg, als er das Kind festhielt. Dann sah er zu seiner Frau auf, und die Anstrengung der letzten Tage war

ihm deutlich anzusehen. »Wenn das stimmt – wenn es
ein Pseudonym ist –, dann bin ich wieder ganz am Anfang und habe keine Spur, der ich folgen kann. Keine
einzige.«

***

Etwas später, als sie sich für das Abendessen anklei-
deten, traf eine Nachricht der Bow Street ein.

Lovejoy berichtete, dass sie immer noch nach dem
mysteriösen Mr Richard Herbert suchten. Aber der
Buchhändler Clarence Rutledge war im Hinterzimmer
seines Ladens in Holywell gefunden worden. Mit einem
Messer im Rücken.

Kapitel 41

»Du hast jemandem von dem Haus erzählt, oder?«, zischte der Gentleman, und mit seiner dicken Hand umspannte er das Gesicht des Jungen und drängte ihn gegen die Steinmauer in seinem Rücken. »*Oder?*«

»Nein, Sir«, schluchzte der Junge. »Ich schwöre! Nie!«

Der Gentleman drückte Daumen und Zeigefinger zusammen, womit er das Gesicht des Jungen schmerzhaft zusammenschob und verzerrte. »Wie hat Devlin es dann gefunden?«

»Ich weiß nicht. Ehrlich!«

»*Ehrlich?*« Der Gentleman verzog die Lippen und zeigte seine Zähne. »Das macht alles viel schwieriger für mich. Das ist dir doch klar, oder?«

Der Junge versuchte, etwas zu sagen, doch aus seinem Mund kam nur ein Wimmern. Sein Herz schlug so fest, dass er den Puls in den Händen und Füßen spüren konnte.

Der Gentleman sagte: »Hast du die Schwester des letzten Jungen schon gefunden?«

»Sybil?« Es fiel dem Jungen immer schwerer zu atmen. »Nein, Sir.«

»Warum nicht, verfluchte Hölle noch mal?« Die Stimme des Gentlemans war so scharf und schneidend wie eine Peitsche.

»Ich weiß nicht, wo ich noch suchen soll.«

»Sie kann sich ja nicht in Luft aufgelöst haben.«

»Ich versuche es ja.«

Der Gentleman drückte den Hinterkopf des Jungen gegen die Mauer, dann machte er einen Schritt zurück und ließ ihn los. »Gib dir mehr Mühe.«

Die Beine des Jungen gaben nach. Er rutschte an der Mauer entlang hinunter, zu einem Häuflein, die Hände an den Seiten ausgestreckt, und sein Atem ging in schmerzhaften Stößen. Er sah, wie die glänzenden Hessischen Stiefel des Gentlemans sich umdrehten, davonschritten und ihn zurückließen.

Aber der Junge zitterte zu sehr, um aufstehen zu können. Und inzwischen wusste er ohne den geringsten Zweifel, dass der Gentleman ihn, wenn er Sybil erst einmal gefunden hätte, töten würde.

Er würde sie beide umbringen.

Kapitel 42

Der Nachthimmel war weiß von einem wabernden Nebel, der sich vertiefte, sobald Sebastian die mit Kopfstein gepflasterten Straßen der Stadt verließ und seine hübsche schwarze Araberstute in die sanften Hügel hinter Pentonville lenkte. Er ritt durch abgeerntete, stoppelige Felder. In der feuchten Herbstluft hing der erdige Geruch nach reifen Holunderbeeren, Quitten und Pflaumen. Die Ahorne und Haselnusssträucher trugen bereits dunkles Scharlachrot und Gold, und das blassere Gelb der Birken schien in dem feuchten Dunst regelrecht zu leuchten.

Er ritt an dem Cottage vorbei, an dem die Frau mit dem Sohn namens Jonathan ihre Wäsche aufgehängt hatte. Das Cottage lag dunkel da, seine Bewohner zweifellos längst im Schlaf derjenigen gefangen, die ihre Tage mit harter körperlicher Arbeit verbrachten. Der Hund, den er schon einmal gehört hatte, bellte einmal in der Ferne, dann wurde er wieder still.

In der Talmulde war der Nebel dicker. Sebastian lenkte sein Pferd in das dichte Wäldchen hinein, das den alten Fachwerkhof von der Straße aus fast ganz verdeckte, und glitt vom Rücken seiner Stute. Sie wieherte leise, als er die Zügel an einem niedrigen Bäumchen festband, und er legte ihr die Hand auf die weiche Nase und machte »Schh«. Dann schlich er zum Haus, trat dabei vorsichtig auf und achtete auf jedes Knacken eines Zweiges und jedes Rascheln im Unterholz.

Am anderen Ende der Baumgruppe hielt er inne, um das Haus vor sich zu betrachten. Es stieg immer noch kein Rauch aus den drei Schornsteinen auf. Sebastian lauschte angestrengt, hörte die unruhigen Bewegungen der Pferde im Stall, aber sonst nichts. Ein Getümmel dunkler Schatten fiel ihm ins Auge. Fledermäuse.

Sebastian zog den Dietrich aus der Tasche und ging zur Tür hinüber, dankbar für den Nebel, der feucht um ihn herumwirbelte. Das Schloss ging leicht auf, und die Tür schwang nach einem sanften Schub nach innen. Les Jenkins hatte offensichtlich die Anweisung, es immer gut zu ölen.

Sebastian zog die Pistole aus der Tasche, trat vorsichtig hinein und schloss die Tür leise wieder hinter sich. Er ließ seinen Augen kurz Zeit, sich ans fehlende Licht zu gewöhnen, dann bewegte er sich sicher voran, da er ein außergewöhnliches Sehvermögen im Dunkeln besaß. Er stand in einem schmalen Querflur, in dem die abgestandene Luft leicht muffig roch. Am anderen Ende des Flurs führte eine weitere Tür nach draußen. Zu seiner Rechten führten zwei Türen mit Rundbögen in Räume, die in früheren Zeiten wohl Vorrats- und Speisekammern gewesen waren – einmal die *Buttery* für Butter und flüssige Vorräte, zum anderen die *Pantry* für andere Lebensmittelvorräte. Am Ende des Flurs führte eine schmale Treppe hinauf zu den damaligen Dienstbotenquartieren.

Während die Seitenflügel des Bauernhofs zwei Stockwerke hoch waren, bestand der Hauptflügel des Gebäudes nur aus einem riesigen Raum, der sich nach oben bis zum Gebälk öffnete, wodurch eine mittelalterlich wirkende Halle entstand, die kleiner, aber dennoch so ähnlich aussah wie die Häuser damaliger Adliger. Auf der gegenüberliegenden Seite der Halle führte eine zweite, imposantere Treppe hoch zu den damaligen Privatgemächern der Familie.

Er hat mich in dieses große Zimmer mitgenommen, hatte Hamish gesagt. *Das war oben.*

Sebastian durchquerte vorsichtig die alte Halle, registrierte bequeme Armsessel, die vor den kalten Kamin aus dem achtzehnten Jahrhundert gezogen worden waren, einen Tisch mit einer Marmorplatte, auf dem eine Sammlung von Brandy-Karaffen und Kristallgläsern stand, die normalerweise in einem solchen einfachen Bauernhaus fehl am Platze wären. Die staubige, durchgetretene Treppe lief er hinauf und blieb an der halboffenen Tür zum oberen Zimmer stehen, und sein Atem ging hart und schnell in der Erwartung dessen, was er dort wohl vorfinden würde.

Er umfasste den Griff seiner Pistole fester, stieß die Tür etwas weiter auf und atmete den dichten, beißenden Geruch von frischem Blut ein.

Mit entsetztem Blick nahm er die Ketten wahr, die an einem alten eichenen Stützpfeiler in der gegenüberliegenden Wand festgemacht waren. Er sah das getrocknete, über die geweißelten Wände verspritzte Blut, die Sammlung von Peitschen und Messern, die durcheinander auf einem Tisch in der Nähe lagen, und deren Anblick ihm den Magen umdrehte. Das einzige andere Möbelstück im Saal war ein riesiges altmodisches Bett aus Eiche, dessen Matratze ebenfalls mit getrocknetem Blut befleckt war. Davor saß, mit dem Rücken an das schwere, dunkle Fußende gelehnt, Les Jenkins, die gespreizten Beine von sich gestreckt. Des Kinn war ihm auf die breite Brust gesunken, seine Hände lagen nach innen gedreht zu seinen Seiten. Der Griff des Dolches, der ihn getötet hatte, stach aus seiner blutgetränkten Brust hervor und hielt dort etwas fest, das aussah wie – das ein Blatt feines Pergament *war.*

Sebastian schritt zu dem toten Mann hinüber und ging vor ihm in die Hocke. Er war noch relativ warm, wahrscheinlich erst eine oder zwei Stunden tot. Die Vorderseite seines abgetragenen blauen Kasacks schimmerte dunkel von seinem Blut. Auch die Ränder des Zettels, den der Mörder für Sebastian hinterlassen hatte, waren blutgetränkt. Die Wörter waren in Großbuchstaben darauf geschrieben worden.

IHR FINDET GERN LEICHEN, NICHT WAHR, DEVLIN?

Kapitel 43

Von einem starken Dringlichkeitsgefühl getrieben durchsuchte Sebastian das stille, alte Bauernhaus nach Sybil Thatcher.

Als er die Türen zu den alten Vorratskammern aufstieß, fand er den ersten Raum vollkommen leer und den zweiten, die *Buttery*, fast leer vor. Darin standen nur ein alter Waschtisch und ein leerer Kleiderschrank. Die alten Dienstbotenquartiere darüber waren ebenfalls leer. Und so weitete er seine Suche, die Pistole in der Hand, auf die baufälligen Nebengebäude aus.

Zuerst ging er zum Kutschstall, zog die breiten Torflügel auf und fand sich einer antiquierten Kutsche gegenüber. Sie war einst ein Statusobjekt gewesen, die Stadtkutsche eines Adligen oder wohlhabenden Kaufmannes aus dem achtzehnten Jahrhundert. Eine geschnitzte und vergoldete Girlande aus Akanthus-Blättern verlief wie eine Krone an der Decke entlang, und die Sitze bestanden aus elegantem cremefarbenem Leder. Das Leder war inzwischen fleckig und rissig, die Farbe der Kutsche matt und abgenutzt, das Gold nachgedunkelt. Aber er bemerkte, dass die Klammern und Beschläge recht neu waren, genauso wie die Räder und die Aufhängung. Die Kutsche gammelte hier nicht seit Jahrzehnten vor sich hin, sondern jemand hatte sich gut darum gekümmert.

Er sah zu dem Paar neugieriger Brauner, die die Köpfe über die Stalltür gestreckt hatten, um ihn zu beobachten. »Wenn ihr beide doch nur reden könntet.«

Sie wieherten leise. Dann fiel sein Blick auf den einfachen Marktkarren, der auch dastand. Er war mit Stroh ausgestreut. Eine ganze Weile konnte Sebastian nur darauf starren, und ein Schaudern lief ihm den Rücken hinunter.

Er schluckte und wandte sich ab.

Er durchsuchte die Heuschober und Les Jenkins' einfaches Lager über den Ställen. Dann ging er weiter zu den Gebäuderuinen, die den Platz umgaben. Er dachte, er könne zumindest einen Hinweis darauf finden, ob Sybil hier gewesen war, oder vielleicht etwas, das ihnen mehr über den mysteriösen Richard Herbert verraten würde. Aber am Ende konnte er nur sein Scheitern eingestehen.

Dafür hatte derjenige, der Les Jenkins ermordet hatte, gesorgt.

***

Auf seinem Rückweg zur Brook Street hielt Sebastian an Sir Henry Lovejoys Haus am Russell Square an. Er berichtete dem Magistraten, der ihn unter seiner Nachtmütze hervor anblinzelte, was er gefunden hatte, und verabredete mit Lovejoy, ihn und seine Wachtmeister gleich am nächsten Morgen auf dem Gehöft zu treffen. Dann ritt er nach Hause und versuchte, ein paar Stunden Schlaf zu finden.

Das gelang ihm nicht.

Er stand mit einer Hand am Bettgestell und blickte auf die glimmende Kohle im Kamin, als Hero zu ihm kam und ihn an der Schulter berührte. »Du musst dich ausruhen«, sagte sie.

Er schüttelte den Kopf. »Jedes Mal, wenn ich die Augen zumache, sehe ich diesen Raum.« Er spannte den Kiefer an. »Der Tod ist für denjenigen, der das tut, noch zu wenig.«

»Ja«, sagte sie einfach.

Er drehte ihr das Gesicht zu. »Ich werde nie verstehen, wie es möglich ist, dass manche Menschen so voller Liebe, Selbstlosigkeit und Mitgefühl sind, während andere ... andere die bösartigsten Kreaturen sind, die auf der Erde herumlaufen.«

»Die menschliche Fähigkeit zum Guten geht mit der Fähigkeit zu unvorstellbar Bösem einher.«

»Und du meinst, das erklärt es?«

»Nein«, gab sie zu.

Er drehte sich zu ihr, zog sie in die Arme und hielt sie fest. »Was, wenn ich ihn nicht finden kann? Was, wenn ich ihn nicht aufhalten kann?«

»Du wirst ihn finden. Diese Nachricht, die er hinterlassen hat – alles, was er tut –, zeigt, dass er sowohl arrogant als auch voller Verachtung ist. Männer, die so sind, sind so erfüllt von der eigenen Überlegenheit, dass sie nicht mehr vorsichtig und achtsam sind, und das bedeutet, dass er Fehler machen wird. Er hat sogar schon welche gemacht. Du kommst näher an ihn heran.«

»So fühlt es sich nicht an. Ich habe mich an Assoziationen, Vermutungen und Schatten geklammert. Was, wenn jeder, gegen den ich ermittelt habe, eine falsche Fährte ist?«

»Das zu entdecken ist dann ein Fortschritt.« Sie drückte ihm einen Kuss auf den Hals. »Weißt du, was helfen würde?«

Er schüttelte den Kopf.

»Schlaf.«

Er fuhr ihr mit den Fingern durchs Haar und lächelte, als der süße, klare Klang einer Lerche die Ruhe durchbrach. »Es ist schon Morgen.«

***

Sonntag, 19. September

Ein kalter Wind fegte durch die Talmulde, brachte die losen Schindeln auf dem Dach des Bauernhauses zum Klappern und peitschte die Zweige der alten Eichen in dem dichten Gehölz. Vorher war leichter Regen gefallen, aber jetzt ballten sich nur die Wolken dunkel und unheilvoll über ihren Köpfen zusammen.

Sebastian stand mit Lovejoy auf dem gesprungenen Weg vor dem alten Fachwerkgehöft. Im Haus war es viel wärmer als draußen, aber keiner der Männer war geneigt, sich zwischen den vom Grauen durchdrungenen Wänden aufzuhalten. Sebastian hatte das Haus im fahlen Morgenlicht erneut durchsucht, zusammen mit mehreren von Lovejoys Konstablern. Aber sie hatten nichts gefunden, was ihnen die wahre Identität des Pächters verriet oder einen Hinweis darauf gab, was mit Sybil Thatcher geschehen war.

»Die Botschaft war namentlich an Euch gerichtet«, sagte Lovejoy und schob die Schultern zum Schutz vor Wind nach vorn. »Der Mörder weiß, dass Ihr hinter ihm her seid.«

»Ich habe mich dem Hausmeister vorgestellt.«

»Das stimmt.«

Sie beobachteten schweigend, wie sich zwei Wachtmeister damit abmühten, die Trage mit Les Jenkins' schwerer Leiche darin aus dem Totenhaus durch die alte, schmale Haustür hindurch über den überwucherten Pfad zu dem wartenden Wagen zu tragen. »Pass auf«, sagte einer der Konstabler, als die Hand des toten Mannes von seiner Brust rutschte und durch den Dreck gezogen wurde.

Lovejoy räusperte sich. »Gleich morgen früh organisiere ich ein paar Männer, damit sie anfangen, die Felder nach Gräbern zu durchsuchen.«

Über den Aufschub freute sich Sebastian nicht. Aber es gab kirchliche Vorschriften, die solche Arbeit am Sonntag verboten, und Lovejoy würde sie niemals verletzen. Außerdem würden weitere vierundzwanzig Stunden für obdachlose Kinder, die möglicherweise hier begraben waren, wirklich keinen großen Unterschied mehr bedeuten.

Er sagte: »Konnten Sie schon etwas über den Pächter des Hofes in Erfahrung bringen?«

»Nur dass sein Name tatsächlich Richard Herbert zu sein scheint.«

Sebastian schlug den Kragen seines Kutschmantels hoch. Die Kälte setzte ihm langsam ebenfalls zu. »Wer zum Teufel ist er also?«

Lovejoy atmete tief ein und ließ die Luft herausströmen. »Wir haben keine Ahnung. Lord Cobhams Liegenschaftsverwalter kommunizierte mit Mr Herberts Anwalt, der seinerseits behauptet, seinem Mandanten noch nie persönlich begegnet zu sein.«

»Der Anwalt muss aber doch eine ursprüngliche Anschrift des Mannes haben.«

»Ja. Ein Haus in Bethnal Green.«

Sebastian erwiderte den Blick des ernsten, kleinen Magistraten. »Das gefällt mir gar nicht.«

Lovejoy nickte grimmig. »Wir hatten noch keine Gelegenheit, das gründlicher zu überprüfen, aber wie es scheint, war das Haus in Bethnal Green ebenfalls angemietet. Richard Herbert war vier Jahre dort, von 1907 bis 1811.«

»Mit anderen Worten, genau in der Zeitspanne, in der die Straßenkinder in Bethnal Green verschwanden.«

Lovejoy erzitterte erneut. »Ich fürchte, ja.«

***

Argwöhnisch, was er als Nächstes vorfinden werde, ließ Sebastian Lovejoy in der Penniwinch Lane zurück und fuhr in östlicher Richtung, nach Bethnal Green.

Das Haus, in dem einst der mysteriöse Mr Richard Herbert gewohnt hatte, war ein überraschend gewöhnlich aussehendes Backsteincottage. Es stand am östlichen Rand der Gemeinde in einem Viertel mit Marktgärten, Obstgärten und offenen Feldern, die von einer Seilerei genutzt wurden und einen Lagerplatz anboten.

Es gab keine direkten Nachbarn, niemanden, der Ankömmlinge oder Abfahrende beobachten oder sich über etwas Eigenartiges wundern würde.

Niemand, der die verzweifelten Bitten und Schreie eines entsetzten Jugendlichen hören würde.

Das Cottage, das im vergangenen Jahrhundert gebaut worden war, hatte Sprossenfenster und eine fröhlich rot gestrichene Haustür. Doch selbst trotz Reihen weicher blauer Astern, die den Eingangspfad säumten, strahlte der Ort vage etwas Grimmiges und Verbotenes aus. Sebastian konnte es nicht genau benennen – und er erkannte selbst, dass dieses Gefühl vielleicht einfach auf den Horror zurückzuführen war, auf den er im oberen Zimmer der Penniwinch Lane gestoßen war.

»Ich wünschte, ich könnte Euch helfen«, sagte die füllige blonde Frau, die auf Sebastians Klopfen öffnete. »Aber ich weiß wirklich gar nichts über die Leute, die hier gewohnt haben.« Sie war jung, wahrscheinlich nicht älter als fünfundzwanzig. Auf der Hüfte balancierte sie ein pummeliges Kind, und ein kleines, flachsblondes Mädchen klammerte sich an ihren Röcken fest. Sie sagte, sie stamme aus Bermondsey; ihr Ehemann John war seit achtzehn Monaten Aufseher auf dem Lagerplatz.

»Sind Sie Mr Herbert nie begegnet?«

Sie schüttelte den Kopf. »Nein, nie. Nach allem, was wir gehört haben, hat ihn keiner je gesehen. Er ist aber schon gut sechs Monate, bevor wir hergekommen sind, weggezogen.« Das Kind auf ihrer Hüfte begann zu quengeln, und sie ließ es auf und ab wippen. »Wenn es nach mir ginge, wäre ich morgen raus aus diesem Haus.

Aber mein John sagt, ich hätte eine zu lebhafte Fantasie, das sei ein schönes Haus, und wir haben Glück, es bekommen zu haben.«

»Stimmt etwas nicht damit?«

Eine zarte Röte glitt über ihre Wangen, und unbehaglich wich sie seinem Blick aus. »Es ist nur ... es gibt doch einen Grund, warum es Ewigkeiten leer gestanden hat, bevor wir gekommen sind. Hier wollte keiner wohnen.«

»Warum?«

»Sie werden Euch sagen, wegen der Leiche, aber das kann nicht stimmen, weil sie die Leiche ja erst gefunden haben, als das Haus schon monatelang leer gestanden hat.«

»Leiche? Welche Leiche?«

Sie ruckte mit dem Kopf in Richtung Garten hinter dem Haus. »Der Hund der Nachbarn hat sie ausgegraben. Im hinteren Garten.«

Sebastian spürte, wie sich in ihm ein Abgrund öffnete. »Die Leiche eines Jungen?«

Sie schüttelte den Kopf. »Nein, so wie ich es gehört habe, war es ein kräftiger, bärenstarker Kerl. Die meisten meinen, es ist ein Mann namens Jim Kimball, der meistens nach dem Haus geschaut hat. Aber die Leiche war schon zu weit verwest, um es mit Sicherheit zu sagen.«

»War dieser Kimball ein Hausmeister? War Mr Herbert oft weg?«

»So heißt es. Keiner hat diesen Kerl, Kimball, leiden mögen, deshalb waren sie auch nicht traurig, als er verschwand. Ich kann auch nicht sagen, dass es ihnen leidgetan hat, als sie ihn tot gefunden haben.«

»Hat irgendjemand Mr Herbert je nach ihm befragt?«

»Wie denn? Er war da doch schon lange weg, oder?« Sie beugte sich hinunter, um dem kleinen Mädchen an ihrer Seite das Haar zu verwuscheln. »Ich kann Euch eines sagen: Unsere Sarah darf nicht im Garten buddeln. Ich meine, wenn einer dort eine Leiche verscharrt hat, woher wissen wir, dass nicht noch eine dort liegt?«

Sebastian dachte, dass die Frau wahrscheinlich recht hatte. Er sagte aber nur: »Weiß die Polizei, wie der Mann, der gefunden wurde, getötet wurde?«

Das Kindlein begann erneut zu jammern, und die Frau setzte es sich auf die andere Seite der Hüfte. »War wohl nicht schwer zu erraten. Sie sagen, das Messer steckte noch in seinem Rücken.«

»War er mit dem Gesicht nach unten begraben?« Die Frage klang schärfer als Sebastian beabsichtigt hatte.

»Ja, war er.« Die Frau war keine Närrin; sie kniff die Augen etwas zusammen. »Das ist offenbar wichtig; warum?«

Sebastian blickte ihr in das hübsche, aufgeschlossene Gesicht und hatte nicht das Herz, es ihr zu sagen.

***

Er schickte eine Nachricht an Lovejoy und schlug vor, dass die Bow Street zusammen mit den örtlichen Untersuchungsrichtern auch den Garten des Cottages in Bethnal Green untersuchen sollten. Die nächsten paar Stunden verbrachte er damit, entlang der Landstraße eine Reihe Anwohner zu befragen.

Er brauchte nicht lang, um herauszufinden, dass die junge Mutter recht hatte: Das kleine Backsteincottage hatte einen ausgesprochen schlechten Ruf. Wie viel davon allerdings auf den Fund des verwesenden Toten mit dem Messer im Rücken zurückzuführen war, war schwer zu sagen. Erneut konnte ihm niemand viel über den früheren Pächter des Hauses verraten, den sie nur selten gesehen hatten.

Sebastian wollte schon aufgeben, als er auf einen verhutzelten, weißhaarigen alten Mann namens Corky Baldoon traf. Corky saß vor seinem baufälligen Häuschen und flocht mit flinken Fingern einen Korb aus biegsamen Haselnusszweigen, als Sebastian den Zweispänner neben ihm anhielt.

»Der Kerl, der in dem Backsteincottage gewohnt hat? Aye, den hab ich ein paarmal gesehen«, antwortete der alte Mann auf Sebastians Frage.

»Wie hat er ausgesehen?«, fragte Sebastian, der sah, wie der Korb unter den leberfleckigen Händen des Mannes Gestalt annahm.

»Na, er war jung«, sagte Baldoon, dessen knochige, überraschend beweglichen Finger sich mit beeindruckender Fertigkeit hin und her bewegten.

»Wie jung?«

Der alte Mann kicherte und zeigte seine zahnlosen Kiefer. »Was denkt Ihr denn? Dass für einen Mann in meinem Alter sogar einer in den Fünfzigern jung aussieht?«

»Er war also in den Fünfzigern?«

Corky lachte erneut. »Hab ich nich gesagt.«

Sebastian lächelte. »Wie alt war er also?«

»Ungefähr in Eurem Alter, würd ich schätzen.« Der alte Mann blinzelte zu Sebastian hoch, seine blassblauen Augen waren wässrig und fast wimpernlos. »Vielleicht 'n winziges bisschen älter.«

»Können Sie ihn beschreiben?«

»Aye. Meine Beine sind heutzutage vielleicht nutzlos, aber mit meinen Augen stimmt alles. Noch jedenfalls.«

Sebastian wartete, aber der alte Mann flocht weiter an seinem Korb. Schließlich fragte Sebastian: »Also, wie hat er ausgesehen?«

»Hm. En fein aussehender Bursche, das war er. Groß und gutaussehend. Auf eine Art, die mich an einen üblen Kerl erinnert hat, den ich vor langer Zeit kannte. Der konnte es natürlich nich sein, da es schon fünfzig Jahre oder noch länger her ist, dass ich den Dreckskerl kannte. Aber es lässt sich nich leugnen, dass er wie der ausgesehen hat.«

Groß und gutaussehend. Sebastian fragte sich, wie viel zehntausende großer, gutaussehender junger Männer in London lebten. Einem vom Alter gebeugten alten Mann wie Corky Baldoon würde wahrscheinlich sogar der durchschnittlich große Hector Kneebone groß vorkommen. Und so mancher würde einen schlanken, gut gekleideten Mann wie Comte de Brienne »attraktiv« nennen.

»Aber es war nich sein Aussehen«, sagte Corky. »Es war was an der Art, wie er auf dem Pferd saß – als wär er der verfluchte König der Welt und wüsste es. Hat mich an Seine Lordschaft erinnert, aber wirklich.«

»Seine Lordschaft?«, fragte Sebastian nach, mehr aus Höflichkeit als in der Erwartung, etwas Sinnvolles zu erfahren.

»Aye. Damals war er noch Viscount Ashworth.« Der alte Mann drehte den Kopf zur Seite und spuckte aus. »Jetzt ist er natürlich der hochmächtige Marquis of Lindley. Gott soll seine Seele im feurigsten Teil des Hades verrotten lassen.«

Sebastian rührte sich nicht. »Woher kennen Sie den Marquis of Lindley?«

»Ich stamme doch aus Devon«, sagte Corky Baldoon und hielt in seiner Arbeit inne. »Habe jedenfalls von dort gestammt, bis er und sein Da, der alte Marquis, mir mit ihrem verfluchten *Act of Enclosure* fünfundsechzig mein Land geklaut haben.« Der alte Mann verengte die Augen, während er am oberen Rand des Korbes einen Zweig einfädelte. »In dem Winter ist mei Frau im Armenhaus gestorben, zusammen mit unseren zwei Buben. Danach hab ich lang drüber nachgedacht, die zwei Dreckskerle umzubringen – Lindley und Ashworth. Aber ich hatte damals noch meine kleine Jenny. Sie war erst fünf Jahre alt. Und was wär aus ihr geworden, wenn ihr Da sich durch Mord an den Galgen gebracht hätt? Also hab ich's nich getan. Aber ich wollte. Kann nich leugnen, dass ich's wollte. Und ich werde nie vergessen, wie der Mistkerl ausgesehen hat.«

Corky Baldoon stellte seinen Korb unfertig zur Seite und ließ die Hände untätig in den Schoß sinken. Da bemerkte Sebastian, dass der alte Mann aufgehört hatte, weil Tränen in seine Augen gestiegen waren, sodass er nichts mehr sehen konnte. »Daran werde ich mich bis zu meinem Todestag erinnern.«

Kapitel 44

Die Duchess of Claiborne schritt gerade die Stufen vor ihrem Haus in der Park Lane herunter, als Sebastian davor anhielt.

Sie trug ein beeindruckendes Kutschkleid aus feinem, weichem malvenfarbigem Wollstoff, der mit türkisfarbenen Seidenpaspeln abgesetzt war, und dazu einen wahrlich ehrfurchtgebietenden Turban in Malve und Türkis. Bei Sebastians Anblick hielt sie inne und suchte mit einer Hand nach ihrem Augenglas, das an einem dunkleren malvenfarbenen Band um ihren Hals hing.

»Tante«, sagte er fröhlich, gab Giles die Zügel und sprang hinunter.

»Jetzt nicht, Devlin, ich bin auf dem Weg zu ...«

»Es wird nur ganz kurz dauern.« Er legte ihr die Hand an den Ellbogen, um sie wieder zurück ins Haus zu lotsen. »Vor fünfzig Jahren hast du den Marquis of Lindley gekannt, richtig? Als er noch Viscount Ashworth war?«

Die Herzogin ließ das Augenglas fallen. »Ja. Warum fragst du?«

»Wie hat er ausgesehen, als er jung war?«

Sie runzelte nachdenklich die Stirn. »Nun, mal sehen ... Groß. Breite Schultern. Außergewöhnlich attraktiv. Alles in allem ein Prachtbild von einem Mann – ganz wie sein Sohn eigentlich. Das gleiche dunkelblonde Haar, der kantige Kiefer. Und auf die gleiche angenehme, nicht ganz ehrliche Weise charmant. Womit ich nicht sage, dass an Lindley je etwas Gemeines oder Verkommenes war, weder damals noch heute. Im Gegensatz zu Ashworth.«

Sebastian vermutete, Corky Baldoon würde in dieser Hinsicht widersprechen, aber den Gedanken behielt er für sich.

Tante Henrietta schürzte die Lippen. »Du hast nicht gesagt, weshalb du fragst.«

»Wäre es möglich, dass jemand, der den Marquis vor all diesen Jahren kannte, die Ähnlichkeit zwischen Vater und Sohn heutzutage bemerken würde, wenn er Ashworth sähe?«

»Ich denke schon. Aber ...«

»Gehen Amanda und Stephanie heute Abend zu Lady Jerseys Ball?«

»O nein. Amanda hat sich mit Sally verstritten. Ich glaube, Ashworth begleitet sie stattdessen zu Lady Farninghams musikalischem Abend. Sie hat einen italienischen Harfenisten eingeladen oder sonst eine furchtbare Person.« Die Duchess schätzte Harfen nicht.

Sebastian drückte ihr einen lauten Kuss auf die gepuderte und mit Rouge bestäubte Wange. »Danke sehr, Tante.«

»Aber was hat das alles denn mit Stephanie zu tun?, rief sie ihm hinterher, als er zu den Stufen zurückging und hinunterlief. »Devlin? *Devlin.*«

***

Von der Park Lane fuhr Sebastian zum Tower Hill, wo er Paul Gibson in der Mitte seines Nebengebäudes antraf. Er hielt den nachdenklichen Blick auf den großen, nackten Leichnam von Les Jenkins gerichtet.

»Ah, ich hoffte schon, dass du kommst. Sieh dir das an.«

Blass, wächsern und im Tod bereits kleiner wirkend, lag der Hausmeister auf dem Steintisch inmitten des Raums. Auf der weißen Haut der haarigen Brust des Toten waren klar zwei violette Schlitze zu sehen, einer groß, der andere sehr klein.

»Das ergibt keinen Sinn«, sagte Sebastian und sah ihn an.

Gibson lehnte sich mit dem Rücken an ein Regal, das mit den Kisten der gesäuberten Knochen von der Munitionsfabrik vollstand. Der Raum wurde so voll, dass es unbehaglich war. »Wenn du dir klarmachst, dass zweimal zugestochen wurde, schon. Einmal in den Rücken mit einer Klinge, die lang genug war, um vorne wieder auszutreten, und dann wieder in die Brust. Der Stoß in den Rücken hat ihn getötet. Der zweite war nur, um dir eine Nachricht zu hinterlassen.«

»Ach, du hast davon gehört?«

Gibson nickte. »Übel. Um nicht zu sagen, dass es mehr als nur ein bisschen verstörend ist.«

Sebastian blickte erneut auf die Brust des Toten. »War es beide Male dieselbe Waffe?«

»Nee. Das Messer mit der Botschaft an dich war nicht lang genug, um ganz hindurchzudringen und auf der anderen Seite wieder auszutreten.«

»Also was war es? Ein Stockdegen?«

»Wahrscheinlich.«

»Na, zauberhaft.« Sebastian richtete den Blick auf die Kisten mit den Knochen. »Und die Bestatteten von Clerkenwell? Hast du etwas gefunden, um noch einen von ihnen zu identifizieren, außer Mick Swallow?«

»Eines der Kinder, das zwölfjährige Mädchen, hatte einen alten Bruch im Oberarm, der schlecht verheilt war. Das ist alles.«

Sebastian stieß seufzend die Luft aus und ging zur Tür.

Gibson sagte: »Jovejoy hat mich gebeten, mich auf dem Gehöft, auf dem du diesen Burschen hier gefunden hast, an der Suche nach weiteren Gräbern zu beteiligen.«

Sebastian nickte. »Es gibt noch ein weiteres Haus, das durchsucht werden muss. Ein Cottage in Bethnal Green.«

»Meinst du, dass die Kinder dort gequält und getötet wurden? In den beiden Häusern?«

»Nach dem zu urteilen, was ich in der Penniwinch Lane gesehen habe, bestehen daran nicht viele Zweifel. Die Häuser wurden von ein- und demselben Mann gemietet, obwohl er anscheinend in keinem von beiden wirklich gewohnt hat.«

»Mein Gott«, sagte Gibson. »Was für ein Mann unterhält ein Haus nur, um einen Platz zu haben, an dem er Kinder umbringen kann?«

Sebastian stieß sich vom Türrahmen ab. »Ein sehr reicher.«

***

Als Sebastian wieder zur Brook Street kam, stellte er fest, dass Hero noch nicht vom Besuch bei ihrer Mutter am Berkeley Square zurück war.

»Das ist kürzlich von Lady Devlin hier angekommen«, sagte Morey und sah grimmig drein, als er ihm ein Silbertablett mit einer versiegelten Nachricht hinhielt. »Ihre Ladyschaft hat Claire außerdem mit Master Simon nach Hause geschickt, zusammen mit einer Nachricht an die Köchin, sie nicht zum Abendessen zu erwarten.«

Verblüfft brach Sebastian das Siegel.

Ich komme später

, hatte Hero in ihrer markanten, männlich wirkenden Handschrift geschrieben.

Meiner Mutter geht es nicht gut, aber mach dir keine Sorgen.

Sebastian spielte mit der Nachricht in seinen Fingern, als er zur Treppe ging. Sie schrieb eigens, er solle sich keine Sorgen machen. Aber er kannte Hero gut genug, um zu vermuten, dass sie ihre Sorgen um ihre Mutter herunterspielen würde, um ihn nicht von einer so wichtigen Ermittlung abzulenken.

Aus diesem Grund konnte er nichts dagegen tun, dass er sich doch sorgte.

***

Lady Farninghams musikalische Soireen waren in der Londoner Gesellschaft rasch zu einem festen Bestandteil geworden. Ihre Veranstaltungen, in denen sie französische Opernsängerinnen über österreichische Pianisten bis zu spanischen Cellisten präsentierte, waren unter denjenigen der oberen Zehntausend beliebt, die musikalische Vorlieben hatten – oder die den Ehrgeiz hatten, es zumindest vorzutäuschen. Amanda fiel in keine der Kategorien und mied sie üblicherweise. Aber andere Vergnügungen waren an einem Abend, den eine von *Almack's* mächtigen vorstehenden Damen für ihren Ball ausgesucht hatte, rar.

Sebastian traf in der Mount Street ein und hörte die Musik bereits in den weitläufigen Empfangsräumen der Countess. Wie gewöhnlich saßen die anwesenden Damen in Stuhlreihen, die hufeisenförmig um den Harfenisten, den berühmten italienischen Virtuosen Valentino Vescovi, herum aufgestellt worden waren. Die Herren pflegten sich derweil am Rand an die Wände zu lehnen. Er entdeckte Amanda und die hübsche goldblonde Stephanie in einer der letzten Reihen, und Ashworth lehnte an einem Wandpfeiler in ihrer Nähe. Kurz begegnete sein Blick quer durch den eleganten Raum dem von Sebastian. Dann stieß er sich von der Wand ab, um wie zufällig zu einem Salon zu schlendern, in dem ein Tisch mit Erfrischungen aufgestellt worden war.

Sebastian folgte ihm.

»Wir müssen uns unterhalten«, sagte Sebastian und blieb am schmalen Ende des schwer beladenen Tisches stehen.

Der Viscount griff nach einem Teller. »So? Warum?«

»Wo wart Ihr letzte Nacht?«

Ashworth zögerte, als müsse er die Vorzüge des Spargels gegenüber grünen Bohnen abwägen. »Wie es der Zufall will, war ich mit Eurer zauberhaften Nichte und ihrer Mutter zusammen. Warum?«

»Wie lange?«

»Ehrlich, Devlin, wenn Ihr ...«

»*Wie lange, verdammt noch mal?*«

Ashworth blickte auf, und ein Muskel wölbte sich an seinem angespannten Kiefer vor. »Von acht bis ungefähr halb ein Uhr heute Nacht. Warum? Hat es wieder einen Mord gegeben, aus dem sich keiner außer Euch etwas macht?«

Sebastian rechnete nach, dass Les Jenkins höchstens seit einer oder zwei Stunden tot gewesen war, als er ihn gegen zwei Uhr morgens gefunden hatte. Und das bedeutete, erneut, dass Ashworth unmöglich der Mörder sein konnte.

Als Sebastian nichts sagte, lachte der Viscount scharf auf. »Großer Gott, ich habe ins Schwarze getroffen, oder?« Die Belustigung verblasste schlagartig. »Seid Ihr wirklich so verzweifelt darauf erpicht, eine Heirat in Eure Familie zu verhindern, dass Ihr mir sogar einen Mord anhängen wollt?«

Sebastian sagte: »Ich frage mich, ob Ihr je viel Zeit in Bethnal Green verbracht habt?«

»Bethnal Green?« Ashworth widmete seine ganze Aufmerksamkeit der Aufgabe, sich Krabben in Butter auf den Teller zu schaufeln. »Ihr scherzt wohl. Was sollte ich denn ausgerechnet in Bethnal Green?«

»Verzweifelte, arme, halbverhungerte Kinder quälen und töten.«

»In Bethnal Green? Und ich dachte, Ihr lungert dieser Tage in Clerkenwell herum.« Der Viscount verzog das Gesicht. »Ihr solltet Euch wirklich bessere Gegenden aussuchen, wisst Ihr das.«

»Warum, wenn Ihr das offenbar nicht tut.«

Ashworths Lippen verzogen sich zu etwas, das man als Lächeln interpretieren konnte. »Bezeichnet Ihr Eure Schwester und Eure Nichte als Lügnerinnen?«

»Nicht direkt.«

»Wie dann? *Direkt?*«

Sebastian betrachtete das glatte, attraktive Gesicht seines Gegenübers. Was konnte er schon sagen? Dass ein achtzigjähriger Mann mit einem Groll gegen Ashworths Familie überzeugt war, eine jüngere Version des Marquis of Lindley von einem Haus wegreiten gesehen zu haben, das vielleicht etwas mit einer lange Reihe vermisster Straßenkinder zu tun hatte, vielleicht aber auch nicht?

»Jetzt seid Ihr in Verlegenheit, nicht wahr?«, fragte Ashworth.

Sebastian schüttelte den Kopf. »Ich habe mir vielleicht noch nicht alles zusammengereimt. Aber das werde ich.«

Ashworth stellte seinen gefüllten Teller beiseite. »Nun, lasst es mich unbedingt wissen, wenn es so weit ist«, sagte er und ging davon.

»Du bist immer noch dran, oder?«, sagte eine vertraute gepresste und verärgerte Stimme hinter ihm.

Sebastian drehte sich um. »Liebe Amanda.«

Groß und elegant stand sie da, eine formidable Persönlichkeit in silberner Seide, die mit feinster Spitze abgesetzt war. »Warum musst du immer weitermachen?

Warum kannst du nicht einfach eine Niederlage akzeptieren und dich einem anderen Steckenpferd zuwenden?«

»Steckenpferd? Du glaubst, das ist es?«

»Du musst es ja genießen. Andernfalls, warum tust du es?«

»Weil Menschen sterben. *Kinder* sterben.«

Sie zog eine Braue in einem feinen Bogen nach oben. »Ach? Ist wieder eins von deinen räudigen Straßenkindern getötet worden?«

Sebastian blickte in ihre kalten, leuchtend blauen St Cyr-Augen und fragte sich, wie er und diese Frau von derselben liebevollen, lachenden Mutter geboren worden sein konnten. »Dieses Mal zum Glück kein Kind, Amanda. Sondern ein Mann. Sogar zwei. Zwei Männer, die vermutlich den Mörder hätten identifizieren können.«

»Und wann ist das geschehen?«

»Der jüngste Mord war gestern gegen Mitternacht – oder eine Stunde früher oder später.«

»Tja, siehst du? Ashworth war gestern Abend mit uns zusammen – und außerdem mit einigen der distinguiertesten Herren des Königreichs, darunter Castlereagh, Pugh und Liverpool. Sprich sie doch ebenfalls an, wenn du dich gern in Verlegenheit bringen möchtest. Sie werden dir alle das Gleiche sagen. Aber ich hoffe, du hast den Anstand – ganz zu schweigen von der Klugheit –, diesen Unfug zu beenden.«

Sie wollte an ihm vorbeirauschen, doch er griff nach ihrem Arm und zog sie zu sich herum. »Auch wenn ich mich zufällig täusche und Ashworth nicht für diese bösartige Mordreihe verantwortlich ist, ist er noch lange kein guter Mann, Amanda. Und das weißt du.«

Vor Verachtung und Herablassung sprühend wie nur Amanda es konnte, ließ sie den Blick über ihn wandern. »Lord Ashworth ist als Gentleman geboren und aufgewachsen. Wie kannst ausgerechnet du es wagen, ihn zu verurteilen?« Ihr Blick blieb an seiner Hand auf ihrem Arm hängen, und er ließ sie los.

Dann stand er da und sah sie davongehen, und die Federn an ihrem Witwenturban wippten in der von Kerzen erwärmten Luft.

Kapitel 45

Sebastian lag wach in der Dunkelheit, den Blick auf den gerafften blauen Satin des Betthimmels gerichtet. Draußen war wieder Wind aufgekommen, und er heulte in der Dachtraufe wie ein lebendiges Wesen. In seinem gequälten, erschöpften Zustand bildete Sebastian sich kurz ein, er könnte den Wind fast von den Dingen flüstern hören, die Sebastian wissen sollte. Die er wüsste, wenn er nur genau genug hinhören würde.

Er spürte, wie Hero neben ihm das Gewicht verlagerte, und ihre warme Hand glitt auf seine Brust. Sie war kurz nach Sebastian nach Hause gekommen und hatte müde und verängstigt gewirkt. Ihre Mutter, die nie besonders stark gewesen war, war mitten am Nachmittag, während sie mit ihrem Enkel spielte, zusammengebrochen.

Er schob den Arm unter ihre Schultern, um sie an sich zu ziehen, und sie schmiegte den Kopf an ihn. »Machst du dir Sorgen um deine Mutter?«, fragte er sanft.

Sie nickte. »Das ist so plötzlich gekommen. Ich verstehe das nicht.« Sie schwieg kurz, dann sagte sie: »Du denkst an all die toten Kinder, nicht wahr?«

Er barg das Gesicht in ihrem Haar. »Ich komme immer wieder auf das zurück, was mir der alte Mann in Bethnal Green gesagt hat. Wie groß ist die Wahrscheinlichkeit, dass dieser mysteriöse Mr Herbert Corky Baldoon an Ashworths Vater erinnert hat?«

»Das ist wirklich bizarr. Aber es heißt nicht, dass Ashworth eigentlich Richard Herbert ist.«

»Nein.«

Er spürte, dass sie lächelte. »Aber du glaubst es, nicht wahr?«

»Ja.«

Sie sagte: »Ashworth war mit deiner Schwester zusammen, als Benji Thatcher vergraben wurde, und erneut, als Les Jenkins ermordet wurde. Er kann nicht der Mann sein, nach dem du suchst.«

»Ich weiß.«

»Nein, tust du nicht. Wenn überhaupt, bist du überzeugter denn ja, dass er es ist.«

Er legte das Kinn auf ihren Kopf und strich mit der Hand an ihrer Seite auf und ab. »Ich stelle mir vor, was ich tue, beruhe alles auf Vernunft und Herleitungen. Dass ich sorgfältig die Beweise abwäge und Informationen und Geheimnisse aufdecke, bis ich schließlich den Weg zur Lösung vor mir sehe. Aber das ist nur ein Teil davon. In Wahrheit ist ein großer Teil davon Intuition … Bauchgefühl … oder wie du es auch immer nennen magst. Und mein Bauch sagt mir, dass Ashworth der Mörder ist, obwohl ich weiß, dass es unmöglich ist.«

»Es ist nicht ganz unmöglich«, sagte sie. »Der Junge, der gesehen wurde, als er versuchte, Benji zu begraben, könnte den Hausmeister auf dem Hof getötet haben.«

»Das könnte er. Aber der Degen und die Nachricht sprechen dagegen. Und selbst wenn er es doch getan hat, wer war der Gentleman in dem Wagen, als der Junge Benjis Grab geschaufelt hat?«

»Les Jenkins?«

»Ich glaube nicht, dass jemand Les Jenkins mit einem Gentleman verwechselt hätte.«

Eine Weile füllte nur das Prasseln des Feuers im Kamin die Stille. Dann sagte sie: »Was glaubst du, was Benjis kleiner Schwester Sybil zugestoßen ist?«

»Sie muss tot sein. Sie finden sie bestimmt in einem der Felder um den Hof herum, wenn sie am Morgen anfangen zu suchen.« Es laut auszusprechen, verursachte ihm ein schmerzhaftes Reißen in der Brust. »Ich will nicht darüber nachdenken, wie viele Gräber sie zwischen Penniwinch Lane und dem Cottage in Bethnal Green finden werden.«

»Wie lang könnte das schon so gegangen sein?«

»Wer weiß? Gilles de Rais ist vier Jahre lang damit davongekommen. Ich hörte, manche setzen die Zahl seiner Opfer sogar mit fünfhundert an.«

»Großer Gott. Wie ist das möglich?«

»Geld und Macht. De Sade wusste, wovon er redete. Der, mit dem wir es hier zu tun haben, ist reich genug, um nicht nur diese Häuser zu mieten, sondern auch, um Diener anzuheuern und eine Kutsche und Pferde zu halten, die er nur für die Misshandlung verarmter, verwahrloster Kinder benutzt, die er sich von den Straßen Londons schnappt.«

»Der junge Diener, der Benjis Grab geschaufelt hat«, sagte Hero. »Er ist noch dort draußen.«

»Vielleicht. Oder vielleicht haben wir nur noch nicht seine Leiche gefunden. Dieser Mörder scheint es zur Gewohnheit zu haben, regelmäßig seine Häuser zu wechseln. Und seine Diener zu töten.«

***

Erneut regnete es während der Nacht. Diesmal war es ein starker Regen, der den Boden durchweichte, noch lange von den Bäumen heruntertropfte und in der Luft den Geruch nach durchnässten Pflanzen und nasser Erde zurückließ.

Als Sebastian in Bethnal Green ankam, stand Lovejoy mit einem Schirm in der Hand auf der Rückseite des Backsteincottages. Sein Gesicht war in grimmige Falten gelegt.

»Sie haben jetzt schon eine Leiche gefunden«, sagte Lovejoy. »Und ich fürchte, das ist erst der Anfang.«

Sebastian blickte über den matschigen, durchweichten Garten und hoffte, dass die sympathische junge Mutter mit ihren zwei Kleinkindern weit weg von diesem Schreckensszenario Zuflucht gesucht hatte. »Haben Sie von der Mannschaft in der Penniwinch Lane schon etwas gehört?«

»Nur, dass einer meiner Konstabler mit einer Frau gesprochen hat. Sie sagte, Les Jenkins hat sie dafür bezahlt, alle paar Wochen zum Bauernhaus herauszukommen, um es zu putzen. Interessanterweise sagte sie, dass die Türen zu zwei Räumen immer verschlossen waren: zur Familienstube im oberen Stockwerk und zur alten *Buttery*. Sie durfte keinen der beiden Räume betreten.«

Sebastian runzelte die Stirn. »Die Stube oben kann ich verstehen. Aber warum die Vorratskammer? Darin war nichts außer einem leeren Kleiderschrank und einem Waschtisch.«

Die beiden Männer sahen, wie einer der Arbeiter am unteren Ende des Gartens nach seinem Kollegen in der Nähe rief.

Lovejoy seufzte. »Es deutet alles darauf hin, dass Richard Herbert ein Tarnname ist.«

»Das überrascht mich nicht.«

»Also sind wir im Grunde wieder dort, wo wir angefangen haben.«

Sebastian blinzelte in den trüben Himmel hinauf. »Nicht ganz. Wir wissen jetzt, dass wir nach jemandem suchen, der über beträchtliche Ressourcen verfügt. Jemandem, der Personal anheuert, das ihm dabei hilft, die Opfer loszuwerden. Jemandem, der klug ist und sehr sorgfältig vorausplant.«

Lovejoy verzog die Lippen. »Und das ist ausgesprochen besorgniserregend. Denn er weiß, dass Ihr hinter ihm her seid. Und verspottet Euch offen.«

»Ja«, stimmte ihm Sebastian zu, als von den beiden Männern, die in der Nähe der äußeren Gartenmauer arbeiteten, ein Ruf erklang. »Jesus Christus, sie haben noch eine gefunden.«

***

Es war bereits Mittag, als Sebastian zu dem alten Gutshof in der Penniwinch Lane fuhr. Als er seinen Zweisitzer unter den tropfenden Eichen des kleinen Wäldchens zum Stehen brachte, konnte er ein Dutzend oder mehr Freiwillige sehen, die die nassen, zugewucherten Felder durchkämmten. Paul Gibson stand mit den Händen in der Hüfte vor dem alten Haus und beobachtete sie.

»Keine Anzeichen von Gräbern?«, fragte Sebastian, gab die Zügel an Giles weiter und landete mit einem schmatzenden Geräusch auf dem matschigen Grund.

»Noch nicht«, sagte Gibson. »Gott sei Dank.«

»Dann wärst du besser zu dem Haus in Bethnal Green gefahren. Dort haben sie gerade das dritte Skelett ausgegraben, als ich weggefahren bin.«

»Ach je. Heilige Muttergottes.« Gibson ließ die Hände sinken, sodass sie lose herunterhingen. Auf dem Gesicht des Chirurgen lag ein erschöpfter und ausgezehrter Ausdruck, der vermutlich seinen eigenen widerspiegelte, dachte sich Sebastian. »Bitte sag mir, dass du nah dran bist, den Täter zu entlarven.«

Sebastian schüttelte den Kopf und behielt die Männer im Blick, die über die Felder gingen und den Kreis immer weiter zogen. Wahrscheinlich bestand noch die Möglichkeit, dass die Suchenden auf etwas stoßen würden, doch er bezweifelte es. Wäre Sybil Thatcher hier begraben, wäre ihr frisch geschaufeltes Grab sicherlich schon gefunden worden.

Wo zur Hölle war sie also?

»Weißt du, was an alledem fast am erschreckendsten ist?«, fragte Gibson. »Die Erkenntnis, dass dieses Monster genau jetzt irgendwo da draußen ist. Ein Mann, der ganz normal wirkt und sich im Kreis von Familie und Freunden bewegt – und keiner von ihnen hat auch nur einen Schimmer, dass er in Wahrheit eine Kreatur aus ihren schlimmsten Vorstellungen der Hölle ist. Wie ist das nur möglich?«

Sebastian beobachtete, wie eine der Männerreihen an einer Hecke ankam, sich umdrehte und zurückging.

»Manche Menschen sind sehr, sehr gut darin zu überspielen, wer sie wirklich sind.«

***

Etwas später öffnete Sebastian, als dränge ihn ein unwiderstehlicher Impuls dazu, die Haustür des alten Bauernhauses und ging hinein. Er hatte das Gebäude bereits zweimal durchsucht – einmal, nachdem er Les Jenkins' Leiche gefunden hatte, und erneut am nächsten Morgen. Auch Lovejoys Männer hatten alle Räume sorgfältig durchkämmt und nichts gefunden. Und doch stieß ihn das Haus gleichzeitig ab und zog ihn an. Er dachte immer noch, dass etwas darin sein musste. Etwas, das er übersehen hatte.

Im trüben Licht des bewölkten Tages sah das Haus düster und unbewohnt aus. Die Schubladen der Truhen in der Halle lagen über den Boden verstreut da, wo sie von den verschiedenen Suchenden hingeworfen worden waren. Teppiche waren aufgerollt, Kissen auf links gedreht worden. Sebastian durchquerte den weiten, jetzt chaotischen Saal und stieg die Treppe hinauf zu der Stube, die einst zweifellos ein schöner Raum gewesen war – bevor sie von dem mysteriösen Richard Herbert in eine Kammer des Schreckens verwandelt worden war.

Er musste sich zwingen, in die Stube zu treten. Er drehte sich langsam im Kreis und nahm die blutbespritzen Wände, das düstere alte Bett und den inzwischen leeren Tisch wahr. Die Männer der Bow Street hatten die hässliche Peitschen- und Messersammlung des Mörders weggenommen. Aber Sebastian bezweifelte, dass sie irgendetwas daraus erfahren würden. Dieser Mörder war zu gerissen, um etwas zu hinterlassen, das mit ihm in Verbindung gebracht werden könnte.

Draußen frischte der Wind auf und ließ die Scheiben in den Fenstern klappern. Sebastian fragte sich unwillkürlich, weshalb er wieder hierhergekommen war; warum er sich gezwungen hatte, erneut die Wellen der Angst, des Leides und der Verzweiflung zu spüren, die von diesem Ort auszustrahlen schienen. Was hatte er sich vorgestellt, was das kalte, stille Licht eines neuen Tages ihm zeigen sollte, das er zuvor übersehen hatte? Es war nichts da.

Er ging wieder hinunter und zu der alten *Buttery*, die vom Eingangsflur abging. Obwohl Sebastian die Tür weit offen vorgefunden hatte, hatte die Zugehfrau ausgesagt, dass sie immer verschlossen gewesen war. Warum hatte sie nicht hineingedurft? Wozu sollte man eine Kammer absperren, die bis auf ein paar einfache Möbelstücke leer war?

Auf dem verschrammten Holzboden lag kein Teppich, es stand nur der Schrank da, an den er sich vom letzten Mal erinnerte, und der schlichte Waschtisch mit einem Krug und einer Schüssel. Er ging zu dem Schrank, öffnete ihn und blickte abermals in die leeren Fächer. Für ein Zimmer, das nie geputzt wurde, waren die Fächer auffallend staubfrei. Daraus ließ sich schließen, dass der Schrank bis vor Kurzem Kleider enthalten hatte. Und die waren nicht mehr hier.

Sebastian strich mit der Hand nachdenklich über das oberste Brett. Derjenige, der Benji gequält und getötet hatte, musste mit Blut bespritzt gewesen sein. Aber kein wohlhabender Gentleman könnte so zu seinem Leibdiener nach Hause kommen, ohne Verdacht zu erregen, der ihm gefährlich werden konnte. Das bedeutete also entweder, dass der Leibdiener ein Komplize war, wie Les Jenkins und der unbekannte Junge, der die Gräber schaufelte, oder der Mörder war regelmäßig hierhergekommen, um sich zu waschen und die Kleidung zu wechseln, bevor er nach Hause fuhr.

Sebastian schloss die Schranktüren mit einem Klackern, das in dem fast leeren Raum widerhallte. Der Schrank bewies, dass der Mörder seine mit Blut befleckte Kleidung mitgenommen hatte, als er alles Verräterische aus dem Haus entfernt hatte. Ein guter Schneider wäre fähig, seine eigene Arbeit zu erkennen und den Käufer zu identifizieren. Das hatte der Mörder vorausbedacht, wie so vieles andere.

»Wer bist du?«, fragte Sebastian laut in den leeren Raum. Dann rief er es, und dann brüllte er es hinaus, mit roher Stimme, die von der Realität dieses Horrors zerrissen war, den er anscheinend nicht beenden konnte. »*Wer bist du?*«

Seine Stimme wurde ihm wie ein Echo zurückgeworfen, spottend und nutzlos.

Plötzlich verspürte er den intensiven Drang, dieses Haus zu verlassen. Er fühlte sich dadurch beschmutzt, dass er an einem Ort stand, der vorher von einem solchen Monster besetzt gewesen war, und dass er Gegenstände angefasst hatte, die der Mörder vor ihm berührt hatte. Die aufwallende Abscheu war so stark, dass sie ihn fluchtartig aus dem Haus hinaustrieb und er auf dem rissigen, von Unkraut überwucherten Eingangspfad stehenblieb, die Arme von sich gestreckt und das Gesicht zum sanft fallenden Regen gewandt.

Als könne ihn der Himmel irgendwie von den Gräueln reinwaschen, die der unbekannte Mörder gewoben hatte.

Kapitel 46

Sebastian stand mit dem Hut in der Hand neben dem Grab von Benji Thatcher auf dem Friedhof von *St James's*. Der Regen hatte wieder aufgehört und einen trostlosen, fahlweißen Himmel hinterlassen, vor dem sich die glänzenden Blätter einer Reihe Ahorne und Rosskastanien in der Nähe als leuchtende scharlachrote und gelbe Kleckse abhoben.

Er hätte nicht sagen können, aus welchem Bedürfnis er hergekommen war. Aber als er auf den matschigen Streifen Erde blickte, spürte er eine lastende Traurigkeit, die sich auf ihn senkte. Er ließ dieses Kind und all die anderen im Tode im Stich, so wie die Gesellschaft sie im Leben im Stich gelassen hatte. Und wegen dieses Versagens war dort draußen immer noch ein bösartiger Mörder unterwegs und wartete nur darauf, ein anderes verängstigtes, obdachloses Kind zu erbeuten, und dann das nächste und das nächste.

Er sog tief die feuchte Luft ein. Da kam ihm in den Sinn, dass seine emotionale Reaktion sowohl auf das Alter der Opfer wie auf das Grauen, das ihren Tod begleitet hatte, seine Fähigkeit zur Analyse und zum Schlussfolgern beeinträchtigte. Er musste einen Weg finden, das, was er wusste, mit einer kühlen Distanz zu betrachten, die ihm derzeit ständig entglitt.

Er blickte über die dichtstehenden, von Flechten bewachsenen Grabsteine hinweg und kniff die Augen etwas zusammen. Was übersah er? Gab es vielleicht ein verräterisches Muster?

Irgendetwas?

Er zwang sich, alles nochmals durchzugehen, was sie in Erfahrung gebracht hatten. Vor sechs Jahren hatte ein mysteriöser, wohlhabender Gentleman, der sich als Richard Herbert ausgab, in Bethnal Green ein Haus gemietet, einen Diener namens Jim Kimball eingestellt und mehrere Jahre lang Straßenkinder aus der Nachbarschaft getötet. Dann hatte er in den Hügeln oberhalb von Pentonville ein neues Haus angemietet. Er hatte Kimball getötet und in Bethnal Green neben den ermordeten Kindern begraben, Les Jenkins als Hausmeister angeheuert und war mit seinem schrecklichen bevorzugten Zeitvertreib an einen neuen Ort gezogen.

Allerdings bestattete der Mörder dieses Mal die jungen Opfer nicht in seinem Garten. Er bestattete sie mehrere Meilen entfernt auf dem Boden einer verlassenen Munitionsfabrik, und zwar mit Hilfe eines Jungen, der aller Wahrscheinlichkeit nach genauso arm war wie die Opfer seines Herrn. Warum diese Änderung? Das Bauernhaus an der Penniwinch Lane war noch isolierter als das Cottage in Bethnal Green, und das bedeutete, dass der Mörder seine Opfer einfach in den unbestellten Feldern hätte begraben können. Aber aus irgendeinem Grund hatte er sich dagegen entschieden.

Warum?

Vielleicht hatte es etwas damit zu tun, weshalb Jim Kimball mit einem Messer im Rücken in einem geheimen Grab gelandet war. Warum also hatte »Richard

Herbert« seinen Hausmeister von Bethnal Green ermordet? Weil Kimball wusste, wo die Leichen vergraben waren, und irgendwie zu einer Bedrohung geworden war?

Dieser Gedanke brachte Sebastian wieder auf den unbekannten Jungen, der auf dem Boden von Benjis Grab seinen Hut hatte liegenlassen. Wo war dieser Junge jetzt? War er tot, wie Les Jenkins?

Die hin und her fliegenden Schatten von Mauerschwalben lenkten Sebastians Blick zum weißen Himmel, der schwer über ihm herunterhing. Und abermals spürte er die steigende Angst, dieses Monster könne ihm durch die Finger gleiten, und dass er den Mörder nur von seinem Friedhof und seiner letzten Folterkammer vertrieben hatte, um ihn irgendwo anders einfach neu anfangen zu lassen.

Wie identifiziert man einen Mörder, der keine richtige Verbindung zu seinen Opfern hat? Wie?

Sebastian hatte zugelassen, dass nicht nur seine Emotionen, sondern auch seine Vorurteile sein Denken beeinflusst hatten, und das war zum Teil Ursache für die Schwierigkeiten in diesem Fall, wie er jetzt erkannte. Er kam immer wieder auf Viscount Ashworth zurück, zum einen weil er schon lange eine Abneigung gegen diesen Mann hegte, aber auch weil er sich um Stephanies Zukunft sorgte. Aber Ashworth hatte, genau wie Sir Francis Rowe, ein gutes, belastbares Alibi – in Ashworths Fall für die Nächte, in denen Benji und Les Jenkins ermordet worden waren. Und es stimmte zwar, dass Corky Baldoon davon überzeugt war, jemanden von dem Haus in Bethnal Green wegreiten gesehen zu haben, der wie eine jüngere Ausgabe von Ashworths

Vater aussah. Aber wie verlässlich war die Aussage des alte Mannes? Es war möglich, sogar wahrscheinlich, dass jeder arrogante junge Gentleman auf einem Pferd Baldoon an den Lord erinnern würde, der sein Leben zerstört hatte.

Sebastian hätte gern gesagt, er glaube nicht an Zufälle, doch in Wahrheit hatte er in seinem Leben so manchen eigenartigen Zufall erlebt. Vielleicht wäre es genauer zu sagen, dass er im Zusammenhang mit Mord nicht an Zufälle glaubte. Trotzdem konnten welche eintreten und taten es auch. Mit Sicherheit wusste er bisher nur, dass – wenn seine eigene Schwester und seine Nichte nicht logen – er wertvolle Zeit und Energie verschwendete, indem er sich auf jemanden konzentrierte, der einfach nicht der Mörder sein konnte.

Was blieb ihm also noch? Ein garstiges Bordell am Pickering Place, das aber in keinerlei vorstellbarer Hinsicht zu dem passte, was er bisher über den Mörder zusammengetragen hatte? Ein königlicher Vetter, der ebenfalls ein belastbares Alibi hatte? Ein französischer Emigré, der sowohl von Napoleon als auch von Sebastians Schwiegervater finanziert wurde?

Ein Schauspieler mit einer Schwäche für junge Prostituierte und für *le vice anglais*?

Konnte sich jemand wie Hector Kneebone leisten, Häuser zu mieten und Pferde mit Kutsche zu unterhalten, die er nur zum Morden benutzte? Sebastian hielt es für zweifelhaft, aber doch möglich. Und was war mit de Brienne? Sebastian verweilte mit den Gedanken bei dem französischen Comte. De Brienne verfügte über den Wohlstand, um seinen verschiedenen Geschmäckern und Vorlieben nachzugehen. Und Sebastian zweifelte nicht daran, dass der Emigré des Mordes fähig war – hatte er doch aller Wahrscheinlichkeit nach seinen eigenen Onkel und seine Vettern getötet, bevor er aus Frankreich geflohen war.

Der Wind frischte auf, ließ einen Schauer scharlachroter Ahornblätter über den Friedhof regnen, wo sie wie Flecken aus altem Blut auf den regennassen Grabsteinen und zwischen den nassen Grashalmen liegen blieben. Er hatte schon seit einiger Zeit einen Jungen bemerkt, der in der Nähe der Kirchenmauer herumlungerte. Jetzt erkannte Sebastian, dass es Toby *the Dancer* war. Ihre Blicke begegneten sich, und Toby versteifte sich, sein Gesicht war starr vor Angst. Kurz dachte Sebastian, der Junge würde Reißaus nehmen. Stattdessen kam Toby zu ihm und blieb erst stehen, als er auf der anderen Seite von Benjis Grab angekommen war.

»Hallo«, sagte Sebastian.

Tobi sah ihn mit großen Augen an, und sein Körper zitterte vor Anspannung. Er sagte: »Ich hab gehört, sie haben noch mehr Gräber bei der Munitionsfabrik gefunden.«

»Ja, das stimmt.«

»War Sybil dabei?«

»Nein.«

Der Junge sog zitternd den Atem ein und ließ den Blick über den Friedhof wandern. »Ich hab überall gesucht, wo es mir eingefallen ist, und finde sie nicht. Wie kann das sein?«

Sebastian schüttelte den Kopf. »Ich weiß es nicht.«

Das war natürlich eine Lüge. Sebastian hatte keinen Zweifel daran, dass Sybil immer noch vermisst wurde, weil man einfach noch nicht ihr Grab gefunden hatte.

Er sah keinen Grund, diesem armen Waisenjungen diese schmerzhafte Wahrheit aufzubürden. Aber Toby warf ihm einen Blick zu, der Sebastian verriet, dass der Junge sich nicht täuschen ließ. Er wusste, dass Sybil wahrscheinlich tot war, und Sebastian hatte diese Vermutung quasi bestätigt.

Sebastian sagte: »Der, der Benji getötet hat, hat schon seit Jahren hier in der Gegend Kinder entführt. Irgendwie muss er sie aussuchen. Wahrscheinlich beobachtet er sie sogar eine Weile, bevor er sie entführt. Ist dir je jemand aufgefallen, der besonders auf die Straßenkinder geachtet hat?«

Der Junge schüttelte den Kopf. In seinen Augen stand die rohe, nackte Angst. »Die Ladenbesitzer haben uns alle immer gut im Blick. Aber die meisten anderen tun so, als wären wir gar nicht da – als ob sie uns gar nicht sehen würden, wenn sie auf der Straße an uns vorbeikommen. Der Einzige, der uns kennt, ist Constable Gowan. Und der Pfarrer, schätze ich.«

»Reverend Filby?«

»Aye.«

Sebastian spürte, wie ihm ein unangenehmes Prickeln den Rücken heraufkroch. »Erzähl mir vom Reverend.«

Der Dancer sah ihn ausdruckslos an. »Was meint Ihr?«

»Wie lange ist er schon Pfarrer hier?«

»Weiß nich. Vielleicht 'n paar Jahre.«

»Weißt du, ob er ein Reitpferd hat?«

Die Frage schien den Jungen zu überraschen, aber er nickte.

Sebastian blickte erneut die strenge rote Backsteinkirche an. Konnte sich ein einfacher Pfarrer leisten, in anderen Gemeinden Häuser anzumieten und Kutschpferde zu halten, die er nur benutzte, wenn er seiner kranken Leidenschaft für Folter und Mord nachging? Das erschien ihm unwahrscheinlich. Aber was wusste Sebastian wirklich über Hochwürden Leigh Filby, abgesehen davon, dass er sich besondere Mühe gab, sich mit den Straßenkindern des Viertels anzufreunden?

Da schlug die Uhr im Turm die Stunde, und die tiefen Vibrationen breiteten sich über dem nassen Kirchhof aus. Sebastian sagte: »Kannst du dir sonst noch jemanden vorstellen?«

Noch einmal erwiderte Toby seinen Blick. Und in diesem angespannten, verräterischen Augenblick erhaschte Sebastian einen Hauch von der Wut und hoffnungslosen Verzweiflung, die tief in diesem dünnen, abgerissenen Jungen wüteten. »Es gibt sonst keinen.«

Toby Dancing hatte Augen von dem leuchtenden Grün einer saftigen Wiese im Frühling. Seine Züge waren gleichmäßig, sein Verstand scharf und schnell. Innerhalb einiger Jahre könnte er zu einem jungen Mann heranwachsen, der auf eine strahlende Zukunft blicken könnte, wäre er nur mit den grundlegendsten Voraussetzungen geboren worden. Stattdessen hatte er Glück, nicht wie der tote Junge geendet zu sein, der zu ihren Füßen beerdigt war.

Und das wussten sie beide.

***

Sebastian verbrachte die nächste halbe Stunde mit der Suche nach Reverend Filby.

Die Kirche St James war leer bis auf den Glöckner, der vorschlug, Sebastian solle im Pfarrhaus nachsehen. Die alternde Haushälterin des Pfarrers sagte Sebastian, dass sie vermutete, der Pfarrer statte einem kranken Gemeindemitglied einen Hausbesuch ab, aber sie konnte sich nicht erinnern, wem.

Aber sie lieferte Sebastian zwei interessante Informationen: Filbys Frau war vor etwa acht Jahren verstorben, und er hatte nicht wieder geheiratet. Und er hatte ein komfortables Einkommen von einer, wie sie es nannte, »kleinen Summe«, die ihm ein Vetter hinterlassen und die er geschickt investiert hatte.

Kapitel 47

Eine halbe Stunde später war Sebastian im abgedunkelten Zuschauerraum des Theaters in der Drury Lane. Mit vor der Brust verschränkten Armen stand er an eine Säule gelehnt da und beobachtete Hector Kneebone. Der Schauspieler half hemdsärmelig einem Schreiner dabei, letzte Umbauten an der Bühne vorzunehmen. Die Saison war inzwischen seit etwa einer Woche im Gange, aber das Theater war noch nicht jeden Abend offen, und Kleinigkeiten an den Produktionen wurden noch glattgeschliffen. Der Schauspieler warf Sebastian drei- oder viermal lange Blicke unter gerunzelten Brauen zu, bevor er seinen Hammer hinwarf und von der Bühne sprang.

Er stellte sich mit gespreizten Beinen und herunterhängenden Händen vor Sebastian auf. »Ihr tut das, um mich nervös zu machen, oder?«

»Funktioniert es? Sind Sie nervös?«

»Was glaubt Ihr denn? Jemand versucht, mir einen Mord anzuhängen. Wer wäre da nicht nervös?«

»Tatsächlich sprechen wir inzwischen von Morden. Plural.«

Kneebone schüttelte in glaubhafter Zurschaustellung von Verwirrung den Kopf. »Wer ist noch tot?«

Anstelle einer Antwort sagte Sebastian: »Wie gut kennen Sie die Hügel oberhalb von Pentonville?«

»Bitte?«

»Pentonville. Das ist ein Dorf westlich von Islington.«

»Ich weiß kaum, wo Islington ist.«

»Dort gibt es einen alten Fachwerkhof, genannt Morton House, an der Penniwinch Lane. Kennen Sie ihn?«

»Nein.«

»Haben Sie mal längere Zeit in Bethnal Green verbracht?«

Kneebone schüttelte abermals den Kopf; eine Strähne fast schwarzen Haares fiel ihm in die Stirn und glänzte im gedimmten Licht des Theaters. »Bethnal Green? Wovon sprecht Ihr denn da?« Sein Gesicht blieb bis auf den schwachen Hauch von Verwirrung ausdruckslos. Aber er war Schauspieler; er lebte davon, Reaktionen und Emotionen zu überspielen.

»Ich spreche von einem mysteriösen Mann namens Richard Herbert, dem anscheinend niemand je begegnet ist. Von einem Backsteincottage, in dessen Garten einige hässliche Geheimnisse vergraben wurden. Einer Spur aus ermordeten Kindern, die sieben Jahre zurück reicht, wenn nicht länger. Klingt etwas davon vertraut?«

Kneebones Hemd hob und senkte sich heftig beim Atmen. »Ihr habt den Falschen.«

»Wo waren Sie Samstagnacht?«

»Wo denkt Ihr denn? Wir hatten Aufführung. Ich war bis mindestens ein Uhr hier. Danach bin ich nach Hause gegangen. Fragt, wenn Ihr wollt; sie können es alle bestätigen.«

Sebastian musterte das attraktive, sorgsam beherrschte Gesicht des Schauspielers. Alle Theater mussten bis Mitternacht den Vorhang fallen lassen, auf Befehl des Bischofs von London. Selbst wenn Kneebone es irgendwie geschafft hätte, sofort aufzubrechen, wäre es fast unmöglich gewesen, es rechtzeitig in die Penniwinch Lane zu schaffen, um Les Jenkins zu töten und anschließend alles gründlich zu beseitigen, was zu seiner Identifizierung beitragen konnte. Aber Kneebone hätte niemals gleich nach dem Auftritt entkommen können – nicht so früh in der Saison, wenn ihn Gratulantinnen und Bewunderinnen umlagern würden.

Es war eine unausweichliche Tatsache, dass von den Männern, die Sebastian ursprünglich im Verdacht gehabt hatte, Hector Kneebone, Sir Francis Rowe und Viscount Ashworth allesamt für mindestens eine der fraglichen Nächte ein belastbares Alibi besaßen, und Icarus Cantrell war von dem einzigen Jungen entlastet worden, von dem bekannt war, dass er dem Mörder entwischt war. Das bedeutete, dass mit Ausnahme des kürzlich erst hinzugefügten Reverend Filby auf Sebastians Liste der Verdächtigen nur noch ein plausibler Name stand: Amadeus Colbert, der Comte de Brienne.

***

De Brienne begutachtete gerade Proben aus Wollstoff bei seinem Schneider in der Bond Street, als Sebastian ihn endlich aufgespürt hatte.

»Würdet Ihr mit mir ein Stück auf der Straße spazieren gehen, *Monsieur*?«, fragte Sebastian und blieb neben dem französischen Adligen stehen.

Der Comte blickte auf und wandte sich dann betont wieder den Stoffproben zu, die vor ihm auf dem Tisch ausgebreitet lagen. »Ich vermag keinen Grund zu sehen«, sagte er, bevor er sich an den schweigenden

371

Schneider neben sich richtete: »Was halten Sie von diesem blauen Kammgarn?«

»Wir könnten natürlich auch zu Französisch wechseln«, fuhr Sebastian in liebenswertem Ton fort. »Allerdings wurde Monsieur Bondurant hier in Calais geboren und großgezogen. Und ich glaube wirklich nicht, Ihr habt den Wunsch, dass das, was ich zu sagen habe, sich herumspricht.«

De Brienne schien darüber nachzudenken, und eine Wange wölbte sich vor, als er mit der Zunge an der Innenseite entlangstrich. Dann sagte er zu dem Schneider: »Ich werde nur kurz weg sein.«

»Ich dachte, ich hätte all Eure Fragen bereits beantwortet«, sagte der Come zu Sebastian, als sie in der Bond Street losgingen.

»Wohl kaum. Ich fragte, wo Ihr zu bestimmten kritischen Zeitpunkten wart, und Ihr sagtet mir, dass Ihr zum Spielen wart. Aber Ihr habt Euch geweigert, mir zu sagen, wo oder mit wem.«

»Und das findet Ihr überraschend?«

»Zufällig hat der Mörder erneut zugeschlagen.«

»Wann?«

»Samstagnacht. Wo wart Ihr da? Wieder zum Spielen aus?«

De Brienne blieb stehen. »Das ist doch lächerlich. Ich habe keine Zeit für so etwas.«

»Ihr habt keine Zeit für ein Dutzend oder mehr tote Kinder und drei tote Männer?«

»Ihr denkt wohl, ich sollte interessiert sein? In den vergangenen zwanzig Jahren haben Millionen Männer ihre Glieder auf den Schlachtfeldern Europas verstreut zurücklassen müssen, während ungenannte Hunderttausende Frauen und Kinder ebenfalls gestorben sind. Und Ihr erwartet, dass ich mir etwas aus ein paar läppischen toten Londoner Taschendieben mache? Ernstlich?«

Sebastian musterte das schmale aristokratische Gesicht des Franzosen. »Ich wusste nicht, dass Mitgefühl eine endliche Ressource ist. Dass die Trauer um die Todesopfer des Krieges entlang des Kanals bedeutet, ich müsse vom Leid der Straßenkinder hier in London unberührt bleiben.«

»O bitte«, spottete der Comte und wollte davonstürmen.

Sebastian streckte die Hand aus, um ihn aufzuhalten. »Lasst mich Euch etwas erklären. Ich suche nach einem Ungeheuer, das arme Kinder aus Vergnügen quält und tötet. Versteht Ihr, was ich sage? *Kinder.* Ich werde herausfinden, wer es ist, und ihn aufhalten. Auch wenn das bedeutet, Euch mit hineinzuziehen und zu zerstören. Deshalb frage ich ein letztes Mal: Wo wart Ihr Samstagnacht?«

Die Augen des Franzosen verengten sich, und sein knochiges Gesicht legte sich in ärgerliche, arrogante Falten. »Ich brauche diese Frage nicht zu beantworten.«

»Ich denke doch.«

»Sonst werdet Ihr was? Mich vor die Untersuchungsrichter der Bow Street berufen? Das wird nie geschehen, und das wisst Ihr.«

»Ich hatte nicht die Bow Street im Sinn.«

Das sagte er rasch. Doch de Brienne entging die Bedeutung nicht, und er wurde ganz ruhig. »Das kann nicht Euer Ernst sein. Ihr seid Engländer und habt selbst sechs Jahre lang gegen Napoleon gekämpft. Wenn Ihr mich Paris ausliefert, wer weiß, wie viele Eurer Landsmänner dann ebenfalls sterben werden? Das würdet Ihr nicht tun.«

»Seid Ihr Euch so sicher?«

De Brienne schob erneut die Zunge in die Wange und sah zur Seite, als dächte er sorgfältig über seine Optionen nach. Dann sagte er: »Ihr habt die Nachrichten in den Morgenzeitungen schon gelesen, oder?«

Schon seit Tagen hatte Sebastian kaum eine Zeitung angeschaut. »Welche Nachrichten?«

»Ein Schiffer hat heute bei Morgengrauen den ehrenwerten Sinclair Pugh bei den Westminster Steps treibend gefunden. Die offizielle Version lautet, dass er im Regen von letzter Nacht von den nassen Stufen gerutscht und in den Fluss gestürzt sein muss. Aber Ihr und ich, wir wissen beide, wie unwahrscheinlich das ist.«

Sebastian hatte eine Vision des untersetzten Parlamentsabgeordneten für Gough, wie er in dem üppig ausgestatteten Vorderzimmer von *Number Three* stand, sein rundes Gesicht von Vorfreude gerötet, als er die jungen Mädchen betrachtete, die ihm zur Auswahl angeboten wurden. »Was deutet Ihr an? Dass er ermordet wurde?«

»Das ist wohl möglich. Aber ich halte es für viel wahrscheinlicher, dass er sich selbst getötet hat.«

»Warum sollte Pugh Suizid begehen?«

»Weil er es sehr laut als Narretei bezeichnet hat, die Bourbonen auf dem Thron Frankreichs wieder einsetzen zu wollen, wenn Napoleon besiegt ist. Und dann war er zu dämlich, sich einer hässlichen kleinen Falle fernzuhalten, die Jarvis notwendigerweise in einem gewissen, schlecht beleumdeten Etablissement für ihn aufgestellt hat.«

Sebastian schüttelte den Kopf. »Ich weiß, dass Pugh Kunde von *Number Three*, Pickering Place war. Aber ich kann mir nicht vorstellen, dass ihn die Drohung, das könne bekannt werden, in einen Suizid treiben würde.« Sehr junge Mädchen prostituierten sich immer schon auf Londons Straßen, und niemand schien weiter darüber nachzudenken, während in Bezug auf die andere Spezialität der Schwestern Bligh ... Solcherlei Aktivitäten könnten Peinlichkeit auslösen, wenn sie bekannt wurden. Aber würde das reichen, um einen Mann in den Suizid zu treiben?

Das bezweifelte Sebastian.

De Brienne sagte: »Ich glaube nicht, dass Ihr über alles im Bilde seid, was in *Number Three* vor sich geht. Jarvis hingegen sehr wohl; einiges davon orchestriert er sogar selbst. Wenn Ihr wissen wollt, wer die Londoner Straßenkinder tötet, fragt den Vater Eurer Gattin.«

Kapitel 48

Zuerst ging Sebastian zum Haus am Berkeley Square.

Jarvis war nicht anwesend. Doch Lady Jarvis hörte Sebastians Stimme und schickte einen Diener hinunter, der ihn bat, hinauf zum Kleinen Salon zu kommen, um sie zu sehen.

Er traf sie auf einem Sofa neben dem Kamin an, eine Decke über den Schoß gebreitet. Die Veränderung in ihrem Aussehen war alarmierend. Ihr Gesicht hatte eine ungesunde graue Farbe, ihre Augen waren eingesunken und sahen blutunterlaufen aus. »Sie werden mir verzeihen, dass ich nicht aufstehe«, sagte sie mit einem Lächeln und streckte ihm die zitternde Hand entgegen. »Hero ist mit Kusine Victoria zur Apotheke unterwegs, um einen abscheulichen Trunk abzuholen, den mir die Ärzte verordnet haben, und so dachte ich, ich ergreife die Gelegenheit, Ihnen etwas zu sagen, das ich schon lange sagen wollte.«

»Das klingt geheimnisvoll«, sagte er mit einem Lächeln, nahm ihre beiden Hände und ließ sich neben ihr nieder.

In ihren umwölkten blauen Augen sah er einen Hauch von Belustigung aufglimmen. »Nicht so geheimnisvoll. Ich will Ihnen nur danken.«

»Mir danken?«

»Für die Freude, die Sie meiner Tochter gebracht haben. Sie hatte nie vor zu heiraten, wissen Sie.«

»Ich weiß.«

Sie neigte den Kopf zur Seite. »Ja, ich denke, Sie wussten es. Ich habe mir immer große Sorgen um sie gemacht. Ich dachte nicht, dass sie jemanden finden würde, der ihre Meinung ändern könnte. Ich bin froh, dass ich mich getäuscht habe.«

Sebastian lächelte. »Das bin ich auch.«

Lady Jarvis drückte seine Hände. »Die Ehe kann ein Fegefeuer zu Lebzeiten sein. Aber sie kann auch etwas Wundersames und sehr Bereicherndes sein. Ich kann Ihnen nicht sagen, was es mir bedeutet, dass meine Tochter die zweite Variante gefunden hat, nicht die erste.« Sie drehte den Kopf, als von der Eingangshalle unten Frauenstimmen heraufklangen. »Ah, da sind sie ja. Verraten Sie mich nicht, bitte. Ich habe keinen Zweifel, dass sie mich zur Schnecke machen würde, wenn sie es wüsste. Und nun müssen Sie noch bleiben und meine bezaubernde junge Base kennenlernen.«

Sebastian erhob sich, als Hero mit ihrem üblichen, ausholenden Schritt eintrat. »Devlin«, sagte sie und zog überrascht die Brauen hoch, als ihr Blick zwischen Sebastian und ihrer Mutter hin und her ging. »Was habt ihr beide denn ausgeheckt?«

»Was für eine Wortwahl!«, rief ihre Mutter aus und lachte verräterisch.

Hero beugte sich vor und küsste die Wange ihrer Mutter. »Ich höre nicht, dass du es leugnest.«

»Ich wollte, dass Kusine Victoria Devlin kennenlernt«, sagte Lady Jarvis. »Wo ist sie?«

»Beschämt die Nachhut bildend«, sagte Victoria Hart-Davis, deren Wangen von einer Kombination aus Kälte und Anstrengung gerötet waren, und deren Augen leuchtend blau strahlten. »Ihr müsst mir verzeihen, Mylord«, sagte sie, als Lady Jarvis die nötige Vorstellung vollzog. »Aber Ihr findet mich peinlich japsend vor. Kusine Hero legt ein erschreckendes Tempo vor.«

»Das hat sie immer schon«, sagte Lady Jarvis und lächelte liebevoll. »Sie hat mich schon in einer Staubwolke zurückgelassen, als sie gerade mal zehn Jahre alt war.«

»Sie ist bekannt dafür, dass sie auch mich in der Staubwolke zurückgelassen hat«, sagte Sebastian und beugte sich über Kusine Victorias Hand.

»Also wirklich«, sagte Hero. »Ihr drei lasst mich ja fürchterlich rüde aussehen.«

»Nein«, sagte Sebastian und lächelte ihr über den Kopf ihrer kleinen Base hinweg zu. »Nur resolut.«

»Resolut?«

»Resolut.«

***

»Deine Base ist außerordentlich bezaubernd«, sagte Sebastian wenige Minuten später, als sie ihn zum Kleinen Salon zog.

»Ja, das ist sie. Und ich muss zugeben, dass sie wirklich ein rettender Engel ist, seit Mutter krank ist.«

»Wie geht es Lady Jarvis?«

»Etwas besser, glaube ich. Wir hatten ein halbes Dutzend Ärzte aus der Harley Street hier. Sie haben alles diagnostiziert, von Schwindsucht bis Influenza, und alle hoffnungslos widersprüchliche Rezepte und Behandlungen verschrieben. Aber heute ist sie kräftiger.«

»Gott sei Dank.« Er sah sie forschend an. »Soll ich eine Weile bleiben? Das könnte ich, weißt du.«

»Wozu sollte das gut sein?«

»Ich könnte für dich da sein.«

»Ich habe doch Kusine Victoria.«

»Aber du magst sie nicht leiden.«

Hero lachte leise und legte ihm den Finger auf die Lippen. »Pst. Mir geht es gut. Wirklich. Nun berichte mir, was du herausgefunden hast.«

Er berichtete ihr von den grausigen Ergebnissen der Ausgrabungen in Bethnal Green, und von dem verblüffenden Ergebnis, bei dem Bauernhof in der Penniwinch Lane nichts zu finden. Aber dabei beließ er es.

Zuletzt fragte sie: »Grisham sagte, du bist eigentlich hergekommen, um Vater zu sehen. Weshalb?«

»Er hat eine Information, die ich brauche.«

Normalerweise hätte sie sich nicht damit zufriedengegeben. Aber sie war durch den besorgniserregenden Zustand ihrer Mutter zu sehr abgelenkt, um ihn weiter zu befragen, und er sah keinen Grund, sie mit seinen Verdächtigungen zu beunruhigen.

***

Jarvis überquerte gerade den Hof vor Carlton House, da fiel Sebastian neben ihm in seinen Schritt ein und sagte: »Von Ihrer Zusammenarbeit mit *Number Three* am Pickering Place haben Sie mir gar nichts erzählt.«

Jarvis ging weiter. »Warum hätte ich das tun sollen?«

»Es scheint, dass jedes Mal, wenn ich einen Stein umdrehe, um mehr von der Hässlichkeit aufzudecken, die unter der Oberfläche dieser Stadt lauert, ich dort auch

Ihre Tentakel vorfinde – zuerst mit Comte de Brienne verwickelt, und jetzt auch mit *Number Three*.«

Jarvis blieb stehen und wandte sich zu ihm herum. »Ich habe Sie gewarnt, dass Sie de Brienne in Ruhe lassen.«

»Das haben Sie.« Sebastian blickte zu dem großen ehemaligen Husarenoffizier, der neben einem der Bögen wartete, die den Palastvorhof von der Pall Mall trennten. »Und Sie benutzen *Number Three* für – was? Um Ihre Feinde zu erpressen? Um sie in den Suizid zu treiben?«

»Wenn Sie sich damit auf Sinclair Pugh beziehen – der Mann ist selbst für seinen Tod verantwortlich. Er hätte es besser wissen müssen, als sich irgendwo einzumischen, wo er nichts zu suchen hatte.«

»Sie meinen, in die Zukunft von Europa? Findet Ihr, die sollte ihn nicht interessieren?«

»Nur ein Narr versucht, den Strom der Geschichte zu ändern.«

»Sind Sie sich so sicher, die Richtung der Geschichte zu kennen? Was, wenn Sie sich täuschen? Was, wenn die Zukunft Republiken und Demokratien gehört?«

Jarvis schnaubte. »Macht Euch nicht lächerlich.« Er ging wieder weiter.

Sebastian holte auf. »Es fällt mir schwer zu glauben, dass die öffentliche Bloßstellung einer Vorliebe für sehr junge Huren oder auch *le vice anglais* als peinlich genug angesehen würde, um einen Mann wie Pugh in den Selbstmord zu treiben. Warum wurde er also vor den Westminster Steps treibend gefunden?«

Jarvis' Augenpartie kräuselte sich amüsiert. »Also ehrlich Devlin, benutzen Sie Ihre Vorstellungskraft.«

Sebastian schüttelte den Kopf. »Ihre Fähigkeit für hässliche Intrigen übersteigt meine Fantasie.«

»Sie haben selbst zu einem Zeitpunkt vermutet, die Schwestern Bligh könnten für Paris arbeiten.«

»Sie haben also – was genau getan? Pugh so weit gebracht zu denken, er sei in *Number Three* von französischen Spioninnen kompromittiert worden?«

»Das war nicht besonders schwer. Der Mann war bei Weitem nicht so klug wie er gern glaubte.«

»Mit anderen Worten, Pugh hat sich wegen einer Lüge das Leben genommen.«

»Ich sagte ja, er war ein Narr. Meine Absicht war lediglich, ihn zum Schweigen zu bringen. Aber dieses Ergebnis ist tatsächlich genauso gut.«

Sebastian verspürte den plötzlichen, starken Drang, seinem Schwiegervater einen Schlag mitten ins Gesicht zu verpassen. Er atmete tief ein und rang den Impuls nieder. »Wie es scheint, machen Sie es zu Ihrer Aufgabe, die schmutzigen Geheimnisse aller Menschen zu kennen, die wichtig sind. Was glauben Sie also, wer Londons Straßenkinder quält und tötet?«

»Glauben Sie ernstlich, ich habe über diese Angelegenheit eingehend nachgedacht? Der Tod des Abschaums dieser Stadt ist für mich von keinerlei Interesse.«

Sebastian musterte die vertrauten Züge des kräftigen und großen Mannes, die gebogene Nase und die strengen grauen Augen, die so sehr denen von Hero glichen. Und Sebastian wurde bewusst, dass er, je länger er Hero kannte, umso besser lernte, in den macchiavellischen Zügen ihres Vaters zu lesen. »Ich glaube Ihnen nicht. Sie wissen, wer es ist. Sie wissen es, aber aus irgendwelchen Gründen beschützen Sie die Person. Weshalb?«

Jarvis' Kinn ruckte hoch. »Ich will zugeben, dass ich bestimmte Vermutungen habe. Aber kann ich sicher sein? Nein. Und ich habe derzeit viel dringendere Angelegenheiten, um die ich mich kümmern muss.«

»Wen haben Sie im Verdacht?«

»Wenn ich recht habe und die Gefahr besteht, dass er zu einer Peinlichkeit wird, wird er beseitigt werden. Da brauchen Sie keine Sorge zu haben.«

Sebastian spürte erneut eine solche Wut, dass er fast zitterte. »Ich werde herausfinden, wer es ist«, sagte er mit mühsam unterdrückter Stimme. »Und wenn es jemand ist, den Sie protegiert haben, dann klebt das Blut jedes einzelnen seiner Opfer an Ihren Händen.«

»O bitte«, sagte Jarvis mit einem arroganten, spöttischen Lächeln.

Sebastian grub die Hand in den säuberlich geschneiderten Aufschlag von Jarvis' Mantel und riss ihn zu sich herum. »Sie verd...«

»Gibt es ein Problem, Mylord?«, fragte Major Edward Burnside und machte einen Schritt nach vorn.

Sebastians Blick wechselte zwischen seinem Schwiegervater und dem ehemaligen Husarenmajor hin und her. Er öffnete die Hand und verzog die Lippen zu einem Lächeln, während er Jarvis' zerknitterten Mantelkragen tätschelte und einen Schritt zurücktrat. »An jedem einzelnen Tag«, sagte er.

Dann drehte er sich um und ging davon, bevor der Drang, Heros Vater zu schlagen, ihn überwältigte.

Kapitel 49

Wen wollte Jarvis schützen?

Diese Frage stellte sich Sebastian immer wieder, nachdem er Giles mit dem Zweispänner nach Hause geschickt hatte und die Strand entlang Richtung Bow Street ging.

Wen?

Seine Quellen, das war die offensichtlichste Antwort: die Schwestern Bligh und Comte de Brienne. Allerdings hatte Jarvis überall seine Leute, und das hieß, der Mörder konnte auch sehr wohl jemand sein, den Sebastian nicht im Verdacht hatte, von dessen Existenz er nicht einmal wusste.

Wer sonst? Sicherlich prominente Mitglieder des Parlaments. Auch prominente Geistliche, wie der Erzbischof von Canterbury und der Bischof von London. Aber Sebastian konnte sich keinen Grund vorstellen, weshalb Jarvis einen so unbedeutenden Geistlichen wie Leigh Filby schützen sollte, den eher unbedeutenden Priester von St James in Clerkenwell.

Was war mit einem jungen, aufstrebenden Schauspieler wie Hector Kneebone?

Sebastian bedachte diese Möglichkeit bei seinem Spaziergang. Konnte Kneebone einer von Jarvis' Quellen sein? Sebastian konnte sich durchaus vorstellen, dass Jarvis Kneebone für Informationen über die diversen Damen bezahlte, die durch sein Bett zogen, oder sie aus ihm herauspresste. Gefährliche Informationen, die Jarvis dann benutzen konnte, um die Ehemänner dieser Frauen zu erpressen und unter seine Kontrolle zu bringen.

Allerdings sprach gegen diese Erklärung die Tatsache, dass Kneebone ein Alibi für den letzten Mord hatte.

Also wer noch?

Sebastian bog ab, um den Weg nach Covent Garden über die Southampton Street abzukürzen. Fände Jarvis es nötig, den Sohn und Erben eines wohlhabenden, mächtigen Adligen wie des Marquis of Lindley zu schützen? Vielleicht. Alles, was den Respekt des einfachen Volkes vor der Aristokratie unterbinden konnte, war letztendlich auch eine Gefahr für König, Gott und Vaterland. Aber auch bei dieser Erklärung war das Problem, dass Ashworth, wie Kneebone, ein wasserdichtes Alibi hatte – in seinem Fall für die Morde an Benji und Jenkins.

Dann blieb noch – was?

Sebastian ging weiter. *Wer noch?* Jarvis widmete seine Fähigkeiten vor allem dem Hause Hannover, mehr als allem anderen. Also schützte er sorgfältig den Ruf der königlichen Familie und ihrer nächsten Verwandten.

Verwandten wie zum Beispiel Sir Francis Rowe.

Sebastian drehte den Namen gedanklich hin und her. Seinen ursprünglichen Verdacht gegen den übel beleumundeten Vetter des Königs hatte er weitgehend abgelegt, weil der Baronet ein starkes Alibi für die Nacht hatte, in der Benji von der Straße in Clerkenwell entführt worden war, aber auch, weil sich Sebastians Vorstellungen über den Mord an dem Jungen weiterentwickelt hatten. Als er langsam begriffen hatte, dass er nach einem Mörder suchte, der Jahre mit dem Quälen und Töten von armen, obdachlosen Kindern der Stadt verbracht hatte, ergab es nicht mehr viel Sinn, Sir Francis nur wegen einer gestohlenen Schnupftabakdose zu verdächtigen. Allerdings …

Allerdings bedeutete die Tatsache, dass Sir Francis Benji aus persönlicher Bosheit ins Visier genommen hatte, ja nicht, dass er nicht auch Mick Swallow und Mary Cartwright und ein Dutzend anderer Kinder getötet haben konnte, deren Namen Sebastian wahrscheinlich nie erfahren würde.

Nachdenklich bahnte er sich seinen Weg über den vollen, lärmerfüllten Markt. Seine Theorie hakte daran, dass Sir Francis Rowe ein Alibi für die Nacht hatte, in der Benji entführt worden war, so wie Lord Ashworth ein Alibi für die Nacht von Benjis Tod hatte und Hector Kneebone für den Zeitpunkt des Mordes an Les Jenkins. Aber was, wenn …

Abrupt blieb Sebastian stehen, als eine neue Möglichkeit ihn durchlief. Er wusste, dass er einen großen Satz machte. Aber es war eine Möglichkeit, vielem, das ihn bisher in die Irre geführt hatte, Sinn zu verleihen.

»Verdammt noch mal«, sagte er leise. Dann wiederholte er es, dieses Mal so laut, dass er die Aufmerksamkeit einer vorbeigehenden Matrone erregte, die ihn mit einem strengem Stirnrunzeln ansah. »*Verdammt noch mal.*«

***

»Als ich gegangen bin, hatten sie bereits sechs weitere Gräber im Gelände des Cottages in Bethnal Green gefunden«, sagte Sir Lovejoy und rieb sich mit gespreiztem Daumen und Zeigefinger über die Augen, als er mit Sebastian an der Terrasse von Somerset House entlangging. Der Magistrat hatte den größten Teil des Tages in Bethnal Green damit verbracht zu sehen, wie die Knochen der vergessenen und ermordeten Kinder der Stadt langsam aus der Erde gefördert wurden. Seine Augen waren eingesunken und gerötet, das Gesicht ganz schlaff vor Erschöpfung. Die meisten Londoner Magistrate waren zufrieden damit, ihren Pflichten aus der Bequemlichkeit ihrer Kammern heraus nachzukommen. Aber es hatte auch immer schon solche wie Lovejoy gegeben, die nie zögerten, hinaus auf die Straßen zu gehen, um die Tatorte selbst zu sehen und aktiv beim Fangen der Mörder zu helfen.

»Wie geht es der Familie, die dort gewohnt hat?«, fragte Sebastian.

»Soweit ich es verstehe, weigert sich die Frau, mit ihren Kindern in das Haus zurückzukehren.«

»Gut«, sagte Sebastian und blieb stehen, um über das aufgewühlte Wasser der Themse hinwegzublicken, das im Sonnenuntergang in prächtigem Gold erstrahlte. Er hatte immer schon geglaubt, dass Gebäude und Orte die Emotionen, gute wie schlechte, derjenigen, die in ihren Wänden gelebt hatten, aufsogen. Kein Kind sollte in einem Haus aufwachsen, das Zeuge solcher Gräuel geworden war. »Was ist mit dem Haus in der Penniwinch Lane?«

Lovejoy schüttelte den Kopf. »Nichts. Nachdem unser Mörder von Bethnal Green weitergezogen ist, muss er begonnen haben, seine Opfer bei der Munitionsfabrik zu begraben.«

»Noch keine Erkenntnisse über die Besitzer der Fabrik?«

»O doch, das hätte ich beinahe vergessen.« Lovejoy zog ein zusammengefaltetes Blatt Papier aus seinem Mantel. »Wir haben die Namen der Erben just heute bekommen.« Er gab Sebastian das Blatt. »Es sind insgesamt vierzehn.«

Sebastian überflog die Liste der Männer und Frauen. Die meisten waren ihm nicht bekannt. Aber an zweitletzter Stelle stand ein Name, der ihm ins Auge sprang: *Sir Francis Rowe.*

»Mein Gott«, flüsterte Sebastian.

Lovejoy sah ihn überrascht an. »Etwas Interessantes?«

Sebastian hielt ihm die Liste hin. »Sir Francis. Jemand hat vor Tagen erwähnt, dass er einen Groll gegen Benji Thatcher hatte. Aber bis vor Kurzem habe ich ihn quasi ausgeschlossen, weil er für den Abend, an dem Benji entführt wurde, ein belastbares Alibi hatte. Und weil ich schon bald begriff, dass wir nach einem Mörder suchten, der schon seit langer Zeit Straßenkinder als Opfer aussuchte.«

»Rowe.« Lovejoy sah stirnrunzelnd auf die Liste. »Der Name klingt vertraut.«

»Er ist der Vetter des Regenten – ein Enkel von Prinz William Augustus, dem alten Duke of Cumberland, von dessen leiblicher Tochter. Tatsächlich war er an dem Abend, an dem Benji entführt wurde, beim Regenten.«

»Oje«, sagte der Magistrat. In der Bow Street herrschte eine gut begründete Furcht davor, sich mit dem Palast anzulegen. »Aber Ihr sagt, er war beim Prinzen.«

»Nicht in der Nacht, in der Benji ermordet wurde.«

Lovejoy schüttelte den Kopf. »Ich verstehe nicht. Wenn er für den Abend der Entführung des Jungen ein Alibi hat, kann er doch nicht der Mörder sein.«

»Doch, wenn wir es mit mehr als einem Mörder zu tun haben.«

Lovejoy sah ihn an. »Das kann nicht Euer Ernst sein.«

»Ich wünschte, das wäre es nicht. Paradoxerweise habe ich anfangs gedacht, wir hätten es mit zwei Mördern zu tun – einem Gentleman und einem Jungen. Dann wurde mir klar, dass der Junge, der das Grab geschaufelt hat, wahrscheinlich ein Diener war, und ich habe das Konzept der zwei Mörder wieder verworfen. Aber was, wenn es tatsächlich zwei Mörder gibt – *zwei Gentlemen* mit der gleichen kranken Vorliebe, die zusammenarbeiten? Einer könnte Benji entführt haben, und der andere hat ihn getötet.«

»*Zwei* solche bösartigen und abartigen Mörder aus den höchsten gesellschaftlichen Kreisen? Aber ... das ist sicher unmöglich.« Lovejoy blickte über den Fluss zum Holzlager auf dem anderen Ufer, und seine Züge spannten sich an. »Nicht wahr?«

Sebastian dachte an die bequemen Armsessel, die in der weitläufigen, altertümlichen Halle zum Kamin gezogen worden waren, an den Tisch mit der Marmorplatte, auf der feine Brandys und Kristallgläser gestanden hatten. »Ich glaube, es ist sogar mehr als nur möglich; es ist wahrscheinlich.«

»Wer ist dann der zweite Mörder?«

Diese Frage stellte sich Sebastian schon die ganze Zeit. Kneebone war eine Möglichkeit, wobei sich Sebastian nur schwer vorstellen konnte, dass ein so arroganter Adliger, der so stolz auf seine Herkunft war wie Sir Francis Rowe, sich dazu herablassen würde, mit einem gewöhnlichen Schauspieler umzugehen wie mit Seinesgleichen. Das gleiche Argument traf auf die Schwestern Bligh und Reverend Filby zu – es sei denn natürlich, Filby war einer von Rowes entfernten Vettern, was durchaus vorstellbar war. De Brienne war ein Adliger und musste ebenfalls weiterhin ein Kandidat bleiben. Aber wenn Sebastian auf jemanden wetten sollte, wäre es Ashworth.

Leider konnte er diesen Verdacht nur auf seine eigene, starke Ablehnung des Dreckskerls und die Erinnerungen eines weißhaarigen alten Mannes mit einer tragischen Vergangenheit stützen.

»Ich habe einige Vorstellungen«, sagte er vage, »aber noch nichts Spruchreifes. Nach jetzigem Stand der Dinge haben wir einen einzigen Hinweis, dass es eine Verbindung von Rowe zu den Morden gibt: die Tatsache, dass Rowe einer der Erben der Munitionsfabrik ist. Und die sind insgesamt zu vierzehnt.«

Lovejoy sah ihn fest an. »Wenn Ihr recht habt – wenn es zwei Mörder gibt –, wie sollen wir das nur beweisen?«

Sebastian beobachtete einen Fährmann, der seine Fähre zu den Stufen in ihrer Nähe steuerte. »Das weiß ich nicht. Aber ich werde es. Irgendwie.«

***

Sir Francis Rowe wohnte in derselben weitläufigen Residenz in der Upper Grosvenor Street wie einst sein berüchtigter königlicher Großvater, der Schlächter von Culloden. Es war ein riesiges, opulentes Haus, das mit exquisiten französischen Kristalllüstern, glänzend poliertem Holz und Marmor, unbezahlbarem Mobiliar und *Objets d'art* ausgestattet war. Mit dem Gegenwert eines simplen Türknaufs hätte man einen guten Teil der Straßenkinder von Clerkenwell für ein ganzes Jahr satt bekommen.

Der Baronet war in einen eleganten Abendmantel, Kniehosen aus Satin, Seidenstrümpfe und Schuhe mit diamantbesetzten Schnallen gekleidet und saß in seinem Kleinen Salon mit ausgestreckten Beinen auf einem Sofa. Er nippte gerade an einem Glas Wein, als Sebastian von seinem stattlichen Butler hereingeführt wurde.

»Ihr habt Glück, mich anzutreffen«, sagte Rowe mit einem beredten Blick zur verschnörkelten französischen Kaminuhr auf dem Sims. »In wenigen Minuten gehe ich zu einem Abendessen aus. Ihr verzeiht mir, wenn ich Euch keine Erfrischung anbiete?«

»Ganz formidabel«, sagte Sebastian. Sein Gastgeber lud ihn nicht zum Sitzen ein, also ging er zum Kamin und legte einen Arm auf dem Marmorsims ab. »Es wird nicht lange dauern.«

Rowe zog fragend eine Braue hoch und trank gemächlich einen Schluck Wein.

Sebastian sagte: »Ihr sagtet mir gar nicht, dass Ihr einer der Besitzer der Munitionsfabrik in Clerkenwell seid.«

»Ich erinnere mich nicht, dass Ihr danach gefragt habt. Aber ja, eine Familienerbschaft väterlicherseits. Ist das aus irgendeinem Grund von Bedeutung?«

»Dort wurde die Leiche von Benji Thatcher gefunden.«

»Von wem?«

»Benji Thatcher. Der Taschendieb, der Eure bevorzugte Schnupftabakdose in Clerkenwell Green gestohlen hat und später gefoltert, vergewaltigt und erdrosselt gefunden wurde. Auf dem Gelände Eurer Munitionsfabrik.«

Rowe machte es sich in den Kissen seines Sofas gemütlicher und lächelte. »Und Ihr denkt, meine Verbindung zu dieser Fabrik macht mich verdächtig, nicht?«

»Ja.«

»Ich vermag den Grund nicht zu erkennen. Um offen zu sein, denke ich kaum je an die Fabrik. Warum sollte ich auch? Sie ist im Grunde wertlos.«

»Es sei denn natürlich, als Ort, um Mordopfer zu vergraben.«

»Es sind insgesamt vierzehn Erben. Habt Ihr die anderen dreizehn überprüft?«

»Noch nicht.«

Rowe kratzte sich mit einem gekrümmten Finger an der Wange. »Ihr erinnert Euch schon noch, dass ich zu dem Zeitpunkt, als der Junge Euren Worten nach entführt wurde, beim Prinzen war, oder?«

»Ja. Ich erinnere mich ebenfalls, dass Ihr Euch ostentativ geweigert habt zu sagen, wo Ihr in der Mordnacht wart.«

»Das kann nicht Euer Ernst sein. In London werden ständig Menschen getötet. Habt Ihr selbst für jeden Zeitpunkt an jedem Tag ein Alibi?«

Sebastian hielt den Blick auf das füllige, selbstgefällige Antlitz seinen Gegenübers gerichtet. »Wo wart Ihr Samstagnacht?«

Sir Francis runzelte die Stirn, als sei er verdutzt. »Wann?«

»Samstag gegen Mitternacht.«

»Ah. Wie es der Zufall will, habe ich an dem Abend mit dem Prinzen diniert – und mit Liverpool und Jarvis und noch einem halben Dutzend anderer Männer des gleichen Kalibers.«

»Schon wieder? Wie passend.«

»Offensichtlich. Warum fragt Ihr?«

»Ihr wisst, warum«, sagte Sebastian.

Der Baron verengte die Augen. Dann zog er seine Taschenuhr hervor und ließ sie aufschnappen. »Soll ich nach einem Diener läuten, der Euch hinausführt?«

Sebastian stieß sich von dem Kaminsims ab. »Es ist schon gut. Ich finde hinaus. Aber ich werde wiederkommen.«

Sir Francis Rowes Lippen verzogen sich erneut zu einem seiner schmalen Lächeln. »Das soll mich wohl beunruhigen?«

»Um die Tugend zu erkennen, müssen wir uns zunächst mit dem Laster bekanntmachen««, zitierte Sebastian de Sade.

»Was soll das denn bedeuten?«

»Denkt darüber nach«, sagte Sebastian und sah, wie das Lächeln aus dem Gesicht des königlichen Vetters wich.

Kapitel 50

»Du hast wieder geredet, oder?« Der Gentleman stand mit weit gespreizten Beinen da, den modischen Kastorhut hatte er sich tief über die Augen gezogen, und er hielt den tödlichen Gehstock mit dem silbernen Knauf in der Hand. Der kalte Nachtwind bauschte sein silbernes Cape um ihn herum.

Der Knabe schüttelte den Kopf, den Blick starr auf das blasse Gesicht des Mannes gerichtet. Seine Brust zog sich so fest zusammen, dass er kaum atmen konnte. »Nein, Sir. Nein, das hab ich nich. Ich schwöre, Sir.«

»Du schwörst?« Der Gentleman verzog die Lippen zu einem schmalen, spöttischen Lächeln. »Das Ganze ist deine Schuld. Alles. Hättest du mir gesagt, dass ein einbeiniger Soldat im Lagerhaus Quartier bezogen hat, wäre das alles nicht passiert.«

»Ich wusste das nicht!«

»Du solltest solche Dinge aber wissen. Wozu denkst du denn, dass ich dich habe?«

Der Junge ließ den Kopf hängen, wodurch sich seine Welt auf die glänzenden Stiefel des Gentlemans und seine eigenen, kaputten Schuhe verengte. Die Stille füllte sich mit seinem mühsamen Atem. Dann hörte er die seidige Stimme, die für immer seine Albträume heimsuchen würde: »Du musst etwas tun.«

Der Junge blickte auf, und sein Magen zog sich aus einer kranken Angst zusammen. »Was, Sir?«

Der Gentleman lächelte. »Komm mit mir.«

Kapitel 51

Wie sagt man seiner Frau, dass ihr Vater aller Wahrscheinlichkeit nach einen bösartigen Kindermörder beschützt?

Die Antwort lautete »gar nicht«, beschloss Sebastian.

Schlaflos saß er an seinem Schreibtisch in der Bibliothek, ein Glas Brandy neben sich. Er trug nur ein Paar Kniehosen und seinen Morgenrock; das Haus um ihn herum war dunkel und still, bis auf das im Kamin knisternde Feuer. Aus der Ferne erklang der Ruf eines Nachtwächters: *»Drei Uhr in einer regnerischen Nacht, und alles ist ruhig.«*

Bloß war nicht alles ruhig.

Sebastian rieb sich mit den Händen übers Gesicht. Er hatte eine sorgfältig formulierte Nachricht an Liverpool geschickt, in der er nach den Beschäftigungen des Prinzen und seines Vetters am Samstagabend fragte. Liverpools Antwort lag offen vor ihm auf dem Schreibtisch. Der Prinz hatte an dem Abend eine Abendgesellschaft gegeben, und Sir Francis war tatsächlich einer der Gäste gewesen. Doch dann hatte der Baronet erklärt, dass er krank sei, und die Gesellschaft deutlich vor Mitternacht verlassen.

»Verdammt«, sagte Sebastian. *Verdammt, verdammt, verdammt.*

Er hörte, dass sich in der Ferne eine Tür öffnete, auf der Treppe erklangen vertraute leichte Schritte, und er sah auf, als Hero auf der verdunkelten Türschwelle erschien. Ihr schönes dunkles Haar fiel ihr offen auf die Schultern, und im schwachen, flackernden Licht der vom Wind umtosten Straßenlaternen sah ihr Gesicht blass aus.

Sie sagte: »Irgendetwas verbirgst du vor mir. Was ist es?«

Er legte die Hände flach auf dem Schreibtisch ab und lehnte sich im Stuhl zurück. »Ist es so offensichtlich?«

»Für mich schon.« Sie ging zum Kater, der vor dem Kamin lag und sie beobachtete, und ging neben ihm in die Hocke. »Wieso wolltest du heute Nachmittag zu Jarvis?«, fragte sie, anscheinend ganz in die Aufgabe versunken, die Katze zu streicheln.

Er beobachtete den Schein des Feuers auf ihrem Gesicht, betrachtete ihren Mund, der sich zu einem sanften Lächeln verzog, als der Kater in einer selten Zuneigungsbekundung seinen Kopf an ihre Hand schmiegte. Und ihm war klar, dass er es ihr nicht sagen konnte. Nicht jetzt, da ihre Gefühle bereits von der Sorge um die Gesundheit ihrer Mutter bestimmt waren. Und so log er. Gewissermaßen. »Sir Francis Rowe hat behauptet, er sei in der Nacht, in der der Hausmeister in dem Hof in der Penniwinch Lane getötet wurde, mit dem Prinzen und Jarvis zusammen gewesen. Ich wollte wissen, ob er die Wahrheit sagt.«

Sie sah zu ihm auf. »Und tut er das?«

Sebastian schüttelte den Kopf. »Er war früher am Abend beim Prinzen, ist aber deutlich vor Mitternacht weggegangen.«

»Du hast mir gar nicht gesagt, dass du Francis doch wieder verdächtigst.«

»Er ist dein Vetter«, sagte Sebastian. Überrascht hörte er die Schritte zweier Männer, die die Straße entlangliefen, und fragte sich, wer um diese Uhrzeit zu Fuß draußen unterwegs war. »Ich wollte nichts sagen, solange ich so wenig habe, worauf ich mich stützen kann.«

»Und jetzt hast du mehr?«

»Mehr, aber nicht genug. Langsam denke ich ...« Sebastian unterbrach sich.

Die Schritte waren vor dem Haus stehengeblieben. Er hörte ein geflüstertes Wort, das er nicht klar verstand, dann einen leisen Tritt auf den Eingangsstufen.

»Was ist los?«, fragte Hero, die ihn beobachtete.

Er legte einen Finger auf die Lippen und stand auf, da hörten sie schon einen lauten Schrei und ein dumpfes Geräusch, gefolgt von den Schritten einer Person, die schnell davonrannte.

Hero schoss hoch. »Was war das?«

Sebastian schloss die Geheimschublade in seinem Schreibtisch auf und zog die geladene Pistole heraus, die er dort versteckt hielt. »Bleib hier«, sagte er und kam hinter dem Schreibtisch hervor.

Mit der Pistole in der Hand sprintete er zur Eingangshalle, spannte die Hähne und riss die Haustür auf.

Kalt und feucht wirbelte der Nachtnebel herein. Er hörte immer noch jemanden davonlaufen, inzwischen in der Davies Street. Aber zu seinen Füßen lag zusammengesunken ein verlotterter Junge, und seine Brust glänzte dunkel von Blut.

Es war Toby Dancing.

Kapitel 52

Tobys Brust bebte in Zuckungen, seine sanften grünen Augen standen voller ungeweinter Tränen, und seine Unterlippe zitterte vor Schmerzen und Angst.

Sebastian ging in die Hocke, um einen Arm unter die Schultern und den Kopf des Jungen zu schieben. Er hörte, wie die Schritte des fliehenden Mörders mit größer werdender Entfernung immer leiser wurden. Aber er konnte nicht von dem sterbenden Jungen weggehen. »Sag mir, wer dir das angetan hat, Toby.«

Der Blick des Jungen begegnete dem von Sebastian, und er erstickte ein abgehacktes Schluchzen.

»Sag es mir!«, sagte Sebastian, der bemerkte, dass Hero zu ihm kam und stehenblieb.

Aber die Schmerzen und die Angst waren bereits aus den Augen des Jungen gewichen und hatten sie leer zurückgelassen.

***

Sebastian fuhr mit dem Wagen, in dem Toby Dancings Leiche lag, durch die dunkle, schweigende Stadt zu Gibsons Praxis.

Er saß mit angezogenen Knien, die Ellbogen darauf abgestützt, auf dem Bock, und sein Körper schwankte bei jedem Ruck und Hüpfer, den der Wagen vollführte, als er über das Kopfsteinpflaster ratterte. Er hatte Giles vorausgeschickt, damit er Gibson darauf vorbereitete, dass er käme. Aber irgendwie hätte er es nicht ertragen, wenn der Junge diesen vorletzten Weg allein hätte antreten müssen.

Die Nacht war kalt, der Nebel auf seinem Gesicht feucht und gesättigt vom beißenden Geruch nach Kohlerauch und Dung. Auf dem nach oben gewandten Antlitz des Jungen glitzerte die Feuchtigkeit, und die Bewegung des Wagens wiegte seinen ansonsten reglosen Körper hin und her.

Sebastian nahm an, der Mörder könne Toby zur Brook Street gelockt oder mit dem Messer quer durch London gescheucht haben. Aber er bezweifelte es. In den Schritten, die zum Haus in der Brook Street gekommen waren, hatte er keinerlei Zögern gehört. Das bedeutete also ... was genau? Dass Toby seinen Mörder gekannt hatte? Dass er freiwillig mit ihm zur Brook Street gekommen war. Wozu?

Sebastian wandte den Blick wieder auf das blasse, stille Gesicht des Jungen, der tot neben ihm lag. Sein honigblondes Haar lockte sich leicht in der feuchten Luft. »Warst du es, Toby?«, fragte er sanft. »Warst du der Junge, den Rory Inchbald beim Ausheben des Grabes für Benji gestört hat?«

Doch Toby starrte aus blicklosen Augen in den sternenlosen Himmel hinauf. Und Sebastian streckte die Hand aus, um dem Jungen sanft die Augen zu schließen.

***

Sebastian stand an die raue Mauer des Nebengebäudes in Gibsons Garten gelehnt. Er bezweifelte, dass der Arzt ihm über den Tod des Jungen etwas sagen konnte, was er nicht bereits wusste. Aber es wäre ihm irgendwie nachlässig vorgekommen, nicht jede Möglichkeit auszuschöpfen.

Nach einer Weile kam Gibson und blieb in der Tür stehen. Sein gequälter Blick begegnete dem von Sebastian. »Bitte sag mir, dass du weißt, wer das tut.«

In einem abgehackten Seufzer stieß Sebastian die Luft aus. »Ich bin immer mehr davon überzeugt, dass es Sir Francis Rowe und Lord Ashworth sind, die zusammenarbeiten. Aber ich weiß es nicht sicher und kann es nicht ansatzweise beweisen.«

»Jesus Christus«, sagte Gibson. »Komm, sieh dir das an.«

Sebastian nahm an, dass er gar nicht sehen wollte, was er gleich sehen würde, aber er stieß sich von der Wand ab und folgte seinem Freund in den dunklen, vom Tod heimgesuchten Raum. Die menschlichen Überreste von Toby Dancing lagen auf der Steinplatte.

»Er wurde mit einem Stich in den Rücken getötet«, sagte Gibson. »Wahrscheinlich mit demselben Stockdegen, der Les Jenkins getötet hat, denn die Klinge war lang genug, um aus der Brust wieder auszutreten.«

»Anscheinend hat der Mörder es sich zur Gewohnheit gemacht, seine Verbündeten in den Rücken zu stoßen.«

Gibson nickte. »Und nun sieh dir das an ...« Er unterbrach sich, rollte den Jungen auf die Seite und enthüllte einen dünnen, knochigen Rücken, der kreuz und quer mit alten Peitschennarben überzogen war.

»Mein Gott«, flüsterte Sebastian.

Gibson legte den Jungen vorsichtig wieder flach auf den Rücken. »So wie es aussieht, würde ich sagen, dass der – oder vielmehr die – Mörder diesen Jungen vielleicht vor einem Jahr dazwischen hatten und genauso missbraucht haben wie Benji. Sie haben ihn nur aus irgendeinem Grund nicht getötet.«

Sebastian schüttelte den Kopf. »Das ergibt keinen Sinn.«

Gibson stand mit beiden Händen am Rand des Steintisches abgestützt da. »Könnte es doch. Als ich in Indien war, kannte ich einen Colonel, der einen kleinen Hindu-Jungen schlimm misshandelte. Sehr lange verstand ich einfach nicht, warum der Junge nicht davonlief. Der Junge tat alles, was ihm der Colonel auftrug, ohne zu zögern oder sich zu beklagen. Irgendwann habe ich endlich begriffen, dass der Colonel ihn mit seiner Angst beherrschte. Der Junge hatte Angst, der Colonel würde ihm, wenn er nicht tat wie geheißen oder wenn er versuchen würde wegzulaufen und geschnappt würde, wieder das Gleiche antun wie zuvor – nur schlimmer.«

Sebastian ging zur Tür und blickte auf den dunklen Hof hinaus. Am östlichen Horizont nahm der Himmel bereits ein goldenes Rosa an, und er hörte das hungrige Brüllen der Löwen im Tower, die auf ihr Frühstück warteten. Er spürte, wie seine Erschöpfung sich gleich einer schweren Decke über ihn herabsenkte und ihn niederdrückte. Nach einer Weile sagte er: »Ich wusste, dass Toby Angst hatte. Als ich gestern mit ihm gesprochen habe, hätte jeder Narr gesehen, wie verängstigt er war.«

»Aber du wusstest nicht, weshalb.«

Sebastian schüttelte den Kopf. »Ich hätte es aber wissen müssen.«

Gibson rieb sich mit der Hand über das unrasierte Gesicht. »Es gibt noch etwas.«

Sebastian drehte sich um. »Was?«

Der Arzt hielt ihm ein gefaltetes Blatt teuren Pergaments hin. »Das habe ich in seiner Tasche gefunden.«

Sebastian musste sich zwingen, die Seite auseinanderzufalten. Die Zeile war genauso sorgfältig in Großbuchstaben hingeschrieben wie beim letzten Mal. Dick, schwarz und spöttisch.

NOCH EIN GESCHENK FÜR EUCH, DEVLIN. CHEERS.

***

Hamish saß auf dem niedrigen Hocker neben dem Küchenherd des Professors, in einer Hand einen Löffel, und schaufelte sich Porridge in den Mund. Immer mal wieder warf er einen Blick auf Sebastian, der dastand und ihn beobachtete. Aber Sebastian wartete, bis der Junge seine zweite Schale zur Hälfte geleert hatte, erst dann sagte er: »Du hast mir erzählt, dass du mit einem anderen Jungen am Charterhouse Square gelaufen bist, als der Gentleman dich in seine Kutsche zog.«

Hamish schob sich noch einen Löffel Porridge in den Mund, dann nickte er.

»Warum wart ihr dort? Beim Charterhouse, meine ich.«

»Paddy sagte, er wollte mir dort was zeigen.«

»Weißt du, was es war?«

»Nein.«

»Und danach, als du nach Paddy Gantry gesucht hast, da hast du ihn nicht mehr gefunden, sagtest du?«

Hamish nickte und schluckte runter. »Hab ihn nie wieder gesehen. Was ich weiß, hat ihn keiner mehr gesehen.«

»Kann es sein, dass Paddy dich absichtlich an einen Ort brachte, an dem der Gentleman gewartet hat, und dass er deshalb weggerannt ist?«

Hamishs Löffel klapperte in der irdenen Schüssel, als er mit Essen aufhörte und sein Blick zu Icarus Cantrell huschte, der am aufgebockten Tisch saß.

»Sag es ihm«, sagte der Professor und beugte sich vor.

Hamish fuhr sich mit dem Handrücken über den Mund. Sein Blick blieb auf der Schale in seinen Händen haften.

»Hamish?«

Der Junge nickte mit angespanntem, verkniffenem Gesicht.

Sebastian sagte: »Wie lange hast du Paddy schon gekannt?«

Hamish rollte mit einer Schulter wie jemand, dem Zeit nichts bedeutete. »Weiß nich. Immer schon.«

»Ist Paddy je für ein paar Tage verschwunden gewesen?«

Hamish runzelt nachdenklich die Stirn. »Ja, einmal. Er war ne gute Woche oder länger weg und ist dann wieder aufgekreuzt. Ist ganz steif gegangen. Sagte, er wär gestürzt und hätt sich wehgetan. Warum?«

Anstelle einer Antwort sagte Sebastian: »Du sagtest zu mir, der Mann, der dich entführte, hätte rote Auge, weiche Hände und die Stimme eines Gentlemans gehabt. Besteht die Möglichkeit, dass es in jener Nacht zwei

Gentlemen gewesen sein könnten? Nicht unbedingt, als du in die Kutsche gezogen wurdest, aber danach. Im Haus.«

Der Junge blickte zwischen Sebastian und dem Professor hin und her.

»Ist es möglich?«, fragte Icarus Cantrell und beugte sich vor.

Hamish stellte die leere Porridge-Schale beiseite, beugte sich vor und schob die Hände zwischen die Knie, den Blick auf den Boden gerichtet. »Ich war mir nie sicher. Manchmal dachte ich, ich hörte zwei Männer miteinander reden. Aber dann dachte ich, mein Kopf legt mich herein. Dass er einen Mann in zwei aufteilte und dann wieder zu einem verschmolz.«

»Kannst du dich an irgendetwas erinnern, das sie zueinander gesagt haben?«

Er schüttelte den Kopf.

»Und Namen? Hast du je gehört, dass sie sich gegenseitig mit Namen angesprochen haben?«

Hamish sah auf, seine Augen wirkten bitter von einer sehr alten Angst. »Ich glaube, sie haben sich ›Duke‹ und ›Bischof‹ genannt. Aber das ergibt ja gar kein' Sinn, oder?«

Und dann, als Sebastian ihn unverwandt ansah, wiederholte er: »Oder?«

Kapitel 53

Sebastian saß vor dem Kamin in der Bibliothek. Es war ein niederdrückend trüber Tag, und ununterbrochen trommelte leise der Regen gegen die Fensterscheiben. Sebastian war so in Gedanken versunken, dass er Hero, die hinter seinen Sessel trat, erst bemerkte, als sie ihm die Hände auf die Schultern legte.

»Du musst dich ausruhen«, sagte sie und knetete seine steifen Muskeln. »Du hast heute Nacht gar nicht geschlafen. Und letzte Nacht auch nicht.«

Sebastian legte den Kopf in den Nacken, sodass er zu ihr aufschauen konnte. »Meinst du, ich könnte ruhen?«

Sie lächelte schief. »Nein. Aber nur weil du glaubst, dass du es nicht kannst, heißt das nicht, dass du es nicht versuchen solltest.«

»Ich denke die ganze Zeit, dass ich es früher hätte sehen müssen.«

Sie schüttelt den Kopf. »Was sehen?«

»Die Mörder haben immer darauf geachtet, Kinder zu entführen, die entweder verwaist oder verlassen waren. Kinder ohne Eltern oder Großeltern oder einen anderen erwachsenen Verwandten, der einen Aufruhr hätte machen oder Maßnahmen hätte fordern können, als sie verschwanden. Dieser Magistrat von Bethnal Green – Alexander Robbins – war eine Ausnahme, weil er tatsächlich etwas bemerkt hat, als die Straßenkinder

der Gegend sich beklagten, weil Freunde oder Geschwister verschwanden. Und trotzdem hat er nichts dagegen unternommen, nicht wahr?«

Hero ging dazu über, ihm den schmerzenden Nacken zu massieren. »Also was meinst du, was du hättest früher sehen müssen?«

Er beugte den Kopf nach vorn, sodass sie mit ihren beruhigenden Händen seinen Nacken besser erreichen konnte. Er hatte nicht bemerkt, wie steif und verspannt seine Muskeln waren. »Jemand wie Sir Francis oder Ashworth – oder de Brienne oder Kneebone – hätte doch keine Möglichkeit zu erfahren, welche der zehntausenden abgerissener Kinder, die auf Londons Straßen herumlaufen, Eltern haben, und welche nicht. Mir hätte klar werden müssen, dass die Mörder jemanden benutzen, der die Zielpersonen für sie auswählte.«

»Du meinst jemanden wie Toby?«

Er nickte. »Ich glaube, sie haben Toby – und davor Hamishs Freund Paddy Gantry, und zweifellos vor ihm noch andere – zuerst eingesetzt, um ihre Opfer auszusuchen und dann, um sie zu Plätzen zu locken, von denen sie leicht entführt werden konnten.«

»Und um sie zu begraben«, sagte Hero ruhig.

»Ja. Nur Gott weiß, seit wann sie das schon getan haben. Sie sind einfach von einem Stadtteil zum nächsten gezogen und haben in jedem ein Kind ausgesucht und verfolgt, um es als Werkzeug zu benutzen. Ich nehme an, sie töteten Paddy Gantry, nachdem Hamish entkommen war, sowohl, weil sie Paddy die Schuld gaben, den ›falschen‹ Jungen ausgesucht zu haben, als auch aus Angst, dass Paddy sie identifizieren könnte. Sie haben ihn durch Toby ersetzt.«

»Aber wieso sollte Toby den Gentlemen helfen, seine eigenen Freunde zu entführen und zu töten?«

»Es hat etwas mit Verletzlichkeit und Angst zu tun. Aber ich bin nicht überzeugt, dass ich es selbst ganz verstanden habe.«

Ihre Hände hielten still. »Wer auch immer diese Männer sind, sie müssen aufgehalten werden.«

Er legte seine Hände auf ihre und zog sie herum, damit sie ihn ansah. »Wie gut kennst du Sir Francis?«

»Nicht besonders. Ich habe ihn nie leiden gemocht, schon als Kind nicht. Und wir sind fast zehn Jahre auseinander. Warum?«

»Ich denke immer noch, dass Sir Francis und Ashworth die wahrscheinlichste Kombination sind, auch wenn sie nicht gleich sind. Ashworth schwelgt gern im Luxus, Sir Francis nicht.«

»Das stimmt. Aber sie waren zusammen in Cambridge.«

»Tatsächlich? Sir Francis ist ein paar Jahre älter als Ashworth, oder?«

»Ja. Francis' Mutter hat ihn aber so abgöttisch geliebt, dass sie ihn nicht lange in der Ferne wissen wollte. Deshalb ging er erst nach ihrem Tod nach Cambridge, und so kam es, dass er und Ashworth zur gleichen Zeit dort waren. Das weiß ich noch, weil er Ashworth in einem Sommer zu einem Besuch nach Glenside mitgebracht hat, da war ich vielleicht dreizehn oder vierzehn Jahre alt.« Glenside Castle war Jarvis' schottischer Landsitz.

»Mit anderen Worten«, sagte Sebastian, »sie könnten das schon seit zehn oder zwölf Jahren tun.«

»Bestimmt nicht.«

Er drückte ihre Hände und stand auf. »Ich denke, ich muss jemanden finden, der sie in Cambridge gekannt hat.«

***

Während Hero zu ihrer genesenden Mutter fuhr, verbrachte Sebastian den restlichen Tag mit vertraulichen Gesprächen mit Männern, von denen er wusste, dass sie um die Jahrhundertwende in Cambridge gewesen waren. Er hörte mehrere saftige Geschichten vom Missbrauch von Wirtstöchtern und armen Mädchen, die von den Straßen geholt und brutal behandelt und dann alle vom Marquis of Lindley und dem alten Baronet zum Schweigen gebracht worden waren.

In Cambridge hatten sich Ashworth und Rowe noch weitgehend auf Vergewaltigung und Auspeitschungen beschränkt, obwohl Rowe auch ein Messer benutzte, um einige der Mädchen damit zu verletzen. Sebastian fragte sich, wann sie zum Mord übergegangen waren. Zur gleichen Zeit, als sie ihre Opferjagd ausweiteten und sich sowohl Jungen als auch Mädchen holten? Oder schon davor?

Verstörter als je zuvor legte er Abendkleidung an und ging auf die Suche nach seiner schönen, in Schwierigkeiten steckenden jungen Nichte.

***

Auf Lady Mary Jessups angesagter Soirée nippte Miss Stephanie Wilcox gerade an einem Glas Limonade, als Sebastian sich zu ihr gesellte. Sie trug ein Kleid mit hochangesetzter Taille in jungfräulichem Weiß. Es hatte kleine Puffärmel und einen V-Ausschnitt, der *à la grecque* mit Spitze besetzt war. Ihre goldenen Locken wurden von einem weißen Satinband mit Kristallsteinchen und winzigen Perlen gehalten, und sie sah zugleich umwerfend und erschreckend fragil aus.

»Onkel«, sagte sie und warf ihm ein breites Lächeln zu, das allerdings den Sturmwolken, die sich gleichsam in ihren Augen sammelten, keinen Abbruch tat. »Falls du nach Ashworth suchst – er verbringt den Abend mit dem Marquis, um ihm seine Hingabe als Sohn zu beweisen.«

»Tatsächlich habe ich nach dir gesucht.«

»Ach? Ich habe dich gestern Abend bereits bei Lady Farningham herumschleichen sehen. Mutter sagte mir, du hältst meinen Verlobten einer Reihe schrecklicher Morde für schuldig. Stimmt das?«

»Ja«, sagte er schlicht.

Stephanie blickte betont zu ihrer Mutter, die, mit dem Rücken zu ihnen stehend, in eine Unterhaltung mit einer ihrer Busenfreundinnen vertieft war. »Sie ist hier, weißt du – Mutter meine ich. Sie hat den Bediensteten strikte Anweisungen gegeben, dass du abgewiesen werden sollst, solltest du es wagen, dich am St James's Square blicken zu lassen. Und ich bin instruiert worden, dich zu schneiden, solltest du versuchen, mich anzusprechen.«

»Und doch stehen wir hier.«

»Ja.« Sie lächelte auf die verschmitzte Art, die ihn an das kleine Mädchen erinnerte, das sie früher gewesen war. »Aber wie du ja weißt, ist es nicht meine Gewohnheit, zu tun, was man mir sagt.«

»Nein«, stimmte er ihr zu. Sie hatte die gleiche rebelli-
sche und trotzige Art, die ihrer Großmutter Sophia zu
eigen gewesen war – zusammen mit der tragischen,
verletzlichen Ausstrahlung. Und hilflos musste er eine
Welle der Zuneigung für dieses lebhafte, verlorene
Mädchen über sich ergehen lassen. Er sagte: »Wie eng
ist Ashworth mit Sir Francis Rowe befreundet? Weißt
du das?«

»Sehr. Er hat Rowe gefragt, an unserer Hochzeit sein
Zeuge zu sein. Warum?«

Etwas an der knappen Art, wie sie es sagte, verriet
ihm vieles, das er wissen musste. »Du magst ihn nicht
leiden, oder?«

»Rowe? Nein«, sagte sie.

»Gibt es dafür einen besonderen Grund?«

Sie neigte den Kopf zur Seite. »Magst du ihn denn leiden?«

»Nein. Aber Ashworth offensichtlich schon.«

»Ja.«

»Kennst du zufällig Ashworths Einstellung zu Marquis de Sade?«

»Ach, Onkel, was weißt du denn über den Göttlichen
Marquis?«

Er hatte gehofft, sie würde einfach fragen *Wer ist
de Sade?* »Mehr als mir lieb ist, ehrlich gesagt«, sagte er.
»Sehe ich es richtig, dass Ashworth mit seinen Werken
vertraut ist?«

»Vertraut? Das kann man wohl sagen. Allerdings
wäre es noch korrekter zu sagen, dass er regelrecht besessen von ihm ist.

Er hat eine vollständige Sammlung seines Werks, einschließlich eines Bandes, der in außergewöhnlich feines schwarzes Leder gebunden ist. Er behauptet, es sei so selten; nur fünf Exemplare davon seien nach England geschmuggelt worden.«

Es war ein beunruhigender Gedanke, dass Ashworth mit seiner zukünftigen, jungfräulichen Gattin über de Sade gesprochen hatte. Eine ganze Weile konnte Sebastian kaum atmen. »Du hast es gesehen?«

»Nein. Er hat nur damit angegeben. Soweit ich weiß, hat Sir Francis es ihm geschenkt. Sie haben beide ein Exemplar.« Sie kniff leicht die Augen zusammen, und er fragte sich, was sie in seinem Gesichtsausdruck gesehen hatte. »Weshalb?«

Sebastian sah in ihr hübsches junges Antlitz und erkannte kurz all die Anspannung und Verzweiflung, die sie bisher so gut versteckt hatte.

»Du musst ihn nicht heiraten, Stephanie«, sagte er mit leiser Stimme, die vor Eindringlichkeit ganz rau war. »Eine gelöste Verlobung gibt der *Beau Monde* vielleicht eine oder zwei Wochen Gesprächsstoff. Aber das Gerede würde sich auch wieder legen.«

Er sah in ihren Augen etwas aufflammen, das fast wie Belustigung aussah, aber keine war. »Oh, Onkel«, sagte sie mit gezwungenem Lachen. »Ein Kind, das knapp sieben Monate nach der Hochzeit ›zu früh‹ geboren wird, ist schon schlimm genug. Ich glaube, mit der Alternative könnte ich einfach nicht leben.«

Und damit ging sie zu ihrer Mutter und ließ ihn zurück, konsterniert und mit dem hohlen Gefühl von roher, plötzlicher Angst.

»Bist du sicher, dass Ashworth der Mörder ist?«, fragte der Earl of Hendon. Er stand vor dem Kamin in seiner Bibliothek, die Hände hinter dem Rücken verschränkt und sein breites, vertrautes Gesicht in grimmige Falten gelegt.

Sebastian saß in einem ledernen Armsessel, ein Glas Brandy in der Hand. »Einer von ihnen, ja. Aber ob ich es beweisen kann? Nein.«

Hendon zog die Pfeife aus seiner Tasche und hielt dann inne, den Kopf in der Hand, und blickte ins Nichts. »Und Stephanie ist von diesem Monster schwanger?«

»Ja.«

»Lieber Gott. Glaubst du, Amanda weiß von dem Kind?«

»Das bezweifle ich. Hättest du es Amanda gesagt, wenn du ihre Tochter wärst?«

Hendon schüttelte den Kopf.

Sebastian beobachtete, wie der Earl seinen Tabakbeutel öffnete und mit eingeübter Routine begann, die Pfeife zu stopfen.

»Stephanie darf ihn auf keinen Fall heiraten«, sagte Hendon nach einer Weile. »Ich werde Amanda sagen, dass sie die Verlobung beenden muss.«

»Amanda wird nicht auf dich hören. Sie weiß, dass ich Ashworth im Verdacht habe; das wissen sie beide. Amanda ist das egal, und Stephanie ist zu verzweifelt und verängstigt, um der Stimme der Vernunft zu lauschen.«

Hendon stieß in einem erschöpften Seufzer den Atem aus. »Amanda erinnert mich manchmal an meine Mutter. Sie war eine strenge Frau. Ärgerlich, vorwurfsvoll und nie zufrieden.«

»Ich bezweifle, dass meine Großmutter eine ihrer Töchter an einen Mörder verheiratet hätte – selbst wenn er ein zukünftiger Marquis ist.«

Hendon drückte den Tabak im Pfeifenkopf fest und griff nach einem Fidibus. »Die Hochzeit ist an diesem Donnerstag. Wenn du nicht glaubst, dass Amanda oder Stephanie der Vernunft folgen – was können wir dann tun?«

»Wenn ich das nur wüsste.«

Der Earl setzte sich auf einen Sessel und sog fest an der Pfeife. Sie saßen eine Weile schweigend beisammen, vereint in ihrer Sorge um die schöne, mutwillige, nicht mehr unversehrte junge Frau, die ihnen beiden so lieb war.

»Der andere Mörder«, sagte Hendon und blickte auf. »Wer ist es?«

»Sir Francis Rowe. Es scheint, dass sie sich die Arbeit aufteilen. Ashworth hat Benji Thatcher entführt – und wahrscheinlich auch seine kleine Schwester –, und zwar an einem Freitagabend, als Rowe beim Prinzen war. Dann hat Rowe den Jungen am Sonntagabend getötet und ihn versucht zu beerdigen, als Ashworth mit Amanda und Stephanie zusammen war. Aber nach dem, was ich in dem Bauernhaus in der Penniwinch Lane gesehen habe, würde ich sagen, sie haben alles, was dazwischen geschah, gemeinsam getan. Und dann hat Rowe den Hausmeister ermordet.«

Hendon schüttelte den Kopf. Die Pfeife klemmte fest zwischen seinen Backenzähnen. »Ashworth ist der Sohn des mächtigsten Marquis im Königreich, und Rowe ist ein Vetter des Prinzregenten höchstselbst. Aber du sagst, du hast keine Beweise?«

»Nichts, das vor dem Gericht standhalten würde.«

»Du musst etwas finden. Bevor es zu spät ist.«

Sebastian erwiderte den Blick des alten Earls. Und für einen aus der Zeit gefallenen Augenblick war es, als hätte es die Entfremdung zwischen ihnen und all die Wut und Verletzung, die damit einherging, nie gegeben. »Ich weiß.«

***

Der Schlüssel zur Lösung, beschloss Sebastian, als er vom Grosvenor Square wieder wegging, lag in *Number Three* am Pickering Place.

Er kam immer wieder auf Jenny Peters zurück, das junge Mädchen, das im August dort gestorben war. Grace Bligh hatte ihm die Namen von Lord Ashworth und Hector Kneebone genannt, aber in ihrer Weigerung, den Namen des Mörders von Jenny Peters zu nennen, war sie stahlhart geblieben. Das verriet Sebastian, dass sie den Mörder fürchtete – oder seinen Beschützer –, und zwar mehr als sie Sebastian fürchtete.

Aber das würde Sebastian nun ändern.

Kapitel 54

Der sanft schimmernde Schein des Feuers warf lange, tanzende Schatten in den eleganten Salon in *Number Three*.

Sebastian saß allein bequem auf einem der zierlichen, mit Seide bespannten Sessel. Nach mehr schlaflosen Stunden, als er zählen konnte, war er inzwischen so müde, dass er aufpassen musste, die Augenlider nicht zufallen zu lassen. Es half, dass der hervorragende Van Dyck an der Wand hinter ihm so tief hing, dass er immer wieder mit dem Hinterkopf gegen den schweren, vergoldeten Rahmen stieß. Die Kerzen, die den in Marmor gefassten Kamin flankierten, hatte er gelöscht, die Öllampe aus Kristall auf einem Tisch neben der Eingangstür zum Raum hatte er jedoch brennen lassen. In der Ferne hörte er einen Mann lachen und darauf eine Frau gequält schreien. Es kam ihm nicht gespielt vor. Es war nicht der erste Schmerzensschrei, den er hörte, und wenn er noch viel länger hier säße, dachte er, würde er einen guten, starken Drink brauchen.

Als ein kalter Wind aufkam, konnte er den Regen riechen, den er versprach, als er die schweren Samtvorhänge vor dem Fenster bauschte, das er hatte offenstehen lassen. Aber er brauchte nicht mehr lange zu warten. Er hörte einen leisen Schritt im Flur und erhob sich schnell und leise. Als Grace Bligh den Raum betrat, war er in Position. Er machte einen Schritt nach vorn, schloss die Tür leise mit einem Fuß hinter ihr, riss sie rückwärts in die Arme und drückte ihr die Klinge seines Messers an die Kehle.

Sie hielt sofort still. »Ach, Ihr seid wohl schuld daran, dass der Raum fast ganz dunkel ist, Mylord?«

»Woher wissen Sie, dass ich es bin?«

»Ich kenne Männer«, sagte sie kryptisch mit ruhiger und bewundernswert beherrschter Stimme. »Wie seid Ihr an Joshua vorbeigekommen?«

»Ich kenne Möglichkeiten«, sagte er und war überrascht, als sie leise lachte.

Sie sagte: »Was wollt Ihr?«

»Den Namen von Jane Peters' Mörder.«

Er fühlte, wie sich versteifte, und zum ersten Mal spürte er ein Zittern der Angst durch sie hindurchlaufen. »Den kann ich Euch nicht geben.«

»Ich denke aber doch.«

Vorsichtig schüttelte sie den Kopf, des Messers an ihrer Kehle bewusst.

Er sagte: »Ich könnte Ihnen die Kehle durchschneiden.«

»Das könntet Ihr. Aber welcher Sinn läge darin? Ich kann Euch gar nichts sagen, wenn ich tot bin.«

»Das stimmt. Aber ich vermute, es würde Joshua dazu bringen, etwas hilfsbereiter zu sein. Oder Hope.«

»Lasst Hope in Ruhe«, sagte sie schnell. Zu schnell.

Er nutzte seinen Vorteil. »Dann sagen Sie mir, was ich wissen muss.«

Er sah, wie sie mit der Zunge die Lippen befeuchtete. Er vermutete, sie werde versuchen zu lügen. Doch das tat sie nicht. »Nun gut, ich sage es Euch. Aber es wird

Euch nichts Gutes bringen. Jane Peters wurde von Rowe getötet. Sir Francis Rowe.«

»Jarvis hat es verschleiert?«

»Was denkt Ihr denn?«

»Aber Sie haben Rowe kein Lokalverbot erteilt?«

»Natürlich haben wir das. Aber das sollte ich Euch nicht verraten.«

»Wegen Jarvis?«

»Offensichtlich.« Der Wind frischte erneut auf, bewegte die Vorhänge und zog ihre Aufmerksamkeit auf das offene Fenster. Aber sie sagte nur: »Ihr kommt mir gar nicht überrascht vor. Ich nehme also an, Ihr verdächtigt Rowe des Mordes an den Straßenkindern in Clerkenwell?«

»Ja.«

»Könnt Ihr es beweisen?«

»Nein.«

»Weshalb seid Ihr dann hier? Glaubt Ihr allen Ernstes, er wird für den Mord an Jane Peters hängen?«

»Etwas in der Art.«

Sie lachte laut auf. »Jarvis wird nie zulassen, dass Ihr oder sonst jemand Rowe vor Gericht bringt. Und sollte es durch ein Wunder doch dazu kommen, kann ich Euch versichern, dass weder ich noch sonst jemand aus diesem Haus je gegen ihn aussagen wird. Es gibt keine Drohung, die auch nur ansatzweise so schlimm sein könnte wie das, was Jarvis uns antäte, wenn wir gegen seine Wünsche handeln.«

Er konnte ihr keinen Vorwurf machen. Wie viele Menschen würden in ihrer Lage anders handeln? Und doch ...

»Ist es Ihnen egal?«, fragte er und zog sie mit, als er rückwärts zum Fenster ging, das Messer immer noch an ihrer Kehle. »Dass jemand wie Rowe eines Ihrer Mädchen abschlachten kann und trotzdem aufgrund seines Wohlstands und seiner Herkunft absolute Immunität genießt?«

Er erwartete, dass sie den Tod des Mädchens schulterzuckend als Preis ihres Geschäfts abtun würde. Stattdessen sagte sie mit harscher Stimme: »Natürlich ist es mir nicht egal. Jane Peters war kaum vierzehn Jahre alt. Aber ich habe schon vor langer Zeit gelernt, wie sinnlos es ist, gegen die Realität der Welt anzukämpfen, in der wir leben.«

»Wenn wir Ungerechtigkeit einfach ignorieren, wird sich nie etwas ändern.«

»Ihr habt leicht reden.« Sie unterbrach sich, dann hängte sie »*Mylord*« an und betonte den Titel spöttisch.

»Vielleicht ja«, stimmte er ihr zu und blieb neben den sich bauschenden Vorhängen stehen.

»Werdet Ihr mich also jetzt töten?«

»Nein. Warum sollte ich?«

»Ich könnte schreien, sobald Ihr das Messer von meiner Kehle wegnehmt.«

»Das könnten Sie. Aber ich bewege mich sehr schnell. Ich zweifle, dass Joshua rechtzeitig hier wäre, um mir Schaden zuzufügen.« Er ließ sie los und schwang ein Bein durch das offene Fenster.

Sie schrie nicht. Aber sie drehte sich zu ihm um und sah ihn an, die Züge mit einer Leidenschaft verzerrt, die ihn gleichzeitig überraschte und sie ihm sympathischer machte als zuvor. Sie fragte: »Werdet Ihr Rowe töten?«

Er erwiderte ihren Blick und schüttelte den Kopf. »Ich bin kein Henker.«

»Dann werdet Ihr ihn niemals stoppen.«

***

In dem Bedürfnis, sich irgendwie wach zu halten, schickte Sebastian seine Stadtkutsche nach Hause, drehte sich um und ging die St James's Street entlang. Die lärmende, elegant gekleidete männliche Menge, die ihn umgab, und die viel zu teuren Aktivitäten dort nahm er jedoch kaum wahr.

Jarvis würde niemals zulassen, dass der Vetter des Königs vor Gericht gestellt würde, damit man ihm wegen einer jungen Prostituierten des Pickering Place oder einer mehr oder weniger großen Zahl abgeschlachteter Straßenkinder den Prozess machen konnte; das wusste Sebastian. Aber vermutlich könnte er überzeugt werden, ihn zu eliminieren. Wenn Jarvis zu der Überzeugung gelänge, dass der Mord an Jane Peters keine Abweichung war, sondern vielmehr dem Muster brutaler, wiederholter Morde entsprach, dann würde Jarvis zum Wohle von König und Vaterland nicht zögern, den schrecklichen Enkel des Schlächters von Culloden töten zu lassen.

Aber wie konnte man ihn zu dieser Überzeugung führen? Das war die Frage.

***

Sebastian dachte immer noch über diese Frage nach, als er etwa fünfzehn Minuten später in der Brook

Street ankam. »Ist Lady Jarvis noch am Berkeley Square?«, fragte er und reichte Morey seinen Hut und die Handschuhe.

»Ja, Mylord.« Morey zögerte, und ein Ausdruck der Sorge zeichnete sich auf seinem sonst undurchdringlichen Antlitz ab. »Habt Ihr – habt Ihr zufällig nach dem jungen Tom schicken lassen?«

»Tom?« Sebastian hielt in der Bewegung inne, mit der er aus dem Herrenmantel steigen wollte. »Nein, warum? Was hat der Schlingel denn jetzt wieder vor?«

»Es ist Giles, Mylord. Er hat etwas, das Ihr wissen solltet, meint er. Soll ich ihn in die Bibliothek schicken?«

»Ja, bitte.«

Sebastian schenkte sich einen Brandy ein, als Giles anklopfte. »Giles. Kommen Sie herein. Was ist mit Tom?«

Der mittelalte Stallbursche blieb unbeholfen gleich hinter der Tür stehen. »Es war schon was früher heute Abend, Mylord. Ich war auf dem Heuboden, um eine Mausefalle aufzustellen – wir haben in letzter Zeit ein ziemliches Problem mit diesen kleinen Plagegeistern, wisst Ihr –, da hör ich unten im Stall einen Gentleman nach dem Burschen verlangen.«

Eine Übelkeit erregende Erkenntnis schwappte über Sebastian hinweg. »Namentlich?«

»Na, er hat nach ›Lord Devlins *Tiger*‹ verlangt.«

»Und?«

»Ich höre, wie Tom sagt: ›Das bin ich‹. Und der Gentleman sagt zu dem Jungen, dass Eure Lordschaft ihn bräuchte, und er wär schnurstracks gekommen, um Tom abzuholen und zu Euch zu bringen.«

»Großer Gott. Und Tom ist mit diesem Gentleman gegangen?«

»Ja, M'lord. Er war so niedergeschlagen, seit Ihr ihn nich mehr im Zweispänner mitfahren lasst. Er is nur so auf die Gelegenheit gesprungen, echt.«

»Wann war das?«

»Muss 'ne Stunde oder so her sein, M'lord. Ich hab mir keine großen Gedanken drum gemacht, bis die Kutsche eben zum Stall heimgekommen is, und Kutscher John, also, wie der sagte, dass er nix davon weiß, dass Ihr nach Tom geschickt habt. Da hab ich angefangen, mir Sorgen zu machen, ob da was nich stimmt.«

»Haben Sie ihn gesehen? Den Gentleman, mit dem Tom weggefahren ist, meine ich.«

»Hab ich, M'lord. Oben is 'n Fenster, durch das man den Stall überblicken kann, und ich war so neugierig, dass ich mal runtergelinst habe. Der hat einen auffälligen, gelben Phaeton gefahren, gezogen von 'nem wunderschönen Apfelschimmel. Hatte allerdings keinen Burschen dabei, und das is mir schon 'n bisschen komisch vorgekommen, bevor ich mit Coachman John gesprochen hab.«

Sebastian spürte, dass sein Atem immer stoßweiser ging. »Und der Gentleman selbst? Konnten Sie ihn auch sehen?«

»Aye, M'lord. Schien so um die dreißig zu sein, würde ich sagen. Eher klein und gestutzt, mit rundem Gesicht und ziemlich großspurig gekleidet.«

»Haben Sie irgendetwas gehört, woraus man schließen könnte, wohin sie gefahren sind?«

»Nein, Mylord. Aber ich habe geguckt, in welche Richtung sie gefahren sind, als sie die Stallungen verlassen haben.«

»Und?«

»Der Gentleman hat nach Norden gelenkt, Mylord.«

Kapitel 55

Sebastian stand in einem Kreis aus weichem Laternenlicht an seinem Schreibtisch in der Bibliothek und lud bedächtig seine doppelläufige Steinschlosspistole. Er versuchte nachzudenken.

Wohin hatte Rowe den Jungen gebracht?

Wohin?

Sicherlich nicht zur Upper Grosvenor Street. Das große, elegante Stadthaus des Baronets war voller Diener, die Augen und Ohren hatten. Aber es war erst ein paar Tage her, seit Rowe den Bauernhof in der Penniwinch Lane nicht mehr benutzen konnte. Sicherlich hatte er noch nicht die Zeit gefunden, sich ein anderes solches Haus zuzulegen.

Oder doch?

Denk nach, sagte sich Sebastian, als er die Ränder der Zwillingspfannen seiner Pistole mit einer dünnen Schicht Bienenwachs einrieb, um den Regen abzuhalten, den er leise gegen die Bibliotheksfenster trommeln hörte. *Wohin würde Rowe den Jungen bringen?*

So sehr er es auch versuchte, fiel Sebastian nur eine einzige Antwort ein: zur Clerkenwell Munitionsfabrik.

Er wickelte ein Öltuch um die geladene Pistole und schob sie in seine Tasche. Als er aufblickte, sah er Morey auf der Türschwelle stehen.

»Giles hat Eure Stute vorgebracht, Mylord«, sagte der Majordomus. Sein Gesicht war vor Sorge ganz angespannt.

Sebastian griff nach seinem Herrenmantel und den Handschuhen. »Schicken Sie einen Burschen zu Sir Henry Lovejoy, um ihm zu erklären, was vorgefallen ist. Sagen Sie ihm, dass ich vorhabe, Rowe an der Munitionsfabrik zu suchen, aber keine klaren Hinweise darauf habe, ob er wirklich dorthin gefahren ist.«

»Und wenn sie dort nicht sind, Mylord?«

Sebastian trat hinter dem Schreibtisch hervor. »Ich habe keine Ahnung. Hoffentlich fällt mir etwas ein.«

***

Sebastian galoppierte die Oxford Street entlang Richtung Clerkenwell. Den kalten Sprühregen, der ihm das Gesicht durchnässte und auf dem glitschigen Kopfsteinpflaster glänzte, beachtete er nicht. Es nagte an ihm, dass er sich vielleicht täuschte, dass die Munitionsfabrik zu naheliegend schien, dass Rowe sicherlich erwartete, Sebastian würde dort als Erstes suchen. Aber dann rief er sich ins Gedächtnis, dass Rowe nicht wissen konnte, dass sein Gespräch mit Tom mitangehört worden war. Er konnte nicht wissen, dass Giles dort gewesen war, durch ein Fenster weiter oben geschaut und das runde, lächelnde Gesicht des Baronets sowie seinen eleganten Phaeton gesehen hatte. Wäre Sebastian einfach zur Brook Street gekommen und hätte seinen *Tiger* dort in den Stallungen nicht gefunden, hätte da irgendjemand etwas Schlimmes vermutet?

Nein.

Es kam Sebastian wie der schlimmste Hohn vor, dass Tom, hätte er ihn als *Tiger* an seiner Seite behalten, jetzt nicht in den Fängen eines brutalen Mörders wäre. Mit dem Versuch, Tom vor Schaden zu bewahren, hatte Sebastian nur erreicht, dass er ihn verletzlich zurückgelassen hatte.

Sinnlos, erinnerte sich Sebastian. Es war sinnlos, in der Vergangenheit zu verweilen. Stattdessen zwang er sich, über den Grund nachzudenken, aus dem der Baronet Tom aus den Stallungen entführt hatte. Rowe musste vorhaben, den Jungen zu misshandeln und dann rasch zu töten, um seine Leiche an irgendeinem auffälligen Platz zu deponieren – zweifellos mit einer weiteren höhnischen Nachricht an Sebastian.

Bei diesem Gedanken stockte ihm schmerzhaft der Atem.

Wie lang?, fragte sich Sebastian, als er auf der Stute durch zunehmend nasse und windumtoste Straßen galoppierte. Wie lang war Tom jetzt schon in Rowes Händen? Eine Stunde? Zwei? Das Wissen, was der Junge jetzt schon durchgemacht haben musste, zerrte an Sebastian. Und was, wenn er sich täuschte? Was, wenn Rowe nicht an dem Schrotturm war? Was dann?

Ein gezackter Blitz durchzuckte die blauschwarz am Himmel dräuenden Wolken und überwarf die Hügel oberhalb von Clerkenwell kurz mit weißem Licht. Von der Fleet bauschte sich Nebel auf, der über die Straße kroch, sodass die Lichter der Fenster in der Häuserreihe kaum zu sehen waren. Doch als er die Stute unerbittlich die Steigung hinauf zur alten Munitionsfabrik trieb, erhaschte Sebastian einen Blick auf einen eleganten Phaeton, der neben der halb eingefallenen Steinmauer geparkt stand.

Er zog fest die Zügel an, um stehenzubleiben.

Ein rascher Blick genügte, um zu sehen, dass die Kutsche leer war; der Apfelschimmel graste ruhig am graswachsenen Rand. Rowe, der ohne Bursche unterwegs war, hatte den Phaeton einfach hier, am mit Ketten verschlossenen Tor der Fabrik stehenlassen.

Sebastian rieb sich mit dem Ärmel über das nasse Gesicht, und aus leicht zusammengekniffenen Augen gegen den Regen betrachtete er den düsteren, massigen Umriss des Schrotturms, der sich dunkel und unbeweglich vor den sturmverwehten Wolken erhob. Durch die bogenförmigen Fenster des Turms erkannte er den schwachen, flackernden Schein, den wohl eher ein Feuer warf als eine Laterne.

»Ruhig, Mädchen«, flüsterte Sebastian und tätschelte der Stute den Hals, als sie unruhig unter ihm zu tänzeln begann. Er war noch ziemlich weit von der Fabrik entfernt, glitt aber aus dem Sattel und band die Schwarze hier an den unteren Ästen einer jungen Platane fest, damit die Pferde nicht versucht wären, sich mit einem leisen Wiehern zu begrüßen und den Baronet damit vor Sebastians Erscheinen zu warnen.

Den restlichen Weg lief er zu Fuß, und unter seinen Schuhsohlen platzten beim Aufkommen dicke Matschblasen auf. Als er zur Steinmauer kam, zog er den Herrenmantel aus und ließ ihn liegen. Es regnete jetzt stärker; das Wasser tropfte von seinem Gesicht und rann seinen Kragen hinunter. Aber der steife, große Herrenmantel beschränkte seine Bewegungen, und das konnte in einem Kampf tödlich sein.

Er sprang über die Mauer, überquerte das von Unrat übersäte Feld in etwas langsamerem, vorsichtigerem Gang. Um ihn herum bog sich das Gras im anstürmenden Wind und Regen. Er konnte seinen eigenen Atem so laut hören, dass er sich fragte, ob er nicht noch auf Meilen hinaus zu hören war. Als er sich dem Turm näherte, vernahm er Sir Francis' ruhige, gut modulierte Stimme. »Wahre Moral besteht darin, unsere dunkelsten Leidenschaften als naturgegeben und deshalb logische Folgen zu betrachten. Ich frage mich, ob sich für dich dieser Sinn erschließt?«

Tom – an den diese Äußerung wahrscheinlich gerichtet war – antwortete nicht. Er konnte wahrscheinlich nicht antworten.

Sebastian kauerte sich zusammen und zwang sich, vielleicht drei Meter vom runden Backsteinfuß des Turms entfernt zu bleiben, um über seine Optionen nachzudenken. Die alte Holztür des Turms hing immer noch schief in den Angeln, die verwitterten Bohlen waren dort, wo Sebastian sie eingetreten hatte, zerbrochen. Es kam ihm vor, als sei der Tritt eine Ewigkeit her. Rowe hatte die zerbrochene Tür trotzdem vor der Nacht zugedrückt und damit Sebastians Blick ins Innere verstellt. Sebastian suchte nach einem Fenster, aber die unterste Öffnung in der Mauer war gut zweieinhalb Meter über dem Boden, also konnte er nicht hindurchschauen. So konnte Sebastian nicht wissen, was im Turm vor sich ging; er konnte weder Rowes noch Toms Positionen einschätzen. Er konnte nicht erahnen, welches der beste oder der schlechteste Augenblick war, durch diese Tür zu stürmen.

Ein Blitz erleuchtete die Wolken, und in der Ferne grollte Donner. Dann öffnete der Himmel die Schleusen, und der Regen prasselte noch fester herunter. Er trommelte laut auf den alten Schieferdächern der Lagerhäuser in der Nähe.

Sebastian zog die Pistole aus der Tasche und beugte sich über sie, um hoffentlich die Batterie, den Flintstein und die Pfanne vor dem strömenden Regen zu schützen, als er die Bedeckung herunterzog. Schwarzpulver hatte schlechterdings die Eigenschaft, Feuchtigkeit allein aus der umgebenden Luft zu ziehen. Selbst wenn er es schaffte, das Schießpulver trocken zu halten, könnte die Hauptladung von dem langen Ritt durch die stürmische Nacht bereits zu feucht sein, um zu zünden, was zu einer Ladehemmung, Fehlzündung oder einem Krepierer führen könnte. Das hatte er im Krieg nur zu oft erlebt.

Er spannte beide Hähne an, und das doppelte Klicken des Metalls klang in seinen Ohren trotz des lärmenden Sturms schmerzhaft laut. Sein Herz schlug so fest, dass er es bis in die Finger hinein spüren konnte. Er hörte, wie Rowe sagte: »Nur durch Schmerz kann man wahres Vergnügen empfinden, Junge. Ich nehme an, diese Binsenwahrheit liegt außerhalb der Auffassungsgabe von jemandem mit deinen simplen und gewöhnlichen Instinkten, aber das ...« Rowe hielt inne, und Sebastian hörte das Lächeln in der Stimme des Mannes. »Das könnte doch zumindest einen unteren Grad der Erkenntnis bei dir erwecken.«

Sebastian sprang auf, hastete vor, trat die Tür auf und platzte in den Turm hinein. In einem aufflammenden Augenblick erkannte er Tom, der in den Schatten unter der hölzernen Wendeltreppe hing. Seine Arme waren hoch über dem Kopf zusammengebunden, und sein Rücken war kreuz und quer mit blutigen Striemen überzogen. Sir Francis Rowe hockte neben einem kleinen Feuer, das er fast in der Mitte des großen runden Saals angezündet hatte.

Als Sebastian in den Turm hineinplatzte, riss er den Kopf herum, und der goldene Schein des Feuers lag auf seinem schockierten Gesicht. Er umfasste eine Eisenstange mit der Faust, die er in dem Feuer erhitzt hatte, bis die Spitze hässlich rot glühte. Sebastian sah Tom herumschwingen; sein Mund war von einem festen Knebel verzerrt, die Augen weit aufgerissen.

Sebastian zögerte nur so lange, bis er sich sicher war, dass die Schussbahn frei war, dann richtete er die Pistole auf Rowes Brust und zog den ersten Abzug.

Er hörte, wie der Hahn auf der Batterie aufschlug und sah in der Pfanne einen Funkenregen. Aber die Hauptladung des einen Laufs hatte offenbar zu viel Feuchtigkeit aus der nassen Nachtluft aufgenommen. Es gab eine Fehlzündung.

Hölle noch mal. Sebastian schob den Finger an den zweiten Abzug, als Rowe mit der behandschuhten Hand eine Handvoll heißer Asche griff und in Sebastians Gesicht schleuderte.

Sebastian schloss instinktiv die Augen vor den Glutpünktchen und riss schützend den Ellbogen hoch. Dieses Mal zündete und feuerte die Pistole. Es gab einen klirrenden Knall und einen Blitz, der die Luft mit dem bitteren Geruch nach verbranntem Pulver erfüllte. Aber die plötzliche Bewegung hatte seinen Arm abgedrängt. Der Schuss ging mindestens dreißig Zentimeter daneben.

Rowe schaffte sich auf die Beine und hielt die Eisenstange mit beiden Händen, um sie wie einen Krocketschläger auf Sebastian zu schwingen. Sebastian sprang zurück, aber nicht schnell genug. Der glühende Stock brannte ihm einen schmerzvollen Feuerbogen quer über den Oberarm, und die Luft wurde von dem Gestank brutzelnden, versengenden Stoffes und verbrannter Haut erfüllt.

»Tut weh, was?«, sagte Rowe und lächelte. Er änderte den Griff an der Eisenstange.

Sebastian warf die nutzlose Pistole in die Richtung von Rowes Kopf, bückte sich und zog den Dolch aus seinem Stiefel. Sein Gegenüber duckte sich. »Ich bin immer noch zwischen Euch und der Tür«, sagte Sebastian und nahm versiert den Stand eines Straßenkämpfers ein.

Rowe holte erneut nach ihm aus. Aber das heiße Metall kühlte bereits ab, und dieses Mal wich Sebastian ihm leicht aus. »Ihr könnt genauso gut aufgeben, Rowe«, sagte er. »Es ist vorbei.«

»Ich glaube, Ihr überschätzt Eure Fähigkeiten, Devlin.«

»Vielleicht. Aber das ist nicht wirklich wichtig. Euer Leben, wie Ihr es bisher kanntet, ist vorbei. Ihr wurdet dabei beobachtet, wie Ihr meinen *Tiger* entführt habt. Die Wachtmeister sind bereits auf dem Weg hierher.«

»Ich glaube, Ihr vergesst, wer ich bin.«

Sebastian schüttelte den Kopf. »Bildet Ihr Euch ein, dass Jarvis Euch retten wird? Das wird er nicht. Ihr seid zu einer Unannehmlichkeit geworden. Er wird Euch einfach eliminieren lassen, wie so viele andere, von hohem oder niedrigem Stand. Ich vermute, Ihre werdet eines Morgens in der Themse treibend gefunden werden. Elegant gekleidetes Fischfutter.«

Rowe stieß ein gellendes, ungläubiges Lachen aus. Er kannte nichts außer einem Leben voller seltener Privilegien und großen Wohlstands, bei jeder Wendung vor jeglichen möglichen Folgen seines Handelns geschützt. Er hatte keinen Grund anzunehmen, dass diese neuerlichen Entwicklungen irgendetwas anderes hervorbrächten. »Ihr wollt mich, Devlin?«, provozierte er. »Dann holt mich doch.«

Die Eisenstange immer noch in der einen Hand, drehte er sich um und eilte die wackelige, alte Holztreppe hoch, die sich spiralförmig zu einem kleinen, von Arsen verkrusteten Raum fünfundvierzig Meter über ihnen hinaufwand.

Sebastian machte einen Satz und durchschlug mit seinem Dolch das Seil, mit dem Toms Handgelenke festgebunden waren. Als die letzten Fasern nachgaben, fiel der Junge zu Boden.

Sebastian hielt inne und legte dem Jungen sanft die Hand auf eine dünne, blutige Schulter. »Kannst du gehen?«

Tom blickte auf und nickte, und seine Augen füllten sich mit Tränen, als er steif nach hinten griff, um am Knoten des Knebels zu zerren.

Sebastian legte dem Jungen eine Hand unter den Ellbogen, um ihm aufzuhelfen. »Dann verschwinde nach draußen, Tom. Sofort. Wenn du kannst, lauf, aber was auch immer du tust, *halt nicht an.*«

Ohne abzuwarten, ob der Junge seinem Auftrag folgte, wirbelte Sebastian herum und jagte Rowe hinterher die Treppe hinauf.

Als er diese Stufen das letzte Mal erklommen hatte, war er vorsichtig vorgegangen und hatte jede der alten, verrottenden Trittplanken behutsam getestet. Jetzt rannte er hinauf und ignorierte, wie sehr die alte Treppe unter seinem Gewicht und Rowes schweren, polternden Tritten weit oben erbebte und schwankte.

Anfangs lief der Baronet schnell, und der Feuerschein warf seinen zuckenden Schatten wie ein langes, verzerrtes lebendiges Wesen an die gewölbten Backsteinwände. Aber Runde um Runde, die die beiden Männer liefen, wurde das Licht des entfernten Feuers immer schwächer, und der steile Anstieg forderte schon bald seinen Zoll. Sebastian hörte, wie Rowe stolperte und sein Atem stoßweise kam, als er sich abmühte und immer höher in die anwachsende Dunkelheit stieg, die nur von gelegentlichen Blitzen erhellt wurde.

Die Lücke zwischen Sebastian und Rowe betrug nur noch anderthalb Meter oder etwas mehr, da wirbelte Rowe herum. Sein Mund war zu einer schmerzvollen Grimmasse verzerrt, weil er nach Luft keuchte, und er hastete treppab auf Sebastian zu. Die Eisenstange hielt er mit zwei Händen über den Kopf.

»Falsch berechnet, schätze ich, Devlin«, zischte er und legte sein ganzes Gewicht in den Schlag mit der Eisenstange, als er sie auf Sebastians Kopf niedersausen ließ.

Sebastian ruckte zur Seite und hörte die Stange pfeifend durch die Luft zischen – kaum fünfzehn Zentimeter von seinem Gesicht und seiner Brust entfernt – als er mit dem Rücken gegen die dreckige, raue Backsteinmauer stieß.

Rowe holte erneut aus, immer noch grinsend. Sebastian stolperte zwei Schritte zurück – und spürte, wie eine der hölzernen Planken unter seinem Gewicht nachgab.

Er hechtet nach vorn, warf sich auf Hände und Knie und rutschte dann abwärts, als er versuchte, das Gleichgewicht wiederzufinden. Das Messer, das er festgehalten hatte, fiel spiralförmig in die gähnende Leere neben ihm hinab. Das Geräusch, mit dem es klappernd weit unten aufschlug, wurde vom Wind, der durch die offenen Fenster hereinpfiff, und vom auf das Dach trommelnden Regen fast übertönt.

Es blitzte. Über das klaffende Loch, das sich nun zwischen den beiden Männern geöffnet hatte, trafen sich ihre Blicke. Rowe zögerte, er schnappte keuchend nach Luft. Dann wirbelte er herum, um weiter die Stufen hinaufzulaufen. Sebastian riss das dicke Brett der alten Treppenstufe heraus, die noch an einer Angel baumelte, und nahm es mit, als er über die Lücke sprang, um weiter hochzulaufen.

Sie liefen in einer zunehmend enger werdenden Spirale immer weiter nach oben. Dann hörte er, wie Rowes Schritte anhielten, und wusste, dass der Baronet den Raum an der Turmspitze erreicht hatte. Als Sebastian um die letzte Kurve kam, sah er Rowe, der auf der Holzplattform auf ihn wartete. Die Eisenstange hielt er mit beiden Händen hoch, und sein rundes Gesicht war fleckig und rot, sein ganzer Körper zitterte, während er hastig und keuchend ein- und ausatmete.

»Du verfluchter Dreckskerl«, fluchte Sebastian und stürzte, die Holzplanke wie einen Schild vor sich, die letzten paar Stufen hinauf.

»So erpicht aufs Sterben?«, sagte Rowe mit einem grimmigen Lächeln und riss die Eisenstange herunter. Er zielte auf Sebastians Gesicht.

Sebastian fing den Schlag mit seinem Behelfsschild ab. Der Aufprall jagte in roher Pein seinen geschundenen Arm hinunter. Wenn Rowe auf die flache Seite der Planke getroffen hätte, hätte die Wucht des Schlages das alte Holz vielleicht zerbersten lassen. Aber Sebastian hatte darauf geachtet, das Brett in einem schiefen Winkel zu halten, sodass die Eisenstange einfach am dicken Seitenrand abprallte.

Die Wucht des zurückgeworfenen Aufpralls ließ Rowe taumeln. Sein Lächeln erlosch, und der Baronet wich über die verwitterten Bodendielen des Raums zurück, als Sebastian sich ihm näherte.

»Wer ist Euer Partner?«, forderte Sebastian zu wissen.

Rowe holte erneut aus. »Denkt Ihr ernsthaft, das würde ich Euch sagen?«

Abermals prallte der Schlag von der dicken alten Treppenstufe ab. Mit einem mühsamen Keuchen biss Rowe die Zähne zusammen und holte wieder aus, dieses Mal mit aller Wucht, kämpfte darum, die Kontrolle über die Eisenstange wiederzugewinnen, die abprallte. Er war vom Hochlaufen über die Treppe schon außer Atem, und die Stange war schwer. Die Anstrengung, zuzuschlagen, das Abprallen abzufangen und sich davon

zu erholen, war beachtlich. Das Geräusch seines ange-
strengten, stoßweisen Keuchens erfüllte den staubigen
runden Raum, und die Luft war geschwängert vom Geruch seines Schweißes und der kalten, feuchten Luft,
die durch die offene Tür zur äußeren Brüstung herein-
wehte.

»Immerhin leugnet Ihr nicht, einen Partner zu haben«, sagte Sebastian und rückte weiter vor. Er hoffte,
seinen müder werdenden Gegner über den Rand der offenen Falltür in der Mitte des Raums manövrieren zu
können. Aber dann stieß Rowe gegen das rostende ei-
serne Dreibein und den Flaschenzug und stolperte seitwärts, wodurch er den Abgrund um wenige Zentimeter
verfehlte.

»Warum sollte ich?«, sagte Rowe und schwang im
Licht eines Blitzes wieder die Stange in Sebastians Richtung. »Ich glaube, dass Ihr gelogen habt, Mylord. Es ei-
len keine Wachtmeister zu Eurer Rettung herbei. Die
Wahrheit ist, dass niemand in der ganzen Stadt es wagen würde, Anschuldigungen gegen mich zu erheben,
und das wisst Ihr genau.«

»Wahrscheinlich nicht«, stimmte ihm Sebastian zu.
Er hörte Schritte und schweres Atmen von jemandem,
der hinter ihm die Treppe herauflief und hoffte zu Gott,
dass es der ungehorsame Tom oder vielleicht einer von
Lovejoys Konstablern war. Bloß nicht Ashworth.

»Also warum macht Ihr dann weiter?«, fragte Rowe
und änderte den Winkel seines Schlags in dem Versuch, mit der Stange Sebastians Hand zu treffen.

Sebastian musste die Zähne zusammenbeißen, so
sehr schmerzte sein Oberarm jetzt, als er sich drehte,

um den Schlag erneut mit der Mitte des Bretts abzufangen. Er drängte den Baronet immer weiter zurück; sein Ziel war jetzt die offene Tür, die zur Brüstung hinausführte. »Wieso glaubt Ihr, dass ich nach den Regeln spiele?«

»Weil Ihr ein Narr seid, und Narren tun das immer«, sagte Rowe und änderte abermals den Winkel seines Schlags.

Sebastian bewegte die Holzplanke, um erneut den Schlag aufzufangen. Aber dieses Mal machte Sebastian, als die schwere Eisenstange von dem Rand des Bretts absprang, einen Ausfallschritt nach vorn und rammte die schwere Holzbohle Rowe ins Gesicht. Er hörte Knorpel und Knochen von Rowes Nase splittern und spürte den Strahl seines heißen Blutes, als Rowe grunzend die Stange fallen ließ. Mit einem nachklingenden Klirren traf sie auf dem Boden auf und rollte weg.

»Glaubt Ihr?«, fragte Sebastian. Er veränderte den Griff an dem Brett und holte erneut mit der Stufe aus, und dieses Mal traf er Rowe seitlich am Kopf. Die Wucht des Schlags ließ Rowe herumwirbeln, durch die Tür mit Rundbogen hinaus taumeln und mit dem Rücken gegen die niedrige Backsteinbrüstung stoßen. Sebastian warf das Brett zur Seite und sprang vor. Er umfasste mit beiden Händen den Backsteinrahmen der Tür und trat mit dem Absatz seines rechten Stiefels Rowe mit so großer Wucht ins Gesicht, dass der Mistkerl rückwärts über die Brüstungsmauer stürzte.

Rowe wedelte sinnlos wie wild mit den Armen und stieß einen gellenden Schrei aus, der weit unten mit einem misstönenden *Rumms* endete.

Schwer atmend, eine Hand zum Stützen an den verbrannten und aufgeschrammten Arm legend, trat Sebastian an den Rand der Brüstung und schaute hinunter auf den reglosen, gebrochenen Körper, der mit gespreizten Gliedmaßen dort lag.

Er bemerkte, dass Tom neben ihm erschien; der nackte Torso des Jungen schimmerte in fahlem blaustichigem Weiß in einem zuckenden Blitz. Eine ganze Weile standen sie einfach Seite an Seite da und blickten auf das Gesicht des Baronets hinunter, das nach oben gewandt war und jetzt vom Regen glänzte. Dann fragte Tom heiser: »Ist er tot?«

»Nach einem Sturz aus fast fünfzig Metern?« Sebastian schob seinen guten Arm um die zitternden Schultern des Jungen und zog ihn an sich. »Er ist tot.«

Kapitel 56

Ohne auf die Ankunft der Bow-Street-Beamten zu warten, umhüllte Sebastian Tom behutsam mit seinem Herrenmantel und fuhr den Jungen in Rowes Phaeton zum Tower Hill.

Tom saß schweigend neben ihm. Er zitterte leicht, als sie über die regennassen Straßen holperten, Sebastians Stute im Schlepptau. Der Regen hatte nachgelassen, und der schwer heranwabernde, nasse Nebel roch nach durchweichten Herbstblättern und nach Rauch.

»Geht's dir gut?«, fragte Sebastian und sah zu ihm hinüber. Es zehrte an ihm, wenn er darüber nachdachte, was der Junge durchgemacht hatte, und er sorgte sich, wie Tom in den bevorstehenden Tagen damit fertig werden würde.

Tom nickte, und in einem raschen Atemzug weiteten sich seine Nasenflügel. »Er wollte mir das antun, was er dem anderen Jungen, Benji, angetan hat. Hat die ganze Zeit drüber geredet, hat alles beschrieben, was er machen wollte. Sagte, ich würde es genießen.« Tom blickte stur geradeaus, alle Farbe war ihm aus dem Gesicht gewichen. »Ich hab noch nie in meinem ganzen Leben so viel Schiss gehabt. Es ist eine Schande, wie viel Schiss ich hatte.«

»Jeder hätte Angst gehabt, Tom. Jeder.«

Tom schüttelte den Kopf. »Es is nich nur das. Er hat mir das Gefühl gegeben ... als wär ich einfach gar nix. So hat mich noch nie einer fühlen lassen.«

Sebastian spürte die kalte und feuchte Nachtluft im Gesicht und den pochenden Schmerz in seinem verbrannten und verletzten Arm. Wie konnte man einen Jungen, der als armes Kind geboren wurde und der nie enden wollenden Verachtung der »Bessergestellten« ausgesetzt war, davon überzeugen, dass sein wahrer Wert als Mensch unendlich viel höher war als der von wilden, verdrehten Abkömmlingen von Königen? Wie konnte man eine Welt erklären, die bösartigen Menschen Privilegien und Reichtum verlieh, und die einfach wegschaute, wenn genau diese Privilegierten die schwächsten Mitglieder der Gesellschaft quälten und misshandelten?

Es muss einen Weg geben, dachte Sebastian und schwor sich, ihn zu finden. Aber vorerst begnügte er sich damit zu sagen: »Er war ein bösartiger Mann. Jetzt ist er tot.«

Tom starrte unverwandt die Mähne des Apfelschimmels an, die bleich vor ihnen in der Dunkelheit flatterte. An seiner angespannten Wange bewegte sich ein Muskel. »Ich wünschte, *ich* hätte ihn getötet. Ich hab noch nie einen umbringen wollen. Aber ich wünschte, den hätt ich umgebracht.«

Der Junge verfiel wieder in Schweigen, und Sebastian tat das Herz weh um den Aufruhr, der jetzt in seinem jungen Freund wühlte, wie er wusste. Sebastian würde ihm Fragen stellen müssen; vielleicht gab es Dinge, die halfen, Ashworth als den zweiten Mörder zu identifizieren. Aber jetzt war nicht der richtige Zeitpunkt. Der

Junge musste einen Weg finden, sich von dem, was ihm angetan worden war, zu erholen, anstatt es gleich wieder durchleben zu müssen.

Sie hatten Gibsons Praxis fast erreicht, da sagte Tom: «Glaubt Ihr, dass es die Hölle gibt?«

Sebastian sah zu ihm hinunter. »Das weiß ich ehrlich nicht. Warum?«

Eine Öllampe, die hoch am Eckhaus des Tower angebracht war, schickte golden schimmerndes Licht über die zusammengekniffenen Züge des Jungen. »Ich hoffe, es gibt eine. Nämlich, wenn nich, dann is er zu leicht gestorben.«

Sebastian hielt vor Gibsons altem Steinhaus an. »Wenn es eine Hölle gibt, dann ist dieser Mann jetzt dort.«

*****

Sebastian ließ Tom in Gibsons Obhut, ignorierte die Sorge des Arztes um seine eigenen Wunden und fuhr als Nächstes zum Berkeley Square.

»*Mylord*«, rief Jarvis' Butler aus und riss die Augen auf beim Anblick von Sebastians zerrissenem und angekokeltem Mantel, seinen schlammverschmierten Hosen und dem schmierigen, regennassen Gesicht.

»Grisham«, sagte Sebastian und blickte an dem Butler vorbei zu Jarvis und einer Frau, die er als Kusine Victoria wiedererkannte. Sie standen in ein leises Gespräch vertieft in der Halle bei einem plumpen, mittelalten Mann, der die überhebliche Ausstrahlung eines Arztes aus der Harley Street hatte.

Der Blick seines Stiefvaters begegnete dem von Sebastian quer durch die mit Marmor gefliese Halle. Abneigung schwelte zwischen ihnen, mächtig und auch gefährlich. Dann sagte Jarvis bärbeißig: »Es ist kein guter Zeitpunkt, Devlin.«

Sebastian hob den Ellbogen, um sich den Regen vom Gesicht zu wischen. »Ich dachte, Sie möchten vielleicht wissen, dass bei der Munitionsfabrik in Clerkenwell eine Leiche liegt. Sie gehört zu jemandem, von dem Sie anscheinend glauben, dass er für Sie von Interesse ist. Die Bow Street ist bereits benachrichtigt. Das heißt, wenn Sie das, was ab jetzt geschieht, kontrollieren wollen, müssen Sie sich beeilen.«

»Ich weiß nicht, wer Sie sind, junger Mann«, sagte der Arzt der Harley Street und reckte selbstgefällig die Brust heraus. »Noch weiß ich, worum es hier geht. Aber Sie sollten erfahren, dass dies ein Trauerhaus ist. Lady Jarvis ist soeben verstorben.«

Sebastian atmete erschrocken scharf ein, als der Schock der Worte, die der pompöse kleine Mann gesagt hatte, ihn traf. Ein leichter Schritt oben auf dem Treppenabsatz zog seine Aufmerksamkeit auf sich. Dort stand Hero und umklammerte mit einer Hand das Geländer. Ihr schönes, geliebtes Gesicht war aschefarben, vor Schock und einer Trauer angespannt, die nur versteht, wer seine Mutter verloren hat. Und Sebastian spürte ihren Schmerz so roh und bohrend, als wäre es sein eigener.

Er sah erneut seinen Schwiegervater an, dessen Gesicht wie erstarrt war. Er wollte den Drecskerl anschreien. Wie lang? Wie lang hatten Sie Rowe schon im

Verdacht? Wie viele dieser toten Kinder hätten Sie retten können? Stattdessen sagte er knapp: »Ich bitte um Entschuldigung; das wusste ich nicht. Mein aufrichtiges Beileid.«

Dann lief er die Treppe hinauf, zog seine Frau in die Arme, und in seinem Herzen wallte der hilflose Schmerz seiner Liebe zu ihr auf. Er würde so gern etwas tun, um ihren Schmerz zu lindern. Aber in Wahrheit gab es nichts, das er tun konnte.

Nichts, außer sie festzuhalten, zu lieben und in ihre tiefen, die Seele erschütternden Schluchzer immer wieder zu flüstern: »O Gott, Hero, es tut mir so leid. So, so leid.«

***

»Ich verstehe nicht, wieso du das Bedürfnis hattest, Jarvis zu warnen«, sagte Gibson viel später, als Sebastian auf Heros Bestehen hin wieder zum Tower Hill gefahren war. Er hatte sie nicht allein lassen wollen, aber gewusst, dass sie recht hatte, denn seinem Arm ging es übel.

Jetzt saß er auf dem Tisch in Gibsons Praxis, eine einzelne Öllampe warf tiefe Schatten in den Raum, und Gibson beendete gerade das Reinigen der nässenden, hässlichen Wunde und strich eine Kräutersalbe auf eine Gaze-Kompresse.

Sebastian hielt die Kompresse fest, als Gibson anfing, eine Binde um seinen Arm zu wickeln. »Hero denkt, ich hätte es Jarvis nicht sagen sollen. Ich hätte einfach zulassen sollen, dass Rowes Name öffentlich durch den Dreck gezogen wird, damit alle es wissen und sehen.«

442

Gibson blickte von seiner Aufgabe auf. »Warum hast du es also nicht gemacht?«

»Wenn es in dieser Welt irgendeine Gerechtigkeit gäbe, wäre der Dreckskerl vor Gericht gelandet und vor den Augen eines heulenden, jubelnden Mobs hingerichtet worden. Vor den Augen genau derjenigen, die er als wertlose Untermenschen betrachtete. Aber der Mann ist tot, und wir leben in gefährlichen Zeiten. Auch so verhungern die Armen auf den Straßen, und es ist noch nicht einmal Winter. Und deshalb denke ich einerseits, die Menschen sollten es erfahren – alle sollten erfahren, wohin unsere verfluchte Anbetung von Wohlstand und Macht führen kann –, aber gleichzeitig kann ich nicht anders als mich zu fragen: *Was wäre denn das Ergebnis, wenn die Menschen herausfänden, dass einer der Vettern ihres Königs einfach ihre Kinder jagen konnte, als wäre er ein lebendig gewordenes Ungeheuer aus einem Märchen?* Es könnte leicht Unruhen von der Größe der Gordon Riots auslösen, wenn nicht sogar noch schlimmere. Und ich will nicht, dass es noch mehr unschuldige Tote gibt.« Er unterbrach sich kurz. »Wenn Rowe noch am Leben wäre, wäre es etwas anderes, aber er ist tot. Deshalb: Wenn es auf die Entscheidung hinausläuft, eine philosophische Frage zu klären oder Menschenleben zu retten, dann bleibe ich lieber auf der Seite des Lebens.«

Gibson verknotete die Bandage und verzog nachdenklich die Lippen. »Vielleicht. Aber ich muss sagen, wenn je einer verdient hat, am Schandgalgen zu hängen, dann dieses Monster. Tom hat recht, er ist zu leicht gestorben.«

»Da kann ich nicht widersprechen.« Sebastian glitt vom Tisch herunter. Er fühlte sich krank, steif und erschöpft bis in die Knochen. »Wie geht es Tom?«

»Sein Rücken sollte innerhalb von ein paar Wochen heilen.«

»Ich sorge mich nicht um seinen Rücken.«

Gibson, der seine Gerätschaften ordnete, blickte auf. »Du warst bei ihm, bevor ihm Rowe noch anderen Schaden zufügen konnte.«

»Sicher?«

»Ja. Ich möchte ihn gern einen oder zwei Tage hierbehalten, vor allem, um sicherzustellen, dass er die nötige Ruhe bekommt. Ich habe ihn in das vordere Zimmer gelegt, aber er weigert sich zu schlafen, bevor er dich gesehen hat.«

Sebastian zog sich die zerrissenen, fleckigen Überreste seines Hemdes über. »Ich wünschte zu Gott, das wäre ihm niemals widerfahren.«

»Tom ist ein tapferer Bursche. Er wird es überstehen.«

***

Tom lag in Gibsons Bett auf dem Bauch, das Gesicht hatte er zur Wand gedreht. Beim Geräusch von Sebastians Schritten auf dem gefliesten Boden des alten Hauses drehte er den Kopf herum, um ihn anzuschauen. Seine grauen Augen stachen dunkel aus seinem blassen Gesicht hervor.

»Tut es sehr weh?«, fragte Sebastian.

»Nicht zu sehr«, log Tom. »Gibson sagt, ich kann in ein paar Tagen wieder arbeiten.« Er hielt inne. »Wenn Ihr mich lasst.«

Sebastian setzte sich auf einen Stuhl mit gerader Rückenlehne zu ihm ans Bett, und er drehte den Hut in den Händen auf der Suche nach Worten, die so schwer zu sagen waren. »Als ich aufhörte, dich als meinen *Tiger* mitzunehmen, dachte ich, dass ich dich damit vor einem wirklich monströsen Mörder schützen würde. Aber tatsächlich habe ich dich erst in die Gefahr gebracht, die ich verhindern wollte, und das werde ich für immer bereuen.«

Tom schluckte hart. »Ich lieg jetzt die ganze Zeit hier und hab nachgedacht. Im Februar bin ich schon drei Jahre Euer *Tiger*. Ich sag ja nich, dass ich nich jung war, als Ihr mich geholt habt. Aber jetze bin ich nich mehr so jung.«

»Nein. Das bist du nicht. Und du hast recht; es ist Zeit, dass ich dich auch nicht mehr so behandle.« Fünfjährige Kinder riskierten jeden Tag ihr Leben, indem sie in die Gruben hinabstiegen, und acht- oder neunjährige Jungen zogen als Schiffsjungen oder Trommler in den Krieg. Vielleicht hatte Sebastian im Lauf der Jahre zu viele von ihnen begraben und war deshalb Tom gegenüber so fürsorglich. Aber Tom würde bald ein erwachsener Mann sein, und er verdiente es, wie einer behandelt zu werden. »Giles sagte mir, dass du gern ein Bow Street Runner werden möchtest.«

»Aye«, antwortete Tom misstrauisch, offensichtlich beunruhigt, worauf Sebastian hinauswollte.

Sebastian stand auf. »Ich glaube, dass ich einem künftigen Bow-Street-Polizisten als Burschen mehr Verantwortung übertragen sollte, wenn er bereit ist, wieder zu arbeiten.«

Tom stieß die Luft aus. »Ehrlich?«

Sebastian sah die Schatten, die immer noch die Augen des Jungen verdunkelten. Er wusste, dass es Tom einige Zeit kosten würde, die Folgen dessen, was ihm angetan worden war, zu verarbeiten, und noch mehr Zeit, um die Gefühle von Schrecken und Hilflosigkeit zu überwinden, die es ausgelöst hatte. Aber Gibson hatte recht; Tom war tapfer.

Sebastian legte die Hand kurz auf den Wuschelschopf des Jungen. »Ich werde mich stolz und geehrt fühlen, wenn du wieder an meiner Seite arbeitest.«

***

Später in dieser Nacht lag Hero in Devlins Armen, den Kopf an seine Schulter geschmiegt, und beobachtete den Schein des flackernden Feuers im dunklen Schlafzimmer. Sie fühlte sich von den Ereignissen des Tages ausgehöhlt und zerbrochen. Ihre Gedanken wirbelten schmerzhaft zwischen dem Verlust ihrer Mutter, der Horrorvorstellung, wie dicht daran sie gewesen war, Devlin zu verlieren, der fürchterlichen, bevorstehenden Hochzeit von Stephanie und einem unvorstellbar grausamen Mörder hin und her.

»Es ist offensichtlich, dass Rowe diese Kinder nicht allein entführen und töten konnte«, sagte sie plötzlich. »Es muss einen Weg geben, zu beweisen, dass Ashworth da hineinverwickelt war.«

Devlin strich mit der Hand an ihrem Arm auf und ab. »Wenn es den gibt, habe ich ihn jedenfalls nicht gefunden.«

Sie spürte die Spannung, die in ihm vibrierte. Rowe mochte tot sein, aber für Devlin war diese Sache noch nicht vorbei. Sie sagte: »Ich kann den Gedanken, dass Stephanie einen solchen Mann heiratet, nicht ertragen. Und dennoch wird es so kommen.«

»Ich gebe nicht auf. Ich werde ihn kriegen. Am Schluss werde ich ihn kriegen.«

Sie schwieg eine Weile, und ihre Gedanken kehrten unvermeidlich zu ihrer niederschmetternden Trauer um ihre Mutter zurück. Nach einer Weile sagte sie atemlos: »Ich dachte, sie sei auf dem Weg der Besserung.«

Er schob ihr das Haar aus dem Gesicht. »Was ist dann passiert?«

»Dr Blackburn denkt, sie hatte einen Herzstillstand. Aber in Wahrheit weiß er es nicht.« Sie sog zitternd den Atem ein. »Ich habe mich immer für eine ausgeglichene und realistische Person gehalten. Aber ein Teil von mir kann einfach nicht glauben, dass sie weg ist. Ich denke darüber nach, wie ich ohne sie durch die Tage meines Lebens gehen werde – ohne ihr Lachen zu hören oder ihr Lächeln zu sehen, ohne dass sie da ist, um zu reden, um zusammen zu sein – und es tut so weh, dass ich mich frage, wie ich es aushalten soll, sie für immer so sehr zu vermissen.« Ihre Stimme brach, und sie musste kurz innehalten. »Ich muss dauernd an die Jahre denken, in denen Simon heranwächst und die sie verpasst, und an die Freude, die sie in ihm gefunden hätte. Sie wird nie Gelegenheit haben, den Mann zu sehen, der aus ihm einmal wird, sowie er auch nie die unglaubliche Frau kennenlernen wird, die seine Großmutter gewesen ist. Und das betrübt mich mehr als alles, was ich je erlebt habe.«

Sie spürte, wie er die Hand bewegte und ihr die Tränen abwischte, die leise ihre Wangen hinunterrannen. »Simon wird sie kennen«, sagte Devlin. »Weil er dich kennt.«

***

Mittwoch, 22. September

Am frühen Morgen wurde Toby Dancing bestattet, zusammen mit den Knochen von Mick Swallow und den unbekannten Kindern, die sie aus dem Boden der Munitionsfabrik und des Hauses in Bethnal Green ausgegraben hatten. Es war ein kalter und feuchter Tag, und ein dicht bewölkter Himmel hing schwer über den Köpfen derjenigen, die gekommen waren, um den toten Kindern die letzte Ehre zu erweisen: Sebastian, Constable Gowan, Paul Gibson, Sir Henry Lovejoy, Jem Jones und Icarus Cantrell. Sebastian sah, wie Reverend Filby die Tränen wegblinzelte, als er eine Handvoll Erde in die offenen Gräber warf, und er spürte eine stille Reue, weil er diesen freundlichen und fürsorglichen Mann des Mordes verdächtigt hatte.

Anschließend saß Sebastian mit dem Professor an dessen Küchentisch, und sie tranken aus schweren Zinnkrügen, die vermutlich aus irgendeiner örtlichen Schenke mitgegangen waren, warmen Cider. »Ich habe die ganze Zeit an Benji Thatchers kleine Schwester gedacht«, sagte Sebastian mit angelegentlicher Stimme, den Blick fest auf das Gesicht des anderen gerichtet.

Icarus Cantrell behielt einen neutralen Ausdruck bei. »Ach?«

»Mir ist in den Sinn gekommen, dass Sybil, wenn sie dachte, sie sei in Gefahr, zu Ihnen gekommen sein könnte. So wie Hamish.«

Icarus Cantrell stellte den Cider auf der abgenutzten Tischplatte zwischen ihnen ab und blieb eine Weile still sitzen, betrachtete nachdenklich den Krug und massierte sich mit einer Hand die Nackenmuskeln. Dann, anscheinend nachdem er zu einem Entschluss gekommen war, legte er beide Hände flach auf den Tisch und stand auf.

»Kommt«, sagte er. »Es gibt da etwas, das Ihr vielleicht gern sehen möchtet.«

Kapitel 57

Icarus Cantrell ging Sebastian voraus, eine steile Treppe hinauf zum oberen Stockwerk des mittelalterlichen Hauses. Dort spielte ein Mädchen von sieben oder acht Jahren, auf dem Boden kniend, mit Ziegelbrocken, die sie wie Soldaten in einer Formation aufgestellt hatte. Sie summte leise vor sich hin, und sie war so in ihr Spiel vertieft, dass es eine Weile dauerte, bis sie hochsah und das blassblonde Haar aus dem spitzen kleinen Gesicht fiel. Ihre Ähnlichkeit mit Benji war nicht zu übersehen, und in ihren sanften blauen Augen zeichnete sich Schrecken ab, als sie von Cantrell zu Sebastian blickte und wieder zurück.

»Keine Sorge, alles ist gut«, sagte der Professor. »Der Gentleman hier wollte nur wissen, dass du in Sicherheit bist.«

Sie sah sie eine Weile verblüfft an, dann spielte sie wieder weiter.

Sebastian wartete, bis sie unten waren, bevor er sagte: »Warum haben Sie mir jetzt erst von ihr erzählt, nicht früher?«

»Weil ich begriffen habe, dass Ihr trauern würdet, wenn Ihr weiterhin glauben müsstet, dass sie tot ist.«

»Das war aber die letzten zehn Tage auch schon so.«

»Ja. Aber das wusste ich ja nicht mit Sicherheit. Ihr seid mit Jarvis' Tochter verheiratet.«

»Was soll das denn heißen, Teufel noch mal?«

»Ich glaube, das wisst Ihr.«

Sebastian verschluckte eine weitere ärgerliche Antwort. »Was hat Ihre Meinung dann geändert?«

»Ihr habt Sir Francis getötet.«

Es war verbreitet worden, der Vetter des Königs sei bei einem tragischen Sturz ums Leben gekommen, als er die verlassene Munitionsfabrik inspiziert habe. Weshalb er so etwas nachts inmitten eines schlimmen Sturms tun sollte, hatte niemand plausibel erklären können. »Aber woher wissen Sie das?«

Der Professor lächelte nur und trank einen tiefen Schluck Cider.

Sebastian ging zu dem alten Bleiglasfenster, das auf den regennassen Hof hinauswies. »Verstehe ich es richtig, dass Sybil gesehen hat, wie ihr Bruder an dem Abend in die Kutsche gezogen wurde?«

»Ja, das hat sie.«

»Könnte sie ihn identifizieren? Den Mann in der Kutsche, meine ich.«

Cantrell schüttelte den Kopf. »Sie hat die feine Kleidung eines Gentlemans und sein halbverdecktes Profil gesehen, mehr nicht.«

»Der Mann, den sie in dieser Kutsche gesehen hat, war aller Wahrscheinlichkeit nach Lord Ashworth. Trotzdem haben Sie mich auf die Spur von Sir Francis Rowe gesetzt. Sie haben ihn von Anfang an im Verdacht gehabt – und das nicht nur wegen des Diebstahls seiner Schnupftabakdose, oder?«

Cantrell leerte sein Ale und schürte den Ofen. »Glaubt mir, ich wusste nichts mit Sicherheit. Aber ich wusste, dass regelmäßig Kinder von hier verschwanden. Ich wusste, was Hamish zugestoßen war, und ich wusste, was der Junge über die Rolle seines verschwundenen Freundes bei seiner Entführung dachte. Deshalb ist es mir ... eigenartig ... vorgekommen, als ich vor ein paar Wochen gesehen habe, wie der *Dancer* mit Sir Francis Rowe redete. So eigenartig, dass ich es nicht vergessen habe.«

»Aber auch wieder nicht so eigenartig, dass Sie sich dazu bewogen fühlten, mir genau zu sagen, was für einen Verdacht Sie hatten – oder weshalb.«

Der alte Mann ging vor dem Feuer auf ein Knie und griff nach dem Schürhaken. »Ich habe Euch meinen Verdacht bezüglich Toby aus dem gleichen Grund verheimlicht, aus dem ich Sybil versteckt hielt. Sir Francis Rowe ist – war – mit dem König verwandt, und Ihr seid der Schwiegersohn von Jarvis. Ich musste vorsichtig sein, was und wie ich es euch sagte.«

Sebastian stieß sich vom Fenster ab. »Wenn Sie ein jüngerer Mann wären, würde ich Ihnen dafür eine verpassen.«

Der Professor kümmerte sich weiter um sein Feuer. »Ihr beschuldigt mich dafür, dass ich vorsichtig war? Mit Sybils Leben in meiner Hand?«

Sebastian schüttelte den Kopf. »Und Ashworth? Wussten Sie, dass er mit Rowe zusammenarbeitete?«

»Nein. Ich hatte keine Ahnung, dass sie zu zweit waren. Aber ich wusste, was mit Anne Learys Tochter Bridget geschehen war, deshalb dachte ich, dass ich das auch weitersage. Glaubt mir, ich wünschte, ich hätte mit Sicherheit Bescheid gewusst oder aber den Mut besessen, anhand meiner Vermutungen zu handeln. Hätte ich das getan, würde Toby Dancing heute noch leben.«

»Was wird nun aus dem Mädchen werden?«

»Sybil? Ich behalte sie hier bei mir. Ohne Benji würde sie auf der Straße niemals überleben. Sie ist zu jung. Zu ... verletzlich.«

»Bitte sagen Sie mir, dass Sie nicht die Absicht haben, sie zu einer Diebin zu erziehen.«

Cantrell legte seinen Schürhaken mit einem Klirren zur Seite. »Ihr meint, als Hure wäre sie besser dran?«

»Wegen Prostitution würde sie nicht erhängt werden.«

»Das stimmt. Sie würde einfach an den Pocken sterben – wenn sie nicht vorher von einem der schlimmeren Kunden ermordet würde.«

»Warum spielt das für Sie eine Rolle?«

»Warum?« Cantrell schaffte sich ungeschickt wieder auf die Beine, ein alter Mann, dessen Leben – und die Entscheidungen, die er getroffen hatte – ihn an einen ganz anderen Ort gebracht hatten als der, an dem er ins Leben gestartet war. »Ich war nie ein religiöser Mensch. Aber als ich auf den Zuckerrohrfeldern in Georgia gearbeitet habe, war dort ein alter irischer Priester, der viel mit mir über Sünde und Buße gesprochen hat.«

»Ich würde doch annehmen, dass sieben Jahre unter der Knute in den Kolonien mehr als genug Buße für alles sind, was ein Mann getan hat.«

»Denkt Ihr das, Mylord? Ich hätte gesagt, in dieser Hinsicht sind wir beide gleich, Ihr und ich, wenn auch in wenigen anderen Punkten.«

Die Blicke der beiden Männer begegneten sich. Und während sie sich ansahen, füllte sich die Stille mit dem

fernen Platschen von Regen und dem Wispern alter, be-
harrlicher Erinnerungen, die niemals ganz ruhen würden.

***

Später am Abend saß Sebastian in der Bibliothek von
Hendon House am Grosvenor Square am Kamin, neben
sich ein Glas Brandy. Sein linker Arm lag in einer
Schlinge.

»Wie geht es deiner neuesten Verletzung?«, fragte
Hendon, der gerade seine Pfeife stopfte.

»Besser«, sagte Sebastian, obgleich sie in Wahrheit
pochte wie der Teufel.

Hendon schnaubte. »Du hättest getötet werden können. Du musst vorsichtiger sein.«

»Fang gar nicht erst an.«

»Du hast jetzt eine Frau und ein Kind, um die du dich
sorgen musst.«

Sebastian griff nach seinem Brandy und versuchte,
seine Verärgerung mit einem guten, langen Schluck
hinunterzuspülen. »Immerhin hast du jetzt den Erben,
den du immer wolltest – für alle Fälle.«

Die Blicke der beiden trafen sich. Hendons breite
Brust hob sich, so tief atmete er ein und aus, und er
überraschte Sebastian mit dem Satz: »Du bist mein letzter lebender Sohn.« Er hob die Hand, als Sebastian anfangen wollte zu reden. »Nein; lass mich ausreden. Als
du geboren wurdest, dachte ich, ich würde dich hassen.
Du warst ein lebender, atmender, brüllender Beweis
für die Untreue deiner Mutter und für mein eigenes
Versagen als Ehemann. Ich wollte dich hassen, aber ...«

Er schüttelte den Kopf. »Ich konnte nicht. Du warst eine solche Freude. So klug und gewitzt, so voller fröhlicher Neugier auf alles um dich herum; du warst für mich ein Wunder. Dann bist du herangewachsen, und ich habe bemerkt, dass ich ganz lange am Stück vergessen konnte, dass du nicht mein leiblicher Sohn warst. Ich verspürte Vaterstolz auf das Kind, das aus dir wurde – ein unglaublicher Schütze, ein hervorragender Reiter, ein fixer Denker, und du hattest einen starken, entschlossenen Sinn für richtig und falsch. Dann fiel mir ein, dass du nicht mein Sohn warst, und es hat mir irgendwo tief im Innern einen Stoß versetzt.«

Er hielt inne, um einen zittrigen Atemzug zu machen, und seine alternden Züge verzogen sich vor Schmerz. »Dreißig Jahre lang, Sebastian, hast du mich verblüfft und mich erzürnt und mich mit großem Stolz erfüllt. Aber schon vor langer Zeit habe ich aufgehört, an dich nicht als meinen Sohn zu denken. Denn der bist du in jeglicher Hinsicht, bis auf eine einzige.«

Sebastian sagte lange nichts, denn der Hals war ihm so eng geworden, dass er nicht sprechen konnte. Er wollte sagen: *Das hast du nie zu mir gesagt.* Aber er hatte den Verdacht, dass Hendon in den schmerzerfüllten Monaten, seit Sebastian die Wahrheit erfahren hatte, bei mehreren Gelegenheiten mindestens eines dieser Dinge zu ihm gesagt hatte, wenn auch nicht alle zugleich.

Er ließ den Blick über das vertraute Antlitz des Earls gleiten, mit der knubbeligen Nase, der breiten Stirn und den unglaublich blauen Augen, die sich so verräterisch von Sebastians gelben unterschieden. Da spürte er eine Emotion in sich aufsteigen, die er nicht wollte, die deshalb aber nicht weniger real war.

Hendon sagte: »Ich hoffe, dass du eines Tages einen Weg findest, mir für die Dinge zu vergeben, die ich glaubte, tun zu müssen. Aber ich werde mich nicht dafür bei dir entschuldigen, dass ich es zugelassen habe, dass du und Kat euch für Geschwister hieltet. Eine solche Ehe hätte dich ruiniert. Sie hätte euch beide ruiniert. Ich hatte dein ganzes Leben lang darum gekämpft, die Wahrheit von dir fernzuhalten. Wie hätte ich mich da selbst verraten und zulassen können, dass du etwas tätest, das ich für einen Fehler hielt?«

»Warum?«, brachte Sebastian irgendwie fertig zu sagen. »Warum wolltest du nicht, dass ich die Wahrheit kenne?«

Eine leichte Röte erschien auf den Wangen des Earls. »Ich vermute, weil ich mir immer gewünscht habe, dass du wirklich mein Sohn wärest. Ich war so stolz auf dich ... Ich wollte, dass du denkst, ich sei dein Vater. Ich wollte, dass du mich als Vater liebst, weil ich dich als meinen Sohn liebe.«

»Ich ...«, setzte Sebastian an. Aber die Stimme drohte ihm zu versagen, und er musste von vorn beginnen. Er hielt den Blick fest auf das Feuer im Kamin vor sich gerichtet. »In letzter Zeit habe ich mich dabei erwischt, dass ich Simon anschaue und denke: *Wie würde ich mich fühlen, wenn ich herausfände, dass er nicht mein Sohn ist?* Und ich habe begriffen ... es würde nichts ändern. Oh, ich wäre erschüttert, verletzt und wütend. Aber meine Liebe zu dem Jungen würde sich nicht ändern.« Sebastian hielt inne, und das Schweigen füllte sich mit dem Knistern des Feuers und dem Ticken der

Kaminuhr. »Ich denke an dich immer noch als meinen Vater. Ich habe die letzten vierzehn Monate damit verbracht, mir in Erinnerung zu rufen, dass du der nicht bist, aber ...« Er sah auf, und Hendon sah ihn mit intensivem Blick an. »Aber vielleicht sollte ich aufhören, das zu versuchen.«

Er sah die aufkeimende Hoffnung in den blauen St Cyr-Augen des alten Herrn, bevor Hendon rasch blinzelte und sich abwandte, um mit seiner Pfeife herumzuhantieren. »Wie wäre es mit einer Partie Schach?«, sagte er barsch. »Es ist lange her, seit du mich zum letzten Mal damit gedemütigt hast.«

»Zu lange«, sagte Sebastian mit einem leisen, zittrigen Lachen, und half ihm, das Brett aufzubauen.

***

Donnerstag, 23. September

Die Hochzeit von Anthony Ledger, Sohn und Erbe des Marquis of Lindley, mit Miss Stephanie Wilcox, Tochter des verstorbenen Lord Wilcox, wurde in St George's am Hanover Square gehalten. Eine erschreckend große Anzahl der Mitglieder der Hautevolee, die sich derzeit in London aufhielten, schaffte es, sich früh genug für den Anlass aus den Betten zu rollen. Das war eine Meisterleistung, wenn man die Gewohnheiten der Society sowie die Tatsache bedachte, dass Hochzeiten, außer mit Sondergenehmigung, vor Mittag gehalten werden mussten.

Wäre Amanda mit einer kleinen familiären Hochzeit zufrieden gewesen, hätte Hero daran teilnehmen dürfen. Aber eine Frau in Trauer um den kürzlichen Tod ihrer Mutter durfte bei einer so öffentlichen Feier nicht anwesend sein. So stand Sebastian allein an der Seite des Earl of Hendon. Er trug eine schwarze Armbinde. Die Mutter der Braut, Dowager Lady Wilcox, stand triumphierend an der anderen Seite des Earls. Schwester und Bruder unterhielten sich nicht.

Der Marqis of Lindley selbst war anwesend, ein klapperdürrer, zerbrechlich wirkender alter Mann mit einem freundlichen, gütigen Lächeln und traurigen Augen. Sebastian betrachtete den alten Mann und dachte unwillkürlich: *Wisst Ihr es? Wisst Ihr, was für ein Ungeheuer Euer Sohn ist?* Dann erinnerte er sich, was Hendon angedeutet hatte: dass der Marquis der Antrieb hinter der Hochzeit seines Sohnes war. Und er sagte sich, dass Lindley wahrscheinlich sehr viel über seinen Sohn wusste – wenn auch sicherlich nicht alles.

Da der Vater der Braut verstorben war, wurde Miss Wilcox von ihrem Bruder, Bayard Lord Wilcox, zum Atar geführt, der von seinem Aufenthalt in Schottland zurückgekehrt war. Es gab keine Brautjungfern, und der kürzliche, tragische Tod des lieben Freundes des Bräutigams, Sir Francis Rowe, bedeutete, dass auch Ashworth allein vor dem Altar stand.

Einen verräterischen Augenblick lang begegneten sich die Blicke von Ashworth und Sebastian, und die Augen des Bräutigams leuchteten kurz auf, offenbar vor Belustigung. Sebastian spürte, wie er unwillkürlich die Hände zu Fäusten ballte, und er zwang sich, sie mehrmals zu öffnen und zu schließen.

Die Braut war unleugbar bezaubernd in ihrem eleganten Kleid aus weißer Gaze über einem Seidenuntergewand in blassestem Rosa, das am Saum mit einer Efeugirlande und Schneeglöckchen bestickt war. Ein Blumengebinde aus weißen und rosaroten Blümchen krönte ihr prächtiges goldenes Haar. Doch ihre Wangen waren blass, die Lippen zu einem entschlossenen Strich verkniffen. Diejenigen, die es bemerkten, schrieben es zweifellos mädchenhafter Bescheidenheit zu.

Sebastian wusste es besser.

Beim Hochzeitsfrühstück, das folgte, fand Sebastian, während andere voreilten, um die Braut zu beglückwünschen, Gelegenheit, neben dem frischgebackenen Ehemann seiner Nichte stehenzubleiben, und leise sagte er: »Ich weiß, welche Rolle Ihr bei Rowes hässlicher kleiner Liebhaberei gespielt habt. Dass ich es – noch – nicht beweisen kann, heißt nicht, dass ich das nicht tun werde. Täuscht Euch nicht; es ist noch nicht vorbei. Ich werde Euch im Auge behalten. Selbst, wenn Ihr denkt, ich würde es nicht tun.«

Ashworth blieb entspannt stehen und zog in gespieltem Unbehagen die Brauen hoch, während er über die Traube der Hochzeitsgäste hinwegblickte. »Das soll mir wohl Angst machen, oder?«

»Sollte es. Wenn Ihr glaubt, die Ehe mit meiner Nichte würde Euch beschützen, täuscht Ihr Euch. Mein Ehrgeiz ist es, Stephanie als Witwe zu sehen, ehe das Jahr vorbei ist.«

»Nun. Das wird sicher zu einigen interessanten Familienzusammenkünften führen«, sagte Ashworth mit ei-

nem feinen, provokanten Lächeln auf seinen attraktiven Zügen, als er den Platz neben seiner Braut ein-
nahm.

Anmerkungen der Autorin

Straßenkinder sind mindestens schon seit der Zeit der alten Römer Teil von Städten, und zweifellos auch schon lange davor. Laut dem britischen Philanthropen Lord Ashley haben Mitte des neunzehnten Jahrhunderts dreißigtausend weggelaufene, verwaiste oder verlassene Kinder auf den Straßen Londons darum gekämpft, am Leben zu bleiben und sich warmzuhalten. Das Problem besteht bis heute: Die UNICEF setzt die Zahl der Straßenkinder weltweit bei mehreren zehn Millionen an; einige schätzen die Zahl noch viel höher. Zur verstörenden Praxis der Briten, die Mütter von kleinen Kindern zu deportieren, siehe *The Women of Botany Bay: A Reinterpretation of the Role of Women in the Origins of Australian Society* von Portia Robinson. Das ursprünglich klösterliche Gebiet Londons, das als Clerkenwell bekannt ist, hat seinen Namen von dem berühmten Clerk's Well (»clerk« ist das mittelenglische Wort für Kleriker), der in der Farringdon Lane immer noch besichtigt werden kann. Stadtplanung in der viktorianischen Ära und Bomben des zwanzigsten Jahrhunderts haben vieles von dem im siebzehnten Jahrhundert sehr beliebten Wohnviertel zerstört. (Oliver Cromwell besaß ein Haus in Clerkenwell.) Aber sowohl das Charterhouse (die Kartause) als auch das St John's

Gate, ein Relikt des riesigen Klosterkomplexes, der einst Stammsitz des englischen Templerordens war, sind noch vorhanden. Teile der Ordenskirche sind ebenfalls erhalten, außerdem die St James's Church und der Kirchhof. Das ehemalige Middlesex Session House steht immer noch in Clerkenwell Green. Es ist in viktorianischen Zeiten durch Charles Dickens berühmt geworden. Dort bringt Fagin Oliver Twist das Handwerk des Taschendiebs bei. Clerkenwell hat sich einen Ruf als Ort des Radikalismus bewahrt, angefangen in der früheren Kirchengeschichte über die Chartisten bis zu Wladimir Lenin und seinen Freunden im zwanzigsten Jahrhundert.

Die Holywell Street lag mehr im Süden, nicht weit weg von der Themse. Sie war nach einer lange verschwundenen heiligen Quelle mit sauberem, süßem Wasser benannt und zweigte von der Strand ab, um dann parallel weiter zu verlaufen. Im frühen zwanzigsten Jahrhundert verschwand die Straße komplett, als die Strand erweitert wurde. Ursprünglich siedelten an der Straße Seidenhändler, jüdische Schneider und Läden, die Kostüme und Accessoires für Theater und Maskeraden anboten. Im frühen neunzehnten Jahrhundert breiteten sich in Holywell immer mehr Buchhändler und radikale Verleger aus, die – von der Französischen Revolution inspiriert – in versteckten Kellerräumen geheime Druckerpressen bedienten. Die Gegend widmete sich außerdem immer mehr den »unzüchtigen Büchern«, »freizügigen Novellen« oder »anzüglichem Stoff«. 1813 gab es in England keine Zensurgesetze, aber Buchhändler und Drucker konnten wegen »Störung des königlichen Friedens« verhaftet werden, was auch tatsächlich geschah.

Vom Namen Donatien Alphonse François, des Marquis de Sade, ist die Bezeichnung »Sadismus« abgeleitet. 1740 geboren, war er ein Kind der Aufklärung, wenn auch eines mit einem verdrehten Geist. Er wurde mehrmals für viele Jahre inhaftiert, und zwar während der Monarchie, der Republik und des Kaiserreichs. Obwohl er sehr wahrscheinlich an einer bipolaren Störung litt und vielleicht paranoide Halluzinationen durchmachte (seine Paranoia könnte angesichts der Verfolgung, der er ausgesetzt war, nachvollziehbar sein), wurde er weniger wegen seines Geisteszustandes inhaftiert als wegen der Natur seiner schriftlichen Erzeugnisse. Seine zahlreichen Briefe aus dem Gefängnis an seine Frau und seinen Leibdiener zeigen einen unerwartet brillanten, humorvollen Mann und sind es wert, gelesen zu werden. Er starb 1814 in einer Anstalt für Geisteskranke, als er gerade dabei war, seine Mitpatienten auf die Aufführung eines seiner Stücke vorzubereiten.

De Sade hat tatsächlich ein Werk mit dem Titel *Les 120 Journées de Sodome, où École du Libertinage* geschrieben, das er auf kleinen, weißen Streifen Papier verfasste, während er in der Bastille einsaß. Er bewahrte es als zwölf Meter lange Rolle aus zusammengeklebten Papierstücken in der Zellmauer auf, und hielt es für verloren, als die Bastille in den frühen Tagen der französischen Revolution gestürmt und zerstört wurde. Aber jemand hat das Werk tatsächlich gefunden, gerettet und aus Frankreich geschmuggelt. Es wurde allerdings nicht zu Sebastians Zeit veröffentlicht. Die Übelkeit erregende Erzählung von sexuellem Missbrauch und Folter wurde offiziell zum ersten Mal 1904 in Berlin veröffentlicht. Es liegt heute im Musée des Lettres et Manuscrits in Paris.

Der wohlhabende Adlige und Ritter Gilles de Rais war im fünfzehnten Jahrhundert einer der ersten verurteilten Serienmörder. 1437 wurden die Leichen von etwa vierzig seiner jungen Opfer gefunden. Es wird allerdings davon ausgegangen, dass er viel mehr Menschen ermordet hat, sowohl männliche als auch weibliche. Manche halten de Rais für das unschuldige Opfer einer ekklesiastischen Verschwörung, aber die erhaltenen Mitschriften von Zeugenaussagen sowohl seiner Verbündeten als auch Eltern der Opfer passen sehr gut zum heutigen Wissen über Serienmörder.

Es ist wichtig, dass mehr als neunzig Prozent von Kindervergewaltigern sich selbst als heterosexuell bezeichnen, und dass zwar die Mehrheit von ihnen nur Mädchen verfolgen, aber etwa ein Fünftel Mädchen und Jungen zu ihren Opfern macht. Ich möchte Dr. Samantha Brown, Psychiaterin der U.S. Air Force, für viele stundenlange Gespräche über Serienmörder und sexuelle Straftäter danken. Jegliche möglichen Fehler, die durch Fehlinterpretationen entstanden sind, liegen bei mir.

Meines Wissens hat im frühen neunzehnten Jahrhundert niemand Versuche mit Leichen durchgeführt, um die Auswirkungen von Zeit und Erdbestattung auf Fleisch und Knochen zu studieren. Aber es gibt keinen Grund, weshalb Gibson nicht etwas Ähnliches getan

haben sollte. Schließlich war er ein sehr neugieriger
Arzt.

Die sehr ausgefallene Architektur des Hauses, in dem
Sebastian Les Jenkins findet, ist heutzutage als Weal-
den House bekannt. Leider kann Sebastian diese Bezeichnung nicht verwenden, weil sie erst im zwanzigsten Jahrhundert in Gebrauch kam. Auch wenn diese
Häuser vor allem in der offenen Landschaft (the
wealds) von Kent zu finden sind, gibt es auch in anderen Teilen Südenglands Exemplare davon. Sie wurden
im vierzehnten und fünfzehnten Jahrhundert als Fachwerk aus Holzbalken mit Gitterwerk und Lehm errichtet und waren ursprünglich Häuser von Freisassen.

Prinz William Augustus, der Duke of Cumberland, bekannt als der Schlächter von Culloden, war der dritte
und jüngste Sohn von George II. Er hat wohl mindestens eine illegitime Tochter gehabt, aber nie geheiratet
und im Alter von neununddreißig Jahren einen Herz-
schlag erlitten. Als er verstarb, war kein rechtliches
Verfahren anhängig.